Zum Buch:

Manchmal fällt es Menschen schwer zuzugeben, dass sie verliebt sind. Der Witwer Troy Davis dachte eigentlich, er sei bereit, weiterzuziehen. Seine Highschool-Liebe Faith Beckwith ist vor Kurzem in die Stadt zurückgekehrt, und es schien, als würden sie wieder ein Paar werden. Doch dann kamen ihnen einige Missverständnisse in die Quere.
Sheriff Troy hat aber noch viele andere Dinge, die ihn beschäftigen – wie die nicht identifizierten Überreste, die in einer Höhle außerhalb der Stadt gefunden wurden. Und die Einbrüche in dem Haus, das Faith zufällig von Grace Harding gemietet hat. Und während Richterin Olivia Lockhart mit gesundheitlichen Problemen zu kämpfen hat, schart sich die Gemeinde um sie.

Zur Autorin:

SPIEGEL-Bestsellerautorin Debbie Macomber hat weltweit mehr als 200 Millionen Bücher verkauft. Sie ist die internationale Sprecherin der World-Vision-Wohltätigkeitsinitiative Knit for Kids. Gemeinsam mit ihrem Ehemann Wayne lebt sie inmitten ihrer Kinder und Enkelkinder in Port Orchard im Bundesstaat Washington, der Stadt, die sie zu ihrer *Cedar Cove*-Serie inspiriert hat.

Debbie Macomber

Gezeitenglück

Roman

Aus dem amerikanischen Englisch von
Anita Sprungk

HarperCollins

Die Originalausgabe erschien 2011 unter dem Titel
92 Pacific Boulevard bei MIRA Books, Toronto.

1. Auflage 2024
© Debbie Macomber
Deutsche Erstausgabe
© 2024 für die deutschsprachige Ausgabe
HarperCollins in der
Verlagsgruppe HarperCollins Deutschland GmbH, Hamburg
Published by arrangement with
HARLEQUIN ENTERPRISES II B.V./SÀRL
Umschlaggestaltung von Büro Süd GmbH
Umschlagabbildung von superbank stock/Shutterstock
Gesetzt aus der Stempel Garamond
von GGP Media GmbH, Pößneck
Druck und Bindung von GGP Media GmbH, Pößneck
Printed in Germany
ISBN 978-3-365-00583-5
www.harpercollins.de

Für Jerry Childs und Cindy Lucarelli,
weil sie meinen Traum der Cedar-Cove-Tage
im August 2009 verwirklicht haben.

Und für die Vorstandsmitglieder,
die so hart gearbeitet haben, um ihnen das zu ermöglichen:
Gil und Kathy Michael, Dana Harmon und John Phillips,
Gerry Harmon, Mary und Gary Johnson,
Shannon Childs und Ron Johnson.

Liebe Freunde,

die Zahl neun hat schon lange eine besondere Bedeutung für mich. Begonnen hat dies in einem Algebrakurs, als der Professor ankündigte, dass jeder, der die Abschlussprüfung umgehen wolle, stattdessen ein Essay über irgendetwas schreiben dürfe, das mit Mathematik zu tun habe. Diese Gelegenheit ergriff ich natürlich sofort. Ich muss nicht erwähnen, dass die Beschäftigung mit Zahlen meinen Blutdruck in die Höhe treibt, oder? Ein Essay klang für mich nach einem einfachen Ausweg – bis ich mit anderen Schülern meiner Klasse darüber sprach. Ein junger Mann hatte sich entschieden, über die Rolle der Mathematik im Zweiten Weltkrieg zu schreiben, ein anderer über die Wahrscheinlichkeit, eine komplizierte mathematische Hypothese beweisen zu können. Ich schluckte, besuchte die städtische Bibliothek und betete um Inspiration. Gefunden habe ich sie in der Zahl neun. Ja, ich arbeitete ein ganzes Essay darüber aus, wie die Zahl neun in der Literatur, in der Heiligen Schrift, im Unterricht und im Alltag Verwendung findet. Dafür habe ich nicht nur eine Bestnote erhalten, nein, der Lehrer bat mich obendrein, vor der ganzen Klasse zu referieren, was ich herausgefunden hatte. Wie ihr seht, habe ich also eine sehr persönliche Beziehung zur Zahl neun.

Vielleicht ist es deshalb auch nicht überraschend, dass in meinen Augen der neunte Band der Cedar-Cove-Reihe ein besonderer ist: Sheriff Troy Davis hat alle Hände voll zu tun in seiner Stadt. Ihm wurde das Herz gebrochen, als Faith entschied, ihre Beziehung zu beenden. Hinzu kommt das ungelöste Rätsel um das Skelett, das in einer Höhle außerhalb der Stadt gefunden wurde. Olivia unterzieht sich einer Chemotherapie, und es geht ihr gut. Grace hat in der Stadtbücherei ein großartiges neues Programm gestartet ...

Weiterhin viel Spaß mit den Geschichten aus Cedar Cove. Ich freue mich immer, von meinen Leserinnen und Lesern zu hören. Erreichen könnt ihr mich über P.O. Box 1458, Port Orchard, WA 98366 oder über meine Webseite unter www.debbiemacomber.com.

Herzliche Grüße
Debbie Macomber

Die Hauptpersonen aus Cedar Cove, Washington

Olivia Lockhart-Griffin: Familienrichterin in Cedar Cove. Mutter von Justine und James. Wohnt zusammen mit ihrem Mann Jack in der Lighthouse Road 16.

Jack Griffin: Zeitungsreporter und Chefredakteur des *Cedar Cove Chronicle*

Charlotte Jefferson Rhodes: Verwitwete Mutter von Olivia, wohnt schon ihr ganzes Leben lang in Cedar Cove. In zweiter Ehe verheiratet mit dem Witwer und pensionierten Marineoffizier Ben Rhodes, dessen Söhne David und Stephen beide nicht in Cedar Cove wohnen.

Justine (Lockhart) Gunderson: Tochter von Olivia, verheiratet mit Seth, Mutter von Leif. Dem Paar gehörte das *Lighthouse Restaurant*, das einem Feuer zum Opfer gefallen ist. Daher hat Justine kürzlich ein neues Teehaus eröffnet, den *Victorian Tea Room*. Die Gundersons leben im Rainier Drive 6.

James Lockhart: Sohn von Olivia und Justines jüngerer Bruder. James ist bei der US Navy und lebt mit Frau und Kindern in San Diego.

Will Jefferson: Olivias Bruder und Charlottes Sohn. Lebte in Atlanta, bevor er nach seiner Scheidung nach Cedar Cove zurückzog und dort die Kunstgalerie der Stadt kaufte.

Grace Sherman Harding: Olivias beste Freundin. Verwitwet. Bibliothekarin. Mutter von Maryellen Bowman und Kelly Jordan. Verheiratet mit Cliff, einem Ingenieur im Ruhestand, der sich eine Pferdezucht in Olalla ganz in der Nähe von Cedar Cove aufgebaut hat. Das Paar lebt auf der Pferderanch. Grace' ehemaliges Haus in der Rosewood Lane 204 wurde vermietet.

Maryellen Bowman: Älteste Tochter von Grace und Dan Sherman. Mutter von Katie und Drake, verheiratet mit dem Kunstfotografen Jon Bowman.

Zachary Cox: Buchhalter. Verheiratet mit Rosie, Vater von Allison und Eddie. Die Familie lebt im Pelican Court 311. Allison besucht die Universität in Seattle, während ihr Freund Anson Butler zum Militär gegangen ist.

Cecilia Randall: Ehefrau des Navy-Soldaten Ian Randall und Mutter von Aaron. Das Paar lebte in Cedar Cove, bis Ian nach San Diego versetzt wurde.

Rachel Pendergast: Arbeitet im Frisier- und Kosmetiksalon *Get Nailed*. Frisch verheiratet mit dem Witwer Bruce Peyton. Er hat eine Tochter namens Jolene.

Bob und Peggy Beldon: Beide im Ruhestand. Ihnen gehört das *Thyme and Tide*, eine Pension am Cranberry Point 44.

Roy McAfee: Pensionierter Polizist aus Seattle, jetzt Privatdetektiv. Verheiratet mit Corrie McAfee, die ihm als Assistentin das Büro führt. Zwei erwachsene Kinder, Mack und Linnette. Wohnhaft in der Harbor Street 50.

Linnette McAfee: Tochter von Roy und Corrie, war nach Cedar Cove gezogen, um als Assistenzärztin im neuen Gesundheitszentrum zu arbeiten. Lebt jetzt in North Dakota.

Mack McAfee: Feuerwehrmann und Sanitäter, kürzlich nach Cedar Cove gezogen.

Gloria Ashton: Hilfssheriff in Cedar Cove, leibliche Tochter von Roy und Corrie McAfee, war nach der Geburt zur Adoption freigegeben worden und wuchs als Adoptivtochter der Ashtons auf.

Troy Davis: Sheriff von Cedar Cove, verwitwet, Vater von Megan. Wohnt am Pacific Boulevard 92.

Faith Beckwith: Highschool-Liebe von Troy Davis, inzwischen verwitwet. Ist kürzlich nach Cedar Cove zurückgezogen und lebt zur Miete in der Rosewood Lane 204.

Teri Miller Polgar: Ehemalige Haar-Stylistin im *Get Nailed*, inzwischen verheiratet mit dem Internationalen Schachmeister Bobby Polgar. Sie leben in der Seaside Avenue 74.

Christie Levitt: Schwester von Teri Miller Polgar

James Wilbur: Bobby Polgars Freund und Chauffeur

Dave Flemming: Pastor der Methodistenkirche, verheiratet mit Emily, zwei Söhne. Die Familie lebt im Sandpiper Way 8.

Shirley Bliss: Witwe und Textilkünstlerin, Mutter von Tannith (Tanni) Bliss

Shaw Wilson: Freund von Anson Butler, Allison Cox und Tanni Bliss

Mary Jo Wyse: Junge Frau, die zu Weihnachten des Vorjahrs mit Mack McAfees Hilfe ihr Baby in Cedar Cove zur Welt gebracht hat.

Linc Wyse: Bruder von Mary Jo Wyse, lebte früher in Seattle. Will eine Kfz-Werkstatt in Cedar Cove eröffnen.

Lori Bellamy: Stammt aus einer wohlhabenden Familie der Gegend, hat kürzlich ihre Verlobung gelöst.

Louie Benson: Bürgermeister von Cedar Cove

1. Kapitel

Die längste Zeit seines Berufslebens arbeitete Troy Davis bereits im Sheriffbüro von Cedar Cove. Er kannte die Stadt und die Bewohner, lebte hier und gehörte dazu. Viermal war er jetzt schon mit überwältigender Mehrheit zum Sheriff gewählt worden.

An diesem trüben Januartag saß er an seinem Schreibtisch und ließ die Gedanken schweifen, während er an seinem Kaffee nippte. Er schmeckte fad. Das Pulver, das sie im Büro verwendeten, gab nie guten Kaffee, ganz gleich, wie frisch sie ihn aufbrühten. Er dachte an Sandy, mit der er über dreißig Jahre verheiratet gewesen war. Im letzten Jahr war sie an den Folgen ihrer MS gestorben, und ihr Tod hatte ein riesiges Loch in sein Leben gerissen. Oft hatte er mit ihr über seine Fälle gesprochen und diesen Gedankenaustausch schätzen gelernt. Stets hatte sie ihre Meinung geäußert, was Menschen dazu gebracht haben mochte, die Verbrechen zu begehen, die auf seinem Schreibtisch landeten, und ihre Schlussfolgerungen waren immer sehr gründlich durchdacht gewesen.

Troy hätte sehr gern gewusst, was sie von einem seiner aktuellen Fälle gehalten hätte. Ein paar Teenager waren unweit von der Straße, die aus der Stadt herausführte, zufällig auf ein Skelett in einer Höhle gestoßen. Inzwischen lagen zwar erste Berichte des Gerichtsmediziners vor, aber die warfen mehr Fragen auf, als sie beantworteten. Weitere Untersuchungen sollten folgen, und vielleicht lieferten die mehr Informationen. Er konnte nur hoffen ... Obwohl es kaum zu glauben war, hatte die Leiche die ganze Zeit dort gelegen, ohne entdeckt zu werden, und niemand schien zu wissen, wer der Tote war.

Trotz dieses verwirrenden Cold Case und trotz des Verlusts seiner Frau hatte Troy allen Grund, dankbar zu sein für das, was er hatte: ein angenehmes Leben sowie gute Freunde. Außerdem war sein einziges Kind, seine Tochter Megan, mit einem netten jungen Mann verheiratet. Tatsächlich hätte Troy keinen besseren für seine Tochter finden können als Craig. In ein paar Monaten würde Megan sein erstes Enkelkind zur Welt bringen.

Auch finanziell hatte er keinen Grund zur Klage. Sein Haus war abbezahlt, sein Auto ebenfalls. Die Arbeit machte ihm Freude, und er war seiner Gemeinde eng verbunden.

Trotzdem war er unglücklich.

Und dafür gab es nur einen einzigen Grund.

Faith Beckwith.

Er hatte wieder Kontakt zu seiner Highschool-Liebe aufgenommen, und bevor er sichs versah, hatte er sich erneut in sie verliebt.

Sie waren beide von Natur aus nicht impulsiv – und erwachsen. Sie hatten gewusst, was sie wollten und was sie taten.

Doch dann war ihre Beziehung, die so vielversprechend begonnen hatte, plötzlich zerbrochen – aufgrund der Reaktion seiner Tochter und einiger unleugbar falscher Entscheidungen von ihm.

Als Megan erfuhr, dass er schon so kurz nach dem Tod ihrer Mutter mit einer anderen Frau ausging, hatte sie sich sehr aufgeregt. Troy verstand, was in seiner Tochter vorging. Es stimmte ja, dass sie Sandy erst vor wenigen Monaten zu Grabe getragen hatten. Andererseits war sie schon seit Jahren sehr krank gewesen, und im Grunde hatten sie sich in gewisser Hinsicht schon längst von ihr verabschiedet gehabt. Aber der Umstand, dass er seine Beziehung zu Faith vor seiner Tochter geheim gehalten hatte, hatte ganz wesentlich zu dem ganzen Schlamassel beigetragen.

Am selben Abend, an dem Troy das erste Mal in Erwägung gezogen hatte, Faith um ihre Hand zu bitten, erlitt Megan eine Fehlgeburt. Und wie es das Schicksal so wollte, hatte Troy, der zu dem Zeitpunkt mit Faith zusammen war, sein Mobiltelefon ausgeschaltet.

Seine Schuldgefühle hatten ihn schier überwältigt. Das Baby hatte Megan und Craig unendlich viel bedeutet, vor allem so kurz nach Sandys Tod.

Rückblickend war Troy klar, dass er völlig falsch reagiert hatte. Wegen seines schlechten Gewissens hatte er die Beziehung zu Faith unmittelbar nach Megans Fehlgeburt beendet. Faiths Gefühle hatte er dabei komplett außer Acht gelassen. Ihr Schock und ihr Schmerz verfolgten ihn bis heute.

Seitdem hatte er sich seiner Tochter und ihren Bedürfnissen verschrieben. Das änderte jedoch nichts daran, dass er immer wieder an Faith denken musste. In jedem wachen Augenblick spukte sie ihm im Kopf herum.

Die ohnehin schon verzwickte Situation war durch die Tatsache, dass Faith ihr Haus in Seattle verkauft hatte und nach Cedar Cove gezogen war, noch komplizierter geworden. Sie hatte näher bei ihrem Sohn und ihm, Troy, sein wollen. Dass er ihr nun immer wieder in der Stadt begegnete, bereitete ihm Höllenqualen. Sie hatte ihm deutlich zu verstehen gegeben, dass sie nichts mehr mit ihm zu tun haben wollte, was er ihr nicht verdenken konnte.

»Ich habe die Akte mit den Vermisstenfällen für dich, Sheriff.« Cody Woodchase betrat sein Büro und legte den Aktenordner in seinen Posteingang.

»Danke«, murmelte Troy. »Hast du die Daten überprüft?«

Cody, effizient wie immer, nickte. »Ja, hab aber nichts gefunden. Der einzige größere Fall, an den ich mich erinnere, war der von Daniel Sherman vor ein paar Jahren.«

Troy wusste nur zu gut, was dabei herausgekommen war. Sein alter Highschool-Freund hatte ohne erkennbaren Grund seine Familie verlassen und war einfach verschwunden. Über ein Jahr lang hatte der Fall Troy beschäftigt. Schließlich war Dans Leichnam in den Wäldern gefunden worden, und es hatte sich herausgestellt, dass er Selbstmord begangen hatte.

»Der Fall wurde gelöst«, sagte Troy.

»Stimmt. Ich erinnere mich«, erwiderte Cody. »Jedenfalls habe ich alle Vermisstenfälle zusammengetragen und für dich ausgedruckt.«

»Danke.« Nachdem Cody sein Büro verlassen hatte, griff Troy nach der Mappe. Glücklicherweise hatte Cedar Cove eine geringe Kriminalitätsrate. Natürlich gab es gelegentlich Fälle von Störung der öffentlichen Ordnung, von häuslicher Gewalt, Einbrüchen oder Trunkenheit am Steuer – alles Vergehen, wie sie in jeder kleineren Stadt vorkamen. Nur selten gab es echte Kriminalfälle. Der spektakulärste, der ihm einfiel, war der von dem Mann, der im *Thyme and Tide*, der Pension der Beldons, aufgetaucht war. Aber auch dieser Fall, ein Mord, war aufgeklärt worden.

Und jetzt ... die menschlichen Überreste, die kurz vor Weihnachten entdeckt worden waren.

Laut Autopsie war der Tote ein junger Mann, ein Teenager zwischen vierzehn und achtzehn Jahren, gewesen. Soweit die Gebeine eine Schlussfolgerung zuließen, gab es keine offensichtliche Todesursache. Keine stumpfe Gewalteinwirkung zum Beispiel. Obendrein war er schon seit fünfundzwanzig bis dreißig Jahren tot.

Fünfundzwanzig bis dreißig Jahre!

Damals hatte Troy gerade im Dezernat angefangen, noch ohne Erfahrung und bestrebt, sich zu beweisen. Nach zwei Fehlgeburten war Sandy erneut schwanger gewesen und sie beide voller Optimismus, dass sie diesmal ihr Baby bekommen würden.

Wenn in den späten Siebziger- oder in den frühen Achtzigerjahren ein Teenager als vermisst gemeldet worden wäre, würde er sich daran erinnern, davon war Troy überzeugt. Die Akten, die Cody ihm ausgedruckt hatte, gaben ihm recht. Nicht ein einziger Fall eines vermissten Teenagers, männlich oder weiblich, war ungelöst geblieben.

Um sicherzugehen, überprüfte er auch alle Fälle fünf Jahre davor und danach. Zwölf Jungen, überwiegend Ausreißer, waren in diesem Zeitraum vermisst gemeldet worden. Alle diese Fälle waren gelöst: Einige der Jungen waren aus eigenem Antrieb zurückgekommen, andere von Freunden, Verwandten oder der Polizei aufgestöbert worden.

Mit Sicherheit hatte dieser junge Mann auch eine Familie, eine Mutter und einen Vater, die sich über sein Verschwinden den Kopf zerbrachen und voller Sorge auf seine Rückkehr warteten. Troy schloss die Augen und versuchte, sich Jungen in Erinnerung zu rufen, die er damals gekannt hatte. Ein paar Namen und Gesichter kamen ihm in den Sinn.

Um 1985 herum hatte die Cedar Cove Highschool die Staatsmeisterschaft im Baseball gewonnen. Er hatte ein Bild vom ersten Baseman, Robbie Irgendwer, vor Augen, dazu eins von Weaver, einem seiner derzeitigen Hilfssheriffs, der damals der beste Pitcher der Mannschaft gewesen war. Troy hatte alle Playoff-Spiele besucht. Sandy hatte ihn begleitet, und obwohl sie sich nicht wirklich für Baseball begeistern konnte, hatte sie genau wie alle anderen geklatscht und sich die Seele aus dem Leib geschrien, um die Jungs anzufeuern.

Oh, wie sehr ihm Sandy doch fehlte ...

Über die Feiertage hatte er ihr Grab ein paarmal besucht. Selbst am Ende, als ihr Körper sie immer mehr im Stich ließ und die MS ihr einen großen Teil ihrer Würde geraubt hatte, war sie immer noch fröhlich. Ihm fehlte ihre Dankbarkeit für die einfachen Dinge im Leben.

Wenigstens hatten er und Megan inzwischen einmal jedes Fest im Jahr ohne Sandy überstanden: das erste Thanksgiving ohne sie. Das erste Weihnachtsfest. Den ersten Geburtstag, Hochzeitstag, Muttertag ... Das waren die Gedenktage, die am schwersten wogen. Die Tage, an denen Sandys Fehlen ihnen wie eine Last vorkam, die nie leichter werden würde. Die Tage, an denen er und seine Tochter sich eingestanden, dass nichts je wieder so werden würde wie zuvor.

Abrupt wurde Troy aus seiner Grübelei gerissen, als jemand seinen Namen rief.

»Störe ich bei etwas Wichtigem?«, fragte Louie Benson, der in der Tür des Büros stand.

»Louie.« Troy erhob sich. Schließlich besuchte der Bürgermeister von Cedar Cove ihn nicht jeden Tag. »Komm rein. Schön, dich zu sehen.« Damit deutete er auf den Stuhl vor seinem Schreibtisch.

»Frohes neues Jahr«, wünschte Louie, als er sich setzte, einen Fußknöchel auf das Knie des anderen Beins legte und sich entspannt zurücklehnte.

»Danke, dir auch«, erwiderte Troy und nahm ebenfalls wieder Platz. »Was kann ich für dich tun?«

Der Bürgermeister war ein vielbeschäftigter Mann, der seine Zeit nicht mit unnötigen Besuchen vertrödelte. Tatsächlich konnte Troy sich nicht erinnern, wann Louie ihn das letzte Mal aufgesucht hatte. Natürlich begegneten sie sich oft. Das ließ sich gar nicht vermeiden, da sie beide im selben Bürokomplex arbeiteten. Im Grunde waren sie jedoch lediglich Bekannte und trafen einander bei Gemeindeveranstaltungen und gelegentlichen Partys.

Ernst beugte der Bürgermeister sich vor. »Ich habe ein paar Dinge mit dir zu besprechen.«

»Natürlich.«

Louie senkte den Blick. »Erstens möchte ich dich daran erinnern, dass im November die nächste Bürgermeisterschaftswahl ansteht. Ich hoffe auf deine Unterstützung im Wahlkampf.«

»Selbstverständlich.« Es überraschte Troy, dass sein Gegenüber es für nötig hielt, das Thema schon so früh im Jahr anzusprechen. Außerdem hatte er Louie auch bei seinen vorherigen Wahlkämpfen unterstützt. Und auch dieses Mal würde niemand gegen ihn kandidieren, soweit Troy wusste.

»Das weiß ich sehr zu schätzen«, sagte Louie, »und natürlich hast du auch meine Unterstützung.« Sein Blick fiel auf Troys Schreibtisch. »Anderes Thema ... Was kannst du mir zu den menschlichen Überresten sagen, die kürzlich entdeckt wurden?«

»Der Bericht der Gerichtsmedizin ist vor ein paar Tagen eingetroffen. Jack Griffin hat am Wochenende einen Artikel *im Chronicle* dazu veröffentlicht. Ich hatte gehofft, dass sich vielleicht ein Leser mit Informationen bei uns meldet. Der Zahnstatus hilft uns auch nicht weiter, weil wir ohne Namen keinen Vergleich anstellen können. Mit anderen Worten: Es gibt noch keine Ergebnisse.«

Interessiert musterte der Bürgermeister den aufgeschlagenen Aktenordner auf Troys Tisch. »Also ... noch keine Ahnung, wer die arme Seele sein könnte?«

»Nein.«

Das schien Louie nicht zu gefallen. »Der Grund, warum ich dich in dieser Sache bedränge, ist, dass ich einen

Anruf von einer Zeitung aus Seattle erhalten habe. Offenbar hat Jacks Artikel dort Interesse geweckt. Sie wollen über diese noch nicht identifizierten menschlichen Überreste schreiben.« Er runzelte die Stirn. »Ich habe versucht, die Reporterin davon abzubringen, aber sie scheint entschlossen zu sein, alles herauszufinden, was nur irgend möglich ist. Ich habe ihr deine Kontaktdaten gegeben. Stell dich also darauf ein, dass sie anruft.«

»Es gibt ja nicht viel, worüber eine Zeitung berichten könnte.« Troy war froh, im Vorwege informiert worden zu sein. »Aber danke für die Vorwarnung.« Im Laufe der Jahre hatte er schon oft mit der Presse zu tun gehabt und war den Umgang mit Reportern gewohnt. Er hatte nichts gegen sie, solange sie nicht in Dingen herumstocherten, die sie nichts angingen, oder Falschinformationen verbreiteten.

»Ich fürchte einfach«, fuhr Louie fort, »dass eine negative Story dem Ruf von Cedar Cove schaden könnte. Wir wollen Touristen anlocken und nicht mit ... mit schaurigen Storys über unsere Stadt abschrecken.«

»Im Moment gibt es nichts Schlimmes zu berichten«, versicherte Troy ihm.

»Hast du überhaupt irgendwas herausgefunden?«, hakte Louie nach.

»Nicht wirklich.« Troy zuckte die Achseln. »Im Grunde nur das, was Jack in seinem Artikel geschrieben hat. Die Überreste stammen von einem jungen Mann im Alter zwischen vierzehn und achtzehn Jahren. Er ist seit 1980 tot, plus minus ein paar Jahre. Kein Hinweis auf die Todesursache.«

Louie schien kein Interesse an den Details zu haben. »Die Sache ist die: Cedar Cove kann keine schlechte Presse gebrauchen. Wir bemühen uns dieses Jahr, mehr Touristen anzulocken. Der Gedanke, dass unser schöner Ort im

Mittelpunkt einer makabren Story über unidentifizierte menschliche Überreste und ein unaufgeklärtes Verbrechen stehen könnte, ist mir zuwider.«

Troy nickte. »Ja, das verstehe ich.«

»Gut.« Louie erhob sich. »Gib dein Bestes, um diesen Fall so schnell wie möglich abzuschließen.«

Auch Troy stand auf und öffnete den Mund, um dem Bürgermeister zu versichern, dass er bereits sein Bestes gab, bekam aber keine Gelegenheit dazu, weil Louie bereits weitersprach: »Ich sage nicht, dass du irgendwas unter den Teppich kehren sollst, verstehst du?«

»Natürlich.«

»Gut.« Louie streckte ihm die Hand entgegen, und Troy schüttelte sie. »Sorg einfach dafür, dass nichts Sensationsheischendes oder Beängstigendes in der Presse erscheint, okay? Wie schon gesagt, ich will, dass Cedar Cove ein Touristenmagnet wird, keine Freakshow.«

»Weißt du noch, wie die Reporterin heißt?«, fragte Troy.

»Als ob ich das vergessen könnte: Kathleen Sadler.«

»Kathleen Sadler«, wiederholte Troy. »Mach dir keine Sorgen, ich regle das mit ihr.«

»Danke.« Louie lächelte erleichtert. »Ich wusste, dass ich auf dich zählen kann.«

Nachdem der Bürgermeister gegangen war, machte Troy sich wieder an den Papierkram auf seinem Schreibtisch. Das Telefon klingelte an diesen Nachmittag oft, die Reporterin rief jedoch nicht an. Er konnte nur hoffen, dass Kathleen Sadler nicht auf die Idee gekommen war, den Fundort der Leiche zu erkunden. Die Höhle war zwar noch gesperrt, aber ein gelbes Absperrband reichte oft nicht, um entschlossene Reporter fernzuhalten.

Troy hatte dafür gesorgt, dass die Namen der beiden Teenager, die die Leiche gefunden hatten, nicht im *Chronicle* erwähnt worden waren. Trotzdem würde Sadler sie ausfindig machen, wenn sie wollte.

Nachdem sie über die Überreste gestolpert waren, hatte Troy zweimal mit den beiden gesprochen. Er war sicher, dass Philip »Shaw« Wilson und Tannith Bliss ihm alles gesagt hatten, was sie wussten, und das war nicht viel. Die Gespräche waren unkompliziert verlaufen. Obwohl Tannith – Tanni – so getan hatte, als würde ihr der Zwischenfall nichts ausmachen, hatte Troy erkennen können, dass sie ziemlich mitgenommen war. Er war froh gewesen, die Sechzehnjährige direkt ihrer Mutter übergeben zu können.

Von der Presse in Seattle befragt zu werden konnte Tanni überhaupt nicht gebrauchen. Shaw war ein bisschen älter, und Troy hatte das Gefühl, der junge Mann würde bewundernswert gut mit einem Trommelfeuer von Fragen zurechtkommen. So oder so konnte es nicht schaden, die beiden vorzuwarnen.

Als sein Telefon erneut klingelte, griff er nach dem Hörer und wappnete sich dafür, Kathleen Sadler in der Leitung zu haben. »Sheriff Davis.«

»Ähm, ich hoffe, dass ich nicht störe.« Es war Cody Woodchase. Das Zögern in seiner Stimme war nicht zu überhören.

»Du störst nicht. Was ist los?«

»Ich hatte gerade einen Anruf von der Notrufzentrale. Anscheinend ist in der Rosewood Lane 204 eingebrochen worden.«

»Faith?« Troy sprang auf. Das war die Adresse des Mietshauses, in das Faith kürzlich eingezogen war. Seit etwas mehr als zwei Monaten lebte sie nun schon dort.

»Ich meine gehört zu haben, dass sie eventuell mit ... dir befreundet ist.«

»Ja«, erwiderte Troy knapp. Die Angst um Faith schnürte ihm die Kehle zu.

»Ich dachte, du würdest davon wissen wollen.«

»Das stimmt, Cody. Danke.« Sekunden später trug Troy bereits seinen Mantel und griff nach seinem Hut. Dann stürzte er aus dem Büro, unfähig, an etwas anderes zu denken als an Faith. Er musste sich vergewissern, dass ihr nichts passiert war und niemand ihr etwas tun konnte.

2. Kapitel

Schon als Faith Beckwith sich ihrem Zuhause näherte, erkannte sie, dass etwas nicht stimmte. Eine ungute Vorahnung ließ sie einen Moment innehalten, bevor sie die Küchentür aufschloss. Sie fröstelte trotz ihres Wintermantels, doch nach einem Moment des Zögerns verdrängte sie ihre negativen Gedanken, drehte den Schlüssel im Schloss herum und trat ein – mitten hinein ins Chaos.

Auf dem Küchenboden lag überall Müll verstreut. Irgendwer hatte den Abfalleimer einfach aufs Linoleum ausgeleert – Kaffeesatz, Eierschalen, ein leerer Orangensaftkarton – und war mitten durch den Unrat hindurchgelaufen. Die Fußspuren führten ins Wohnzimmer.

Ohne nachzudenken, griff Faith nach ihrem Handy. Es gelang ihr, sich davon abzuhalten, Troy Davis' Nummer zu wählen, die sie schon seit Langem auswendig kannte. Stattdessen rief sie im Büro ihres Sohnes an, in der Hoffnung, dass er noch auf der Arbeit war.

Die Erleichterung, die sie erfasste, als sie Scotts Stimme hörte, ließ ihr die Knie weich werden. »Scottie ... jemand ist ins Haus eingebrochen.«

»Mom? Was meinst du damit?«

»Jemand ist ins Haus eingebrochen«, wiederholte sie zitternd, überrascht, dass sie so ruhig klang.

»Bist du sicher?«

»In der Küche ist überall Müll verstreut!«

»Mom«, erwiderte Scottie ruhig. »Leg bitte auf und ruf den Polizeinotruf an. Dann melde dich noch mal bei mir.«

»Oh, natürlich.« Darauf hätte sie auch von allein kommen können. Normalerweise war sie eine vernünftige und logisch denkende Frau, doch die Sauerei in der Küche hatte sie völlig aus dem Gleichgewicht gebracht.

»Melde dich noch mal bei mir, sobald du mit der Polizei gesprochen hast.«

»Okay«, versprach sie Scottie, legte auf, atmete tief durch, wählte den Notruf und wartete, dass die Zentrale sich meldete.

»Leitstelle Not- und Rettungsdienst. Wie kann ich Ihnen helfen?«

»In mein Haus ist eingebrochen worden«, sprudelte es aus Faith heraus, nachdem sie ihren Namen und ihre Adresse genannt hatte. »Ich bin nur bis in die Küche gegangen. Wer immer das war, hat eine schreckliche Sauerei hinterlassen.«

»Sind Sie sicher, dass der Einbrecher nicht mehr im Haus ist?«

Der Gedanke, dass der Eindringling noch da sein könnte, war Faith gar nicht gekommen. *Oh Gott!*

»Nein ...« Wieder lief ihr ein eiskalter Schauer über den Rücken. Es fühlte sich an, als wären ihre Füße am Boden festgefroren. Wer weiß, womöglich stand der Einbrecher noch im Zimmer nebenan ...

»Rufen Sie von einem Handy aus an?«, fragte der Leitstellendisponent und unterbrach damit die erschreckenden Szenarien, die ihr durch den Kopf gingen.

»Ja ...«

»Dann gehen Sie bitte nach draußen und bleiben Sie dran«, fuhr der Disponent fort.

Faith zwang sich, zur Tür zu eilen. Sie bewegte sich so leise, wie sie konnte, was vermutlich ziemlich albern war, denn sie hatte ja vorher schon in normaler Lautstärke gesprochen. Wenn derjenige, der für das Chaos in der Küche verantwortlich war, noch im Haus war, hatte er sie sicherlich längst gehört.

»Ich bin jetzt draußen«, flüsterte sie.

»Gut«, meinte der Disponent in beruhigendem Ton. »Ich habe bereits einen Streifenwagen zu Ihnen geschickt.«

»Danke.«

»Deputy Weaver wird voraussichtlich in drei Minuten bei Ihnen sein.«

»Ich bin mit Sheriff Troy Davis befreundet«, sagte sie und bereute ihre Worte sofort. Sie hatte nichts mehr mit Troy zu schaffen, und doch war er derjenige, den sie sofort hatte kontaktieren wollen, als ihr klar wurde, dass bei ihr eingebrochen worden war. »Ich *war* mit ihm befreundet«, schob sie nach.

In der Leitung piepte es. Das hieß, ein anderer Anrufer versuchte sie zu erreichen.

»Ich glaube, das ist mein Sohn«, erklärte Faith dem Disponenten. »Er wollte, dass ich ihn anrufe, sobald ich … das Verbrechen gemeldet habe.« Sie wusste nicht einmal, wie sie den Einbruch nennen sollte.

»Sie können ihn gleich zurückrufen«, erklärte der Disponent. »Deputy Weaver sollte jeden Moment bei Ihnen sein.«

Faith seufzte vor Erleichterung, als sie den Streifenwagen um die Ecke biegen sah. »Er ist gerade gekommen.«

Erneut piepte es in der Leitung. »Ich muss diesen Anruf annehmen, damit Scottie sich keine Sorgen macht.« Sie dankte dem Disponenten, beendete das Gespräch und wählte dann die Nummer ihres Sohnes.

»Mom, alles in Ordnung?«

»Der Polizeibeamte ist jetzt da«, versicherte sie ihrem Sohn.

»Gut. Ich fahre gleich los.« Leider lag Scotts Büro nicht in unmittelbarer Nähe der Rosewood Lane. Er würde mindestens eine Viertelstunde brauchen, bis er hier wäre.

Trotzdem fühlte sie sich, als müsste sie zusammenbrechen, jetzt, da sie wusste, dass Scott auf dem Weg zu ihr war. Als hätte sie nicht mehr die Kraft, sich aufrecht zu halten.

Der Deputy stellte den Streifenwagen am Straßenrand ab, und nachdem sie mit ihm gesprochen hatte, betrat er mit gezogener Waffe das Haus.

Ihre Handtasche an sich gedrückt, stand Faith in der Einfahrt zur Garage. Es kam ihr zwar wie eine kleine Ewigkeit vor, dauerte aber kaum eine Minute, dann tauchte Deputy Weaver wieder auf.

»Alles klar, niemand im Haus«, erklärte er.

Faith nickte und wandte sich dem Haus zu, um hineinzugehen, aber Deputy Weaver hielt sie zurück. »Haben Sie Familie in der Gegend?«, wollte er wissen.

Erneut nickte Faith. »Mein Sohn Scott ist schon auf dem Weg hierher.«

»Dann rate ich Ihnen, hier zu warten, bis er Sie ins Haus begleiten kann.«

Irritiert schüttelte sie den Kopf. »Aber warum denn? Sie sagten doch, es sei niemand mehr im Haus. Wer immer das getan haben mag ...«

Der Deputy zögerte. »Ich glaube nicht, dass Sie das allein sehen wollen«, sagte er. »Ich kann natürlich auch mit Ihnen reingehen ...«

Faith hatte Mühe zu begreifen. »Sie meinen ... der Schaden ist sehr groß?«

»Das können nur Sie selbst beurteilen.«

»Oh.« Faith wusste nicht, wie sie darauf reagieren sollte.

»Haben Sie irgendeine Ahnung, wer dafür verantwortlich sein könnte?«, wollte der Deputy wissen.

»Nein«, erwiderte sie kopfschüttelnd, überrascht von seiner Frage. »Ich lebe erst seit ein paar Monaten in der Stadt. Das Haus habe ich gemietet. Ich ... ich wollte meinem Sohn und seiner Familie nicht zur Last fallen, indem ich bei ihnen wohne, während ich mich nach einem Haus umsehe, das ich kaufen kann.«

Deputy Weaver nickte nachdenklich.

»Warum?«, fragte sie ängstlich.

Mitfühlend sah er sie an. »Es tut mir leid, das zu sagen, aber das Ganze sieht sehr nach einem persönlichen Motiv aus.«

»Persönlich? Grundgütiger, das kann nicht sein! Ich habe vor vielen, vielen Jahren in Cedar Cove gelebt, aber heute kenne ich hier nur wenige Menschen. Ich arbeite im Gesundheitszentrum und, na ja ...« Faith verstummte mitten im Satz, als sie Troys Auto sah.

Er fuhr an den Straßenrand, parkte hinter dem Streifenwagen und stieg aus. Es kostete sie all ihre Selbstbeherrschung, nicht zu ihm zu laufen.

Troy suchte sofort den Blickkontakt mit ihr. Obwohl sie sich mit Macht dagegen wehrte, stiegen Faith Tränen in die Augen. Seit kurz vor Weihnachten hatte sie ihn nicht mehr gesehen, und es hatte sie viel Mühe gekostet, jede Erinnerung an ihn zu verdrängen – leider mit sehr mäßigem Erfolg. Immerhin gab es Tage, an denen sie kaum an ihn denken musste. Das war ein Fortschritt, und trotzdem war der erste Mensch, an den sie sich in einer Krise hatte wenden wollen, Troy gewesen.

Deputy Weaver lief ihm entgegen, und die beiden Männer redeten kurz miteinander. Dann ging der Deputy zum Nachbarhaus hinüber, und Troy kam auf sie zu.

»Geht es dir gut?«, fragte er mit prüfendem Blick.

Sie schaute zu Boden, damit er nicht bemerkte, wie froh sie war, ihn zu sehen. »Ich ... ich weiß es noch nicht.« Irgendwie brachte sie ein schwaches Lächeln zustande, das ihn vermutlich nicht täuschen konnte.

»Weiß Scott Bescheid?«

»Ich ... ich habe ihn sofort angerufen. Er hat mir gesagt, ich solle den Notruf wählen. Er ist auf dem Weg vom Büro hierher.«

»Gut.«

»Er braucht aber noch mindestens zehn Minuten.«

»Möchtest du lieber auf ihn warten oder soll ich jetzt mit dir ins Haus gehen?«

Es musste schlimm aussehen. »Würdest du mich begleiten?«, fragte sie flüsternd.

Er fasste sie am Ellenbogen, und gemeinsam gingen sie auf die Tür zur Küche zu. »Ich schätze, es sieht ganz schrecklich aus.« So viel hatte ihr die Reaktion des Deputys bereits verraten.

Als ob sie zu berühren ihn schmerzlich daran erinnerte, dass sie ihre Beziehung beendet hatten, ließ Troy die Hand sinken. Um zu verbergen, wie sehr sie das verletzte, öffnete Faith den schmalen Schrank neben der Waschküche und griff nach dem Besen.

»Ich schlage vor, wir sehen uns den Schaden erst mal an, bevor du versuchst, sauber zu machen.«

»Oh, ja, natürlich.«

Er ging voraus ins Wohnzimmer, sie folgte ihm und schnappte entsetzt nach Luft. Hier sah es so aus, als hätte ein Orkan gewütet und nichts als Verwüstung zurückgelassen. Die Möbel waren umgeworfen, gelbe Farbe über ihr Klavier und ihren Bücherschrank gesprüht worden.

Am schlimmsten aber war, was der Eindringling mit den Familienfotos angestellt hatte, die auf dem Kaminsims standen. Schockiert schlug Faith sich die Hände vor den Mund.

»Dahinter muss etwas Persönliches stecken«, murmelte Troy und griff nach dem Foto von Scott, seiner Frau und den Kindern. Jedes Gesicht war mit einem X in hellroter Farbe beschmiert. Auch das Foto von Faiths Tochter Jay Lynn war so besudelt worden. Am schlimmsten jedoch hatte es ein Foto von ihrem verstorbenen Mann Carl getroffen. Sein Bild war regelrecht vernichtet worden.

»Wer tut denn so was?«, rief Faith entsetzt.

»Hattest du in letzter Zeit Streit mit jemandem?«, fragte Troy.

Das war im Grunde dieselbe Frage, die Deputy Weaver ihr gestellt hatte, und die Antwort lautete genauso wie zuvor. »Nein ...«

»Denk nach, Faith«, hakte Troy nach. »Wer immer das hier getan hat – und das kann mehr als einer gewesen sein –, versucht, dich zu verletzen.«

»Wenn das so ist, dann ist es ihm gelungen«, gab sie knapp zurück.

»Es tut mir so leid, dass das passiert ist«, meinte Troy sanft. Einen Moment lang sah es so aus, als wollte er sie in die Arme nehmen.

Schwach und verletzlich, wie sie sich in diesem Augenblick fühlte, hätte Faith sich nur zu gern in seine Umarmung geflüchtet. Sie hätte den Trost, den er ihr bot, gern angenommen, das Gefühl genossen, dass sie bei ihm in Sicherheit war.

Zum Glück fiel ihm offenbar ein, dass sie kein Paar mehr waren und es nicht länger angemessen war, sie zu berühren. Er ließ die Arme sinken und trat einen Schritt zurück.

»Was ist mit dem Schlafzimmer?«, fragte Faith, um ihre wankende Entschlossenheit zu verbergen.

»Bist du sicher, dass du damit fertig wirst?«, fragte Troy.

Konnte sich jemand dessen sicher sein? »Ich ... ich muss mich früher oder später ja doch damit auseinandersetzen.«

»Stimmt.« Wieder ging er voran.

Sie mussten über Schubladen steigen, die in den Flur gezerrt worden waren, über Stuhlpolster, Bücher und Lampen und so ziemlich jedes Kleidungsstück, das sie besaß. Es sah so aus, als wäre alles, was sich in ihrem Haus befand, in den Flur befördert worden.

Als sie ihr Schlafzimmer und das darin herrschende Chaos sah, konnte sie nicht länger an sich halten. Der Anblick war zu viel für sie. Schluchzend drehte sie sich um und rannte aus dem Zimmer.

Zorn durchflutete sie. Es war ihr ein Rätsel, wer das getan haben mochte. Doch wer immer es war, er wollte den Frieden und die innere Gelassenheit, die sie sich seit ihrem Umzug nach Cedar Cove so mühsam erarbeitet hatte, zerstören.

»Kannst du sagen, ob irgendetwas gestohlen wurde?«, fragte Troy. Vermutlich versuchte er nur, sie abzulenken.

Sie ging ins Wohnzimmer und atmete ein paarmal tief durch. »Nein ... noch nicht.« Dass es sich um mehr als Vandalismus handeln konnte, brachte sie völlig aus dem Gleichgewicht. Wer hier eingebrochen war, hatte vermutlich alle Wertsachen mitgenommen, die er finden konnte.

Aber warum ausgerechnet bei ihr? Sie besaß nur wenige teure Schmuckstücke, von denen sie einige trug. Die anderen – ihr Trauring und die Perlen, die ihrer Mutter gehört hatten – lagen in einem Schließfach der Bank.

»Und? Fehlt irgendwas Wichtiges?«, hakte Troy nach.

Sie schüttelte den Kopf.

»Zuallererst solltest du dir ein neues Schloss einbauen lassen«, fuhr er fort, während er die Haustür untersuchte. »Und zwar ein Sicherheitsschloss. Zieh auch eine Alarmanlage in Betracht.«

»Ich werde mich informieren.« Sein Vorschlag hielt sie davon ab, über das Geschehene nachzugrübeln, aber nicht sehr lange.

»Meine Familie«, flüsterte sie und starrte die Fotos von ihren Kindern und Enkeln an. »Ist sie sicher?«

Unbehaglich zuckte Troy die Achseln. »Ich schätze, dir will jemand Angst einjagen.«

»Aber warum?«

Mit finsterem Blick runzelte er die Stirn. »Das kann ich dir nicht beantworten. Ich wünschte, ich könnte es dir sagen, aber ich kann es nicht.«

»Ich will wissen, warum …«

»Ja, ich auch, und ich verspreche dir, dass ich alles in meiner Macht Stehende tun werde, um den Schuldigen ausfindig zu machen.«

Das war ja schön und gut, aber Faiths größte Sorge galt ihrer Familie. »Warum ext jemand ihre Gesichter aus? Ich werde nachts nicht schlafen können, wenn womöglich meine Enkel in Gefahr sind … Und das nur meinetwegen«, sprudelte es aus ihr heraus. »Was könnte ich denn nur getan haben, um so etwas zu verdienen?«

Troy fasste sie bei den Schultern, und einzig sein Griff bewahrte sie davor, zusammenzubrechen.

»Faith, hör mir zu«, sagte er streng und in sehr offiziellem Tonfall. »Ich regle das und werde veranlassen, dass ein Streifenwagen regelmäßig bei dir und Scotts Haus Patrouille fährt. Ich will, dass du dir keine Sorgen machst, verstanden?«

Selbst einfach nur zu nicken fiel ihr schwer.

»Mom!«, hörte sie Scott von der Veranda rufen.

Als sie nicht sofort antwortete, übernahm Troy das für sie. »Wir sind im Haus«, rief er, ließ sie los, ging zur Haustür und öffnete sie.

Scott stürmte ins Haus und erstarrte bei dem Anblick, der sich ihm bot. Es verschlug ihm die Sprache, und seine weit aufgerissenen Augen verrieten, wie geschockt und entsetzt er war. Als er sich einigermaßen gefangen hatte, wandte er sich an Troy, damit der ihm sagte, was los war – genauso wie Faith nur wenige Augenblicke zuvor.

Faith streckte die Arme nach ihrem Sohn aus. Sie stand ihren beiden Kindern und ihren Enkeln sehr nahe, wollte ihnen aber auf keinen Fall zur Last fallen. Ihre Unabhängigkeit war ihr äußerst wichtig, und sie war entschlossen, sie sich zu bewahren. Nach Carls Tod hatte sie sich mit dem Leben als Witwe abgefunden und war allein in dem großen Haus in Seattle geblieben. Zwar war sie mittlerweile nach Cedar Cove zurückgekehrt, kümmerte sich aber immer noch selbst um alles, ohne ihre Kinder um Hilfe zu bitten.

Bis jetzt war sie gut zurechtkommen, aber dieses ... dieses Ungeheuer, das in ihr Haus eingedrungen war, hatte nicht nur ihre Möbel umgeworfen. Es hatte ihre ganze Welt ins Wanken gebracht und ihr den Seelenfrieden geraubt.

»Deputy Weaver spricht mit den Nachbarn«, erklärte Troy. »Ich frage ihn, ob er etwas in Erfahrung bringen konnte.«

»Derjenige, der das getan hat, ist durch die Tür ins Haus rein?«, fragte Scott ungläubig und legte den Arm um Faiths Schultern. Sie war dankbar für seine Unterstützung.

»Sieht ganz so aus«, erwiderte Troy.

»Am helllichten Tag? War denn niemand in der Straße zu Hause?«

Faith blickte auf. »Die Vesseys verbringen den Winter in Arizona, und ... und ...« Sie geriet ins Stocken. »... alle anderen Nachbarn sind entweder bei der Arbeit oder in der Schule.«

»Kommst du zurecht?«, fragte Troy. Sein Blick verriet, wie schwer es ihm fiel zu gehen. Aber jetzt, da Scott da war, hatte er keinen Grund zu bleiben. Er hatte seine Pflicht getan. Nein, er hatte weit mehr als seine Pflicht getan.

Es kostete sie zwar ihre ganze Kraft – und ein schauspielerisches Talent, von dem sie nicht einmal gewusst hatte, dass sie es besaß –, aber sie schenkte ihm ein beruhigendes Lächeln. »Ja, danke. Ich komme zurecht, Troy. Es ... es hat mir sehr geholfen, dass du persönlich vorbeigekommen bist.«

Er tippte sich an die Hutkrempe, nickte Scott kurz zu, drehte sich um und verließ das Haus.

3. Kapitel

Olivia Griffin löffelte den Rest ihrer Suppe aus und stellte die leere Schale in die Spüle. Die hausgemachte Tomaten-Basilikum-Suppe war eins ihrer Lieblingsgerichte, und ihre Mutter sorgte jede Woche für einen großzügigen Vorrat. Jack würde sich freuen, dass sie ihr Mittagsgericht aufgegessen hatte. In der Vorwoche hatte sie ihre erste Chemotherapie erhalten, und es war besser gelaufen als erwartet.

Allerdings waren ihre Erwartungen auch nicht allzu optimistisch gewesen. Als sie vor ein paar Monaten die Diagnose Brustkrebs erhalten hatte, hatte sie befürchtet, dass ihr Leben praktisch vorbei wäre. Die Diagnose als Schock zu bezeichnen war noch untertrieben. Sie hatte sich immer vernünftig ernährt, regelmäßig Sport getrieben und alle empfohlenen Vitamine genommen.

Die wichtigste Lektion in Sachen Krebs hatte darin bestanden, dass diese Krankheit einfach nicht fair war. Aber auch das Leben im Allgemeinen war nicht unbedingt fair. In ihrem Alter hätte ihr das eigentlich längst klar sein müssen. Und wenn sie ehrlich war, hatte sie das auch gewusst. Immerhin hatte sie eins ihrer Kinder verloren, als es gerade dreizehn Jahre alt gewesen war, und ihre erste Ehe war gescheitert ... Dennoch hatte sie dummerweise geglaubt, die Kontrolle über ihren Körper und ihre Gesundheit zu haben, wenn sie nur das Richtige tat. Diese Kontrolle zu verlieren war schwer zu akzeptieren, aber ihr blieb nichts anderes übrig. Sie war eine Frau, die alles im Griff hatte – in ihrem Haus gab es keine Unordnung, Punkt. Plötzlich wurde ihr bewusst, dass dieser Charakterzug nach Jordans Tod noch viel ausgeprägter geworden war.

Jetzt nahm sie sich eine Auszeit von ihrem Amt als Familienrichterin und wappnete sich emotional wie körperlich für die Behandlungen, die in den nächsten drei Monaten anstanden. Sie wusste, dass manche Leute auch während einer Chemotherapie ihrer Arbeit nachgingen, aber alle hatten sie dazu gedrängt, das nicht zu tun. »Gönn dir eine Pause«, hatte Jack gesagt, also hatte sie das getan.

Draußen wurde eine Autotür zugeschlagen und machte Olivia darauf aufmerksam, dass Besuch gekommen war. Ein Blick aus dem großen Küchenfenster verriet ihr, wer der Besucher war: ihre Mutter. Das war keine Überraschung.

Trotzdem runzelte Olivia leicht die Stirn, als sie sah, dass Charlotte allein war. Seit ihre Mutter vor etlichen Jahren Ben geheiratet hatte, waren die beiden praktisch immer zusammen. Am Weihnachtstag waren sie von einer Kreuzfahrt durch die Karibik zurückgekommen, und seitdem schaute ihre Mutter täglich vorbei.

Da sie wusste, dass Charlotte am liebsten neben dem Haus parkte und den Hintereingang benutzte, öffnete Olivia ihr die Tür, die von der Küche aus ins Freie führte.

Ihre Mutter lächelte, als sie das Haus betrat. »Ich hatte gehofft, dass ich dich erwische, bevor du deinen Mittagsschlaf hältst«, sagte sie, stellte einen Korb auf den Tisch, legte rasch Handtasche und Mantel ab und hängte sie an den Garderobenhaken neben der Tür. Charlotte ließ sich selten blicken, ohne irgendeine Leckerei mitzubringen, fast immer ein Produkt ihrer Kochkünste.

»Mom«, meinte Olivia scherzhaft. »Mittagsschlaf halte ich schon nicht mehr, seit ich vier Jahre alt war.«

»Ja, ich weiß, meine Liebe«, erwiderte Charlotte gut gelaunt, »aber du musst dich ausruhen, ganz besonders jetzt.«

»Ich habe heute Morgen gründlich ausgeschlafen.« Olivias Alltagsroutine hatte darin bestanden, um sechs Uhr aufzustehen und um halb neun im Gerichtsgebäude zu sein. Nicht jeden Abend den Wecker stellen zu müssen ist der reinste Luxus. Daran könnte ich mich glatt gewöhnen, dachte sie.

»Ausgeschlafen bis wann?«, wollte Charlotte wissen, schlug das rot karierte Tuch zurück, das den Korbinhalt verdeckte, und holte eine Dose Cookies und einen Orangen-Napfkuchen hervor, der zufällig einer von Jacks Lieblingskuchen war.

»Bis beinahe acht.«

Ihre Mutter warf ihr einen Blick über die Schulter zu und tat so, als schnappte sie nach Luft. »Meine Güte, das ist ja *so* spät.«

Olivia lachte. »Na ja, für mich ist es das – und es war himmlisch.«

»Jack hat sich allein für die Arbeit fertig gemacht und dich nicht geweckt?«

Tatsächlich hatte ihr Mann sie geweckt, aber auf überaus romantische Weise. Er hatte ihr eine Tasse frisch gebrühten Kaffee gebracht. Dann hatte er sie geküsst – mehrmals –, bevor er das Haus verließ, um in die Redaktion zu fahren. Die Erinnerung an seine Küsse, die sie sanft geweckt hatten, erfüllte sie mit Wärme und Glück.

»Möchtest du einen Tee, Mom?«, fragte sie. Normalerweise trank sie morgens Kaffee und später nur Tee.

»Ja. Ich werde ihn zubereiten«, sagte Charlotte.

»Ich bin keine Invalidin«, protestierte Olivia, wohl wissend, dass es keinen Sinn hatte zu streiten. Ohne auf eine Antwort zu warten, zog sie einen Stuhl unter dem Tisch hervor, setzte sich und sah ihrer Mutter zu, die in der Küche herumwuselte.

Gern ließ sie es zu, dass Jack und ihre Mutter sie verwöhnten. Die beiden konnten so wenig für sie tun, und kleine Aufmerksamkeiten wie Kaffee im Bett oder selbst gebackene Leckereien halfen auch ihnen, sich besser zu fühlen.

»Wo ist Ben?«, fragte sie, als ihre Mutter Wasser aufsetzte und Teebeutel in die Kanne hängte.

»Zu Hause, in seinem Ruhesessel«, antwortete Charlotte. »Er ist nicht ganz auf dem Damm.«

»Hast du ihm deine Hühnernudelsuppe gekocht?« Diese Suppe war das todsichere Heilmittel ihrer Mutter gegen so ziemlich alles, woran die Menschen, die sie liebte, litten.

Charlotte nickte. »Sie köchelt im Crock-Pot vor sich hin.« Sie nahm zwei Teetassen samt Untertassen aus dem Schrank. »Ben ist erschöpft von der Kreuzfahrt, und außerdem ... na ja, dieser ganze Kram mit David und dem Baby macht ihm ziemlich zu schaffen.«

An Heiligabend war eine junge schwangere Frau namens Mary Jo Wyse auf der Suche nach David Rhodes, Bens jüngstem Sohn, in Cedar Cove aufgetaucht. David war der Vater ihres Kindes und hatte der naiven jungen Frau einen Haufen Lügen aufgetischt. Abgesehen von den schwerwiegenderen Unwahrheiten – dass er sie liebe und das Baby wolle – hatte er sie in dem Glauben gelassen, er würde die Feiertage bei Charlotte und Ben verbringen. Dabei hatte er nur zu gut gewusst, dass sein Vater und seine Stiefmutter eine Kreuzfahrt machten. Offenbar war er davon ausgegangen, dass Mary Jo nicht nach ihm suchen würde.

Er hatte nicht damit gerechnet, dass sie in die Stadt kommen, geschweige denn dass ihre Wehen einsetzen und sie hier in Cedar Cove ihre Tochter zur Welt bringen würde. Jener Abend war zu einer Nacht voller Wunder geworden, die Olivia und ihrer besten Freundin Grace Harding noch lange in Erinnerung bleiben würde.

»Hat Ben Kontakt mit David aufgenommen?«, fragte Olivia. Zuletzt hatte sie gehört, dass niemand David erreichen konnte, um ihm zu sagen, dass Mary Jo eine Tochter zur Welt gebracht hatte.

Charlotte nickte, als der Teekessel zu pfeifen begann. Sie nahm ihn vom Herd und füllte die Teekanne, stülpte einen Kannenwärmer darüber und trug sie zum Tisch. Als Nächstes deckte sie Tassen und Untertassen auf. Ihre Bewegungen sind allesamt ökonomisch und präzise, wie Olivia insgeheim feststellte. Das zeugte von den vielen Jahren, die sie in der Küche gearbeitet und anderen Gutes getan hatte.

»Ich fürchte, es war keine erbauliche Unterhaltung«, meinte Charlotte seufzend. »Ben ist schrecklich enttäuscht von seinem Sohn.«

Und das leider nicht zum ersten Mal ...

»David hat sogar versucht zu leugnen, dass er Mary Jo kennt.«

Was für ein Arschloch! Es war typisch für ihn, dass er sich vor jeglicher Verantwortung zu drücken versuchte. Olivia hatte das erste Mal mit David zu tun bekommen, als er versucht hatte, Charlotte etliche Tausend Dollar abzuluchsen. Zum Glück hatte Olivias Tochter Justine ihm einen Strich durch die Rechnung gemacht.

Erneut stieß Charlotte einen tiefen Seufzer aus. »Ich fürchte, Ben und David haben sich gestritten. Ben hat hinterher nicht viel gesagt, und ich habe ihn nicht bedrängt, aber du kannst dir sicher vorstellen, wie ihm zumute ist.«

»Immerhin hat er diesem Schlamassel eine wunderschöne Enkelin zu verdanken«, erinnerte Olivia ihre Mutter.

»Oh ja, und er ist ganz hingerissen von Noelle. Ich weiß, dass er schon sein Testament geändert hat.«

»Habt ihr etwas von Mary Jo gehört?«

»Wir haben diese Woche ein paarmal mit ihr geredet. Sie klingt, als ginge es ihr gut, und das Baby gedeiht prächtig.«

»Das sind gute Nachrichten.«

»Und ihre Brüder sind verrückt nach der kleinen Noelle.«

Die Erinnerung an den Heiligen Abend entlockte Olivia ein Lächeln. Die drei Wyse-Brüder waren auf der Suche nach ihrer kleinen Schwester zur Ranch von Grace und Cliff hinausgefahren. Dabei hatten sie sich in der Gegend um den Puget Sound etliche Male verfahren und waren gerade noch rechtzeitig angekommen, um ihre neugeborene Nichte begrüßen zu können. Mary Jo war auf der Ranch in der Wohnung über Cliffs Scheune untergebracht gewesen, als bei ihr die Wehen einsetzten.

»Als wir gestern miteinander sprachen, sagte Mary Jo, Mack McAfee habe bei ihr vorbeigeschaut, um das Baby zu sehen«, erzählte Charlotte weiter.

»Er ist also nach Seattle gefahren?« Der junge Feuerwehrmann hatte Mary Jo während der Geburt beigestanden und das Baby auf die Welt geholt. Es war seine erste Geburt gewesen. Olivia konnte sich gut erinnern, wie aufgeregt er gewesen war. Er hatte so gestrahlt, dass man hätte meinen können, er wäre der Vater des Kindes.

»Ja, und Mary Jo erzählte, er habe Noelle noch ein Stofftier mitgebracht.« Charlotte nahm den Kannenwärmer ab und goss ihnen beiden dampfenden grünen Tee ein. Amüsiert den Kopf schüttelnd, schaute sie Olivia an. »Dank Mack und Mary Jos Brüdern hat das Baby jetzt schon genug Spielzeug für seine ganze Kindheit.«

»Das ist so schön«, sagte Olivia und griff nach ihrer Tasse.

»Hast du das von Faith Beckwith gehört?« Charlotte öffnete die Keksdose und bot Olivia ein Hafer-Rosinen-Cookie an.

»Dass sie wieder in die Stadt gezogen ist, meinst du?« Das

war Olivia längst bekannt. Sie biss von ihrem Cookie ab, das wie immer perfekt gebacken war.

»Nein.« Olivia trank einen Schluck Tee. »Bei ihr wurde eingebrochen und das Haus verwüstet.«

»Nein!«, rief Olivia entsetzt. »Du meine Güte! Weiß Grace davon?«

Das Haus gehörte ihrer besten Freundin, die lange überlegt hatte, ob sie es verkaufen oder behalten sollte. Ihre ersten Mieter, ein junger Marinesoldat und seine Frau, Ian und Cecilia Randall, waren kaum eingezogen, da wurde Ian auf einen anderen Stützpunkt versetzt. Die nächsten Mieter hatten monatelang keine Miete gezahlt und schienen wild entschlossen, alle rechtlichen Möglichkeiten zu nutzen, um so lange wie möglich mietfrei dort wohnen zu können. Offenbar hatten das Paar und seine Freunde, die bei ihnen wohnten, ganz genau gewusst, was sie taten und wie sie am besten damit durchkamen.

Das war eine schreckliche Erfahrung für die arme Grace gewesen. Zum Glück waren die Mieter dann doch noch aus eigenem Antrieb ausgezogen – nachdem Jack und Grace' Mann Cliff ein bisschen nachgeholfen hatten, um die Mietnomaden dazu zu bewegen, das Haus zu räumen.

»Ach herrje«, murmelte Charlotte und stellte ihre Tasse ab. »Das hatte ich ganz vergessen. Grace hat mich gebeten, dir nichts davon zu erzählen.«

»Warum denn das nicht?«

»Sie wollte nicht, dass du dir Sorgen machst.«

Olivia hatte eigentlich nur einen Wunsch, nämlich dass ihre Angehörigen und Freunde endlich aufhörten, sie so zu behandeln, als würde sie bei der kleinsten Andeutung schlechter Nachrichten in Ohnmacht fallen.

»Mit Grace spreche ich später, aber jetzt erzähl mir erst mal von Faith.«

Ihre Mutter umfasste ihre Teetasse mit beiden Händen. »Oh, es geht ihr gut. Sowie ich von dem Einbruch erfahren habe, bin ich zu ihr, um ihr beim Aufräumen zu helfen. Grace und Cliff haben natürlich genauso gehandelt und Corrie und Peggy und noch ein paar andere. Das Haus war ein einziges Schlachtfeld.« Charlotte verzog das Gesicht. »Es sah schrecklich darin aus.«

»Wie kommt Faith damit zurecht?«

Ihre Mutter lehnte sich auf ihrem Stuhl zurück. »Du kennst Faith. Sie ist eine starke Frau, aber dieser Einbruch hat sie ziemlich durcheinandergebracht. Zum Glück war der Einbrecher schon fort, als sie nach Hause kam.«

Olivia konnte sich gut vorstellen, wie verstörend das Ganze für Faith gewesen sein musste. »Ist was gestohlen worden?«, fragte sie.

»Als ich da war, war sie noch nicht sicher, und wir waren alle so sehr damit beschäftigt, aufzuräumen und sauber zu machen, dass es kaum festzustellen war. Ich glaube nicht, dass sie es wissen wird, bevor sie eine Chance hatte, alles durchzugehen.«

»Wer ist noch alles gekommen, um zu helfen?« Das war etwas, was Olivia an Cedar Cove liebte. Hier waren Nachbarn mehr als nur Nachbarn – sie waren Freunde, die bereitwillig einsprangen, wenn sie gebraucht wurden.

»Nun, natürlich ihr Sohn und seine Frau.«

»Natürlich.«

»Megan Bloomquist war auch da.«

»Troys Tochter?«

»Ja. Faith und Megan haben sich angefreundet.«

Das war eine Überraschung. »Was ist mit dem Sheriff und Faith?«

Charlotte setzte ihre Teetasse ab und runzelte nachdenklich die Stirn. »Das ist leider eine heikle Angelegenheit.

Wie ich höre, haben sie beschlossen, sich nicht mehr zu treffen.«

»Tatsächlich?« Es tat Olivia leid, das zu hören. Sie erinnerte sich, dass die beiden schon in der Highschool miteinander gegangen waren. In letzter Zeit kursierten Gerüchte, dass sie sich wieder nähergekommen seien. Eine wirklich schöne Vorstellung, wie Olivia fand. Es machte sie traurig, dass offenbar doch nicht alles so lief wie erhofft. Aber wie sie nur zu gut wusste, hatte nicht jede Liebesgeschichte ein Happy End.

Ein paar Sekunden lang herrschte Schweigen. »Jemand vom Schlüsseldienst kam, als ich da war«, meinte Charlotte dann. »Troy hatte ein Sicherheitsschloss vorgeschlagen, und Grace hat es sofort einbauen lassen.«

»Gut.«

»In jede Tür. Am Vorder- und Hintereingang und in die Garagentür.« Ihre Mutter grinste. »Lloyd meinte, damit wäre jeder weitere Einbruchsversuch zum Scheitern verurteilt.«

Lloyd Copeland gehörte der örtliche Schlüssel- und Sicherheitsdienst. Er verfügte über zwanzig Jahre Erfahrung. Wenn er sagte, das Haus sei sicher, dann war es das auch. Jetzt gab es nur noch einen Weg hinein – durch ein Fenster, aber Olivia erinnerte sich, dass Grace sich im Erdgeschoss für besonders starkes Glas entschieden hatte.

»Das freut mich«, sagte sie. »Faith braucht ihren Seelenfrieden.«

»Amen.« Charlotte trank ihren Tee aus und stand auf, um die Tasse in die Spüle zu stellen. »Kann ich noch irgendwas für dich tun, Olivia?«

»Ich brauche nichts, Mom. Danke für das Angebot.«

»War dein Bruder in letzter Zeit mal hier?«, fragte Charlotte auf dem Weg zur Tür.

»Will hat heute Morgen angerufen.«

Die Miene ihrer Mutter zeigte Olivia, dass sie alles andere als erfreut war. Charlotte erwartete, dass Will mindestens dreimal wöchentlich vorbeischaute, um seine Schwester zu bedauern und ihr die Hand zu halten.

»Mom«, protestierte sie. »Will hat viel zu tun. Er arbeitet daran, die Galerie zum Erfolg zu führen, und baut gleichzeitig seine Wohnung um.«

»Das ist keine Entschuldigung.«

Olivia machte sich nicht die Mühe zu widersprechen.

»Seit Weihnachten hast du ihn aber schon mal gesehen, oder?«

»Natürlich.« Tatsächlich war Will Weihnachten zu Besuch gekommen und hatte ein wenig deprimiert gewirkt. Vorher war er bei Shirley Bliss gewesen, die zu seiner Verwunderung nicht zu Hause war. Er hatte ein übergroßes Ego und ging davon aus, dass alle Welt sich nach seinem Terminkalender richtete. Dass Shirley, eine seiner Künstlerinnen und verwitwete Mutter zweier Teenager, irgendwo anders sein könnte als zu Hause, wo sie sehnsüchtig auf seinen Besuch wartete, war ihm gar nicht in den Sinn gekommen. Olivia hoffte, dass ihr Bruder daraus gelernt hatte.

»Vergiss nicht, dass ich dir meinen Orangen-Napfkuchen mitgebracht habe.«

»Wie könnte ich das vergessen?!« Obwohl Jack ihn mit größerem Appetit essen würde als sie selbst. »Du willst, dass ich ein bisschen mehr Speck auf die Rippen kriege, richtig?«

Ihre Mutter leugnete das nicht. »Als Nächstes koche ich dir meine ganz besondere Lasagne.«

»Mom«, wehrte Olivia lachend ab. »Wenn das so weitergeht, passe ich nicht mehr in meine Klamotten.« Tatsächlich brauchte sie sich darüber absolut keine Sorgen zu machen. Jedes Kleidungsstück schlotterte an ihr, weil sie vor

Weihnachten aufgrund einer schweren Infektion stark abgenommen hatte. Trotzdem wollte Olivia ihre Mutter wissen lassen, dass sie zwar alles, was sie für sie tat, zu schätzen wusste, aber bereits auf dem Weg der Besserung war.

»Lass mich dich noch ein bisschen verwöhnen«, bat ihre Mutter. »Bitte, Schatz!«

Lächelnd gab Olivia nach. »In Ordnung, Mom.«

Charlotte zog ihren Mantel an, griff nach ihrer Handtasche und dem leeren Korb. »Ich gehe jetzt Bess besuchen.« Das war eine ihrer vielen Freundinnen. »Du rufst an, wenn du was brauchst, ja? Versprichst du mir das?«

»Natürlich«, versicherte Olivia ihr.

Ihre Mutter fasste nach dem Türknauf. »Und lass ja nicht zu, dass Jack den ganzen Kuchen allein aufisst, hörst du?«

Wieder musste Olivia lachen. »Ich tue, was ich kann, Mom.«

Ein kurzes Winken, und schon war Charlotte zur Tür hinaus. Olivia hoffte inständig, dass sie, wenn sie achtzig wurde, ebenso viel Charme, Tatkraft und Optimismus besitzen würde wie ihre wundervolle Mutter.

4. Kapitel

Irgendwer hämmerte an Christie Levitts Haustür, als sie am Waschbecken im Bad stand und sich die Zähne putzte. Sie spülte sich den Mund aus, reinigte die Zahnbürste und stellte sie in den Zahnputzbecher. Dann spritzte sie sich kaltes Wasser ins Gesicht. Es war ihr ein Rätsel, wer so früh am Tag schon vor ihrer Tür stehen mochte.

»Immer mit der Ruhe«, rief sie und zuckte zusammen. Ihr Schädel dröhnte unangenehm. Heftige Kopfschmerzen kündigten sich an.

Wer auch immer der unangekündigte Besucher war, er war auf jeden Fall hartnäckig, denn er klopfte weiter an die Tür. Auf ihrem Weg durch den Flur ins Schlafzimmer überlegte sie kurz, welche Rechnungen sie bezahlt hatte, und war sich absolut sicher, sowohl die Strom- als auch die Wasserrechnung beglichen zu haben.

Strom und Wasser waren ihr schon einmal abgestellt worden, doch ihrer Meinung nach schickten beide Versorger niemanden vorbei, um fällige Rechnungsbeträge einzufordern. Bisher jedenfalls war noch niemand gekommen, jedenfalls nicht, soweit sie sich erinnern konnte.

Sie griff nach ihrem Morgenmantel, schlüpfte hinein und verknotete den Bindegürtel um ihre Taille. Dabei bemühte sie sich nach Kräften, das schmerzhafte Hämmern in ihrem Kopf zu ignorieren.

»Wer ist denn da?«, rief sie, während sie aufschloss. Ihr Kopf schmerzte und ihr brannten die Augen. Was sie jetzt dringend brauchte, war eine Tasse starken Kaffee. Je stärker, desto besser, und lieber früher als später. Da sie mit einem so trockenen Mund aufgewacht war, als wäre er mit Watte ausgestopft, hatte sie sich zuerst die Zähne geputzt. Der Kaffee sollte als Nächstes folgen.

Kaum hatte sie ihre Wohnungstür geöffnet, drängte sich ihre Schwester an ihr vorbei.

Gequält stöhnte Christie auf. Sie hatte versucht, Teri aus dem Weg zu gehen. Die hartnäckigen Telefonanrufe hatte sie ignoriert. Den Zettel, den Teri ihr unter der Tür hindurchgeschoben hatte, hatte sie zerrissen, ohne ihn zu lesen. Das war auch nicht nötig gewesen, denn sie wusste, was darauf stand. Sie hätte auch wissen müssen, dass Teri selbst den heftigsten Wink mit dem Zaunpfahl nicht verstand.

»Was willst du?« Wieder zuckte sie zusammen, als der Kopfschmerz ihr stechend durch den Schädel fuhr.

Teri, im fünften Monat schwanger mit Drillingen, funkelte sie verärgert an. »Du siehst grauenvoll aus.«

»Danke.« Christie ging in die Küche und griff nach der Kaffeekanne. »Nimm nur kein Blatt vor den Mund.«

»Das habe ich noch nie und werde jetzt auch nicht damit anfangen.« Teri folgte ihr in die Küche, zog sich einen Stuhl heran und setzte sich, ohne auf eine Einladung zu warten. »Stell bitte Wasser für Tee auf«, sagte sie, ließ die Hände zu ihrem prallen Bauch wandern und legte die Füße auf den Stuhl gegenüber, als hätte sie vor, eine Weile zu bleiben.

Na großartig! Nicht genug damit, dass Christie rasende Kopfschmerzen hatte, jetzt hatte sie auch noch Teri am Hals. Als kleines Zeichen ihrer Auflehnung kümmerte sie sich erst um ihren Kaffee, bevor sie einen Becher mit Wasser füllte und in die Mikrowelle stellte. Wütend hieb sie auf den Timerknopf.

»Was willst du hier?«, fragte sie, obwohl sie es sich denken konnte. Der Besuch musste etwas mit James Wilbur zu tun haben, Teris und Bobbys ehemaligem Chauffeur. Allein schon an den Namen zu denken, erfüllte sie mit Schmerz.

Dieser Mistkerl.

Diese Ratte.

Christie war überzeugt gewesen, ihn zu lieben. Ihn wirklich und wahrhaftig zu lieben. Oh, sie hatte auch vorher schon geliebt, allerdings immer die falschen Männer, wie sich herausgestellt hatte. Sie war verheiratet gewesen, geschieden worden und hatte eine ganze Reihe von Männern gehabt, die alle behaupteten, ihre Gefühle zu erwidern ... Und naiv, wie sie war, hatte sie ihnen geglaubt.

Bei James jedoch war es anders gewesen, und sie hatte gedacht, dass zwischen ihnen alles stimmte. Aber dann hatte er genau das getan, was vor ihm schon alle anderen Männer getan hatten. Er hatte sie fallen lassen. Nachdem er ihr eine kryptische Nachricht hinterlassen hatte, war er einfach abgehauen und hatte ihr das eh schon verwundete Herz gebrochen.

Okay, das würde ihr nicht noch einmal passieren. Nie wieder!

Christie war fertig mit den Männern.

Ein für alle Mal.

Diesmal meinte sie es ernst. Jemandem sein Herz zu schenken war immer mit Schmerz und Kummer verbunden.

»Dein Wagen steht vorm *Pink Poodle*«, erklärte Teri und beobachtete sie dabei, wie sie in der Küche umherlief.

»Und?«, gab Christie schnippisch zurück. Schließlich ging es ihre Schwester nichts an, wo sie ihren Wagen stehen ließ. Die Mikrowelle gab einen Piepton von sich, aber sie ignorierte es.

»Und«, erwiderte Teri sarkastisch, »du trinkst wieder.«

»Na und? Da hängen meine Freunde ab.« Es war keine große Sache, wenn sie nach der Arbeit ein paar Bier mit den Jungs trinken wollte. Ein paar Stunden im *Pink Poodle* durchbrachen die Monotonie ihres Alltags und halfen gegen die Einsamkeit. In eine leere Wohnung zurückzukehren und den Abend vorm Fernseher zu verbringen war kein großer Anreiz, nach Hause zu eilen.

»Diese Typen sind deine Freunde? Na klar doch.«

»Hör zu, wenn du gekommen bist, um mir eine Moralpredigt zu halten, dann spar dir den Atem. Ich will nichts davon hören.«

Teri machte eine finstere Miene. Die Art und Weise, wie sie einander ankeiften, erinnerte sie daran, wie sie früher miteinander umgegangen waren. Im letzten Jahr hatte sich ihr Verhältnis zueinander gebessert, was sie zum großen Teil James und dem Schachspieler Bobby Polgar zu verdanken hatten, ihrem Mann.

Teri wandte den Blick ab, ließ den Kopf sinken und seufzte. Sie klang entweder verletzt oder beleidigt, genau konnte Christie das nicht sagen. Aber diese Reaktion war so untypisch für ihre rechthaberische und stets sehr direkte Schwester, dass Christie sich sofort Sorgen machte.

»Was hast du? Irgendwas nicht in Ordnung?« Verschiedene Möglichkeiten schossen ihr durch den Kopf: eine Schwangerschaftskomplikation, Ärger mit Bobby. Oder vielleicht betraf das Problem ja auch ihren jüngeren Bruder Johnny. Oder ...

»Es ist die Schwangerschaft«, platzte Teri heraus und schloss die Augen. »Manchmal wird mir schwindelig. Es geht mir gut, aber drei Babys im Bauch mit sich rumzutragen ist eine echte Strapaze.«

Christie erschrak. »Stimmt was nicht mit den Babys?«

»Nein.« Teri winkte ab. »Mit mir.«

»Du bist ...«

»Der Arzt hat mir gesagt, dass mein Blutdruck schwanken und ich gelegentlich einen schlechten Tag haben würde.

Offenbar ist heute so ein Tag, und die Babys machen sich bemerkbar. Aber es gibt keinen Grund, sich Sorgen zu machen.«

Aber Christie machte sich Sorgen, auch wenn ihre Schwester abwiegelte. Sie hätte Teris Versuche, sie zu erreichen, nicht ignorieren sollen. Nur deshalb war ihre Schwester zu ihr gekommen. Sehr wahrscheinlich hatte sie gegen die Anweisungen ihres Arztes verstoßen, indem sie das Haus verließ, und das nur, weil Christie sich geweigert hatte, ihre Anrufe entgegenzunehmen.

Die Kaffeemaschine gurgelte laut und zeigte damit an, dass der Kaffee fertig war. Christie schnappte sich einen Becher, inspizierte ihn auf Sauberkeit und füllte ihn bis zum Rand mit Kaffee. Dann nahm sie Teris Becher mit heißem Wasser aus der Mikrowelle, hängte einen Kräuterteebeutel hinein und stellte beide Getränke auf den Tisch, bevor sie sich ihrer Schwester gegenübersetzte.

»Also gut, rede mit mir«, sagte Christie, trank einen Schluck von ihrem Kaffee und schnappte nach Luft, als sie sich daran die Lippen verbrühte.

Mit geschlossenen Augen atmete Teri langsam ein und aus. »Ich gebe dir die Schuld daran.«

»Mir? Was habe ich getan?« Sie fühlte sich durchaus schuldig, war aber nicht bereit, das zuzugeben.

»Du ... du denkst immer nur an dich.« Einen Moment lang klang Teri, als würde sie gleich in Tränen ausbrechen. Ihre Stimme bebte, und ihre Unterlippe begann zu zittern.

Christie blinzelte überrascht. Teri war die Starke, Zielstrebige in der Familie und neigte normalerweise nicht zu Gefühlsausbrüchen. Sie selbst war die Unstete, Flatterhafte – und dieser Rollentausch löste Unbehagen in ihr aus.

Was immer Teri belastete, sie brachte es offenbar nicht über die Lippen.

»Was habe ich getan?«, wiederholte Christie.

Teri kramte nach einem Taschentuch und schnäuzte sich unelegant laut, bevor sie das Tuch wieder in ihre Handtasche stopfte. »Du hast nie an Bobbys oder meine Gefühle gedacht.«

»Was meinst du damit?«

»Wir vermissen James auch. Bobby weiß kaum, was er mit sich anfangen soll. Nicht nur du leidest!«

Ihre Schwester hatte recht. Christie hatte keine Sekunde darüber nachgedacht, was James' Verschwinden für Bobby und ihre Schwester bedeutete. James war viele Jahre Bobbys engster Freund gewesen. Er war sein Vertrauter gewesen, nicht nur sein Chauffeur.

Vor Kurzem hatte ein eifriger Reporter ermittelt, dass James selbst einmal ein Schachgenie gewesen war, in seiner frühen Teenagerzeit einen emotionalen Zusammenbruch erlitten hatte und eine Zeit lang in einer psychiatrischen Klinik in Behandlung gewesen war. Anschließend hatte er sich aus der Schachwelt zurückgezogen. Als diese Story veröffentlicht worden war, war er in Panik geraten und geflüchtet.

Dass James sie, Bobby und Teri im Stich gelassen hatte, war schon grausam genug. Und Christie wusste, dass sie den beiden kein großer Trost gewesen war, weil sie durch das, was er getan hatte, selbst am Boden zerstört war. Sie hatte versucht, sich nicht in ihn zu verlieben. Wieder und wieder hatte sie ihn zurückgewiesen, aber er hatte sich nicht abwimmeln lassen.

James war anders als jeder andere Mann, den sie kannte. Er hatte sie nicht gedrängt, schnell mit ihm ins Bett zu steigen, obwohl sie dazu bereit gewesen wäre, wenn er gefragt hätte. Stattdessen hatte er ihren Widerstand mehr und mehr ins Wanken gebracht, stets geduldig, genügsam und freundlich. Keine Frau, ganz gleich, wie emotional gefestigt sie auch sein mochte, wäre in der Lage gewesen, seinen Überredungskünsten zu widerstehen. Christie jedenfalls hatte es nicht gekonnt.

Unmittelbar bevor er verschwunden war, hatte sie ihm ihre Vergangenheit offenbart und dabei nichts beschönigt. Alles hatte sie ihm erzählt – von den Männern, mit denen sie zusammen gewesen war, von der Ehe, die unter der Last von Trunksucht und Misshandlung zerbrochen war. Nichts hatte sie ausgelassen. Falls er sie liebte und Teil ihres Lebens wurde, wollte sie keine dunklen Geheimnisse haben, die plötzlich und unerwartet ans Licht kommen konnten.

James hatte schweigend zugehört, sie in den Armen gehalten und sie geküsst – und nicht ein Wort über seine eigene Vergangenheit verloren.

Christie hatte ihm ihr Vertrauen geschenkt, obwohl sie sich geschworen hatte, sich nie wieder einem Mann zu öffnen. Sie hatte sogar daran gedacht, James zu heiraten, ein Baby von ihm zu bekommen ... Was sie am meisten schmerzte, war die Tatsache, dass er sie nicht genug geliebt hatte, um ihr seine Vergangenheit anzuvertrauen.

Na schön, das lag jetzt hinter ihr. Noch eine schmerzliche Lektion, die sie gelernt hatte. James war aus ihrem Leben verschwunden.

Für immer.

Es spielte keine Rolle, ob er jemals zurückkam und dass jeder davon ausging, dass er das irgendwann tun würde. Für sie war er gestorben.

»Du bist Weihnachten nicht zu uns gekommen«, beklagte Teri sich. Anscheinend ärgerte es sie immer noch, dass Christie das große Familienbeisammensein verpasst hatte. Aber für Christie war es kein echter Verlust, ein Weihnachtsessen mit ihrer Sippschaft zu versäumen.

»Ich hatte ein Ehrenamt übernommen, schon vergessen?« Das entsprach zwar der Wahrheit, aber sie hatte bereits entschieden, nicht bei Teri und Bobby aufzukreuzen, bevor sie diese Aufgabe übernommen hatte.

Aus großen Rehaugen sah ihre Schwester sie an. »Du hast ... ehrenamtlich gearbeitet?«

»Ja. Das habe ich dir erzählt. Ich habe im Obdachlosenheim in Tacoma bei der Essensausgabe geholfen.«

»Oh ja, stimmt.«

»Außerdem habe ich Präsentkörbe an notleidende Familien ausgefahren, aber das war schon vor Weihnachten.«

Dass Teri plötzlich anfing zu lachen, versetzte ihr einen Schock. »Und ich habe dir vorgeworfen, mir nicht genug Aufmerksamkeit zu schenken. Dabei bin ich fast genauso schlimm. Ich hatte komplett vergessen, dass du das getan hast. Stattdessen dachte ich, dass du vermutlich in irgendeiner Taverne rumhängst, statt mit Bobby und mir Weihnachten zu feiern.«

»Nie und nimmer.« Christie hatte nicht darüber reden wollen, aber zu Weihnachten hatte sie sich noch nicht gefangen und litt unter Gefühlsschwankungen. Mit Teri und Bobby zusammen zu sein war riskant – das Haus ihrer Schwester barg zu viele Erinnerungen an James. Und es war hart für sie, die beiden glücklich Verliebten in ihrem gemütlichen Zuhause zu beobachten. Der Schmerz hatte noch zu dicht unter der Oberfläche gelauert. Inzwischen fühlte sie sich besser, stärker als seit Langem.

»Warum hast du dann nicht zurückgerufen?«

Das konnte Christie nicht erklären. Na schön, vielleicht war sie ja doch nicht so stark, wie sie dachte.

»Trinkst du wieder?«

»Ein paar Bier. Keine Sorge, ich habe mich nicht volllaufen lassen.« Obwohl sie genug Alkohol in sich hineingeschüttet hatte, um mörderische Kopfschmerzen auszulösen. Sie vermutete, dass der Alkohol solche Wirkung auf sie hatte, weil sie in letzter Zeit nicht mehr getrunken hatte.

»Du warst zu betrunken, um zu fahren.«

Das wies Christie weit von sich. Sie war nicht dumm und kannte ihre Grenzen.

Teri schien ihr nicht zu glauben. »Warum steht dein Wagen dann vorm *Pink Poodle*?«

»Er ist nicht angesprungen.« Christie wollte nicht über die Schrottkarre nachdenken. Sie war für jeden Tag dankbar, an dem der Motor sich zum Leben erwecken ließ.

Vor ein paar Monaten hatte James es geschafft, den Wagen wieder fahrtüchtig zu machen, aber es war einfach schon zu viel kaputt an ihrem armseligen Vehikel.

»Wie bist du nach Hause gekommen?«

»Jemand war so nett, mich zu fahren.«

Teris Blick schoss zur Schlafzimmertür hinüber.

»Niemand ist über Nacht geblieben, falls du dich das fragst.«

Teri besaß den Anstand, ein bisschen verlegen dreinzuschauen. »Es wäre aber nicht das erste Mal gewesen«, murmelte sie.

Das konnte Christie nicht bestreiten. Wenn es um Männer ging, war sie eine totale Versagerin. Wie Teri es einmal ausgedrückt hatte, zog Christie Losertypen genauso magisch an wie ein Eiswagen Kinder. Nicht, dass Teri besser gewesen wäre. Sie hatte nur das große Glück gehabt, ihr Muster toxischer und unbefriedigender Beziehungen zu durchbrechen, als sie Bobby kennenlernte. Christie war sich so sicher gewesen, dass James ihr Bobby war … Aber er war es nicht.

Teri trank von ihrem Tee und lächelte Christie an. »Ich bin froh, dass du Weihnachten nicht allein warst.«

»Ich auch. Es hat geholfen, weißt du?« Vorsichtig nippte Christie an ihrem Kaffee.

»Ich weiß.«

»Statt zu Hause zu sitzen und mich zu bemitleiden, habe ich die Initiative ergriffen und etwas für andere getan.«

Ganz besänftigt schien Teri jedoch noch immer nicht zu sein. »Du hättest den Tag mit Bobby und mir verbringen können. Johnny war da, und Mom hat auch vorbeigeschaut. Ich wünschte, du wärst ebenfalls gekommen«, setzte sie traurig hinzu.

Rückblickend betrachtet hätte es vermutlich nicht geschadet, wenigstens einen Alibibesuch zu machen. »Wie geht's Mom?«, fragte sie, in der Hoffnung, ihre Schwester abzulenken.

»Sie hat die Scheidung eingereicht.«

»Schon wieder?«

Christie hatte den Überblick verloren, wie viele Stiefväter und »Onkel« sie im Laufe der Jahre gehabt hatte. »Ich verstehe nicht, warum sie diese Typen immer gleich zum Altar schleifen muss.« War ihre Mutter jetzt zum fünften oder sechsten Mal verheiratet? Sie wusste es nicht. Längst machte Christie sich nicht mehr die Mühe, sich all die Namen zu merken. Dafür blieben die Männer nie lange genug. Allerdings hatte sie ihre Mutter seit über einem Jahr nicht mehr gesehen.

»Ich verstehe auch nicht, warum sie sie heiratet«, meinte Teri. »Immerhin hat sie sich diesmal nicht betrunken. Vielleicht lag es daran, dass – wie heißt er noch gleich – nicht da war.«

»Hat Bobby sie wieder vor die Tür gesetzt?«

Teri grinste, als sie an diese Begebenheit dachte. Damals hatte ihre Mutter sich geschworen, nie wieder einen Fuß über die Schwelle von Teris Haus zu setzen. So wie alle anderen Schwüre, die sie im Laufe der Jahre abgelegt hatte, hatte sich allerdings auch dieser Schwur als bedeutungslos erwiesen.

»Ich glaube, Bobby war echt in Versuchung, sie rauszuschmeißen, aber um meinetwillen hat er es bleiben lassen.«

»Er ist ein guter Mann.«

Der Blick ihrer Schwester wurde weich. »Das ist er«, stimmte sie zu.

»Wie geht's Johnny?« Ihr kleiner Bruder nahm einen besonderen Platz in Christies Herzen ein. Die beiden Schwestern hatten ihn praktisch gemeinsam großgezogen.

Christie war so stolz wie jede Mutter, als Johnny an der Universität von Washington aufgenommen worden war. Bobby Polgar zum Schwager zu haben war dabei nicht von Nachteil gewesen. Teri hatte das zwar nie erwähnt, aber es gehörte nicht viel dazu, eins und eins zusammenzuzählen. Johnny hätte die Studiengebühren und die anderen Ausgaben niemals selbst aufbringen können, und Stipendien gab es keine.

»Er hat es auf die Bestenliste seines Studiengangs geschafft.«

»Ich freue mich für ihn!« Sie musste Johnny bald anrufen, um ihm zu gratulieren.

»Ja, ich mich auch.« Teri trank von ihrem Tee. »Ich habe mir Sorgen um dich gemacht.«

»Ich weiß.« Wenn Christie behauptete, stark und unabhängig zu sein, dann war das zu einem Großteil Prahlerei. Dass sie den Freitagabend im *Pink Poodle* verbracht hatte, war der Beweis dafür. Verkatert aufzuwachen entsprach nicht ihrer Vorstellung davon, wie sie leben wollte. Und sie hatte auch nicht vor, so zu leben.

»Weißt du, was ich denke?«, fragte Christie ein wenig verlegen, weil sie befürchtete, Teri könnte sie auslachen.

»Nein, spuck's aus.«

Sie zuckte unsicher die Achseln. »Ich habe Weihnachten Wohltätigkeits-Geschenkkörbe verteilt, zusammen mit einer Gruppe von Mitgliedern der Methodistenkirche.«

»Ja, das hast du erwähnt.«

»Das waren nette Leute.«

Teri lachte. »Kling nicht so überrascht.«

Aber es hatte sie überrascht. Christie hatte damit gerechnet, dass diese Kirchenmitglieder Bemerkungen über ihren Lebensstil machen würden. Stattdessen waren alle freundlich und entgegenkommend gewesen. Sie war nicht wieder hingegangen, wusste aber selbst nicht genau, warum.

»Ich werde künftig zur Kirche gehen.« Nachdem sie das ausgesprochen hatte, wartete sie mit angehaltenem Atem auf Teris Reaktion.

»Warum sagst du das so?«, fragte Teri verwundert.

»Was meinst du mit *so*?«

»Na, so als wärst du bei einem Treffen der Anonymen Alkoholiker aufgestanden und hättest ein Geständnis abgelegt. Viele Leute gehen zur Kirche, weißt du.«

»Was ist mit dir?«

»Ich gehe ab und zu hin und fühle mich hinterher immer gut. Ich habe nichts dagegen, zur Kirche zu gehen, und das solltest du auch nicht.«

»Ich möchte ein besseres Leben führen«, erklärte Christie und musste daran denken, wie sie sich bei der Auslieferung der Präsentkörbe gefühlt hatte. Anstatt nur mit sich selbst und ihrem Verlust beschäftigt zu sein, hatte sie die Hände ausgestreckt und Bedürftigen geholfen.

»Das will ich auch«, stimmte Teri zu. »Ein besseres Leben als das unserer Mutter, ein besseres Leben für mein Kind … ähm, meine Kinder.« Teri grinste, als sie das sagte.

»Pastor Flemming hat mir ein Dankschreiben geschickt, weil ich geholfen habe«, erzählte Christie. Der Brief lag auf dem Küchentresen, und sie griff danach. Als er gekommen war, hatte sie sich deprimiert gefühlt und nur einen flüchtigen Blick darauf geworfen. Sie entsann sich nur, dass darin etwas über ein Rucksackprojekt stand, das die Kirche finanziell unterstützte. Sie beschloss, herauszufinden, worum es dabei ging.

»Gehst du am Sonntag mit mir in die Kirche?«, fragte sie.

Teri zögerte keine Sekunde. »Natürlich.«

»Danke.«

»Ich würde ja aufstehen und dich in die Arme nehmen«, meinte Teri, »aber ich sitze gerade so bequem.«

Christie lachte, streckte die rechte Hand aus und fasste nach der ihrer Schwester.

5. Kapitel

Sheriff Troy Davis schloss die Akte über den Einbruch in Faiths Zuhause. Leider hatten die Ermittlungen nichts ergeben, und er meinte, diese enttäuschende Nachricht persönlich überbringen zu müssen. Als er mit dem Streifenwagen die Rosewood Lane ansteuerte, ging er im Geist das Wenige, was er wusste, noch einmal durch.

Er hatte mit seinem leitenden Ermittler über den Einbruch gesprochen. Detective Hildebrand hatte ihm versichert, dass seine Leute alles nur Mögliche getan hatten. Die Nachbarn waren befragt worden, und der Fall war mit ähnlichen Vergehen in Cedar Cove sowie den angrenzenden Bezirken verglichen worden.

Statt Hildebrand oder seinen Assistenten den Anruf tätigen oder Faith besuchen zu lassen, nahm er diese Aufgabe selbst in die Hand. Schließlich war sie mit ihm befreundet. Oder doch mit ihm befreundet gewesen. In erster Linie musste Troy sich aber unbedingt vergewissern, wie es Faith nach dem Einbruch ging.

Als er vor dem Haus hielt, stieg er nicht sofort aus, sondern bereitete sich geistig auf das Zusammentreffen vor. Er wusste, dass es schwer für ihn werden würde, sie zu sehen. Faith hatte deutlich zu verstehen gegeben, dass sie keinen weiteren Kontakt mit ihm wollte, und er hatte ihre Wünsche respektiert. Das hier war jedoch eine offizielle Angelegenheit – auch wenn es nicht unbedingt *seine* Angelegenheit war.

Er lief die Stufen zu ihrer Haustür hinauf, klingelte und wartete mit dem Hut in der Hand.

Sie öffnete zögernd, und ihre Miene erhellte sich, als sie ihn sah. Allerdings nur für einen kurzen Moment. Dann wurde ihr Gesichtsausdruck wieder nichtssagend und völlig neutral. Es kostete ihn seine ganze Selbstbeherrschung, sie nicht in die Arme zu ziehen und um eine weitere Chance zu bitten. Er brauchte Faith, liebte sie, hatte sie heiraten wollen – und jede Aussicht auf Verwirklichung seiner Wünsche zunichtegemacht.

»Ich habe den Bericht des Ermittlers«, eröffnete er knapp und brachte damit zum Ausdruck, dass es sich um einen dienstlichen und nicht um einen privaten Besuch handelte.

»Oh, gut.« Sie entriegelte die Fliegengittertür und hielt sie ihm auf, damit er eintreten konnte.

Troy blieb kurz stehen, um sich das neue Schloss anzusehen, und stellte erleichtert fest, dass Faith seinem Rat gefolgt war und ein Sicherheitsschloss hatte einbauen lassen. Beziehungsweise dass die Eigentümer des Hauses, Grace und Cliff Harding, dafür gesorgt hatten. Es war nicht überraschend, dass Grace entsetzt gewesen war über das, was sie gesehen hatte. Dieses Haus war jahrzehntelang ihr Heim gewesen, und Faith war ihre Freundin. Megan hatte ihm erzählt, dass Grace und Cliff auch beim Aufräumen geholfen hatten.

Inzwischen war es hier drinnen wieder sauber und ordentlich. Eine leichte Aufgabe war das sicherlich nicht gewesen. Der Geruch von frisch Gebackenem hing in der Luft und erinnerte ihn daran, dass er in der Mittagspause durchgearbeitet hatte.

»Ich habe gerade ein paar Kleiemuffins aus dem Ofen geholt. Möchtest du einen?«, fragte Faith.

Es war lange her, dass Troy etwas selbst Gebackenes gegessen hatte. Er fragte sich, ob ihr Angebot daher rührte, dass sie sein Magenknurren vernommen hatte, oder ob ihr aufgefallen war, dass er beim Betreten des Hauses beinahe umgekippt wäre. Aber vielleicht war sie auch einfach nur höflich. Warum auch immer, er dachte gar nicht daran, ihr Angebot auszuschlagen. »Das wäre großartig«, sagte er und hoffte, möglichst ungezwungen und lässig zu klingen.

»Ich habe auch frisch gebrühten Kaffee. Darf ich dir eine Tasse anbieten?«

»Gern.« Er folgte ihr in die Küche und sah zu, wie sie den Kaffee einschenkte, einen Muffin vom Blech nahm und auf einen kleinen Teller legte. Er wartete, bis sie sich gesetzt hatte, bevor er sich einen Stuhl hervorzog und ihr gegenüber Platz nahm. Sie schien übertrieben lange zu brauchen, bis sie ihn ansah, ganz kurz nur, dann senkte sie wieder den Blick.

»Was habt ihr rausgefunden?«, fragte sie und faltete die Hände auf ihrem Schoß.

Troy hätte sich gewünscht, ihr etwas Positives sagen zu können. »Leider sind die Ermittlungen ohne Ergebnis verlaufen.«

»Wie meinst du das? Deine Leute waren stundenlang da und haben nach Fingerabdrücken gesucht. Sie haben mir nicht erlaubt, auch nur eine Kleinigkeit aufzuräumen, bevor sie damit fertig waren.« Ihr Blick war eine flehentliche Bitte an ihn, ihr diesen Albtraum zu erklären. Troy wünschte, er könnte es, hätte Faith nur zu gern bewiesen, dass er ihr Held war ... und dass sie ihm vertrauen konnte.

»Das stimmt, ja. Der Techniker von der Spurensicherung konnte auch einige Fingerabdrücke sichern.«

»Aber sie waren alle von mir?«

»Nein. Nicht alle. Aber unter den deutlichen Fingerabdrücken fand sich nichts Unerwartetes. Deshalb haben wir die Abdrücke hinzugezogen, die verwischt waren.« Er zuckte die Achseln. »Wir vermuten, dass der Eindringling Gummihandschuhe getragen hat.«

Sie wirkte verwirrt. »Ein Profi also.«

»Das können wir im Moment noch nicht sagen. Ich schätze, der Betreffende ist nicht zum ersten Mal in ein Haus eingebrochen.«

Enttäuscht ließ sie die Schultern sinken. »Ich hatte gehofft – ich war mir so sicher, dass bei so vielen Fingerabdrücken ... wenigstens einer dabei sein würde, anhand dessen der Übeltäter identifiziert werden kann.«

»Wir haben jeden einzelnen Abdruck überprüft und konnten alle identifizieren.«

»Oh ... okay ...«

»Hast du für Detective Hildebrand eine Liste erstellt, was alles fehlt?«

Faith nickte. »Ja, aber es ergibt keinen Sinn.«

»Inwiefern?«

»Die Dinge, die gestohlen wurden ... Sie sind überwiegend nur von sentimentalem Wert. Wie du schon gesagt hast, dieser Einbruch schien ... persönlich zu sein.«

»Nenn mir ein Beispiel.«

Sie hob die Hände und gestikulierte hilflos. »Es wurde ein Fotoalbum entwendet, das ich zusammengestellt habe, als die Enkel geboren wurden. Du hast gesehen, was sie mit dem Bild von Carl angestellt haben. Ich hatte ... oh, es ist einfach zu albern, es zu erwähnen.«

»Nein, ist es nicht.«

Ihre Unterlippe zitterte leicht, dann fing sie sich wieder. »Eine Spielzeugeisenbahn ... Sie stammte noch aus Carls Kindheit. Ich hatte sie auf der Kommode im Schlafzimmer stehen. Scotties Sohn spielt gern damit, wenn sie zu Besuch sind, und ...«

»Die wurde gestohlen?«

Faith nickte. »Ich habe sie nie für eine wertvolle Antiquität gehalten, aber vielleicht ist sie es ja.«

»Was ist mit Schmuck? Bargeld?«

»Ich habe hier nichts Wertvolles rumliegen.«

»Das ist klug.« Er dachte darüber nach, was sie ihm gesagt hatte, und entfernte vorsichtig die Papiermanschette von seinem Muffin. Der war noch heiß genug, dass er sich die Finger daran verbrennen konnte, also ließ er ihn noch etwas liegen, damit er abkühlen konnte, und widmete sich derweil seinem Kaffee.

»Ich kann nicht glauben, dass mir das passiert ist!«, meinte Faith, bevor sie tief einatmete, um sich zu beruhigen. Als sie erneut sprach, zitterte ihre Stimme leicht. »Ich verstehe es einfach nicht.«

Er wusste nur zu gut, wie sie sich fühlte – wütend, verletzt, verängstigt. »Ich möchte dir versichern, dass die Polizei alles in ihrer Macht Stehende tut, um herauszufinden, wer dafür verantwortlich ist.«

»Warum ich?«, fragte sie, die Augen weit aufgerissen.

Troy hätte nur zu gern über den Tisch gelangt und ihre Hand genommen. »Ich wünschte, ich könnte dir das beantworten, aber wie du schon sagtest, das ergibt alles keinen Sinn. Ich würde gern glauben, dass es sich hier um zufälligen Vandalismus handelt, aber danach sieht es mir nicht aus. Ganz gleich, wer das getan hat und warum, du warst ein leichtes Ziel für ihn. Von jetzt an wirst du das nicht mehr sein.«

»Nein, das werde ich nicht.« Faith richtete sich auf, straffte die Schultern, als wollte sie es mit jedem aufnehmen, der noch einmal versuchte, bei ihr einzubrechen. Troy hatte diese Entschlossenheit schon mehr als einmal bei ihr erlebt, und jeder, gegen den ihr Zorn gerichtet war, tat ihm beinahe leid.

»Kannst du mir sonst noch etwas sagen?«, erkundigte er sich. »Man weiß nie, wohin eine kleine Information führen kann, ganz gleich, wie unbedeutend sie auf den ersten

Blick erscheinen mag.« Er erinnerte sich an einen Jahre zurückliegenden Fall. Damals war er noch Deputy gewesen. Nach einem Einbruch hatte er mit ein paar Kindern an der Bushaltestelle gesprochen und sie gefragt, ob ihnen etwas Ungewöhnliches aufgefallen sei. Ein Kind, kaum älter als acht oder neun, erwähnte einen weißen Jeep. Der Mann am Steuer trug eine Baseballkappe der Mariners und hatte lange blonde Haare. Der Junge erklärte, der Mann habe »fies« ausgesehen.

Ein paar Tage später kam Troy an einem weißen Jeep vorbei, der an einer Tankstelle stand. Als der Fahrer aus dem Verkaufsraum kam, trug er eine Mariners-Baseballkappe auf langen, strähnigen blonden Haaren. Troy kam der Verdacht, es könne sich um denselben Mann handeln, den der Junge beschrieben hatte, und veranlasste eine Halterabfrage für den Wagen. Der Jeep war als gestohlen gemeldet worden. Er folgte dem Mann und nahm ihn ohne weitere Zwischenfälle fest. Später stellte sich heraus, dass dieser Mann für eine ganze Serie von Einbrüchen überall in Cedar Cove verantwortlich war. Am besten jedoch war, dass die meisten gestohlenen Wertsachen sichergestellt und ihren Eigentümern zurückgegeben werden konnten.

Seine Frage ließ Faith zögern. »Ich bin mir nicht sicher, ob es etwas zu bedeuten hat«, sagte sie schließlich.

»Lass mich das beurteilen.«

»Okay.« Plötzlich wirkte sie sehr verletzlich. »Ich habe das Gefühl, dass derjenige, der ins Haus eingebrochen ist, noch mal hier war.«

Ohne zu zeigen, wie sehr ihn das beunruhigte, stellte Troy seine nächste Frage. »Woraus schließt du das?«

Faith stand auf, ging hinüber zur Spüle und zeigte aus dem Fenster. »Da waren Schmierereien auf der Rückseite der Garage.«

»Zeig sie mir.«

»Ich habe sie gleich am nächsten Tag übermalt ... Die Worte waren hässlich und gemein, ich wollte nicht, dass meine Enkel sie sehen ... oder überhaupt jemand.«

»Zeig es mir trotzdem.«

Faith nahm eine Jacke vom Haken neben dem Hintereingang und führte ihn nach draußen. Er fröstelte in der Januarkälte, als er Faith zur Rückseite der Garage folgte. Tatsächlich war die Stelle frisch weiß überstrichen. »Auch wenn es dir peinlich ist, sag mir genau, was da gestanden hat.«

Faith starrte auf ihre Füße hinunter, als sie antwortete. Sie hatte recht. Es waren hässliche, gemeine Worte. Er wünschte, sie hätte ihm früher davon erzählt, weil die Schmiererei vielleicht eine brauchbare Spur ergeben hätte. Jetzt aber war es zu spät.

Troy runzelte die Stirn. »Du glaubst, der Einbrecher ist zurückgekommen und hat das getan?« Das war definitiv eine vernünftige Annahme.

Faith nickte. »Neulich Nacht ... bin ich aufgewacht und hörte Geräusche. Zuerst hatte ich zu viel Angst, um mich zu bewegen. Ich fürchtete, sie könnten aus dem Haus kommen. Ich brauchte ein paar Minuten, um zu begreifen, dass die Geräusche von der Garage kamen.« Sie gab sich sichtlich Mühe, sich zusammenzureißen, aber ihre Stimme zitterte trotzdem.

»Du hättest sofort die Notrufnummer wählen sollen«, meinte er eindringlich.

»Ich weiß ... ich wünschte, ich hätte es getan. Ach Troy, ich hatte solche Angst.«

Er ertrug es einfach nicht, Faith so aufgewühlt zu sehen. Instinktiv schloss er sie in die Arme – und sie ließ sich bereitwillig von ihm umarmen. Er spürte, wie sie erschauerte, und sein Griff wurde fester. Er wollte ihr zeigen, dass er alles in seiner Macht Stehende tun würde, um zu verhindern, dass sich so etwas wiederholte.

»Du hättest den Notruf wählen sollen«, insistierte er.

»Aber was, wenn ich mir das alles nur eingebildet hätte? Ich dachte, meine Fantasie geht mit mir durch.«

»Und dann hast du die Schmiererei gesehen ...«

»Am nächsten Morgen«, bestätigte sie. »Da begriff ich, dass es dumm von mir gewesen war, nicht sofort die Polizei zu rufen.«

»Du hättest es tun sollen«, sagte er. Wer weiß, was alles hätte passieren können, während sie gezögert hatte, weil sie Angst hatte, sich zu blamieren.

»Faith, hör mir zu.« Er legte ihr die Hände an die Wangen und hob ihren Kopf so an, dass ihre Blicke sich trafen. »Es wäre mir lieber, wenn du ruhig schlafen könntest. Ich will nicht, dass du nachts wach liegst und dir Sorgen machst, es könnte sich jemand auf deinem Grundstück rumtreiben.«

Tränen stiegen ihr in die Augen. »Ich komme nachts nicht mehr zur Ruhe ... Seit dem Einbruch habe ich noch keine Nacht länger als zwei oder drei Stunden am Stück geschlafen.«

»Faith ...«

»Ich weiß, es war dumm von mir, nicht die Polizei zu rufen. Ich werde Geräusche nie wieder ignorieren.«

»Ist das öfter als einmal passiert?«

»Nein.« Sie schüttelte den Kopf. »Ich weiß es nicht ... ich glaube nicht. Ich schlafe im Moment sehr schlecht. Immer habe ich Angst, jemand könnte einbrechen ... Meine Gefühle fahren Achterbahn – sieh mich doch an. Ich bin keine schwache Frau! Ich hasse es, verletzlich zu sein. Ständig bin ich den Tränen nahe, und das nur, weil ich nicht schlafen kann. Ich fürchte, wenn das so weitergeht, kann ich meiner Arbeit nicht mehr vernünftig nachgehen. Am schlimmsten aber ...« Sie zögerte. »Am schlimmsten ist die Angst. Wenn es Nacht wird, schlottere ich förmlich vor Panik.«

Troy hielt noch immer ihr Gesicht in den Händen und schob die Finger in ihre dichten dunklen Haare. Die Versuchung, sie an sich zu ziehen und zu küssen, drohte ihn zu überwältigen. Er hatte sie mehr vermisst, als er zuzugeben wagte, sogar sich selbst gegenüber.

Er wünschte, er wüsste, wie er sie beruhigen könnte. Aber so ausgeprägt dieser Wunsch auch war, er weigerte sich, Plattitüden von sich zu geben. Und er dachte gar nicht daran, sie mit Versprechen in die Irre zu führen, die er nicht halten konnte.

Faith musste begriffen haben, dass sie mehr gesagt hatte, als sie wollte. Sie löste sich aus seiner Umarmung, schaute nervös zur Straße hinüber und verschränkte die Arme, als wäre ihr plötzlich kalt.

»Lass uns im Haus darüber reden«, schlug Troy vor, legte ihr den Arm um die Schultern und ging mit ihr zum Hintereingang.

Drinnen zog Faith ihre Jacke aus, hängte sie neben die Tür und ordnete die Schuhe und Stiefel, die dort standen. Dann schenkte sie Troy und sich frischen Kaffee ein. Troy erkannte, dass ihre Geschäftigkeit nur ein Versuch war, die Fassung zurückzugewinnen.

Er hätte sich damit zufriedengeben können, die nächsten zehn Jahre damit zu verbringen, Faith in den Armen zu halten, und zwar auch dann, wenn sie für aller Augen sichtbar an einem bitterkalten Januartag draußen standen. Mit der Frau, die er liebte, in seinen Armen, spielte körperliches Wohlbehagen keine Rolle. Er hatte weder die Feuchtigkeit noch die Kälte gespürt – bis sie sich aus seinen Armen gelöst hatte.

»Möchtest du noch einen Muffin?«, fragte sie und riss ihn aus seinen Gedanken. Bevor er antworten konnte, setzte sie hinzu: »Ich glaube, das Rezept stammt noch von meiner Mutter. Wenn du möchtest, kann ich es deiner Tochter geben. Ich habe Megan erst kürzlich getroffen. Hat sie das erwähnt?«

»Faith …« Troy zog seinen feuchten Mantel aus und hängte ihn über die Rücklehne eines Stuhls.

»Sie ist ein sehr nettes Mädchen, Troy.«

»Faith«, wiederholte er ein wenig lauter.

Sie klammerte sich mit beiden Händen an den Küchentresen.

»Ich weiß, wie sehr dir das an die Nieren gehen muss.«

Sie lachte kurz auf, als wäre seine Bemerkung reichlich übertrieben. »Es geht mir gut, wirklich. Ich bin müde, aber … Okay, ich gebe ja zu, dass dieser Einbruch mich verunsichert hat. Aber würde das nicht jedem so gehen?«

»Natürlich würde es das. Und jetzt versprich mir, dass du nicht zögerst, den Notruf zu wählen, wenn du glaubst, jemand sei auf deinem Grundstück.«

»Ich …«

»Faith«, drängte er sanft.

»Ja, versprochen«, sagte sie schließlich. »Wenn ich wirklich glaube, dass da draußen jemand ist, rufe ich die Polizei.«

Troy vermutete, ihr nicht mehr als dieses halbherzige Versprechen entlocken zu können.

Einen Moment standen sie beide nur da und schauten einander an. Keiner verspürte den Wunsch, etwas zu sagen.

»Möchtest du, dass ich abends mal vorbeischaue?«, fragte er, in der Hoffnung, sie würde auch dazu Ja sagen. Vielleicht erlaubte sie ihm, gelegentlich vorbeizukommen, dann würde sich ihm die Gelegenheit bieten, wieder ihr Vertrauen zu gewinnen.

Einen kurzen Moment dachte sie über seine Frage nach, dann schüttelte sie langsam den Kopf. »Ich bin dir dankbar, dass du bereit bist, nach mir zu schauen, aber ... aber ich halte das für keine gute Idee.«

Troy hingegen hielt es für eine brillante Idee.

»Wäre es dir dann recht, wenn ich morgen früh anrufe und mich erkundige, ob alles in Ordnung ist?« Vielleicht forderte er sein Glück heraus, aber er musste es einfach versuchen.

»Ich denke schon ... aber nur dieses eine Mal.«

»Nur dieses eine Mal«, bekräftigte er. »Nach morgen früh rufe ich nicht wieder an.« Der winzige Riss in ihrer Entschlossenheit, ihn aus ihrem Leben herauszuhalten, war kaum wahrnehmbar, aber er war da.

Als er nach Jacke und Hut griff, sah Troy, dass er einen Rest von seinem Muffin auf dem Teller hatte liegen lassen. Er steckte ihn sich in den Mund und grinste Faith schief an. Als er den Bissen hinunterschluckte, wünschte er, er hätte ihr Angebot, noch einen zweiten zu bekommen, angenommen. »Ich werde Megan bitten, sich das Rezept von dir geben zu lassen«, sagte er auf dem Weg zur Tür.

»Gern.«

Er stand noch einen Moment an der Tür, aber es gab nichts weiter zu sagen. Faith zu verlassen schien kein bisschen leichter zu werden.

6. Kapitel

Will Jefferson war sich darüber im Klaren, dass er seine Karten gut überlegt ausspielen musste, wenn er Shirley Bliss für sich gewinnen wollte. Jetzt, da seine Scheidung von Georgia offiziell war, war er ein freier Mann. Natürlich hatte der Ehering ihn auch in der Vergangenheit nicht daran gehindert, anderen Frauen nachzusteigen. Er hatte etliche Affären gehabt, worauf er allerdings auch nicht unbedingt stolz war. Es war einfach ... eine Tatsache. Georgia hatte ihm wiederholt verziehen, und er hatte sich jedes Mal wieder vorgenommen, ihr treu zu sein. Seine Absichten waren gut gewesen – die besten –, aber dann war er wieder einer Frau begegnet, die ihn magisch anzog, und, nun ja, bei schönen Frauen wurde er einfach immer schwach. Mehr konnte er dazu nicht sagen. Er versuchte nicht einmal, sich zu rechtfertigen, obwohl man der Fairness halber sagen musste, dass zu einem Seitensprung immer zwei gehörten.

Es hatte ihm mehr als nur leichte Gewissensbisse bereitet, seine Frau zu betrügen. Seine Ex. Eigentlich hätten sie niemals heiraten dürfen. Die Ehe hatte für keinen von ihnen funktioniert. Sie passten nicht zueinander, und im Laufe der Zeit hatte sie immer weniger verbunden. Er hoffte, dass Georgia keinen Groll gegen ihn hegte. Aber jetzt hatte er ein neues Leben hier in Cedar Cove begonnen, war in seine Heimatstadt zurückgekehrt, in der er einige der glücklichsten Jahre seines Lebens verbracht hatte. Dieser Mensch wollte er wieder werden, wollte sich rehabilitieren – vor sich selbst, vor seiner Familie und seinen Freunden. Vielleicht konnte Shirley Bliss ihm dabei helfen ...

Shirley war verwitwet. Er hatte sie kennengelernt, als er die Kunstgalerie gekauft hatte. Sofort hatte er sich zu ihr hingezogen gefühlt, aber das war es nicht allein. Als Witwe war sie frei. Vielleicht war das ein Zeichen, dass er seine Neigung, Frauen zu verführen, die bereits an einen anderen Mann gebunden waren, überwunden hatte. Was auch der Grund für seinen Trieb, immer wieder fremdzugehen, sein mochte – Langeweile, der Reiz der Eroberung, das Bedürfnis, seine Männlichkeit zu beweisen –, er wollte ihn überwinden. Außerdem interessierte er sich aufrichtig für Shirley und war beeindruckt von ihrem künstlerischen Talent.

Will schlenderte hinüber zu seinem Schreibtisch. Die *Harbor Street Art Gallery* lief gut, sogar besser als erwartet, und das war nicht zuletzt Shirley zu verdanken. Sie hatte ihm ein paar ausgezeichnete Vorschläge unterbreitet, von denen er viele in die Tat umgesetzt hatte. Die Idee für neue Schaukästen stammte von ihr. Sie hatten zwar mehr gekostet, als er dafür eingeplant hatte, waren aber ihr Geld wert.

Shirley war Textilkünstlerin, und zum Dank für ihre Hilfe hatte er ihren Werken die Ausstellung des Monats Januar gewidmet. Jetzt wollte er sie unbedingt davon in Kenntnis setzen, dass er am Wochenende das größte ihrer Ausstellungstücke verkauft hatte. Ein Scheck lag für sie bereit, und er dachte, sie müsse sich genauso über den Verkauf freuen wie er.

Als er nach dem Telefonhörer griff, empfand er eine gewisse Vorfreude. Abgesehen davon, dass er froh über ihren Erfolg und damit auch über seinen eigenen war, stellte sie eine Herausforderung für ihn dar, und das nicht nur als potenzielle Geliebte. Jetzt bot sich ihm die perfekte

Gelegenheit, sie besser kennenzulernen. Allerdings hatte sie bisher keinerlei Interesse an ihm gezeigt, was ihn ziemlich verwirrte. Auch wenn er nicht prahlen wollte – er wusste, dass er gut aussah. Mit sechzig war er ein stattlicher, attraktiver Mann. Er war intelligent und verfügte über einen natürlichen Charme, wie ihm bereits viele Frauen einschließlich Georgia versichert hatten. Natürlich war es möglich, dass Shirley immer noch ihren toten Mann liebte. Soweit Will wusste, war es etwa ein Jahr her, dass er bei einem Unfall ums Leben gekommen war.

Will kannte seine Stärken und Schwächen. Niemals wäre er so weit gekommen, wenn er seine Vorzüge nicht erkannt und genutzt hätte. Er hatte keine Probleme damit, zuzugeben, dass er im Allgemeinen bekam, was er wollte, auch wenn das nicht immer zu seinem Besten war. Georgia hatte ihn einen Serien-Schürzenjäger genannt und behauptet, er wolle immer nur Frauen, die er nicht haben konnte und an denen er sofort das Interesse verlor, wenn er sie bekam. Das leugnete er nicht, glaubte aber fest daran, dass es bei Shirley anders sein würde.

Er wählte ihre Nummer und wartete darauf, dass sie den Anruf entgegennahm. Nach viermaligem Klingeln sprang die Mailbox an. Dann, als er gerade eine Nachricht aufsprechen wollte, hörte er, dass abgenommen wurde.

»Hallo.« Shirley klang ein wenig außer Atem.

»Hallo«, erwiderte Will lächelnd, froh, sie doch noch erreicht zu haben.

»Wer ist denn da?«, fragte sie leicht ärgerlich.

»Hier ist Will. Will Jefferson von der *Harbor Street Art Gallery*«, antwortete er. Dass sie seine Stimme nicht erkannt hatte, kratzte an seinem Ego. Trotz ihrer bisherigen Zurückhaltung hatte er gehofft, dass sie auch an ihn gedacht hatte. Offenbar war das nicht der Fall.

Ihr Zögern dauerte gerade lange genug, dass es ihm auffiel. »Entschuldigen Sie, falls ich Sie angefahren habe.«

Will war gern bereit, ihr das zu verzeihen. »Ich schätze, ich rufe in einem ungünstigen Moment an?«

»Normalerweise versuche ich zu arbeiten, wenn Tanni in der Schule ist.«

Tanni war Shirleys Tochter, ein Teenager. Er war ihr zweimal begegnet. Das Mädchen ging mit einem jungen Mann mit ungewöhnlichem Vornamen. Shank? Shiver. Shaw ... das war es. Shaw.

Der Junge hatte Talent. Tanni ebenfalls, obwohl sie diejenige gewesen war, die Will auf Shaws Werke aufmerksam gemacht hatte. Besonders seine Porträts waren vielversprechend. Will hatte die Arbeiten des Jungen einem alten Freund gezeigt, Larry Knight, einem ebenso erfolg- wie einflussreichen Künstler, der kürzlich Seattle besucht hatte. Larry hatte Wills Einschätzung bestätigt. So wie Will das sah, würde Shirley ihm für seine Hilfe dankbar sein, und er wünschte sich definitiv, dass Shirley sich ihm zu Dank verpflichtet fühlte.

»Verstehe«, erwiderte er. »Das nächste Mal rufe ich entweder frühmorgens oder erst gegen Abend an.«

»Das wäre nett von Ihnen.«

»Ihre Ausstellung ist gut gelaufen«, fuhr er fort.

Schweigen.

Da sie nichts sagte, redete er weiter. »Ich möchte fragen, ob es Ihnen passt, wenn ich später am Abend bei Ihnen vorbeischaue.«

Wieder zögerte sie. »Gibt es dafür einen Grund?«

Auf diese Frage reagierte er leicht gereizt. Er hatte eine freundlichere Reaktion erwartet und war enttäuscht, eine Ausrede für seinen Besuch zu brauchen. Andererseits hatte er sich in Shirley bereits mehrfach getäuscht. »Ja, einen sehr guten sogar«, erklärte er. »Ich habe einen Scheck für Sie. Das Wildblumenbild hat am Wochenende einen Käufer gefunden.« Das Werk, eine Stoffcollage, war mehr als beeindruckend. Jeder, der es sich angeschaut hatte, Will eingeschlossen, war davon in seinen Bann gezogen worden.

Shirley quietschte vor Freude. »Es ist verkauft worden! Es ist wirklich verkauft worden?«

»Ja.« Noch nie hatte er sie so unbefangen erlebt. »Und die Frau, die es gekauft hat, interessiert sich auch noch für ein paar Ihrer anderen Werke.«

»Das ist wunderbar!«

»Ich dachte mir, dass Sie sich freuen würden«, sagte er. »Wenn Sie möchten, bringe ich den Scheck vorbei.« Auf keinen Fall wollte er den Eindruck erwecken, er würde sie bedrängen.

»Ah ... leider habe ich heute Abend schon was vor.«

»Ich könnte morgen kommen, wenn Ihnen das besser passt.« Er gab sich Mühe, nicht aufdringlich zu wirken, war zugleich aber neugierig, was sie vorhaben mochte.

»Tja ...«, sagte sie vorsichtig. »Vielleicht wäre es am besten, ihn mir einfach per Post zu schicken.«

Will schwirrte der Kopf. Sie wollte ihn nicht sehen, jedenfalls nicht bei ihr zu Hause. Das war eine Enttäuschung. »Ich habe eine bessere Idee. Warum kommen Sie nicht einfach in die Galerie und holen ihn ab?«

Der Vorschlag kam ihr offensichtlich sehr entgegen. »Ja, natürlich ... das wäre großartig.«

»Wann würde es Ihnen am besten passen?«, fragte er und gab damit zu verstehen, dass er ebenfalls viel zu tun hatte und Sie für dieses Treffen einen Termin festlegen sollten.

»Ich schätze, ich kann es heute am späten Nachmittag schaffen, in die Stadt zu fahren«, erwiderte sie.

Sie einigten sich auf halb fünf, und Will legte lächelnd auf.

Er hatte sich auf ihre Bitte hin ein Bein für den Freund ihrer Tochter ausgerissen – oder doch wenigstens mit ihrem Einverständnis. Shaw hatte Talent, aber das hatte noch nichts zu sagen. Er hatte dem Teenager den Weg geebnet und würde dafür sorgen, dass Shirley seine Bemühungen und die Tatsache, dass er für den Jungen sogar einen Freund um einen Gefallen gebeten hatte, zu schätzen wusste.

Jetzt, da sie ein Treffen vereinbart hatten, schloss Will die Galerie eine halbe Stunde früher und nahm sich die Zeit, sich zu kämmen und das Hemd zu wechseln. Bevor er in den Ausstellungsbereich zurückging, warf er einen Blick in den Spiegel.

Normalerweise hätte er geglaubt, gut auszusehen, aber Shirleys Zögern verunsicherte ihn ein wenig – und das war ein ungewohntes Gefühl für ihn.

Während er auf sie wartete, warf er alle paar Minuten einen Blick auf die Armbanduhr. Ein Seufzer der Erleichterung entfuhr ihm, als er sah, wie sie vor der Galerie hielt. Sie stieg aus ihrem Wagen, ging auf den Eingang zu, blieb stehen, drehte sich um und wollte zu ihrem Auto zurückgehen.

Will dachte gar nicht daran, sie einfach gehen zu lassen. Er eilte zur Eingangstür und riss sie auf.

»Shirley«, rief er. »Kommen Sie rein.«

Sie drehte sich um. »Das Schild sagt, die Galerie sei geschlossen.«

Er lachte. »Das ist sie auch – für jeden außer für Sie.«

»Oh ...«

Er hielt ihr die Tür auf und bedeutete ihr einzutreten.

»Haben Sie den Scheck?«, fragte sie, kaum dass sie über die Schwelle getreten war. Dann fiel ihr offenbar auf, dass ihr Verhalten unhöflich war. »Ich, ähm, weiß, wie viel Sie zu tun haben, und will Sie nicht lange aufhalten«, setzte sie hinzu.

»Er liegt im Büro.« Als sie sich nicht rührte, wiederholte er: »Kommen Sie rein.«

Nach kurzem Zögern betrat sie endlich die Galerie.

Will schloss die Tür und ging hinüber zu seinem kleinen Büro, sie folgte ihm. Dort reichte er ihr einen weißen Umschlag, der ihren Scheck enthielt. »Wissen Sie, ich habe nie erfahren, ob Sie den Präsentkorb erhalten haben, den ich Ihnen an den Feiertagen vor die Tür gestellt habe.«

»Ja, habe ich ... Entschuldigen Sie bitte. Ich hätte mich schriftlich bedanken sollen.«

Sie wirkte angemessen zerknirscht. Will hatte ein Vermögen für den Präsentkorb hingeblättert. Er hatte nicht einfach nur eine Feld-Wald-und-Wiesen-Auswahl an Weinen und Käsesorten enthalten, sondern ausschließlich exquisite Produkte, die extra aus Frankreich importiert worden waren.

»Kein Problem. Ich wollte nur sicher sein, dass Sie ihn bekommen haben«, meinte er lässig.

»Wann haben Sie ihn vorbeigebracht?«, fragte sie.

»Am ersten Weihnachtstag.«

»Oh, ich hoffe, Sie waren Weihnachten nicht allein.«

Er wandte den Blick ab. »Doch, war ich, aber das macht nichts. Ich hatte eine Reihe von Einladungen, nur ... mir ging es nicht gut.« Er wollte lieber nicht zugeben, dass er die Einladungen – von Olivia und von seiner Nichte Justine – ausgeschlagen hatte, weil er gehofft hatte, den Tag mit Shirley verbringen zu können. Fälschlicherweise war er davon ausgegangen, dass sie allein und zu Hause sein würde, so wie er. Er wusste, dass ihre Kinder da sein würden, aber Kinder in dem Alter hingen nicht gern mit ihrer Mutter herum. Infolge seiner fälschlichen Annahme war er schließlich zu Olivia zum Abendessen gegangen und hatte sich dann in seiner Wohnung zum vermutlich zwanzigsten Mal das Filmmusical »Weiße Weihnachten« im Fernsehen angeschaut.

»Entschuldigen Sie, dass ich mich nicht schriftlich bedankt habe«, wiederholte sie.

»Schon okay. Ich wollte nur sichergehen, dass Sie das Geschenk entdeckt haben.« Seine Miene hellte sich auf. »Aber«, fuhr er leicht neckend fort, »Sie könnten es wiedergutmachen.« Er wollte es locker und entspannt angehen.

»Was meinen Sie damit?«, fragte sie stirnrunzelnd. »Wie?«

»Ich weiß, dass Sie verwitwet sind.«

Sie trat einen kleinen Schritt zurück, als wäre das kein Thema, über das sie mit ihm reden wollte. Das war ihm nur recht. Er hatte kein Interesse daran, ihren toten Ehemann zum Thema zu machen. Er wollte nur klarstellen, dass sie frei war – und er ebenfalls.

»Wie schon gesagt, ich bin auch allein. Ich dachte, wir könnten uns abends mal treffen«, meinte er, »oder vielleicht auch an einem Nachmittag.«

Shirley wich noch einen kleinen Schritt zurück. Jetzt, da sie ihren Scheck in der Hand hielt, schien sie es eilig zu haben, wieder zu gehen.

»Nichts Förmliches, verstehen Sie«, stellte Will klar. »Einfach nur zum Mittagessen oder auf einen Kaffee, so was in der Art.«

Sie schenkte ihm ein leichtes Lächeln. »Ich bin mir nicht sicher, ob ich schon bereit bin, wieder mit jemandem auszugehen.«

»Das wäre kein Date«, wiegelte er ab. »Nur eine Plauderei bei einer Tasse Kaffee, eine Gelegenheit, einander besser kennenzulernen. Das ist alles. Ich würde zu gern mehr über Ihre Ideen für die Galerie hören«, setzte er hinzu, um sie an das Gespräch zu erinnern, das sie bereits im Herbst geführt hatten. »Ich hätte jetzt Zeit. Wie sieht's bei Ihnen aus? Das *Pot Belly Deli* soll ein ausgezeichnetes Angebot an Kaffees und Tees haben.«

»Sie meinen, jetzt? Jetzt gleich?«

»Wenn es Ihnen passt, warum nicht? Wir können zu Fuß dorthin gehen. Es ist nicht weit.« Immerhin hatte sie ihn nicht sofort abblitzen lassen – das war ermutigend.

»Vielleicht ein andermal«, sagte sie nach einer kurzen Pause.

»Gern, wann immer es Ihnen passt.« Achselzuckend ging er über ihre Zurückweisung hinweg.

»Ich rufe Sie an«, fuhr sie fort, als wollte sie klarstellen, dass sie es vorzog, nicht von ihm kontaktiert zu werden.

Na schön, dann eben Plan B. »Ich habe Neuigkeiten in Bezug auf Shaw«, sagte er als Nächstes, in der Hoffnung, sie vielleicht damit dazu bewegen zu können, seine Einladung doch noch anzunehmen.

»Tatsächlich?«

Ihr Interesse war geweckt. Das war gut. Er wollte sie nicht manipulieren, aber sie ließ ihm keine Wahl. Bisher hatte er nur selten so aufdringlich werden müssen.

»Ich habe noch mal mit dem Freund gesprochen, der sich Shaws Arbeit angeschaut hat.« Mehr Informationen rückte er bewusst nicht heraus. Wenn sie etwas Neues erfahren wollte, musste sie mit ihm Kaffee trinken gehen.

Mit dem Scheck in der Hand wartete sie eine oder zwei Minuten in unbehaglichem Schweigen, und als keine weitere Information zu Shaw kam, verabschiedete sie sich.

»Ich begleite Sie zur Tür«, sagte Will und ging neben ihr her.

»Das müssen Sie nicht.«

Er war versucht, das Gespräch in die Länge zu ziehen, ihren Abschied hinauszuzögern. Er konnte alle möglichen Themen ansprechen, die sie für wichtig oder interessant halten würde, aber er sagte nichts.

»Danke noch mal«, murmelte sie und trat hinaus in den dämmrigen Nachmittag.

»Gern geschehen.« Will zog die Tür zu und schloss hinter ihr ab, wohl wissend, dass sie das hören würde. Das war Absicht. Sie sollte nicht glauben, dass er sie anbettelte oder sich verzweifelt nach ihrer Gesellschaft sehnte. Dabei war das immer mehr genau das, was er empfand. Sie faszinierte ihn und zog ihn an. Intuitiv spürte er, dass sie einander guttun würden, und ein wenig beschämt musste er sich eingestehen, dass er nicht immun gegen den Reiz der Jagd war.

Kurz fragte er sich, ob irgendetwas Shirley zurückhielt – ein Gerücht über ihn, das ihr zu Ohren gekommen war. Er runzelte die Stirn. Dass Grace Harding ihre Internetbeziehung erwähnt hatte, konnte er sich nicht vorstellen. Seine Schwester hatte das sicherlich auch nicht getan. Nein, das konnte es nicht sein.

Was mit Grace geschehen war, war bedauerlich. Will hatte nicht geahnt, dass er nur wenige Jahre später nach Cedar Cove zurückziehen würde. Die ganze Situation, die als harmloser Flirt im Internet begonnen hatte, hatte sich extrem unschön entwickelt, und er war froh, damit abgeschlossen zu haben. Er mochte Grace immer noch, wirklich. Ihr Mann war ein netter Kerl und niemand, mit dem er sich anlegen wollte. Er freute sich, dass ihre Ehe gut lief. Außerdem hielt er nichts davon, sein eigenes Nest zu beschmutzen.

Er schaltete die Beleuchtung in den Ausstellungsräumen der Galerie aus und ging nach oben in seine kleine Wohnung. Dort war er eingezogen, weil er einen Nachmieter für die zuerst gemietete Wohnung gefunden hatte. Mack, der Sohn des Privatdetektivs Roy McAfee weiter unten in der Straße, hatte kürzlich eine Stelle bei der Feuerwehr von Cedar Cove angetreten, das Timing hatte also hervorragend gepasst.

Seine Wohnung in der Galerie erforderte noch eine Menge Arbeit, aber fürs Erste genügte sie ihm. Seufzend entschied er sich, sich mit einem Glas Wein zu entspannen. Wie lange er so vor dem Fernseher gesessen hatte, als das Telefon klingelte und er hochschreckte, wusste er nicht.

Die Anruferkennung verriet ihm, dass es Shirley Bliss war.

Mit wissendem Lächeln schaltete er den Fernseher stumm und griff nach dem Telefon. »Hallo, Shirley.«

»Mr. Jefferson.«

»Nennen Sie mich bitte Will.«

»In Ordnung. Will ... Steht Ihre Einladung zu einer Tasse Kaffee immer noch?«

»Sicher.« Er gab sich Mühe, nicht zu zeigen, wie sehr er sich über ihren Anruf freute.

»Großartig.« Sie schien erpicht darauf, ihn jetzt zu treffen.

»Wann möchten Sie sich mit mir treffen?« Er stellte sein Weinglas auf den Beistelltisch und lehnte sich in seinem Sessel zurück.

»Ginge es heute Abend, wie Sie vorschlagen haben?«

»Perfekt. Es ist bereits etwas spät. Kann ich Sie dazu überreden, mit mir zu Abend zu essen?«

»Nein«, gab sie knapp zurück. »Nicht heute Abend ... Wie schon gesagt, ich habe bereits etwas vor.«

»Oh ja, das hatte ich vergessen. Kaffeetrinken also.«

»Können wir uns im *Mocha Mama's* treffen?«

»Natürlich.« Es war ihm im Grunde egal, wohin sie gingen. Er hoffte nur, ihr die Befangenheit nehmen zu können, und wenn alles so lief, wie er es sich wünschte, dann würde ihr »Vorhaben« sich im Laufe des Abends in Luft auflösen.

»Sagen wir, in fünfzehn Minuten?«, fragte Shirley.

»Das kann ich einrichten.« Will nahm die Füße vom Hocker.

»Ist es Ihnen recht, wenn ich meine Tochter mitbringe?«

Das gehörte definitiv nicht zu seinem Plan. »Warum ...? Natürlich.«

»Shaw arbeitet. Als ich Tanni gegenüber erwähnte, dass Sie Informationen für Shaw haben, hat sie ihn angerufen, und er würde sich ebenfalls gern zu uns gesellen.«

»Aber wenn er arbeitet ...«

»Das tut er«, erklärte Shirley. »Im *Mocha Mama's*. Wir sehen uns in fünfzehn Minuten«, setzte sie fröhlich hinzu.

»Okay«, erwiderte er. »Ich werde da sein.« Doch sie hatte bereits aufgelegt.

7. Kapitel

Rachel Peyton sprayte Grace Hardings Haare ein und drehte den Frisierstuhl herum, sodass sie das Ergebnis im Spiegel betrachten konnte. Grace hielt einen Handspiegel hoch, der ihr den Blick auf ihren Hinterkopf ermöglichte, drehte schwungvoll den Kopf hin und her und sah zu, wie ihre Haare nach vorn schwangen.

Sie hatte Rachel gesagt, sie bräuchte eine neue Frisur – kurz, frech und pflegeleicht. »Das gefällt mir«, erklärte sie lächelnd.

Rachel war immer erleichtert, wenn eine Kundin ihr den eigenen Eindruck bestätigte. »Sie sind jetzt kürzer, als ich sie je an dir gesehen habe.« Ursprünglich hatte sie Zweifel gehabt, ob eine so kesse Frisur zu Grace, der Leiterin der Stadtbücherei, passen würde, aber diese hatten sich als unbegründet erwiesen.

»Da Olivia ihre Haare jetzt kurz trägt, kommt es mir einfach passend vor, das auch zu tun. Schließlich sind wir beste Freundinnen.« Grace lachte. »Tatsächlich ist sie völlig kahl. Ich liebe sie, aber so weit mag ich denn doch nicht gehen.«

»Ihre Haare werden nachwachsen«, meinte Rachel, »aber vielleicht in etwas anderer Farbe oder Beschaffenheit.« Olivia war Anfang der Woche im Salon gewesen und hatte sich die Haare, die ihr noch geblieben waren, abrasieren lassen. Sie hatte mit der Chemotherapie begonnen, und schon nach dem zweiten Mal waren ihr die Haare büschelweise ausgefallen. Da Rachel sie ihr schon vor der Chemo recht kurz geschnitten hatte, war die Veränderung nicht ganz so auffällig.

»So wie ich das sehe«, fuhr Grace fort, »können Olivia und ich unsere Haare gemeinsam wieder wachsen lassen – es sei denn, diese Frisur gefällt mir so sehr, dass ich dabei bleiben möchte.«

Rachel öffnete den Frisierumhang und nahm ihn ihr ab.

»Ich habe gehört, dass du und Bruce Peyton geheiratet habt.« Grace stand auf. »Um Weihnachten herum, richtig?«

»Ja. Es war verrückt von uns, um diese Jahreszeit zu heiraten, aber wir wollten nicht länger warten.«

»Und was ist mit Flitterwochen?«

»Die konnten wir noch nicht planen. Sie werden nachgeholt, vermutlich um den Valentinstag herum.« Für die Zeit war ihre Hochzeit ursprünglich angesetzt gewesen. »Es ist nur so, dass Bruces Arbeit, Jolenes Termine und meine eigene Arbeit es schwierig machen, einen Zeitpunkt zu finden, der für alle passt.«

Grace lächelte freundlich. »Genau das Problem hatten Cliff und ich auch. Letztlich haben wir einfach heimlich geheiratet, obwohl ich niemandem dazu raten würde.« Sie schüttelte den Kopf. »Leider haben wir damit viele Leute vor den Kopf gestoßen, aber wir haben die Feier in großem Stil nachgeholt, und alles hat sich wieder eingerenkt.«

»Anscheinend haben wir denselben Fehler gemacht«, meinte Rachel. Die Mädchen im Salon waren verletzt, weil sie sich ausgeschlossen fühlten. Alles war so schnell gegangen. Rückblickend betrachtet, hätten sie vielleicht lieber bis Februar warten sollen. Aber die Umstände hatten das nicht erlaubt, weil Rachel ihr Haus für den Nachmieter räumen musste. Bruce hatte es eilig gehabt, sie zu heiraten, und ihr ging es genauso. Also hatten sie es einfach getan – allen Bedenken zum Trotz. Aber Rachel fragte sich auch jetzt noch, ob sie wirklich die richtige Entscheidung getroffen hatten.

»Solche Probleme erledigen sich meistens von allein«,

meinte Grace. »Cliff und ich sind glücklich, und ihr seid es offenbar auch. Dein Strahlen verrät, dass du frisch verheiratet bist.«

»Wir sind glücklich.«

»Das ist großartig.« Grace griff nach ihrer Handtasche und bezahlte ihren Haarschnitt an der Kasse. Außerdem ließ sie sich gleich einen neuen Termin für Anfang März, also in sechs Wochen, geben.

Rachel fegte die braunen Locken zusammen, die um den Frisierstuhl herum auf dem Boden lagen. Es war nicht übertrieben, zu sagen, sie sei glücklich, denn das war sie, aber auch sexuell frustriert. Bruce ging es genauso, und das wuchs sich schnell zu einer Belastung für ihre Beziehung aus.

Was weder Rachel noch Bruce erwartet hätten, war Jolenes Reaktion auf ihre Heirat. Mit ihren dreizehn Jahren reagierte Jolene panisch auf die einschneidenden Veränderungen in ihrem Leben.

Nach Stephanie Peytons tragischem Unfalltod hatten sie begonnen, sich zu treffen. Damals war Jolene erst fünf gewesen. Sie brauchte dringend eine Frau in ihrem Leben und hatte sich an Rachel geklammert, als diese dem Mädchen die Haare schnitt.

Auch Rachel hatte ihre Mutter bereits als Kind verloren und war bei einer unverheirateten Tante aufgewachsen. Da sie selbst erlebt hatte, was es bedeutete, ohne Mutter aufzuwachsen, war sie gern in die Bresche gesprungen. Und so hatten sie und Jolene rasch eine enge Bindung aufgebaut.

Jolene hatte oft versucht, Rachel und Bruce zu verkuppeln, aber offenbar unterschätzt, was passieren würde, wenn die beiden sich tatsächlich ineinander verliebten …

Rachels Ehe mit Jolenes Vater hatte die Familiendynamik stark verändert. Jolene war noch zu unreif und zu verletzlich, um das zu akzeptieren. Sie fürchtete, an den Rand gedrängt zu werden und nicht mehr an erster Stelle bei Bruce zu stehen. Seit der Hochzeit war sie bockig, anstrengend und überaus anspruchsvoll.

Dem jungen Ehepaar blieb kaum mal ein Augenblick für sich allein. Miteinander zu schlafen war zu einer echten Herausforderung geworden. Jolene hatte schon immer einen leichten Schlaf gehabt, und schon das leiseste Geräusch weckte sie auf. Ihr Timing war unfehlbar. Allein in der letzten Woche hatte sie ihr Vorspiel dreimal unabsichtlich unterbrochen. Oder vielleicht doch mit Absicht? Jedenfalls war Bruce entweder eingeschlafen, wenn sie wieder zu Bett ging, oder er war so verärgert, dass nichts mehr ging.

»Deine nächste Kundin hat gerade angerufen und abgesagt«, teilte Joan, die am Empfang saß, ihr mit.

»War das die Farbe?«

Joan warf einen Blick in den Terminkalender. »Genau.«

Das hieß, sie hatte zwei Stunden frei. Unverhofft zwei ganze Stunden! Ihr Herz raste, als sie einen Blick auf ihre Armbanduhr warf. »Heute Nachmittag habe ich keine Termine mehr, richtig?«

Joan warf noch einen Blick in den Kalender. »Soweit ich sehen kann, stimmt das.«

Eine Idee formte sich in ihrem Kopf. »Fantastisch. Danke.« Sie schnappte sich ihre Handtasche, holte ihr Handy heraus und wählte Bruce' Nummer.

Er meldete sich beim zweiten Klingelton. »Bruce hier.«

»Was machst du gerade?«, fragte sie aufgeregt.

»Ich arbeite, was denkst du denn?« Bruce gehörte ein kleines, unabhängiges Computersupport-Unternehmen mit ein paar Angestellten.

»Können wir uns zu Hause treffen?«

»Ich denke schon ... Gibt es einen bestimmten Grund, warum ich nach Hause kommen soll?«

Rachel kicherte und klang dabei zweifellos wie ein Schulmädchen. »Oh ja, einen sehr besonderen Grund. Meine letzte Kundin hat abgesagt und Jolene hat ein Basketball-Probespiel nach dem Unterricht.«

Bruce begriff sofort. »Das heißt, wir wären allein?«

»Genau.« Erneut musste sie kichern.

»Ich brauche zehn Minuten.«

»Die hast du.« Rachel beendete das Gespräch und drückte ihr Smartphone an die Brust. Dabei grinste sie breit. Dann sah sie, dass Joan sie mit gerunzelter Stirn beobachtete.

»Ich gehe davon aus, dass ich für den Rest des Tages keine Termine für dich annehmen soll?«

»Ja, bitte.« Rachel eilte ins Hinterzimmer und zog ihren Mantel an. Sie hatte eine wichtige Mission.

Sie kam zuerst zu Hause an und rannte ins Schlafzimmer, zog die Vorhänge zu, entkleidete sich rasch und hüpfte unter die Dusche. Ihre beste Freundin Teri Polgar hatte ihr zur Hochzeit ein durchsichtiges Negligé geschenkt, das sie noch nie getragen hatte. Jetzt endlich konnte sie es einweihen.

Die Haustür wurde geöffnet, und Bruce stürzte ins Haus. »Rachel?«

»Hier«, antwortete sie, in der Hoffnung, sinnlich und sexy zu klingen. Sie stieg auf das Bett, legte sich auf die Seite, und das aufreizende schwarze Negligé enthüllte weit mehr, als es verbarg. Das Kinn stützte sie auf der Hand auf.

Bruce betrat das Zimmer und blieb wie angewurzelt stehen.

»Suchst du nach jemandem?«, schnurrte Rachel.

Er schluckte sichtlich. Es dauerte einen Moment, bevor er sich rühren oder sprechen konnte. »Ich brauche eine Dusche«, krächzte er.

Rachel rollte sich auf den Rücken. »Beeil dich.«

»Ich tue mein Bestes.« Auf dem Weg ins Bad begann er sich eilig seiner Kleidung zu entledigen. Sein Hemd fiel neben dem Bett auf den Teppich. Es sprach für die Qualität des Kleidungsstücks, dass alle Knöpfe drangeblieben waren, obwohl Bruce es sich förmlich vom Leib gerissen hatte. Jetzt folgten die Schuhe. Den einen kickte er unters Bett, der zweite prallte gegen die Wand und landete im Badezimmer.

»Wir haben den ganzen Nachmittag, weißt du«, sagte sie. »Soll ich uns Champagner einschenken?«

Die Duschtür wurde geöffnet. »Champagner?«

»Noch ein Geschenk von Teri und Bobby.«

»Gern …« Sein Blick hing wie gebannt an ihr. »Du bist so schön.«

»Genau dieses Gefühl gibst du mir«, flüsterte sie.

Während Bruce duschte, ging Rachel in die Küche. Obwohl der Kontrast zu ihrem Negligé kaum seltsamer sein konnte, trug sie ihren alten Frotteebademantel, weil sie nicht riskieren wollte, durchs Fenster gesehen zu werden. Sie öffnete den Kühlschrank, schob Milch, Joghurt und Eier zur Seite, bis sie ganz hinten im untersten Fach nach dem Champagner greifen konnte. Moët & Chandon, eine Marke, von der sie nie erwartet hätte, sie jemals zu trinken.

Als sie hörte, dass Bruce fertig war, hatte sie die Champagnerflöten bereitgestellt und obendrein ein paar Duftkerzen angezündet. Alles stimmte, jetzt fehlte nur noch die Musik. Sie fand eine passende CD und legte sie ein.

Eine oder zwei Minuten später gesellte Bruce sich in der Küche zu ihr. Er war barfuß und nackt, nur mit einem Handtuch um die Hüften. Seine dunklen Haare waren noch nass, sodass ihm Tropfen über den Hals und die Schultern rannen. In Rachels Augen hatte er nie begehrenswerter ausgesehen.

Schüchtern lächelnd drehte sie sich zu ihm um. Sie hielt die Champagnerflasche in der Hand und löste den Drahtverschluss. »Mir hat mal jemand erzählt, die richtige Methode, eine Champagnerflasche zu öffnen, bestehe darin, die Flasche zu drehen und nicht den Korken. Wenn sie richtig geöffnet wird, sollte das klingen wie eine befriedigte Frau.«

Bruce warf ihr einen anzüglichen Blick zu. »Ich würde nur zu gern den Klang einer befriedigten Frau hören.«

»Von mir oder dem Champagner?«

Er grinste. »Von beiden.«

Rachel versuchte, der Anleitung zum Öffnen einer Champagnerflasche zu folgen, und der Korken knallte viel lauter aus der Flasche, als sie erwartet hatte.

»Auch du kannst so laut werden, wie du magst«, scherzte ihr Mann und nahm ihr die Flasche ab. Er füllte beide Champagnerflöten und reichte ihr eine. Seine eigene in der Hand, beugte er sich vor und presste den Mund auf ihre Lippen. Schon auf diesen Kuss reagierte Rachels Körper überwältigend heftig.

Bruce stöhnte auf und stellte seinen Champagner weg. »Könnten wir den vielleicht später trinken?«, brachte er mühsam hervor.

»Was möchtest du stattdessen tun?«, fragte sie, als er ihr das Glas abnahm und es auf die Küchentheke stellte.

»Findest du es nicht auch ein bisschen warm hier drin?«

»Hmm. Ich weiß, was du meinst.«

»Du hast zu viel an.«

Rachel lächelte. »Damit könntest du recht haben.« Sie spähte aus dem Küchenfenster, konnte niemanden entdecken und zog den Morgenmantel aus.

Bruce führte sie durch den schmalen Flur zu ihrer beider Schlafzimmer und hob sie dann auf die Arme.

»Bruce, ich bin zu schwer«, protestierte sie, allerdings nicht sehr entschieden.

»Von hier bis zum Bett ist es nicht weit.« Er gab der Tür mit dem Fuß einen Stoß, sodass sie sich beinahe schloss.

Rachel schlang ihm die Arme um den Nacken, knabberte an seinem Ohrläppchen und spürte, wie ein Beben durch seinen Körper lief. Auch ihr ging es nicht anders. Die Freiheit, einander zu lieben, ohne befürchten zu müssen, dass sie Jolene weckten oder verstörten, war himmlisch.

Vorsichtig legte Bruce sie auf dem Bett ab, seine Augen leuchteten voller Liebe und Erstaunen. »Diese letzten paar Wochen ...«

»Ich weiß, ich weiß.« Sie streckte die Arme nach ihrem Mann aus, zog ihn zu sich herunter, und er legte sich auf sie. Dann küsste er sie so verlangend und leidenschaftlich, dass sie laut seufzte. »Oh Bruce. Ich bin so unglaublich scharf auf dich.«

Kaum hatte sie diese Worte ausgesprochen, da wurde die Haustür geöffnet und wieder geschlossen.

Bruce erstarrte.

Rachel ebenfalls.

»Was tut Jolene jetzt zu Hause?«, flüsterte Bruce frustriert.

»Sie sollte eigentlich an einem Basketball-Probespiel teilnehmen!«

»Rachel?«, rief Jolene. »Bist du zu Hause? Dad?«

»Ich komme gleich«, antwortete Rachel, während Bruce von ihr hinunterkletterte. Er schaffte es gerade so eben, sich sein Handtuch zu schnappen und sich zu bedecken, bevor seine Tochter in der Tür stand.

»Das ist ja widerlich!«, schrie der Teenager entsetzt.

»Jolene.« Eilig bedeckte Rachel ihr Negligé mit einem Kissen. »Was tust du hier?«

»Ich wohne hier, wisst ihr noch?« Sie ballte die Hände zu Fäusten.

Rachel spürte, dass ihr vor Verlegenheit die Wangen brannten.

»Wenn du uns bitte ein paar Minuten allein lassen könntest«, stieß Bruce zwischen zusammengebissenen Zähnen hervor. Mit der Hand sein Handtuch um die Hüften festhaltend, ging er zur Schlafzimmertür und schloss sie ganz.

»Ich wusste, dass das passieren würde«, rief Jolene von der anderen Seite der Tür. »Es ist, als würde ich nicht mal mehr hier wohnen. Ihr denkt nur noch an ... *das*.«

Anscheinend war *das* das Synonym für Sex.

Das Mädchen marschierte den Flur hinunter zu seinem Zimmer und knallte die Tür hinter sich zu. Der Knall hallte im ganzen Haus wider.

»Jolene, das ist nicht wahr«, rief Rachel ihr hinterher. Das Kind hatte ja keine Ahnung, wie sehr sie und Bruce sich zusammengerissen hatten, seit sie verheiratet waren.

»Lass sie«, meinte Bruce verärgert. »Allmählich wird es lächerlich.«

»Ich weiß.« Rachel war ebenfalls enttäuscht. Sie trat von hinten an ihn heran und schlang die Arme um seine Taille. »Sie braucht Zeit, um sich daran zu gewöhnen.«

»Sie hatte Zeit.«

»Wir sind noch keinen Monat verheiratet.«

»Ich dachte, sie wollte, dass wir heiraten«, widersprach Bruce.

»Das wollte sie auch. Aber sie hat Angst, welche Folgen das für ihre Beziehung zu dir haben könnte.«

»Es hat sich nichts geändert«, grummelte Bruce und löste sich lange genug von ihr, um hastig seine Hose anzuziehen.

»Aber das hat es, Bruce. Siehst du das nicht?«

»Offen gesagt, nein.« Jede seiner Bewegungen verriet, wie frustriert und zornig er war. »Wir sind verheiratet, und ich will mit dir schlafen. Es ist nicht richtig, wenn wir auf Zehenspitzen rumschleichen, weil wir Angst haben, dass

Jolene erfährt, was wir tun. Sie *sollte* es wissen. Verheiratete Paare tun das nun mal.«

»Hör zu, Bruce, ich bin genauso frustriert wie du, aber wir müssen Rücksicht auf Jolenes Gefühle nehmen. Wir hätten es niemals so eilig haben dürfen.«

Bruce wirbelte herum, das Gesicht zu einer Grimasse verzerrt. »Jetzt bedauerst du also, mich geheiratet zu haben?«

»Nein!«, widersprach sie. »Ich liebe dich und Jolene mehr, als ich jemals ausdrücken könnte. Ich wünschte nur, wir hätten ihr Zeit gelassen, sich an den Gedanken zu gewöhnen, dass ich in euer Haus ziehe.« Rachel wollte nicht, dass ihr Mann auch nur einen Moment glaubte, sie wollte nicht mit ihm verheiratet sein. »Sieben Jahre lang gab es nur euch beide, und ich war bequemerweise weit weg, griffbereit, wenn Jolene zu Besuch kommen oder plaudern wollte. Jetzt bin ich sieben Tage die Woche rund um die Uhr da, und sie fühlt sich bedroht.«

Bruce setzte sich auf die Bettkante und rieb sich das Gesicht. »Das ist Folter.«

Rachel nahm neben ihm Platz und lehnte die Schulter an seine. »Für mich auch. Aber denk dran, es gibt immer noch die Nacht.«

»Ich wünsche mir nur«, meinte Bruce, »mit dir schlafen zu können und mir dabei keine Sorgen machen zu müssen, dass das Bett knarzen könnte.«

Das war nicht lustig, aber Rachel musste trotzdem lachen. »Wir werden einen Weg finden.«

»Hoffentlich bald.« Bruce verließ das Schlafzimmer, und ein paar Minuten später hörte Rachel, wie die Haustür ins Schloss fiel. Er wollte offenbar zurück in seine Firma.

Während sie das Negligé auszog und sich ankleidete, überlegte sie fieberhaft, wie sie ihrer Stieftochter am besten begegnen sollte. Dann ging sie zu Jolenes Zimmer und klopfte sachte an die Tür.

»Jolene?«

Keine Reaktion.

»Lass uns darüber reden.«

»Geh weg.«

»Ich dachte, du hättest heute nach dem Unterricht ein Basketball-Probespiel.«

»Am Montag.«

»In der Benachrichtigung stand, es fände heute statt.«

»Tja, das tut es nicht. Das Probespiel wurde abgesagt, weil der Trainer krank ist.«

»Oh.«

»Geh weg.«

»Nicht bevor wir miteinander geredet haben.«

»Ich will nicht mit dir reden.«

Rachel stand lange vor der Tür zum Zimmer ihrer Stieftochter und versuchte, sie zu überreden, herauszukommen, damit sie sich aussprechen konnten.

Nach einiger Zeit reagierte Jolene einfach nicht mehr.

Rachel drückte die Türklinke hinunter. Wenn ihre Stieftochter nicht zu ihr kommen wollte, dann würde sie eben zu ihr gehen.

Aber die Zimmertür war abgeschlossen.

8. Kapitel

Troy stand noch auf dem Parkplatz des Rathauses, als Bürgermeister Benson auf ihn zustürmte. Er war gerade vom Rotary Club zurückgekommen, wo er einen Vortrag gehalten hatte, aber davon abgesehen war es kein guter Tag für ihn gewesen. Zwei seiner Deputys hatten sich krankgemeldet. Die Erkältungswelle hatte seine Dienststelle hart getroffen, und er hatte kaum genug Leute für alle anfallenden Arbeiten. Sein Gespräch mit Kathleen Sadler, der Reporterin aus Seattle, hatte seine Laune auch nicht gerade gebessert. Die Frau erwartete Antworten auf Fragen, die er einfach nicht beantworten konnte. Und nun ließ die zornige Miene des Bürgermeisters obendrein darauf schließen, dass der Tag nur noch schlimmer werden konnte.

»Was kann ich für dich tun, Louie?«, fragte Troy.

»Ich hatte gerade einen Anruf von Kathleen Sadler.«

Am liebsten hätte Troy stöhnend die Augen geschlossen. Nachdem er der Reporterin die Informationen, hinter denen sie her war, nicht hatte geben können, hatte sie sich offensichtlich an Louie gewandt. Kein Wunder, dass der Bürgermeister so aufgebracht war.

»Kathleen Sadler«, wiederholte Benson. »Ich dachte, du wolltest dich darum kümmern. Ich hatte dir doch gesagt, wie wichtig es ist, dass diese Story nicht an die große Glocke gehängt wird.«

»Ich habe mit ihr gesprochen«, erklärte Troy leicht genervt. »Sie weigert sich, zu akzeptieren, dass ich ihr keine näheren Infos geben konnte, und beharrt darauf, es müsse mehr an der Geschichte dran sein.«

»Genau das hatte ich befürchtet.« Louie ballte wiederholt die Fäuste und öffnete sie wieder.

»Wenn du ihr aus dem Weg gehen willst, hättest du den Anruf einfach zu mir weiterleiten sollen.« Troy verstand nicht, warum Louie sich verpflichtet fühlte, mit der Frau zu reden, wenn er sich von ihr belästigt fühlte. Falls tatsächlich ein Verbrechen hinter den menschlichen Überresten steckte, dann würden die Fakten irgendwann ans Licht kommen. Aber aktuell gab es diesbezüglich keine neuen Erkenntnisse.

»Ich habe ihr vorgeschlagen, sie solle dich kontaktieren«, meinte Louie, »aber dann stellte sich heraus, dass du beim Rotary Club sprichst, und dumm, wie ich bin, habe ich den Anruf entgegengenommen.«

»Wenn du willst, rede ich noch mal mit ihr«, erwiderte Troy ruhig.

»Ja, das will ich. Anscheinend kommt sie Mittwoch nach Cedar Cove, um die Teenager zu interviewen, die das Skelett gefunden haben.«

»Auf keinen Fall!« Troy würde alles in seiner Macht Stehende tun, um das zu verhindern. Philip Wilson, besser bekannt als Shaw, war zwar volljährig, aber sein Name war der Presse nicht mitgeteilt worden. Tanni Bliss ging noch auf die Highschool. Er wollte die Eltern der beiden kontaktieren und sie vor der Reporterin warnen. Die Jugendlichen waren nach dem Fund ziemlich mitgenommen gewesen – Tanni noch mehr als Philip –, wie Troy sich erinnerte.

»Gut«, sagte Louie und nickte zufrieden. »Du kümmerst dich darum.«

»Das werde ich.«

»Und bitte schnell. Ich schätze, sie bringt einen Fotografen mit, der die Höhle fotografieren soll. Sie schreibt an einer Reportage über den Fall, und das Timing könnte kaum schlechter sein, jetzt, da wir den Tourismus in unsrer Stadt anzukurbeln versuchen. Du musst sie davon überzeugen, dass es nichts zu berichten gibt.«

Troy zuckte die Achseln. »Was schätzt du, warum sie so großes Interesse an der Sache hat?«

»Woher soll ich das wissen?«, fuhr Louie auf. »Wie schon gesagt, das kommt absolut zum falschen Zeitpunkt. Jack schreibt für den *Chronicle* eine Reportage über die Vorzüge von Cedar Cove, und wir hoffen, dass andere Zeitungen auf den Zug aufspringen. Ein Artikel dieser Frau könnte all unsere Bemühungen zunichtemachen. Cedar Cove kann keine negative Presse gebrauchen.« Er schüttelte den Kopf. »Und das ist noch nicht alles. Der Stadtrat hat gerade einen Staatszuschuss beantragt, um den Tourismus in unserer Gegend zu fördern.« Er schaute zum Himmel hoch. »Warum passiert all das ausgerechnet jetzt?«

Darauf hatte Troy keine Antwort. »Ich werde mein Bestes geben, um das Problem aus der Welt zu schaffen.«

»Dafür wäre ich dir dankbar.« Louie wirkte ein wenig besänftigt und reichte Troy ein Blatt Papier. »Für den Fall, dass du sie brauchst, hier ist die Telefonnummer der Reporterin. Versuch, sie zur Vernunft zu bringen.«

Troy seufzte. Seiner Erfahrung nach wurden Reporter nur umso neugieriger, je mehr man sie von einem Thema abzubringen versuchte. Die Informationen, die man ihnen gab, waren nie genug. Sie schnüffelten herum, bis sie fanden, was sie suchten – oder zumindest etwas hinreichend Ähnliches. Im Laufe der Jahre hatte er gelernt, dass die beste Regel im Umgang mit der Presse darin bestand, nichts preiszugeben oder zumindest nichts Wichtiges. Er war höflich und freundlich, schwieg aber wie ein Grab.

Nachdem der Bürgermeister gegangen war, eilte Troy in sein Büro. Kaum saß er am Schreibtisch, als sein Handy klingelte. Private Anrufe erhielt er nur selten. Ein rascher Blick aufs Display verriet ihm, dass es seine Tochter war, die ihn sprechen wollte.

»Hallo, Schatz«, meldete er sich.

»Hi, Daddy. Ich wollte dir sagen, dass ich Faith getroffen habe.«

Ihren Namen zu hören ließ sein Herz augenblicklich höherschlagen.

»Sie hat mir etwas für dich gegeben.«

Troy richtete sich auf. »Tatsächlich?«, fragte er hoffnungsvoll.

»Es ist ein Rezept für Kleiemuffins.«

»Oh.« Seine Hoffnung zerplatzte wie eine Seifenblase.

»Du hast mir gar nicht erzählt, dass du bei ihr zu Hause warst.«

»Das war ein Routinebesuch. Ich bin kurz vorbeigefahren, um sie über den Ermittlungsstand zu dem Einbruch bei ihr zu informieren.«

»Ich finde es schrecklich, dass man ihr das angetan hat.«

Das sah Troy genauso.

»Hast du sie in letzter Zeit öfter gesehen?«, hakte seine Tochter nach und klang dabei, als hätte sie Unterricht bei einem ausgebildeten Ermittler genommen.

»Nur das eine Mal seit dem Einbruch.«

»Verstehe. Faith sah gut aus, nicht wahr?«

In Troys Augen sah Faith immer gut aus. »Ja«, murmelte er.

»Sie sagte, dir hätten die Muffins so gut geschmeckt, und schlug mir vor, sie für dich zu backen.«

»Wunderbar, danke.« Wenn er im Moment etwas gar nicht gebrauchen konnte, dann, an Faith erinnert zu werden.

»Kann ich sie dir heute nach dem Abendessen vorbeibringen? Ich meine, du bist doch zu Hause, oder?«

»Wo sollte ich sonst sein?«

Ihre Frage diente ganz offensichtlich dem Zweck, herauszufinden, ob er sich mit Faith treffen würde.

»Craig hat heute Abend noch ein paar Besorgungen zu machen, und ich dachte, ich begleite ihn und wir schauen bei dir vorbei. Soll ich vorher anrufen?«

»Nicht nötig. Ich bin auf jeden Fall zu Hause.«

»Okay.« Sie wirkte enttäuscht. »Wir sehen uns dann gegen sieben. Wir bleiben auch nicht lange.«

»Ihr seid jederzeit willkommen, Megan, das weißt du doch.«

»Ja, das weiß ich.«

Sie plauderten noch ein paar Minuten, bevor Troy das Gespräch beendete. Seit Sandys Tod hatte seine Tochter nie besser geklungen. Er wusste, dass sie ihre Mutter schmerzlich vermisste, aber sie hatte ihre Trauer verarbeitet, so wie er auch.

Bevor er nach Hause fuhr, hinterließ er noch eine Nachricht für Kathleen Sadler bei der Zeitung von Seattle. Zum zweiten Mal bat er sie, sich künftig nur an ihn zu wenden. Vermutlich hielt sie Louie Benson für ein leichteres Opfer, aber Troy hatte vor, das zu beenden. Auf keinen Fall wollte er noch einmal vom Bürgermeister in die Mangel genommen werden.

Auf der Heimfahrt beschloss er, den Weg über die Rosewood Lane zu nehmen. Er erwartete nicht, dass er Faith sehen würde, hoffte es aber insgeheim. Seit über einer Woche hatten sie nicht mehr miteinander geredet.

Wie der Zufall es wollte, sah er, dass sie sich mit schweren Einkaufstaschen abmühte, die sie vom Rücksitz ihres Autos zerrte. Sie blickte genau in dem Moment auf, als er langsam vorbeifuhr. Da sie seinen Wagen nun schon einmal gesehen hatte, fuhr Troy an den Straßenrand und hielt.

»Lass mich dir helfen«, sagte er, während er sich ihr näherte.

»Ich komme zurecht.« Aber noch während sie das sagte, überließ sie ihm die beiden schweren Taschen.

Troy folgte ihr die Hintertreppe hinauf in die Küche, wo er ihre Einkäufe auf den Tresen stellte.

Faith stand mit dem Rücken zum Herd, die Hände hinter sich abgestützt. »Danke.«

»Gern geschehen.« Wie höflich und steif sie klangen, wie Fremde, die auf der Straße aneinander vorbeigingen.

»Ich will nicht, dass du glaubst, dass ich es mir zur Gewohnheit gemacht habe, an deinem Haus vorbeizufahren, Faith«, erläuterte er. »Ich habe Deputy Walker gebeten, während seiner Schicht ein paar Mal den Umweg über diese Straße zu machen.«

»Danke«, wiederholte sie und schaute zu Boden, als hätte sie dort etwas unendlich Interessantes entdeckt.

»Kannst du schlafen?«, fragte er, weil er noch nicht gehen wollte.

Sie antwortete nicht sofort. »Ja, besser«, sagte sie schließlich.

»Noch mehr unerklärliche Geräusche?«

Keine Antwort.

»Faith, wenn es Probleme gibt, will ich das wissen. Du bist nicht die Frau, die sich etwas einbildet.«

Sie zuckte die Achseln. »Vermutlich war es nichts.«

»Du *hast* also etwas gehört?«

»Letzte Nacht ...«

Als sie nicht weitersprach, hakte Troy nach. »Was war letzte Nacht?«

»Ich ... ich dachte, ich hätte jemanden im Garten neben

dem Haus gehört. Ich bin aufgestanden, habe das Licht auf der Veranda eingeschaltet und ...«

»Sag jetzt nicht, dass du auf eigene Faust nachforschen wolltest!«

»Also, ehrlich, Troy, ich bin doch nicht dumm. Ich habe nicht auf ein Unwetter gewartet, eine Kerze angezündet und bin am Rand der Klippen entlanggewandert wie irgendeine Horrorfilmheldin, wenn du das damit sagen willst. Ich hab die Notrufzentrale angerufen, aber während ich auf einen Streifenwagen gewartet habe, habe ich das Licht eingeschaltet und so viel Lärm gemacht, als wären zehn Leute im Haus.«

Ein Lächeln umspielte seine Mundwinkel. »Wie genau hast du das angestellt?«

»Na ja«, fuhr sie grinsend fort. »Ich habe mit ein paar Töpfen geklappert, den Fernseher eingeschaltet und angefangen, mich laut mit meinem imaginären Sohn zu unterhalten, der zufällig Profiringer ist.«

Jetzt musste Troy lachen.

»Als der Polizist aufgetaucht ist, war derjenige, der draußen zugange gewesen war – falls da überhaupt jemand war –, längst über alle Berge.«

Troy vermutete, dass er deshalb nichts von dieser Sache erfahren hatte. Er wollte weder den Ernst der Situation herunterspielen, noch wollte er Faith ängstigen. »Nächstes Mal lass den Polizisten seine Arbeit tun und versuch nicht, den Eindringling abzuschrecken. Wir wollen den Typen fassen, der dich terrorisiert, Faith.«

Sie brauchte lange, bis sie reagierte. »Ja ... es ist nur so ... na ja, es fällt mir schwer, einfach abzuwarten und nichts zu tun. Ich will nicht, dass dieser ... dieser Eindringling auf die Idee kommt, ich sei ein leichtes Opfer.«

»Wenn du etwas tun willst, während du auf die Polizei wartest, ruf mich an.« Obwohl er sich Mühe gab, kurz angebunden zu klingen, meinte er es absolut ernst. Er musste einfach wissen, dass sie in Sicherheit war.

»Das werde ich nicht tun.« Sie schüttelte den Kopf.

»Es ist eine Option, Faith. Ich werde kommen, ohne Fragen zu stellen.«

Sie seufzte. »Ich weiß, dass du das tun würdest.« Langsam ließ sie den Blick zur Hintertür wandern, als wollte sie ihm zu verstehen geben, dass er jetzt gehen sollte.

Er wusste, dass er dem Wink folgen sollte, aber er konnte sich nicht dazu überwinden. »Megan hat mich heute Nachmittag angerufen«, sagte er.

»Ja, ich habe erwartet, dass sie sich bei dir meldet.« Das Telefon klingelte, und sie griff so schnell danach, dass kein Zweifel daran bestand, wie gelegen ihr die Unterbrechung kam. »Hallo«, meldete sie sich. »Hallo?«

Troy fiel wieder ein, wie es gewesen war, als er Faith noch regelmäßig angerufen hatte. Wie sein Herz zu hämmern begonnen hatte, sowie sie sich meldete. Sie schien immer so erfreut, von ihm zu hören …

Nach einem Moment legte Faith auf. »Verwählt, schätze ich.«

»Kommt das in letzter Zeit häufiger vor?«, fragte er. Sein Misstrauen war geweckt.

Sie atmete langsam aus. »Jetzt, wo du das erwähnst … Ich glaube, es passiert öfter als sonst.«

Troy runzelte die Stirn. »Was stand auf dem Display?«

»Anonym. Nummer unterdrückt. Genau wie die letzten Male.«

»Hmm …«

»Ich habe eine Geheimnummer«, setzte sie rasch hinzu.

»Das nützt nicht viel, Faith.«

»Warum nicht?«

»Jeder, der wirklich an deine Nummer rankommen will,

kann sie auch bekommen. Eine Geheimnummer heißt nicht, dass sie nicht zu ermitteln ist.«

»Oh Gott.«

»Menschen, die über ein gewisses Maß an Computerkenntnissen verfügen, können alles rausfinden.« Nachdem er das gesagt hatte, ging Troy hinüber zum Telefon und gab den Rückrufcode ein. Nichts geschah. »Du hast keinen automatischen Rückruf?«

»Nein«, gab sie zu. »Das hielt ich bis jetzt nicht für nötig.«

»Lass einen einrichten, und wenn das nächste Mal jemand anruft und einfach auflegt, besorg dir seine Nummer.«

Sie runzelte die Stirn. »Hältst du es für eine gute Idee, wenn ich zurückrufe?«

»Nein! Gib mir die Nummer, und ich kümmere mich darum.« Als er die Besorgnis in ihren Augen sah, fragte er sich, ob er ihr Angst gemacht hatte. »Tust du das bitte?«

Jetzt wirkte sie wieder dickköpfig.

»Wenn schon nicht zu deiner Beruhigung, dann doch wenigstens zu meiner.«

»Na schön, wenn du darauf bestehst«, sagte sie und zuckte resigniert die Achseln.

»Das tue ich.«

Wieder warf sie einen Blick zur Tür.

Prompt setzte Troy sich in Bewegung. »Ich wünsche dir noch einen schönen Abend, Faith«, sagte er und tippte sich zum Abschied an die Hutkrempe.

»Danke, ebenfalls.«

Sie folgte ihm und sah ihm nach, wie er davonging. Troy spürte ihren Blick im Nacken und fragte sich, ob sie wohl ebenso viel Reue verspürte wie er. Ob sie ihn auch nur halb so sehr vermisste wie er sie.

Als er zu Hause im Pacific Boulevard ankam, war es bereits stockdunkel. Er schloss auf, ging hinein und griff, ohne nachzudenken, nach der Fernbedienung des Fernsehers. Tatsächlich schaute er nicht viel fern, aber das Hintergrundgeräusch wusste er zu schätzen.

Die Lokalnachrichten aus Seattle flimmerten über den Bildschirm, während er seinen Mantel aufhängte. Er wollte gerade den Garderobenschrank schließen, als er eine Reporterin mit Mikrofon in einer Umgebung sah, die ihm nur allzu vertraut war.

Gebannt starrte er auf den Fernseher. Das war die Gegend vor der Höhle, in der das Skelett gefunden worden war.

»Hier ist Jean Everson mit einer Story, die besser zu Halloween passt als in den Januar«, verkündete eine junge Frau eindringlich. »Ich befinde mich hier in Cedar Cove, um zu berichten, dass die noch nicht identifizierten sterblichen Überreste eines jungen Mannes in der Höhle direkt hinter mir gefunden wurden. Eines Jugendlichen. Niemand in Cedar Cove redet. Der Gerichtsmediziner ist zu dem Schluss gekommen, dass die Knochen schätzungsweise dreißig Jahre in der Höhle verborgen waren. Dennoch ist die örtliche Polizei der Aufklärung dieses tragischen Falls offenbar noch keinen Schritt näher gekommen.«

Troy konnte nur hoffen, dass Louie Benson diesen Bericht nicht sah. Die Frau redete und redete und endete schließlich mit den Worten: »... diese verschlafene Stadt, in der dunkle Geheimnisse begraben sein könnten. Hier ist Channel 7 Eyewitness News. Jean Everson mit einem Bericht aus Cedar Cove, Washington.«

Troy war erschüttert. Solch ein Bericht war das Letzte, was er im TV sehen wollte.

Keine Minute später klingelte sein Telefon. Er brauchte nicht auf die Anruferkennung zu schauen, um zu wissen, wer dran war. Zum zweiten Mal an diesem Tag wollte Louie Benson mit ihm sprechen.

9. Kapitel

Schon die ganze Woche freute Mack McAfee sich darauf, Mary Jo Wyse und ihre kleine Tochter zu besuchen. Er hatte das Baby am Heiligen Abend auf der Ranch der Hardings auf die Welt geholt. Passenderweise hatte Mary Jo die Kleine Noelle genannt.

Es war Macks erste Entbindung gewesen, die erste Geburt, die er jemals miterlebt hatte, die erste, an der er beteiligt gewesen war. Dass er Noelle als Erster in den Armen gehalten hatte, war die beeindruckendste und aufwühlendste Erfahrung seines Lebens gewesen. Später, am ersten Weihnachtstag, als er bei seinen Eltern zu Besuch war, hatte er nicht aufhören können, darüber zu reden. Nie zuvor hatte er etwas so Tiefes empfunden – diesen Glücksrausch, diese Freude, diese Erhabenheit. Alles, was er je zuvor getan hatte, verblasste im Vergleich dazu. Der diesem Augenblick innewohnende Zauber hatte ihn schier überwältigt.

Mack war Feuerwehrmann und ausgebildeter Rettungssanitäter. Im Laufe der Jahre hatte er viele Jobs gehabt, aber seine jetzige Stellung bei der Feuerwehr von Cedar Cove gefiel ihm mit Abstand am besten. Er hatte das Gefühl, angekommen zu sein, der Arbeit nachzugehen, für die er bestimmt war.

Als er auf der Fahrt nach Seattle die Narrows Bridge in Tacoma überquerte, drehte er das Radio leiser. In seinem Kopf herrschte das reinste Chaos. Er musste sich beruhigen, bevor er Mary Jo wiedersah. Noelle war jetzt knapp einen Monat alt, und seit seinem letzten Besuch konnte sich eine Menge verändert haben.

Als sie das letzte Mal miteinander gesprochen hatten, hatte Mary Jo zwar erfreut geklungen, von ihm zu hören, aber schlechte Nachrichten gehabt. Die Versicherungsgesellschaft, bei der sie arbeitete, hatte Personal abgebaut, und sie war mit einer Abfindung entlassen worden. Ihre Zukunft war ungewiss. Trotzdem gab sie sich große Mühe, optimistisch zu bleiben. Da er sie ermutigen wollte, hatte er seit seinem letzten Besuch zweimal bei ihr angerufen, und ihre Gespräche waren zwar kurz gewesen, aber gut gelaufen. Dennoch wünschte er, er könnte ihr irgendwie helfen, aber ihm fiel einfach nichts ein. Finanzielle Unterstützung würde sie nicht von ihm annehmen, da sie sich in dieser Hinsicht nicht einmal von ihren Brüdern helfen lassen wollte.

Er wusste, dass es ihr lieber gewesen wäre, nicht bei ihnen zu wohnen, aber ihr blieb keine andere Möglichkeit, zumal jetzt, da sie arbeitslos war. Obwohl sie versuchte, ihre wachsende Frustration herunterzuspielen, spürte Mack, wie ihr zumute war.

Da er einen Großteil seines Lebens in Seattle gewohnt hatte, fand er sich leicht in der Stadt zurecht. Wie er bereits festgestellt hatte, wohnte sie in einem netten Haus in einer guten und ruhigen Gegend. Er wusste, dass sie in diesem Haus als jüngstes von vier Kindern aufgewachsen war. Seit ihre Eltern bei einem Autounfall ums Leben gekommen waren, betrachteten sich ihre Brüder als ihre Beschützer.

Den riesigen Teddybären, den er gekauft hatte, an sich gedrückt, ging Mack den Weg entlang, der zum Haus führte. Lange starrte er mit klopfendem Herzen die Haustür an, bevor er endlich klingelte.

Mary Jo öffnete beinahe sofort. Sie trug Noelle auf dem Arm. Die Kleine weinte und wimmerte, ihr Köpfchen wackelte hin und her.

»Hi«, sagte Mack.

»Hi«, erwiderte Mary Jo und lächelte ihn an.

Sie sah ... grauenvoll aus. Anders hätte man es nicht beschreiben können. Ihr Make-up konnte weder ihre Blässe noch die dunklen Ringe unter ihren Augen verbergen. Dennoch leuchteten diese müden Augen auf, als sie ihn erblickte.

Sie trat zur Seite, damit er eintreten konnte. Das Haus wirkte ordentlich und aufgeräumt. Eine weiße Korbwiege stand im Wohnzimmer neben dem Sofa, und auf dem Couchtisch lag ein Stapel Wegwerfwindeln.

»Es tut mir so leid«, sagte sie. »Ich hatte vor, Noelle zu baden und auf deinen Besuch vorzubereiten ... aber sie hatte einen schlimmen Morgen.« Sie tätschelte Noelle den Rücken. »Und infolgedessen geht es mir genauso.«

»Du musst dich nicht entschuldigen«, erklärte Mack.

Halbherzig versuchte Mary Jo, ein Gähnen zu unterdrücken. »Noelle hat mich fast die ganze Nacht wach gehalten. Ich dachte, sie müsste heute Morgen müde sein, aber Fehlanzeige. Wann immer ich sie hinlege, fängt sie sofort wieder an zu weinen.«

»Ist sie krank?«

Sie schüttelte den Kopf. »Ich habe mit der Krankenschwester gesprochen, und die meinte, das sei ein klassischer Fall von Koliken. Nicht ungewöhnlich für Babys in diesem Alter.« Sie seufzte. »Noelle jammert und weint nur noch. Ich glaube, ich habe heute Nacht nicht länger als eine Stunde geschlafen.«

»Du hättest anrufen sollen. Wir hätten einen anderen Termin ausmachen können.« Zwar wäre er enttäuscht gewesen, hätte aber auch ein andermal vorbeischauen können.

»Vermutlich hast du recht«, pflichtete sie ihm bei, »aber ich hatte mich darauf gefreut, dir zu zeigen, wie sehr Noelle sich verändert hat, seit du sie das letzte Mal gesehen hast.«

Bei seinem ersten Besuch hatte Noelle friedlich geschlafen, ein winziges rosa Strickmützchen auf dem Kopf, und er hatte sie nur voller Bewunderung betrachten können.

Er setzte den Teddybären ab und sah, dass Noelle schon ein Dutzend oder mehr Plüschtiere bekommen hatte.

»Meine Brüder verwöhnen sie schrecklich«, erklärte Mary Jo und deutete auf die Sammlung von Plüschlöwen, -hündchen und Teddybären. »Vor allem Linc. Er ist der älteste und sollte längst eine eigene Familie haben. Das Problem ist, dass er sich immer für alles und jeden verantwortlich fühlt. Ich glaube, das ist auch der Grund, warum es zum Bruch mit ... Ach, das willst du bestimmt gar nicht alles hören.« Mit einem Nicken deutete sie auf das Sofa. »Mach es dir bitte bequem.«

Mack setzte sich. Er fühlte sich ein bisschen unbehaglich, da Mary Jo stehen geblieben war. Sie lief auf und ab und tätschelte dem Baby den Rücken, aber Noelle begann zu schreien. Wie heftig sie weinte, erschreckte ihn.

»Soll ich sie dir mal abnehmen?«, fragte er.

»Das wird nichts nützen.«

Mary Jo sah aus, als würde sie jeden Moment vor Müdigkeit umkippen.

»Lass es mich versuchen.«

Sie seufzte. »Na gut. Danke. Ich werde eine Kanne Kaffee aufbrühen. Ich brauche Koffein, um den Rest des Tages zu überstehen.« Damit legte sie ihm Noelle in die Arme.

Mack hatte nicht viel Zeit – genau genommen gar keine – mit Babys verbracht. Dementsprechend neu war diese Erfahrung. Noelle schrie weiter und ruderte heftig mit Armen und Beinen. Er starrte auf sie hinunter. Ihr kleines Gesicht war rot und verzerrt vor Wut, wie sie da auf seinem Schoß lag. Da er nicht wusste, wie er sie beruhigen sollte, bot er ihr einen Finger, und sie packte sofort zu. Dann legte er seine große Hand auf ihr Bäuchlein und begann eine Melodie zu summen, so wie seine Mutter es früher oft getan hatte.

Noelle blinzelte zu ihm hoch und wurde plötzlich still. Dann riss sie die Augen auf. Obwohl es äußerst unwahrscheinlich war, hatte Mack das Gefühl, das Baby hätte ihn erkannt.

Mary Jo schaute um die Ecke. »Was hast du gemacht?«, fragte sie. »Wie hast du sie dazu gebracht, sich zu beruhigen?«

»Ich ... ich habe ihr etwas vorgesummt«, erwiderte er leicht verlegen. »Sowie sie meine Stimme gehört hat, hat sie aufgehört zu weinen. Ich glaube, sie erinnert sich an mich.« Wenn es irgendetwas zu sagen hatte, wie fest sie seinen Finger umklammerte, dann freute Noelle sich, ihn zu sehen. Das Gefühl beruhte auf Gegenseitigkeit.

Einen Moment lang betrachtete Mary Jo sie schweigend. »Jedenfalls hast du ein glückliches Händchen mit ihr«, sagte sie, »und dafür bin ich dankbar.«

Als er hinunterschaute, sah er, dass Noelle die Augen geschlossen hatte und langsam einschlief. Das arme Kind war vermutlich genauso erschöpft wie seine Mutter. »Ich habe schon oft gehört, dass ich auf Frauen hypnotisierend wirke«, scherzte er.

Mary Jo lächelte, und Mack erwiderte das Lächeln. Es tat ihm leid, dass David Rhodes sie belogen und misshandelt hatte. Der Mann war nicht nur ein Arschloch, sondern obendrein ein Vollidiot, dass er eine so wunderbare Frau wie Mary Jo im Stich gelassen hatte.

Ein paar Minuten später brachte sie ein Tablett herein, auf dem zwei gefüllte Kaffeetassen, ein Sahnekännchen und eine Zuckerdose standen. Sie stellte es auf den Tisch vor das Sofa, nahm ihm dann Noelle vom Schoß und legte sie in ihr Körbchen.

Während sie das Baby mit einer gestrickten Decke zudeckte, gab er Sahne in seinen Kaffee.

»Das ist das erste Mal seit etwa fünf Uhr, dass sie schläft«, flüsterte Mary Jo. Offensichtlich hatte sie Angst, das Baby zu wecken.

»Ich kann nicht glauben, wie sehr sie in nur einem Monat gewachsen ist.«

Mary Jos Blick ruhte auf ihrer schlafenden Tochter. »Ich weiß ... Was ich nicht glauben kann, ist, wie anstrengend es ist, Mutter zu sein.«

»Deine Brüder sind dir keine Hilfe?«

Sie setzte sich ans andere Ende des Sofas, griff nach ihrer Kaffeetasse und lachte leise. »Du machst Witze, oder? Meine Brüder haben alle drei eine Todesangst vor Noelle«, sagte sie, gab einen Löffel Zucker in ihre Tasse und rührte um. »Ich glaube, Linc hat sie nicht öfter als einmal gehalten und wirkte die ganze Zeit wie gelähmt vor Angst.«

»Was ist mit Mel und Ned?«

Ihr Lächeln vertiefte sich. »Wenn Noelle auch nur aufstößt, rufen sie mich sofort zu Hilfe. Und Windeln wechseln? Geht gar nicht.«

Mack konnte ihre Befürchtungen durchaus verstehen. Noelle war so klein, so zerbrechlich, so hilflos. Nur zu genau konnte er sich vorstellen, was passieren würde, wenn man sie fallen ließ ...

Mack räusperte sich und kam darauf zu sprechen, was ihn beschäftigte. »Hast du was von David Rhodes gehört?«

Mary Jo verspannte sich sichtlich. »Nein, und ich bin froh darüber.«

Mack fand es empörend, dass sich der Typ einfach seiner Verantwortung entzog, und meinte: »Er ist Noelles Vater.«

Mary Jo schüttelte den Kopf, als würde alles, was mit David Rhodes zu tun hatte, sie nur quälen. »Ich will nicht über ihn reden«, erwiderte sie kurz angebunden.

»Natürlich.« Vermutlich war es nicht besonders höflich gewesen, ein so unerfreuliches Thema anzusprechen.

»Es ist mir peinlich, wie naiv ich war«, fuhr sie fort, »und wie bereitwillig ich seine Lügen geschluckt habe.«

Mack nickte nur. Mary Jo war schließlich diejenige, die gesagt hatte, sie wolle nicht über Noelles Vater reden, aber jetzt, da sie damit angefangen hatte, konnte sie anscheinend nicht wieder aufhören.

»Er hat mir all diesen Unsinn erzählt, von wegen, dass er mich liebt und dass er unser Baby will. Er gab vor, sich darüber zu freuen, dass ich schwanger war, und sagte, wenn er erst seine finanziellen Probleme gelöst habe, würden wir heiraten.«

Während sie sprach, wurde sie immer aufgebrachter. Gern hätte Mack ihr versichert, dass sie ihm all das nicht erzählen müsse, aber er hatte keine Chance, ihre Tirade zu unterbrechen.

»Dann habe ich wochenlang nichts von ihm gehört. Ich habe sogar den Geburtsvorbereitungskurs aufgeschoben, weil David immer wieder betonte, wie sehr er sich wünsche, bei der Geburt des Babys dabei zu sein. Ja, klar doch. Und dann ...« Sie hielt inne und holte tief Luft. »Dann erzählte er mir, er würde Weihnachten bei seiner Familie in Cedar Cove verbringen, was, wie wir beide wissen, auch wieder nur eine faustdicke Lüge war.«

Mit vor Wut funkelnden Augen fuhr sie fort: »Sein Vater und seine Mutter waren auf dieser Kreuzfahrt, und als ich in der Stadt ankam, war da niemand, und ich war auf die freundliche Hilfe von Fremden angewiesen. Man sollte doch meinen, dass ich inzwischen klug genug war, um alles zu hinterfragen, was er sagte. Aber habe ich das getan? Oh nein, ich habe auch die Lüge geschluckt wie alle anderen zuvor.«

Als könnte sie nicht länger still sitzen, sprang sie auf. »Nachdem Noelle geboren war, hat Ben seinen Sohn darüber informiert, dass er eine Tochter hat. Man sollte erwarten, dass er daraufhin Kontakt mit mir aufnehmen würde, aber nein.« Erneut begann sie, hin und her zu tigern, die Arme vor der Brust verschränkt. »Nicht, dass ich von ihm hören wollte, ganz und gar nicht. Ich bin vielleicht schwer von Begriff, aber wenn ich etwas durchschaut habe, dann vergesse ich es nicht.« Sie drohte Mack mit dem Finger. »Solange ich lebe, will ich David Rhodes nie wiedersehen oder mit ihm reden. Das meine ich ernst.«

»Na ja, ich ...«

»Außerdem bin ich nicht bereit, auch nur einen Penny von Ben Rhodes anzunehmen. Er hat es mir angeboten, weißt du. Sein Sohn ist ein echtes Problem für ihn. Das hat er zwar nicht direkt gesagt, aber ich konnte gut zwischen den Zeilen lesen. Natürlich habe ich ihm für seine liebe und freundliche Geste gedankt, aber nicht er ist für Noelle verantwortlich. David ist es. Doch von ihm erwarte ich nicht, dass er je das Richtige tun wird – genauso wenig, wie Ben es von ihm erwartet. Sonst hätte er mir seine Hilfe nicht angeboten.« Rasch holte sie Luft. »Ich habe ihm lediglich erlaubt, einen Treuhandfonds für Noelle einzurichten, das ist alles.«

Mack wartete einen Moment, bevor er versuchte, etwas zu sagen. Erst als er zu dem Schluss kam, dass sie anscheinend alles losgeworden war, wagte er einen Kommentar. »Meiner Meinung nach ist Noelle ohne David besser dran.«

»Das sehe ich genauso! Nicht, dass ich mir darüber Sorgen machen müsste. Er will nichts mit ihr zu tun haben – oder mit mir. Das ist auch gut so. Aber eins steht fest ...«

»Und das wäre?«

Sie nickte langsam und würdevoll. »Ich werde mich nie wieder so leicht zum Narren halten lassen. Männern kann man nicht trauen, besonders den gut aussehenden, Süßholz raspelnden nicht, solchen wie David, die einem Honig um den Bart schmieren.«

»Deine Brüder ...«

»Fang mir nicht von denen an«, fiel sie ihm ins Wort. »Linc ist ein eigensinniger Besserwisser, und was Mel und Ned angeht, die kriegen absolut nichts mit. Eine Frau, die sich auf einen meiner Brüder einlässt, sollte sich dringend auf ihre geistige Gesundheit untersuchen lassen.« Sie hielt gerade lange genug inne, um Luft zu holen. »Versteh mich nicht falsch, ich liebe meine Brüder. Sie unterstützen mich, so gut sie können, aber sie haben einfach keine Peilung.«

»Ich ...«

»Sorry, das hätte ich nicht sagen dürfen«, unterbrach sie ihn. »Sie sind eben den ganzen Tag in der Werkstatt und kommen bei der Arbeit nicht mit Frauen in Kontakt. Bis auf die Frauen, die ihre Autos zur Reparatur bringen natürlich. Und die sind immer beeindruckt.« Sie verdrehte die Augen.

»Als ich Linc kennenlernte, war ich auch beeindruckt.« Mack hatte das Gefühl, ihr das sagen zu müssen. Er und Linc hatten sich gut eine halbe Stunde unterhalten, nachdem der Rettungswagen Mary Jo und Noelle ins Krankenhaus gefahren hatte. In dem Moment war Mack sehr aufgeregt gewesen – genau wie Linc. Er war gerade Onkel geworden, und der Gedanke begeisterte ihn.

»Natürlich ergreifst du Partei für meine Brüder«, murmelte Mary Jo. »Du bist ein Mann.«

»Na ja, ich ...«

»Nein, für mich war's das mit den Männern. Ich bin durch mit ihnen. Für immer. Du weißt ja, gebranntes Kind scheut das Feuer. Und ich habe Verbrennungen dritten Grades davongetragen. In diesem Leben werde ich nie wieder einem Mann vertrauen.«

Was sie da von sich gab, gefiel Mack gar nicht. »Was genau willst du damit sagen?«, fragte er.

»Das willst du nicht wissen.« Traurig schüttelte sie den Kopf.

»Doch, will ich.«

»Nein, willst du nicht, denn du wirst dich bemüßigt fühlen, das männliche Geschlecht zu verteidigen, und wir könnten uns am Ende nur darauf einigen, uns nicht einigen zu können. Du kannst mir nichts erzählen, was Linc mir nicht schon gesagt hat.«

»Zum Beispiel?«

Erneut verschränkte sie die Arme vor der Brust und seufzte laut. »Dass nicht alle Männer so sind wie David.«

»Das sind sie auch nicht.«

»Ja, schon klar. Mein Dad war ein wundervoller Ehemann und Vater, und es gibt immer noch ein paar anständige Männer auf dieser Welt. Chris Harding zum Beispiel.«

Ihm fiel auf, dass sie ihn nicht erwähnt hatte, aber er beschloss, das nicht persönlich zu nehmen. »Wenn du das glaubst, warum bist du dann fertig mit den Männern?«

»Weil...«, erklärte sie und beugte sich vor. »Ich weiß, dass es gute Kerle gibt. Das ist nicht das Problem. Das Problem besteht darin, erkennen zu können, wer nett und wer ein Arschloch ist. Leider ist mein Arschlochdetektor eindeutig im Eimer.«

»Ich glaube, du gehst zu hart mit dir ins Gericht.«

»Nein. Denn weißt du, was? David war nicht der Erste.«

Macks Augen verengten sich.

»Ich meine ... ich bin noch nie so weit ... habe mich noch nie so auf einen Mann eingelassen wie auf David. Aber bevor ich ihn kennenlernte, war da ein Arbeitskollege, der mich völlig verzaubert hat. Erst viel später fand ich heraus, dass er verheiratet war. Wir sind nie miteinander gegangen oder so – wir haben nur mal zusammen zu Mittag gegessen oder nach der Arbeit einen Drink genommen. Nichts darüber hinaus. Aber ich hatte keine Ahnung, dass er mich belog. Jedenfalls insofern, dass er bestimmte Dinge einfach verschwieg.« Sie warf Mack einen Blick über die Schulter zu, während sie auf und ab ging. »Andere Frauen scheinen dafür ein besseres Gespür zu haben, weißt du, einen Instinkt, der sie die Motive des Mannes durchschauen lässt. Ich habe dieses Gespür nicht, und deshalb kann ich mir im Hinblick auf Männer selbst nicht trauen. Eine neue Beziehung ist das Risiko einfach nicht wert.«

Mack stellte seine Kaffeetasse ab und dachte über ihre Worte nach. »Dann war's das wohl, schätze ich.«

»Ja, das war's. Ich habe meine Tochter, und von jetzt an gibt es nur noch uns zwei. Sowie ich einen neuen Job finde, besorge ich mir eine Wohnung, ziehe um und lebe selbstständig, frei von meinen Brüdern, frei von allen Männern.«

Mary Jo schaute zu ihm hinüber, als wollte sie ihn herausfordern, etwas dazu zu sagen.

»Es wäre also kein guter Zeitpunkt, dich um ein Date zu bitten, richtig?«

Überrascht sah sie ihn an und lächelte. »Bist du sicher, dass du das ernst meinst?«

Mack grinste sie an. »Ja, tatsächlich, ich meine es ernst.«

10. Kapitel

Grace Harding arbeitete in ihrem kleinen Büro in der Stadtbücherei, als Sally Overland, die erst kürzlich eingestellt worden war, höflich an die halb geöffnete Tür klopfte. Insgeheim fragte sich Grace, wie sie sich auf die Büroarbeit konzentrieren sollte, wenn sie ständig unterbrochen wurde. Der Vormittag war bereits vorbei, und sie hatte kaum etwas geschafft.

»Herein«, rief sie. Keine ihrer anderen Mitarbeiterinnen hätte auf eine Aufforderung gewartet, eintreten zu dürfen.

»Draußen wartet eine Frau namens Olivia, die zu dir möchte. Sie sagt, sie sei eine Freundin«, erklärte Sally freundlich.

Grace sprang so heftig auf, dass sie fast ihren Stuhl umgeworfen hätte. »Olivia ist hier?«

Sally, die noch sehr jung war und über nicht allzu viel Selbstvertrauen verfügte, riss die Augen auf. »Ja. Ich hoffe, ich habe das Richtige getan. Ich sagte ihr, Sie hätten zu tun, aber sie meinte, Sie hätten nichts gegen ihren Besuch.«

»Natürlich nicht.«

Sally trat zur Seite, und Olivia kam ins Büro, bekleidet mit ihrem langen schwarzen Wollmantel und einer hellroten Strickmütze.

Grace eilte um ihren Schreibtisch herum und nahm ihre engste Freundin vorsichtig in die Arme. Olivia war blass, aber das war sie schon seit Monaten. Blass und dünn ... und inzwischen auch kahlköpfig.

»Was tust du hier?«, wollte Grace wissen.

»Wie meinst du das?«, fragte Olivia im selben Tonfall zurück. »Ich habe ein ausgeliehenes Buch zurückgebracht und wollte fragen, ob du schon Mittag gegessen hast.«

»Nein. Fühlst du dich denn gut genug, um draußen rumzulaufen?«

»Ja. Sonst wäre ich nicht hier«, stellte Olivia mit unfehlbarer Logik fest. »Wohin möchtest du gehen?«

»Entscheide du«, erwiderte Grace. Sie wusste, dass Olivia momentan unter Appetitlosigkeit litt, und was immer ihr schmecken würde, sollte Grace nur recht sein.

Olivia zuckte die Achseln. »Völlig egal. Was ich wirklich gern hätte, wäre eine Tasse Tee.«

»Das ist alles?«

»Vielleicht eine Suppe.«

»*Pot Belly Deli?*«

»Großartig.«

Olivia lächelte, und Grace griff nach ihrem Mantel, ihrem Schal und ihrer Handtasche. Gemeinsam liefen sie zum Haupteingang der Stadtbücherei. Auf dem Weg dorthin informierte Grace schnell noch Sally, wohin sie gehen wollte.

Obwohl das Deli nur drei Blocks entfernt lag, bestand Grace darauf, mit dem Auto zu fahren. Sie wollte nicht riskieren, dass Olivia sich erkältete, weil ihr Immunsystem wegen der Chemotherapie geschwächt war. Außerdem fürchtete sie, der Fußmarsch könnte Olivia ermüden.

Unmittelbar vor Weihnachten war ihre Freundin mit einer schweren Infektion ins Krankenhaus eingeliefert worden, und Grace bekam jetzt noch eine Gänsehaut, wenn sie daran dachte, wie nahe sie daran gewesen waren, Olivia zu verlieren. Nein, das Risiko einer erneuten Infektion würde sie unter keinen Umständen eingehen.

»Du behandelst mich, als wäre ich aus Zucker«, beschwerte sich Olivia, allerdings ohne großen Nachdruck, wie Grace bemerkte.

»Spar dir den Atem zu widersprechen.«

»Du warst schon immer herrschsüchtig«, meinte Olivia, als sie auf der Beifahrerseite einstieg.

»Hm-hmm.« Grace war nicht bereit, ihrer Freundin das letzte Wort zu überlassen.

Glücklicherweise fand sie einen Parkplatz direkt vor dem Deli. Der mittägliche Ansturm war bereits vorüber, und sie hatten freie Tischwahl.

Nachdem sie Platz genommen hatten, lächelte Grace die junge Serviererin an. »Welche Tagessuppe bietet ihr heute an?«

»Brokkolicremesuppe«, erwiderte das Mädchen, das nicht älter als achtzehn sein konnte.

»Die nehmen wir beide«, erklärte Grace.

»Und Tee«, fügte Olivia hinzu. »Earl Grey, bitte.«

Das Mädchen notierte die Bestellung und ging. Als es außer Hörweite war, beugte Olivia sich vor. »Mom hat das beste Rezept für Brokkolisuppe. Ich glaube, sie hat sie erst hier gegessen, ist dann nach Hause gegangen und hat daraus ihr eigenes Rezept entwickelt. Meine Mutter sollte eine Kochshow im Fernsehen haben, meinst du nicht auch?«

Grace lachte. »Ich kann's mir lebhaft vorstellen. Köchin Charlotte beim Backen von Muffins und Small Talk mit berühmten Gästen.« Sie nahm ihren Schal ab, öffnete den Mantel, zog ihn aus und hängte ihn über die Rückenlehne ihres Stuhls. »Sie wäre fantastisch. Bei ihr schmeckt einfach alles wunderbar.«

Olivia nickte lächelnd. »Sie glaubt an hochwertige Zutaten – und dass man mit Liebe kochen muss.«

»Seit der Kreuzfahrt habe ich deine Mutter nur flüchtig gesehen. Hat sie die Reise genossen?«

»Ja, das hat sie. Ben auch, obwohl sie, kaum daheim, von Davids Baby erfahren haben, was sie beide aus dem Gleichgewicht gebracht hat.«

»Das ist wirklich schade«, meinte Grace grimmig. Sie nahm David übel, dass er das arme Mädchen belogen hatte, was seine Absichten betraf. Und sein Verhalten nach der Geburt fand sie einfach abscheulich – seine Weigerung, das Baby als seins anzuerkennen und seiner Verantwortung als Vater nachzukommen.

»Ich denke, das hat für Ben das Fass zum Überlaufen gebracht.« Olivia breitete die Serviette auf ihrem Schoß aus. »Anscheinend hat er seit ihrer Rückkehr von der Kreuzfahrt nur einmal mit David gesprochen. Jedenfalls hat er Mom gesagt, wenn David wieder anrufe, wolle er nicht mit ihm reden.«

»Ich kann verstehen, warum Ben so aufgebracht ist.«

»Ich auch«, erwiderte Olivia. »Er nimmt das sehr schwer. Ben ist ein so ehrenhafter Mann, dass das Verhalten seines Sohnes – ein so nettes Mädchen wie Mary Jo zu belügen und zu verführen – ihn ganz besonders trifft.« Sie schüttelte den Kopf. »Ich bin aber nicht gekommen, um über David zu reden. Das Thema deprimiert mich.«

»Mich auch.«

»Habe ich dir erzählt, was Mom seit Neuestem tut?«

»Du meinst, außer dich zu besuchen?«, witzelte Grace. Es war allgemein bekannt, dass Charlotte alle paar Tage nach Olivia sah.

»Sie ist dabei, all ihre Lieblingsrezepte für Justines Teehaus zusammenzustellen. Das heißt, sie schreibt einige davon zum ersten Mal überhaupt nieder.«

Grace war am Morgen an der Baustelle vorbeigefahren und hatte über die Fortschritte gestaunt, die der Bau im letzten Monat gemacht hatte. »Das Gebäude nimmt langsam Gestalt an, nicht wahr?«

»Wenn meine Tochter etwas will, dann bekommt sie es meistens auch.«

»Wie eine zweite Charlotte ...«

»Das und noch mehr«, stimmte Olivia zu. »Sie gründet ein brandneues Unternehmen, bringt das mit ihren familiären Verpflichtungen in Einklang und bereitet sich auf ihr Baby vor ...«

»Wie geht es ihr?«

»Sehr gut, sagt sie. Man kann gerade eben erkennen, dass sie schwanger ist. Hoffentlich wird es diesmal ein Mädchen.« Olivia zögerte, als wäre sie sich plötzlich der Tragweite ihrer Worte bewusst geworden. »Natürlich würden wir einen weiteren Enkelsohn genauso begeistert willkommen heißen.«

»Natürlich.«

»Wie geht es deinen Töchtern?«, wollte Olivia wissen.

»Maryellen und Kelly geht es bestens.«

In diesem Moment wurde die Tür geöffnet, und Sheriff Troy Davis kam herein. Er tippte sich an die Hutkrempe, als er die beiden Frauen sah, eine typische Angewohnheit von ihm. Dann trat er an die Theke und bestellte einen Kaffee zum Mitnehmen.

Während Grace Olivia das Neueste über ihre Enkel erzählte, kam Troy an den Tisch, seinen Kaffeebecher in der Hand.

»Schön, Sie beide zu sehen«, sagte er. Kurz runzelte er die Stirn angesichts der Strickmütze, die Olivia trug, wandte dann aber rasch den Blick ab.

Grace konnte sehen, dass Olivia ein Lächeln zu verbergen versuchte. »Hey, Sheriff, schauen Sie nicht so besorgt drein. Ich werd's überleben.«

»Freut mich, das zu hören. Also, was tun Sie beide hier ...« Er schaute auf seine Armbanduhr. »... am frühen Nachmittag?«

»Ich habe Urlaub«, antwortete Olivia, obwohl ihr klar war, dass er das sehr wohl wusste.

»Und ich esse spät zu Mittag«, setzte Grace hinzu.

Er deutete auf das Fenster zur Straße hin. »Ist das Ihr Fahrzeug da auf dem Behindertenparkplatz?«

»Ah ... mein Auto?«

»Ich gehe davon aus, dass Sie das Schild nicht gesehen haben.«

»Oje. Haben Sie mir einen Strafzettel verpasst?« Normalerweise passte sie besser auf.

»Nein, aber ich empfehle Ihnen, das Auto wegzufahren, bevor einer meiner Deputys das tut.«

Grace griff nach ihrer Handtasche, dankbar für die Warnung. »Bin gleich zurück.«

»Lassen Sie sich Zeit«, sagte Troy. Er schien sie zu beobachten, als sie ging.

Grace sah, dass Troy sich auf ihren Platz setzte, kaum dass sie aus der Tür heraus war. Aber erst als sie ihr Auto erreichte, erkannte sie, dass es gar nicht auf dem Behindertenparkplatz stand, sondern direkt daneben.

Gerade wollte sie zurückmarschieren und Troy auf seinen Fehler aufmerksam machen, da begriff sie, dass er sie absichtlich in dem Glauben gelassen hatte, sie hätte falsch geparkt. Offenbar wollte er ungestört mit Olivia reden. Gut, sie würde ihm die Zeit dafür geben.

Kurzerhand stieg sie ins Auto und fuhr zweimal um den Block, bevor sie einen anderen freien Parkplatz ganz in der Nähe ansteuerte. Vermutlich hatte sie Troy damit reichlich Gelegenheit gegeben, alles loszuwerden, was er zu sagen hatte. Natürlich hatte sie vor, Olivia sofort auszufragen, sowie sie wieder allein waren.

Als sie ins Deli zurückkehrte, standen ihre Suppenschalen und der Tee zusammen mit einem Korb Sauerteigbrot auf dem Tisch. Troy stand auf und verabschiedete sich, als er sie sah.

Die Tür hatte sich kaum hinter ihm geschlossen, da erklärte Grace: »Ich stand gar nicht auf dem Behindertenparkplatz.«

»Ich weiß.«

»Troy wollte mich einfach nur loswerden.«

Olivias Löffel schwebte über der Suppe. »Auch das weiß ich. Er hat mich gebeten, dich um Entschuldigung zu bitten.«

Grace wartete auf eine Erklärung, die anscheinend nicht kommen wollte. Sie verstand nicht, warum ihre Freundin plötzlich so schmallippig war. »Willst du mir gar nicht sagen, warum er es für nötig hielt, mit dir allein zu sprechen?«

»Ich habe mich noch nicht entschieden«, antwortete Olivia übertrieben seufzend.

»Olivia! Spann mich nicht auf die Folter!«

»Schon gut, schon gut ...« Olivia tat ihr Bestes, ein Lächeln zu verbergen. »Er wollte einen Rat von mir.«

»In welcher Sache?« Grace kniff die Augen zusammen. »Mir war nicht bewusst, dass du und Troy so vertraut miteinander seid.«

»Sind wir auch nicht. Er kennt mich nur etwas besser, weil ich seit Jahren als Richterin arbeite.«

»Mich kennt er auch! Du meine Güte, wir sind alle zwölf Jahre lang gemeinsam zur Schule gegangen. Was kann er dir sagen, was er mir nicht sagen könnte?« Es verletzte sie ein wenig, dass Troy sich an Olivia gewandt hatte und nicht an sie.

»Na schön, wenn du es unbedingt wissen musst ... Er wollte mit mir über Faith Beckwith reden.«

Grace schüttelte den Kopf. »Faith ist unsere Mieterin, weißt du noch? Wenn er etwas rausfinden will, hätte er mich fragen können.«

»Na ja, er sagte mir, sie beide hätten einander sehr nahegestanden und ...«

»Das ist nichts Neues! Auch wenn sie derzeit wohl kein Paar sind. Ich frage mich, was passiert sein mag ...« Sie ließ den Satz unvollendet und hoffte, dass Olivia ihr eine Erklärung liefern würde.

»Leider hatte Troy nicht genug Zeit, um auf Einzelheiten einzugehen«, sagte Olivia und schaute Grace gespielt geringschätzig an. »Du hättest dir ein bisschen mehr Zeit lassen können, einen Parkplatz zu finden, weißt du.«

Grace dachte gar nicht daran, darauf zu antworten. Sie wollte Fakten hören, und zwar jetzt. »Okay, sie standen einander also sehr nahe. Und dann?«

»Das hat er nicht gesagt, nur dass er die Beziehung beendet hat. Dann hat er es bereut, wollte, dass sie wieder zusammenkommen, aber Faith hatte kein Interesse mehr.«

»Verständlich.«

»Möglich, aber wir wissen beide, dass Troy kein wankelmütiger Mensch ist. Faith sollte ihm ein bisschen mehr Spielraum geben, meinst du nicht?«

Grace überlegte kurz. »Kommt ganz drauf an.« Allerdings wollte sie sich nicht auf eine Diskussion darüber einlassen, ob seine Entscheidung richtig oder falsch war, zumal eindeutig mehr hinter der Geschichte zu stecken schien. »Was war sonst noch?«, drängelte sie.

»Wie schon gesagt, er hatte nicht genug Zeit, um auf Einzelheiten einzugehen.« Sie zog die Brauen hoch, aber Grace ignorierte das.

»Und jetzt ist Troy völlig durch den Wind, weil er Faith liebt und sie zurückhaben will.«

Typisch Mann!

»Sie hat ihm das Herz gebrochen«, ergriff Olivia Partei für Troy.

Grace tat so, als hätte sie Mitgefühl, aber ihrer Meinung nach hatte er bekommen, was er verdiente. »Armer Troy«, meinte sie lässig.

»Aber darüber wollte er gar nicht unbedingt mit mir reden.«

Oh! Jetzt wurde es interessant. »Er wollte dich nicht wegen Faith um Rat bitten?«

Als Olivia nicht sofort reagierte, riss Grace der Geduldsfaden. »Um Himmels willen, raus mit der Sprache! Was ist passiert?«, blaffte sie ihre Freundin an.

»Gestern Abend auf dem Heimweg hat Troy gesehen, dass Faith mit einem anderen Mann im Restaurant saß.«

Grace griff nach ihrem Löffel und legte ihn gleich wieder aus der Hand. Diese Sache war viel faszinierender als Brokkolicremesuppe. »Was soll das heißen, er hat sie mit einem anderen Mann gesehen? Was hat er getan, ist er mit seinem Streifenwagen durch die Tür des Restaurants gebrettert?«

»Natürlich nicht. Er hatte Hunger, und ihm war nach chinesischem Essen, also hat er sich was zum Mitnehmen im *Wok 'n' Roll* bestellt. Er ging rein, um seine Bestellung abzuholen – und wen musste er dort entdecken?«

»Faith«, antwortete Grace.

»Genau, Faith. In Begleitung eines Mannes. Sie saß mit dem Rücken zu ihm, aber Troy hat sie natürlich trotzdem erkannt. Er hatte den Eindruck, dass sie sich prächtig amüsiert hat.«

»Und, wer war er?«, wollte Grace wissen. »Der Mann, mit dem sie dort war.«

Olivia tat so, als hätte sie die Frage nicht gehört. »Der arme Troy war am Boden zerstört. Er musste sich höllisch zusammenreißen, um nicht an den Tisch zu marschieren und ... diesem anderen Mann zu sagen, er solle sich von Faith fernhalten.«

»Das wäre keine gute Idee gewesen.«

»Genau das habe ich auch gesagt.«

»Was hat er also getan?« Gespannt wartete Grace auf die Antwort.

»Nicht viel. Er hat seine Bestellung bezahlt, ist gegangen und hat sich dann den ganzen Abend grün und blau geärgert. Seiner Miene nach zu schließen, wurmt ihn das Ganze immer noch sehr.«

»Hat Faith ihn gesehen?«

»Er glaubt, es könnte sein.«

»In dem Fall fühlen sie sich vermutlich beide schlecht. Denn Faith wüsste, dass ihn das verletzt hat, und sie ist keine Frau, die gern jemandem wehtut.«

»Das stimmt.«

»Okay, und jetzt sag mir, wer der heiße Typ war, mit dem Faith ein Date hatte.«

Olivia zögerte, und Grace überkam ein ungutes Gefühl. »Er ist verheiratet, nicht wahr? Deshalb willst du es mir nicht sagen.«

»Nein, das ist nicht der Grund. Tatsächlich wird es dich kein bisschen überraschen, wenn ich dir den Namen nenne.«

Olivia wollte sie also raten lassen. Das war nicht fair – aber dann fiel es Grace wie Schuppen von den Augen. Schockiert stützte sie beide Hände auf den Tisch und erhob sich halb. »Nein!«

Olivia wusste sofort, dass Grace begriffen hatte. Sie nickte langsam, die Augen geschlossen.

»Dein Bruder, Will Jefferson?«

Olivia stieß scharf den Atem aus. »Sieht ganz so aus.«

»Ja, nun ... er ist geschieden, sie ist verwitwet. So gesehen ist daran nichts wirklich Verwerfliches.«

»Aber nach meinem letzten Wissensstand«, warf Olivia ein, »hatte er Interesse an Shirley Bliss.«

Grace nahm sich ein Stück Brot und zerriss es. »Ich weiß, dass Will dein Bruder ist und dass du ihn liebst, aber Fakt ist, dass er kein Mann ist, der sich mit einer Frau begnügt.«

Olivia seufzte. »Das kann ich leider nicht leugnen …«

»Wirst du Faith irgendwas sagen?«, fragte Grace.

Olivia schüttelte den Kopf.

»Dann werde ich das auch nicht tun.«

11. Kapitel

Es war ihr unendlich peinlich, aber leider blieb Christie keine andere Wahl. Sie brauchte ein Fahrzeug, weil sie sonst nur zu Fuß oder mit dem Fahrrad zur Arbeit kommen konnte. Ein Fahrrad mochte das Richtige sein, wenn Frühling war, und sie konnte sich wahrscheinlich ein gebrauchtes leisten, aber das half ihr im Moment nicht weiter. Was Kälte und Schneefall anging, hatte der Winter bisher alle Rekorde gebrochen, und sich durch Schneematsch und eisigen Wind kämpfen zu müssen war alles andere als erstrebenswert.

Die traurige Wahrheit war: Nach vielen provisorischen Reparaturen war ihr Auto endgültig kaputt, und es bestand nicht die geringste Chance, es wieder fahrtüchtig zu machen. Auf dem Schrottplatz hatte man ihr hundert Dollar angeboten und sie hatte zugegriffen. Diese hundert Dollar reichten jedoch nicht für ein zuverlässiges Transportmittel. So blieb ihr nur ein Ausweg, nämlich die Bitte um einen Kredit – und der einzige Mensch, den sie danach fragen konnte, war ihre Schwester Teri.

Schweren Herzens wählte Christie Teris Nummer. Ihre Schwester ging so schnell ans Telefon, dass sie direkt daneben gesessen haben musste.

»Kannst du reden?«, fragte Christie und versuchte, sich ihre Anspannung auf keinen Fall anmerken zu lassen.

»Sicher. Was ist los?«

»Ich würde das gern persönlich mit dir besprechen.«
Christie war zum Weinen zumute, was an sich schon äußerst ungewöhnlich war. Sie neigte nicht zu Gefühlsausbrüchen.

Oh ja, sie hatte durchaus schon geweint, aber normalerweise bedurfte es einer Krise, um sie zum Heulen zu bringen – zum Beispiel wegen eines Mistkerls, der ihr Konto geplündert hatte, während sie davon überzeugt gewesen war, dass sie ihn bessern konnte. Darüber und über ihre Scheidung hatte sie ganze Sturzbäche an Tränen vergossen. Was sie diesmal aus der Fassung brachte, war der Umstand, dass kein Mann an ihrer Misere schuld war, sondern ein blödes Auto.

»Komm einfach her«, sagte Teri. »Ich würde mich über Gesellschaft freuen.«

»Da ... liegt das Problem. Ich hab kein Auto.«

»Was ist passiert?«

Christie wollte jetzt nicht auf Einzelheiten eingehen. »Hat Bobby einen neuen Chauffeur eingestellt?«

»Noch nicht. Bobby ist überzeugt, dass James zurückkommen wird. Ich ...«

»Bitte sprich nicht über James«, fiel Christie ihr ins Wort. Schon sein Name genügte, dass sich ihr der Magen umdrehte.

»Na schön, wenn du es so willst.«

»Will ich.«

»Nimm dir ein Taxi hierher. Ich bezahle es.«

Obwohl Christie ihr für dieses Angebot dankbar war, schlug sie es aus. »Ich nehme den Bus.«

»Christie, sei nicht albern.«

»Kein Problem. Um diese Tageszeit fahren die Busse regelmäßig.«

Teri zögerte. »Ich würde ja kommen und dich abholen, aber der Arzt will nicht, dass ich mich ans Steuer setze.«

Das überraschte Christie nicht. Der errechnete Geburtstermin war im Mai, aber da ihre Schwester Drillinge erwartete, würde sie wahrscheinlich früher entbinden. »Wann hat er gesagt, dass du nicht selbst Auto fahren darfst?«

»Bei meinem letzten Besuch. Der Doc will auf Nummer sicher gehen. Okay, ich weiß, er hat gute Gründe dafür, aber ich muss schon sagen, dass ich allmählich durchdrehe, wenn ich nur im Haus rumsitze. Ich könnte wirklich ein bisschen Ablenkung gebrauchen.«

»Ich bin so schnell wie möglich bei dir.«

»Nimm dir ein Taxi«, drängte Teri erneut.

»Ich denke darüber nach.« Tatsächlich hatte sie sich bereits entschieden und den Gedanken verworfen. Sie wollte Teri besuchen, um sie um einen Kredit zu bitten. Da wollte sie nicht, dass ihre Schwester schon das Taxi bezahlt hatte, bevor sie auch nur über ihr eigentliches Anliegen gesprochen hatten. Und dass sie selbst fünfzehn von ihren hart erarbeiteten Dollars dafür ausgab, wenn sie es nicht unbedingt musste, kam überhaupt nicht infrage.

Es gab keinen Grund, nicht den Bus zu nehmen. Normalerweise hätte sie auch in Erwägung gezogen, damit zur Arbeit zu fahren, aber ihre Schicht bei Walmart begann sehr früh, und um die Zeit fuhren die Busse extrem selten.

Ihr war immer noch leicht übel, als sie sich auf den langen Weg über die Auffahrt zu Teris und Bobbys Haus machte. Beim Näherkommen warf sie automatisch einen Blick auf die Garage und die darüberliegende Wohnung, in der James gelebt hatte. Sie tadelte sich selbst dafür, hingeschaut zu haben.

James war nicht mehr Teil ihres Lebens, ihrer aller Leben. Bobby mochte noch daran glauben, dass sein Fahrer und bester Freund zurückkommen würde. Bester Freund – wenn das kein Witz war. Ein toller Freund war James ihm gewesen!

Als sie schließlich die Haustür erreichte und klingelte, war ihre Nase taub vor Kälte. Ihr Wintermantel bot ihr nur wenig Schutz gegen den eisigen Wind, der direkt durch sie hindurchzufegen schien. Die Hände hatte sie in den Manteltaschen zu Fäusten geballt, um sie warm zu halten.

»Du bist ja völlig durchgefroren!«, kreischte Teri entsetzt, als sie sie erblickte. »Ich habe dir doch gesagt, du sollst ein Taxi nehmen.«

Statt einen Streit vom Zaun zu brechen, räumte Christie ein: »Ja, das hätte ich tun sollen.«

»Komm rein, komm rein.« Teri zog sie ins Haus und half ihr, den Mantel abzulegen.

Stumm folgte Christie ihrer Schwester in die Küche und nahm gern einen Becher heißen Kräutertee an. Der erste Schluck verbrühte ihr fast die Kehle, aber das war ihr egal. Der Geschmack und das Aroma des Tees weckten ihre Lebensgeister.

Sie schlüpfte auf einen der Stühle an der Frühstückstheke, stützte die Ellenbogen auf, umklammerte mit beiden Händen den Becher und überlegte, wie sie es am besten anfangen sollte, ihre Schwester um einen Kredit zu bitten. Es fiel ihr noch schwerer als erwartet, hatte sie doch das Gefühl, vollkommen versagt zu haben, obwohl sie sich solche Mühe gab, ihr Leben in geordnete Bahnen zu lenken. Ihre Kreditwürdigkeit war von einem weiteren Tunichtgut ruiniert worden, von dem sie geglaubt hatte, ihn ändern zu können. Oh ja, er hatte sich verändert, allerdings zum Schlechteren. Der Kerl war noch mehr zum Penner verkommen und hatte sie obendrein übers Ohr gehauen. Warum nur mussten derartige Lektionen so schmerzhaft sein und so langfristige Folgen haben?

Teri schien darauf zu warten, dass sie etwas sagte.

»Ich habe auf deinen Rat gehört …«, begann Christie im Plauderton.

Teri stellte ihren Becher auf die Theke und kletterte auf den Stuhl ihr gegenüber. »Welchen Rat meinst du?«

»Weißt du noch, wie du mir gesagt hast, ich sollte ein paar positive Veränderungen in meinem Leben vornehmen? Du hattest recht. Ich habe mich für zwei Kurse an der Volkshochschule in Bremerton angemeldet.«

»Echt?« Teri wirkte beeindruckt.

Tatsächlich war Christie von sich selbst beeindruckt. »Ich hätte nie gedacht, dass ich in meinem Alter noch mal die Schulbank drücken würde.«

»Du bist nicht alt.«

Christie lachte. »Verglichen mit den meisten der Kids dort bin ich es.« Kopfschüttelnd seufzte sie. »Waren wir jemals so jung?«

»Wir sind schon alt zur Welt gekommen«, meinte Teri traurig. »Die Bildung, die wir erhalten haben, hatte nichts mit Geschichte oder Literatur zu tun. Da ging es darum, wie der Hase nun mal läuft.«

Das stimmte. Aufgewachsen mit einer alkoholkranken Mutter und einer Reihe von Stiefvätern und »Onkeln«, wusste Christie, dass sie um eine normale Kindheit betrogen worden waren.

»Also, sag mir«, wechselte Teri das Thema, »welche Kurse belegst du?«

Christies Puls begann vor Aufregung zu rasen. »Fotografie.«

Verdutzt riss Teri die Augen auf. »Warum Fotografie? Ich wusste gar nicht, dass du dich dafür interessierst.«

»Habe ich bis vor Kurzem auch nicht.« Jetzt konnte sie auch gleich mit der ganzen Geschichte herausrücken. »Ich bin zum Versicherungsvertreter gegangen, um meine Kfz-Versicherung zu bezahlen – solange ich noch ein Auto hatte –, und er war gerade am Telefonieren.« Wie Christie erst später klar geworden war, war das eine der seltenen Gelegenheiten, die sich im genau richtigen Moment boten.

»Er hat sich beschwert, dass vor Ort niemand ist, der für eine Hausratversicherung das Inventar dokumentiert.«

»Also ...«

»Also habe ich ihn nach seinem Telefonat gefragt, wie man genau das lernen kann, und er hat es mir erklärt. Auf seinen Rat hin habe ich mich für einen Grundlagenkurs in Fotografie und einen in Betriebswirtschaft eingeschrieben. Er sagte, wenn ich bereit sei, den Abschluss zu machen, hätte er zwei Aufträge in petto, die er mir geben würde. Außerdem würde er mich auch anderen Versicherungsvertretern in der Stadt empfehlen.«

»Das ist großartig!«

Christie zuckte die Achseln. »Ich habe letzte Woche den Kurs angefangen, und es gehört viel mehr dazu, ein Foto zu machen, als man meinen sollte. Es geht nicht nur darum, etwas anzuvisieren und auf den Auslöser zu drücken. Ich muss mich mit Beleuchtung und Linsen und allem möglichen anderen Kram auseinandersetzen.«

»Aber du wirst es schaffen.«

Teris Vertrauen in ihre Fähigkeiten war ermutigend. Christie nahm noch einen Schluck von ihrem Tee und kam dann zu dem Schluss, dass sie auf den eigentlichen Grund ihres Besuchs zu sprechen kommen musste. Es länger aufzuschieben war sinnlos. Sie holte tief Luft und schaute ihre Schwester an.

»Weißt du, warum ich hier bin?«

Teri antwortete nicht. Stattdessen griff sie nach ihrem eigenen Tee. Ihre dunklen Haare hatte sie aus dem Gesicht gekämmt und im Nacken zusammengebunden. Make-up trug sie keins. Unter normalen Umständen hätte sie sich nicht als vollständig bekleidet betrachtet, ohne ihr Haar zu stylen und wenigstens Lipgloss aufzulegen. Das war das Mindeste.

»Willst du wirklich Ratespiele mit mir veranstalten?«, fragte sie.

»Nein.« Christie straffte sich und schaute ihr in die Augen. »Ich brauche einen Kredit.«

Na also, jetzt war es heraus, obwohl ihr die Worte beinahe im Hals stecken geblieben waren.

»Wie viel?«

»Ich brauche ein zuverlässiges Transportmittel.«

»Du meinst, ein neues Auto?«

»Ja. Das heißt nein. Ein gebrauchtes Auto.«

»Hast du schon eins im Auge?«

»Noch nicht ...«

»Werden fünftausend reichen?«, wollte Teri wissen.

Christie verschlug es fast die Sprache. »Nein.«

»Zehn?«

»Nein, nein, ich meinte, fünftausend wären viel zu viel.« Christie hatte sich fest vorgenommen, jeden Penny zurückzuzahlen, und zwar mit Zinsen. Wenn sie noch kreditwürdig gewesen wäre, hätte sie bei der Bank einen Kredit beantragt, aber das war leider keine Option mehr. Ihre Kreditwürdigkeit wiederzuerlangen dauerte sehr viel länger, als sie es für möglich gehalten hätte.

»Dreitausend?«

»Ich dachte eher an eintausend«, meinte Christie. Diese Summe sollte sie innerhalb eines akzeptablen Zeitraums zurückzahlen können.

»Das ist nicht genug! Dafür kriegst du wieder nur eine Schrottkarre. Wir fangen erst mal mit fünftausend an«, widersprach Teri.

»Teri ... ich kann nicht.«

»Du kannst und du wirst. Keine Widerrede.«

Unentschlossen kaute Christie auf ihrer Unterlippe herum. »Du solltest vorher mit Bobby darüber sprechen.«

Teri trank von ihrem Tee. »Das habe ich bereits getan. Er stellt nur eine Bedingung.«

Vielleicht hätte es Christie überraschen sollen, dass ihre Schwester den Grund für ihren Besuch bereits erraten hatte, aber das tat es nicht. »Und die wäre?«

»Dass du dir von jemandem helfen lässt.«

»Auf welche Weise?«

»Bei der Auswahl des richtigen Autos.«

»In Ordnung.« Sie wollte nicht zugeben, wie überfordert sie sich fühlte, wenn es darum ging, ein Fahrzeug zu kaufen. Im Allgemeinen schaute sie sich den Innenraum an. Die Sauberkeit und das äußere Erscheinungsbild des Autos ließen erkennen, wie gut sich der Vorbesitzer um den Motor gekümmert hatte – zumindest war das ihre Theorie. Vielleicht war das keine besonders genaue Grundlage für ein Urteil, aber Christie wusste so gut wie nichts über Fahrzeugmechanik.

»Wer?«

»Bobby hat einen Freund, der bereit ist, nach dem passenden Auto zu suchen.«

»Wie heißt er?«

»Er hat beruflich damit zu tun. Lass Bobby sich darum kümmern, in Ordnung?«

»In Ordnung.« Christie hatte nichts dagegen. Sie war sogar dankbar für diesen Vorschlag. »Wenn es diesem Typen nichts ausmacht, soll er das Auto aussuchen und kaufen. Ich muss nicht dabei sein«, sagte sie ihrer Schwester. Sie hatte neben ihrem Job im Walmart und ihren Volkshochschulkursen kaum freie Zeit, um durch die Gegend zu laufen und sich Gebrauchtwagen anzusehen.

»Danke«, fügte sie mit zitternder Stimme hinzu, weil sie fürchtete, ihre Dankbarkeit nicht angemessen zum Ausdruck gebracht zu haben.

»Ich *will* dir helfen«, erklärte Teri. »Du bist meine Schwester.«

»Ich bin so froh, eine Schwester zu haben.« Viel zu lange hatten sie sich nach Kräften bemüht, einander zu ignorieren.

»Ich werde einen Kreditvertrag unterschreiben.« So lautete Christies eigene Bedingung. Sie brauchte keine Almosen, und sie wollte, dass Teri begriff, dass sie das Geld nicht als Geschenk akzeptieren würde. Es handelte sich um einen Kredit und bot ihr zugleich die Gelegenheit, sich selbst zu beweisen. »Ich werde das Geld zurückzahlen, zuzüglich Zinsen.«

»Wie du willst.« Teri klang, als machte sie sich keinerlei Gedanken um eine Rückzahlung.

»Es ist nicht nur, was ich will, Teri«, erklärte Christie. »Es ist das einzig Richtige.«

Teri lächelte in ihren Tee hinein.

»Was ist so lustig daran?«, wollte Christie wissen.

»Meine kleine Schwester ist endlich erwachsen.«

Christie hätte sich leicht über diese Bemerkung ärgern können, steckte darin doch die unausgesprochene Feststellung, sie sei unreif – oder es zumindest gewesen. Aber unmittelbar vorher hatte ihre Schwester ihr bereitwillig das Geld zur Verfügung gestellt, das sie brauchte, und obendrein musste sie sich diese Unreife zumindest teilweise selbst eingestehen.

Genau in diesem Moment betrat Bobby die Küche. Sein Blick suchte sofort seine Frau. Er schien nicht einmal wahrzunehmen, dass Christie ebenfalls anwesend da.

»Hallo, Bobby«, sagte sie laut genug, um ihn auf sich aufmerksam zu machen.

Er neigte leicht den Kopf zur Antwort. »Hast du es ihr gesagt?«, fragte er Teri.

Bobby Polgar machte nie viele Worte, aber Christie zweifelte keine Sekunde daran, dass er ihre Schwester liebte. Von Jugend an hatte Bobbys Welt sich nur um Schach gedreht. Das Schachspiel hatte sein ganzes Leben beherrscht, bis er Teri kennenlernte. Ihrer Aussage nach war der entscheidende Moment ihrer Beziehung an dem Tag gewesen, an dem Bobby zugab, dass seine ganze Existenz nur auf logischem Denken beruhte. Das Schachspiel erforderte strategisches, überlegtes und vorausschauendes Handeln, und genau diese Fähigkeiten hatte er auf jeden Aspekt seines Lebens angewandt. Aber Teri sorgte dafür, dass er Gefühle entwickelte.

Christie erkannte, dass James auf sie die genau gegenteilige Wirkung gehabt hatte. Die meiste Zeit ihres Erwachsenendaseins hatten Gefühle ihre Entscheidungen bestimmt. Aber er hatte dafür gesorgt, dass sie nachdachte. Er hatte dafür gesorgt, dass sie ihren Lebensstil neu überdachte – die Art, wie sie sich von einem Tag zum anderen hangelte, ohne nach mehr zu streben, als das Wochenende zu erreichen und ins *Pink Poodle* zu gehen, um ein Bier zu trinken. Seinetwegen hatte sie Ziele und Absichten. Sein Treuebruch hatte sie sogar noch entschlossener und zielstrebiger gemacht. James hatte sie verletzt, grausamst verletzt, aber dieses Mal nutzte sie den Schmerz, den ein Mann ihr zugefügt hatte, erstmals in ihrem Leben, um daraus zu lernen und zu wachsen.

Rasch schob Christie diesen Gedanken beiseite. James spielte in ihrem Leben keine Rolle mehr.

Teri suchte ihren Blick. »Er hat angerufen.«

Christie blieb nur, sich dumm zu stellen. »Ich weiß nicht, von wem du redest.«

»James«, sagte Bobby aufgeregt.

Christie verkniff es sich, zu fragen, wo James jetzt lebte und wie es ihm ging. Zweifellos hatte er sich irgendwohin sehr fern von Washington geflüchtet. Es war egal. Nichts, was mit James Wilbur – oder Gardner oder wie er sich jetzt auch nennen mochte – zu tun hatte, interessierte sie mehr.

»Oh.« Mehr brachte sie nicht über die Lippen.

»Willst du nicht wissen, was er gesagt hat?«, fragte Teri.

»Nein.« Sie schüttelte den Kopf.

Teri seufzte kurz. »Das ist nicht wahr. Du kannst es gar nicht erwarten, Details zu erfahren, aber du bist zu dickköpfig, das zuzugeben.«

Noch nachdrücklicher den Kopf schüttelnd, wies Christie das von sich. »Nein.«

»Es tut ihm leid«, sagte Bobby. Er stand hinter Teri, hatte ihr die Hände auf die Schultern gelegt.

Niemals wird ein Mann mich so ansehen, wie Bobby meine Schwester ansieht, schoss es Christie durch den Kopf. Sie war nicht neidisch, sehnte sich aber nach einer Beziehung, die so liebevoll und echt war wie die zwischen Teri und ihrem Mann. Tja, vergiss es, dachte sie, denn dazu wird es nie kommen. Genauso wenig wie zu den Kindern, von denen sie stets geträumt hatte ...

»Wem tut es leid?«, fragte sie, immer noch so tuend, als wüsste sie nicht, von wem die Rede war.

»James.« Teri verdrehte die Augen. »Du bist leicht zu durchschauen, kleine Schwester, also tu nicht so.«

»Ich tue nicht nur so.« Christie stand auf. »Egal. Ich sollte zusehen, dass ich nach Hause komme.« Der Weg zur Bushaltestelle war weit und sie wollte keine Zeit mit einer sinnlosen Unterhaltung über James Wilbur verschwenden.

»In Ordnung«, meinte Teri in ihrer üblichen überlegenen Art. »Ganz, wie du meinst.« Überdeutlich machte sie klar, wie skeptisch sie war.

»Fein.« Sie hätte nur zu gern mehr über James erfahren, weigerte sich aber, danach zu fragen, weigerte sich, Teri oder

Bobby zu erlauben, auch nur ein Wort über ihn zu verlieren. Auf keinen Fall wollte sie James Gelegenheit geben, sich wieder in ihren Kopf oder ihr Leben zu schleichen.

Teri bestand darauf, ein Taxi zu rufen und Christie einen Zwanziger zuzustecken. Obwohl sie deshalb einen Aufstand machte, war Christie ihr dafür dankbar. Bevor sie das Haus verließ, umarmte sie Teri und Bobby, und Teri versprach ihr anzurufen, sobald ein Auto für sie gefunden war.

Wie versprochen, meldete sie sich keine vierundzwanzig Stunden später. Bobbys Freund hatte ein älteres Fahrzeug in relativ gutem Zustand für unter fünftausend Dollar für sie gefunden. Der Kraftstoffverbrauch war niedrig, und das Auto verfügte sogar über einen CD-Player und eine Zentralverriegelung.

»Perfekt!«, rief Christie, so froh darüber, dass sie kaum an sich halten konnte. »Welche Farbe hat es?«

»Welche Farbe?«, wiederholte Teri. »Weiß.«

Christie konnte ihre Enttäuschung nicht verbergen. »Ich hatte gehofft, es wäre blau.«

»Wenn dich das so sehr stört, kannst du es später neu lackieren lassen.«

»Das wird es nicht – ich bin einfach nur albern. Ich bin so dankbar, ein Auto zu haben.« Und wenn es so zuverlässig war, wie ihre Schwester zu glauben schien, und obendrein über so nette Extras verfügte, wollte sie sich nicht beklagen.

»Soll ich ihn zu deiner Wohnung bringen lassen?«

»Ja, bitte«, erwiderte Christie. »Danke, Teri, danke, danke. Ich verspreche, ich zahle dir das Geld zurück – mit Zinsen.«

»In Ordnung. Es wird bald bei dir sein.«

Fünfzehn Minuten später verriet ein Klopfen an ihrer Tür, dass der neue Wagen da war.

Als sie sah, dass James Wilbur auf der anderen Seite der Fliegengittertür stand, reagierte sie instinktiv und knallte die

Tür wieder zu. Ein Gefühlssturm überwältigte sie, und sie musste sich an die Wand lehnen. Ihr wurden die Knie weich, und sie drohte zusammenzubrechen.

Da klopfte es erneut, lauter und eindringlicher diesmal. Ich muss ihm öffnen, gestand sie sich widerwillig ein. Jede Art von Reaktion würde ihn nur ermutigen, und genau das hatte Christie nicht vor.

Sie sammelte sich, richtete sich wieder auf und öffnete noch einmal die Tür. James sah gut aus, wie sie zugeben musste, obwohl sie sich alle Mühe gab, ihn nicht anzuschauen.

»Ich bitte um Entschuldigung«, sagte sie. »Die Tür ... ähm ... ist mir aus der Hand gerutscht.«

Er lächelte, als amüsierte er sich über ihre Erklärung. Na schön, in Ordnung, sollte er sich doch amüsieren, so viel er wollte. Aber nicht auf ihre Kosten.

Sie war wütend auf Teri und Bobby. Sie hatten versucht, sie hereinzulegen – und es war ihnen gelungen. Christie vermutete, dass sie das Spiel hätte durchschauen müssen. Teris vage Andeutungen über einen Freund, der sich auskannte, die plötzliche Erwähnung, dass James angerufen hatte ... Warum hatte sie nicht mehr Fragen gestellt? Teri würde einiges von ihr zu hören bekommen.

Halt, nein, entschied sie. Sie beschloss, ihren Ärger zu vergessen und ihre Trickserei aus Dankbarkeit für ihre Hilfe zu übersehen – aber noch einmal würde sie ihnen nicht verzeihen.

»Ich habe dein Auto gebracht«, sagte er und hielt die Schlüssel hoch.

»Danke«, erwiderte sie ausdruckslos. Gleichgültig. Dabei war sie sich seiner Nähe bewusster als je zuvor. Trotzdem oder vielleicht auch deshalb wäre sie lieber tot umgefallen, als James Wilbur zu zeigen, was sie empfand.

»Darf ich es dir zeigen?«, fragte er. Sein Blick schien sie förmlich zu durchbohren und stumme Botschaften auszusenden – dass er mit ihr reden, bei ihr sein musste.

»Das ist nicht nötig, aber danke für das Angebot.« Sie öffnete die Fliegengittertür gerade weit genug, um ihm die Schlüssel aus der Hand zu nehmen, bevor sie sie wieder schloss.

12. Kapitel

Schritte. Faith konnte sie vor ihrem Schlafzimmerfenster hören. Wer immer da war, gab sich keine Mühe, heimlich herumzuschleichen. Jemand wollte offenbar ins Haus einbrechen, und es war ihm egal, ob sie das bemerkte.

Vor Angst wie gelähmt, hielt Faith den Atem an. Ihr Radiowecker zeigte 2:14 Uhr. Zuerst war sie davon ausgegangen, dass die Geräusche, die höchstens ein bis zwei Meter von ihrem Fenster entfernt zu hören waren, nur in ihrer Einbildung existierten. Aber jetzt gab es keine Zweifel mehr – da draußen war jemand. Der festgetretene Schnee knirschte unter seinen Füßen. Wer immer da war, schaute vielleicht sogar zu ihr herein. Obwohl sie unter der Bettdecke lag und die Jalousien geschlossen waren, meinte Faith den Blick des Eindringlings zu spüren. Sie nahm seine Anwesenheit so deutlich wahr, als beugte er sich über ihr Bett.

Ihr Atem kam stoßweise, während ihr alles Mögliche durch den Kopf ging. Vorsichtig rollte sie sich auf die Seite, griff nach dem Telefon neben dem Bett und zog sich die Decke über den Kopf. So versteckt, nutzte sie die beleuchtete Tastatur, um den Notruf zu wählen. Flüsternd erklärte sie dem Mann in der Notrufzentrale, dass jemand draußen vor ihrem Schlafzimmerfenster herumschlich.

Sofort versicherte er ihr, dass ein Deputy auf dem Weg zu ihr sei. Ohne nachzudenken, legte Faith auf. O Gott, das war dumm gewesen. Dann aber begriff sie, was ihr Herz ihr schon die ganze Zeit mitzuteilen versuchte – sie wollte nicht von einem Deputy beruhigt werden, sondern von Troy Davis.

Troy hatte ihr gesagt, dass sie anrufen solle, aber das ging nicht. Nicht mitten in der Nacht. Und was konnte er schon tun?

Seit jenem Abend, an dem er das *Wok 'n' Roll* betreten hatte, als sie dort mit Will Jefferson, einem ehemaligen Schulfreund, gesessen hatte, spukte er ihr im Kopf herum. Er war in der Highschool zwei Klassen über ihr und der Schwarm aller Mädchen gewesen.

Natürlich hatte Troy so getan, als hätte er sie nicht zusammen mit Will gesehen. Sie hatte ebenso gehandelt und so getan, als wäre er unsichtbar. Ja, sie hatte sich sogar besondere Mühe gegeben, zu beweisen, dass sie die Gesellschaft eines anderen Mannes genießen konnte. In dem Moment war ihr das wie eine gute Idee erschienen, aber rückblickend war sie sich dessen nicht mehr so sicher. Sie hatte nur nicht widerstehen können, ihn glauben zu machen, dass sie weiterhin ausging und ihr Leben genoss.

Will Jefferson, der so charmant und attraktiv wie eh und je war, interessierte Faith nicht. Genauso wenig, wie sie ihn interessierte. Sie hatte ihn rein zufällig in dem Restaurant getroffen und mit ihm zu Abend gegessen. Dabei hatten sie einander erzählt, was sie so trieben, sich über gemeinsame Freunde ausgetauscht und in Erinnerungen geschwelgt. Sie hatten eine freundschaftliche Unterhaltung geführt – nicht mehr und nicht weniger. Seit dem Abend hatte Faith nichts mehr von Will gehört, was ihr nur recht war.

Die Schritte vor ihrem Fenster schienen sich zu entfernen. Faith atmete aus und griff erneut nach dem Telefon. Sie zögerte, hatte genügend Zeit, ihre Meinung zu ändern und sich lieber von Vernunft als von Gefühlen leiten zu lassen.

Troy nahm beim zweiten Klingeln ab. »Davis am Apparat.« Er klang hellwach. Alarmiert.

»D...da ist jemand draußen vor meinem Schlafzimmerfenster«, presste sie mühsam hervor.

»Faith?«

»Ich ... ich hätte nicht anrufen sollen.«

»Leg auf und wähl den Notruf«, forderte Troy bestimmt.

»Hab ich schon getan. Du hast vorgeschlagen, ich solle auch dich anrufen. Das war dumm. Ich hätte es nicht tun sollen. Tut mir leid.«

»Leg nicht auf«, warnte er.

»Es geht mir gut ... Dein Deputy wird jeden Moment hier sein. Es tut mir leid, dich belästigt zu haben, Troy.« Damit legte sie auf. Ihre Finger zitterten heftig, und es war ihr mehr als nur ein bisschen peinlich, ihrem Impuls nachgegeben zu haben. Ihrer Schwäche.

Sie konnte hören, dass ein Wagen am Straßenrand hielt, und kletterte aus dem Bett. Schnell warf sie sich einen Morgenmantel über und wartete an der Tür, bis der Deputy in Sicht kam. Dann schaltete sie die Verandabeleuchtung ein und trat hinaus.

»Dort drüben – hinterm Haus, in der Nähe des Schlafzimmers auf der Südseite«, rief sie und deutete in die entsprechende Richtung.

Sie wickelte sich den Morgenmantel etwas fester um und ging zurück ins Haus. Während sie wartete, lief sie im Wohnzimmer auf und ab, bis es an der Haustür klopfte. Sie rannte hin, um zu öffnen – und sah sich Troy Davis gegenüber. Er wirkte grimmig und abweisend.

»Bist du verletzt?«, wollte er wissen.

Er klang zornig, und dazu hatte er jedes Recht. Es war irrational und unverantwortlich von ihr gewesen, ihn anzurufen.

»Nein. Eher ... geschockt«, sagte sie, in der Hoffnung, das würde als Erklärung für ihr unlogisches Verhalten reichen.

»Warte hier«, sagte er und entfernte sich.

Faith ließ sich auf ihren Schaukelstuhl sinken. Lange saß sie da, unbeweglich, wusste nicht, was sie denken sollte oder warum es jemand auf sie abgesehen haben könnte.

Dass es so war, war offensichtlich. Zwar hatte sie sich nach Kräften bemüht, diese Tatsache zu ignorieren und so zu tun, als könnte all das gar nicht sein, aber der Eindringling war zurückgekommen und noch dreister und aggressiver vorgegangen. Nach seinem Einbruch hatte er – oder sie – ihre Garage beschmiert. Und jetzt ...

»Es gibt klare Hinweise dafür, dass jemand vor deinem Schlafzimmerfenster war«, erklärte Troy unfreundlich, als er durch die Haustür eintrat. »Deputy Walker hat Fußspuren im Schnee gefunden.« Sein Ton war beinahe ... anklagend.

Faith schaute auf und blinzelte verwundert.

Troy nickte ihr kurz und dienstbeflissen zu, dann wandte er sich zum Gehen.

Aber Faith spürte, dass er das eigentlich nicht wollte.

»Hast du alle Türen abgeschlossen, bevor du zu Bett gegangen bist?«, fragte er.

Sie bejahte. »Außerdem habe ich ein altes Paar Arbeitsstiefel gekauft und auf der Veranda abgestellt – die größte Größe, die ich finden konnte: 47,5. Und einen Napf und einen Knochen, damit es so aussieht, als hätte ich einen Hund.« Sie war zu dem Schluss gekommen, wenn sie schon so tat, als hätte sie einen Hund, dann konnte sie auch gleich so tun, als wäre er riesig. Ihr Sohn und ihre Tochter hatten sich darüber amüsiert. Troy tat das anscheinend nicht.

»Hast du dir ein Sicherheitssystem zugelegt?«, fragte er knapp.

Das hatte sie nicht. Sie hatte das Haus nur gemietet, und zwar befristet für ein halbes Jahr. Eigentlich wollte sie ein Haus kaufen und hoffte, innerhalb der nächsten paar Monate etwas Geeignetes zu finden. Da sie nicht mehr lange hier wohnen wollte, kam es ihr wie Zeit- und Geldverschwendung vor, in ein Sicherheitssystem zu investieren. Und von ihren Vermietern konnte sie auch nicht erwarten, eine teure Alarmanlage zu installieren.

»Nein«, gab sie zu.

»Dann empfehle ich dir dringend, das zu tun.«

Faith nickte.

Erneut wandte Troy sich zum Gehen.

Verängstigt, wie sie war, wollte sie nicht allein sein, wusste aber nicht, wie sie ihn aufhalten konnte. »Warum bist du so wütend?«, fragte sie.

Troy stand mit dem Rücken zu ihr. Er wirkte stocksteif, aber dann ließ er plötzlich die Schultern sinken und drehte sich zu ihr um. Eine Antwort schien er jedoch nicht für sie zu haben.

»Es war falsch von mir, dich zu alarmieren. Es tut mir leid, wirklich, entschuldige bitte.« Wohlweislich erinnerte sie ihn nicht daran, dass es sein Vorschlag gewesen war, ihn anzurufen. In ihrem geschwächten Zustand hatte sie getan, was sie schon die ganze Zeit hatte tun wollen, und bereute das jetzt.

Noch immer stand er reglos da und sagte kein Wort.

»Mir ist klar, dass ich nicht hätte ...«

»Du hast sehr deutlich zu verstehen gegeben, dass du mich nicht in deinem Leben haben willst«, unterbrach er sie.

Hitze stieg ihr in die Wangen, was ihr nur noch peinlicher war. »Ja, ich weiß. Ich ...«

»Dann verrat mir mal, warum du dich an mich gewandt hast, als du das Gefühl hattest, in Gefahr zu sein.«

Offenbar war er entschlossen, es ihr schwer zu machen. Da ihr keine andere Erklärung einfiel, sagte sie ihm die Wahrheit. »Wenn du hier bist, fühle ich mich sicher.«

Zornig funkelte er sie an.

Es bereitete ihr Unbehagen, zu sitzen, während er stand. Seine Haltung wirkte bedrohlich, obwohl er sich am anderen Ende des Zimmers befand. Abrupt erhob Faith sich. Sie wollte nicht, dass er ihr anmerkte, wie sehr dieser neueste Zwischenfall sie aus dem Gleichgewicht gebracht hatte.

»Ich brauche einen Kaffee«, sagte sie, wohl wissend, dass es sinnlos war, jetzt wieder zu Bett zu gehen. »Möchtest du auch einen, Troy?«, fragte sie. Auf keinen Fall wollte sie sich von seinem Zorn einschüchtern lassen.

»Nein.«

Das klang nicht so, als ob er es ernst meinte, also ging sie in die Küche und stellte hocherfreut fest, dass er ihr in ein paar Schritten Abstand folgte.

»Ich habe die Namen einiger Firmen, die Alarmanlagen installieren«, sagte er. »Ich werde Megan bitten, dir die Liste zu geben.«

Faith hatte sich derweil daran gemacht, den Kaffee aufzubrühen. »Das wäre nett. Danke, Troy.«

Anscheinend wollte er sich schon wieder zum Gehen wenden. Sie widerstand dem Impuls, ihn aufzuhalten, obwohl sie nicht allein bleiben wollte. Nein, nicht nur das – sie wollte Troy um sich haben. Sie brauchte ihn.

»Ich habe den Fernsehbericht über die Höhle und das Skelett von dem Sender aus Seattle gesehen«, sagte sie im Plauderton. »Alle Welt scheint darüber zu reden. Ich hoffe, dieser Medienrummel hat euch bei der Polizei keine Probleme bereitet.« Die Reporterin hatte dafür gesorgt, dass in Kitsap County die Gerüchteküche brodelte. Einige Spekulationen waren ziemlich absurd.

Troy antwortete nicht, ging aber auch nicht.

Sie schaute kurz zu ihm hin, wartete auf eine Reaktion.

»Bürgermeister Benson ist nicht gerade begeistert«, sagte er schließlich. »Ebenso wenig wie ich.«

»Das setzt dich und deine Leute ganz schön unter Druck, nicht wahr?« Sie stellte einen Becher auf den Küchentisch, während der Kaffee in die Kanne lief. »Ist das der Grund für deine schlechte Laune?«

Wieder erhielt sie keine Antwort.

»Oder hat das was mit Will Jefferson zu tun?«

Troy presste die Zähne aufeinander, sagte aber immer noch nichts.

»Du hast uns gesehen, nicht wahr?«, hakte sie nach.

Erneut weigerte er sich, darauf zu reagieren, aber sie redete einfach weiter, als hätte er geantwortet.

»Das dachte ich mir.«

Troy gab sich gleichgültig. »Ich wusste nicht, dass ihr zwei zusammen seid«, stellte er kurz angebunden fest.

»Du irrst dich. Das sind wir nicht.« Sie erklärte ihm, dass sie Will zufällig im Restaurant getroffen hatte. Falls ihn das zufriedenstellte, ließ er sich nichts anmerken. Er schien wild entschlossen, sie aus seinem Leben fernzuhalten. Nun, das war doch genau das, was sie ebenfalls gewollt hatte, oder? Worum sie ihn gebeten hatte.

Die Kaffeemaschine hinter ihr gab ein Gurgeln von sich, und das Geräusch fallender Tropfen verstummte.

»Mit wem du zu Abend isst, geht mich nichts an.«

»Stimmt, aber ich war der Meinung, du solltest Bescheid wissen.«

Er nickte, als begrüße er diese Information. Das war ermutigend.

»Bist du sicher, dass ich dich nicht zu einem Kaffee überreden kann? Es ist beinahe vier, und wahrscheinlich bleibt nicht genug Zeit, um noch mal schlafen zu gehen.«

Unschlüssig blieb er in der Küchentür stehen.

»Warum ist das eine so schwierige Entscheidung?«, fragte Faith halb im Scherz.

»Ich sollte gehen.«

Es fiel ihr schwer, ihre Enttäuschung zu verbergen. »Verstehe.« Dankbar, eine Entschuldigung dafür zu haben, sich von ihm abzuwenden, goss sie sich Kaffee in ihren Becher und gab Sahne dazu. Als sie sich wieder zu Troy umdrehte, stellte sie fest, dass er ein paar Schritte in die Küche gekommen war.

»Bevor ich gehe, möchte ich, dass du mir noch mal erzählst, was genau heute Nacht passiert ist. Fang an dem Punkt an, als du festgestellt hast, dass jemand an deinem Schlafzimmerfenster war.«

Sie trank von ihrem Kaffee, genoss die Wärme, die sie durchströmte. »Ja. Ich habe Schritte gehört.«

»Bei anderer Gelegenheit hattest du Geräusche draußen an der Garage gehört.«

»Ja, das waren die Schmierereien an der Wand.«

»Hat es seitdem noch einen Vorfall gegeben?« Fragend sah er sie an.

»Nicht dass ich wüsste.«

»Du solltest das aber wissen. Du solltest darauf achten«, erwiderte er brüsk.

Faith atmete langsam aus. Mit einem zornigen Troy umzugehen, war sie nicht gewohnt. Diese Seite an ihm kannte sie nicht. Troy Davis hatte in ihrer Gegenwart noch nie unbeherrscht reagiert, weder in ihrer gemeinsamen Vergangenheit noch in letzter Zeit. Bis jetzt zumindest.

Er presste die Lippen zusammen.

»Ich ... ich sollte die Garage und das Haus vermutlich besser im Auge behalten«, meinte sie.

»Ja, das solltest du.«

»Du gibst mir das Gefühl, dumm zu sein.«

Troy ignorierte die Bemerkung. »Lass dir eine Alarmanlage einbauen, und bitte Grace und Cliff, über der Garage eine Lampe mit Bewegungsmelder anzubringen.«

»Ja, das werde ich tun.«

»Schieb es nicht auf die lange Bank«, warnte Troy.

»Nein. Versprochen.«

Er nickte, wich ihrem Blick aber aus.

»Gute Nacht, Troy«, sagte sie leise.

Einen langen Moment sagte er nichts. »Ich bin froh, dass du nichts mit Will Jefferson hast.«

»Warum?«

Troy schaute zu Boden. »Er passt nicht zu dir, Faith.«

»Und wer, glaubst du, passt zu mir?«

Diesmal zögerte Troy nicht. Ihre Blicke trafen sich. »Wir kennen beide die Antwort auf diese Frage.«

Erwartungsvoll beugte sie sich vor.

»Ich bin es, Faith. Das war ich schon immer.«

13. Kapitel

Will Jefferson schaute auf seine Armbanduhr. Es war Samstagabend, und er hatte einen Tisch im *D. D.'s* reserviert, das direkt an der Bucht lag. Das Restaurant gehörte zu den exklusivsten der Stadt, und er hatte vor, Eindruck bei Shirley Bliss zu schinden.

Zweimal hatten sie sich schon verabredet. Einmal zum Kaffee im *Mocha Mama's*, als sie ihre Tochter mitgebracht hatte. Das Treffen war ganz gut gelaufen. In Tannis Gegenwart war Shirley entspannt und unbeschwert. Shaw und Tanni hatten einander geneckt, und sie hatten alle was zu lachen gehabt. Zu seiner eigenen Überraschung hatte er es genossen und Shirley ganz offensichtlich auch.

Auch ihre zweite Verabredung war im Grunde kein Date gewesen. Sie waren sich an einem Sonntagnachmittag zufällig am Einkaufszentrum begegnet. Ebenso wie Shirley hatte er nichts Rechtes mit sich anzufangen gewusst. Es war ein trüber, kalter Tag, und er hatte sie spontan ins Kino eingeladen. Dass sie einwilligte, hatte ihn erfreut und gleichermaßen erstaunt.

Er aß Popcorn. Sie nicht. Beim Abspann bot er ihr an, sie zum Abendessen einzuladen. Er brannte darauf, mit ihr über den Film zu reden, ein kompliziertes Drama über die Bedeutung von echter und falscher Identität. Doch Shirley hatte es beim Verlassen des Kinos offenbar eilig gehabt, nach Hause zu kommen. Also hatte er sie gehen lassen, sich aber in den folgenden Tagen den Kopf darüber zerbrochen, wie er ihr gegenüber weiter vorgehen sollte. Eins war offensichtlich – jedenfalls für ihn: Shirley hatte eine Todesangst, sich erneut zu verlieben. Will hoffte, der richtige Mann zu sein, um ihre Ängste zu zerstreuen.

Falls er eine Beziehung mit Shirley wollte, würde er geduldig, behutsam und beharrlich vorgehen müssen. Ihre Nervosität in seiner Gegenwart hatte ihn zunächst verwirrt, zeigte aber, dass sie auf ihn reagierte. Das freute ihn, denn er fand sie unglaublich anziehend und interessant. Möglicherweise war sie genau die richtige Frau, um seinen ruhelosen Geist zu zähmen ...

Nach dem Kinobesuch hatte Will sich Zeit gelassen. Erst sieben Tage später, die er voller Ungeduld verbracht hatte, riskierte er einen weiteren Anruf bei ihr. Eine gute Ausrede dafür hatte er – ein weiteres ihrer Werke war verkauft worden.

Wieder bot er ihr an, den Scheck vorbeizubringen, und wieder lehnte sie ab, wollte aber am nächsten Tag in die Galerie kommen. Sie wirkte geistesabwesend. Irgendetwas schien sie zu beschäftigen, also schlug er vor, mit ihr über ihre Probleme zu reden. Er hatte ihr Zögern gespürt, aber schließlich hatte sie sich doch bereit erklärt, ihn am Samstagabend im *D. D.'s* zum Essen zu treffen. Seitdem schwebte Will wie auf Wolken.

Die Serviererin brachte ihm ein Glas seines Lieblingsweins, einen Sauvignon Blanc aus Neuseeland. Lächelnd dankte er ihr. Sie war recht hübsch, obendrein jung – nicht älter als fünfunddreißig – und hatte schöne Beine.

Er genoss seinen Wein, während er wartete. Da er zu früh gekommen war, stand bereits sein zweites Glas vor ihm, als Shirley das Restaurant betrat. Er erhob sich, um sie zu begrüßen, und als echter Gentleman half er ihr aus dem Mantel, bevor er sie leicht auf die Wange küsste.

Sein Fehler wurde ihm sofort bewusst. Er durfte nichts

überstürzen, nicht zu viel voraussetzen. Daran musste er unbedingt denken.

»Tut mir leid, dass ich zu spät bin«, brachte Shirley ein wenig atemlos hervor, als sie in der Nische ihm gegenüber Platz nahm.

Will war in Gedanken versunken gewesen und hatte gar nicht auf die Zeit geachtet. Ein rascher Blick auf seine Uhr verriet ihm, dass sie ihn zwölf Minuten hatte warten lassen.

»Tanni und ich haben uns leider gestritten«, fuhr Shirley fort, während sie ungeschickt die Leinenserviette auf ihrem Schoß ausbreitete. Ihr Gesicht war gerötet, und er fragte sich, ob das etwas mit der Auseinandersetzung mit ihrer Tochter zu tun hatte oder mit der Kälte.

Da er nie Kinder gehabt hatte, wusste er nicht recht, ob er etwas dazu sagen sollte. »Teenager können sehr schwierig sein«, wagte er sich vor, obwohl er wenig bis gar keine Erfahrung mit dieser Altersgruppe hatte.

»Sie ist viel zu oft mit Shaw zusammen«, meinte Shirley.

Will bedeutete der Serviererin, Shirleys Getränkebestellung aufzunehmen. Es freute ihn, dass sie seinem Vorschlag, den neuseeländischen Wein zu probieren, folgte. »Bringen Sie uns eine Flasche«, wandte er sich an die Serviererin.

Eilig wehrte Shirley ab. »Oh nein, das ist viel zu viel. Ich trinke sicher nicht mehr als ein Glas.«

»Das ist einer meiner Lieblingsweine. Was du nicht möchtest, nehme ich.«

Shirley warf einen Blick zum Parkplatz hinüber.

Er grinste. »Keine Sorge. Ich bin zu Fuß hier. Von der Galerie bis hierher sind es nur wenige Blocks.«

»Ah. Zu Fuß ... das ist eine gute Idee.«

Die Serviererin kam mit einer Flasche zurück, die Will sich genauer ansah. »Meine Ex-Frau und ich haben vor ein paar Jahren in Neuseeland die Region um Marlborough besucht und dabei ihre ausgezeichneten Weine entdeckt.« Er hoffte, Shirley die Befangenheit nehmen und sie von der Auseinandersetzung ablenken zu können, die sie kurz zuvor mit ihrer Tochter gehabt hatte. Wenn er sich recht erinnerte, war Tanni sechzehn oder siebzehn. Schon bald würde sie vermutlich zu Hause ausziehen und das College in Seattle oder irgendwo anders besuchen.

Shirley nahm ihren ersten Schluck Wein, und er konnte sehen, dass er ihr schmeckte. Entspannt lehnte er sich zurück und musterte sie aufmerksam.

»Tanni und ich scheinen uns immer weniger zu vertragen«, murmelte sie, während sie den Blick durch den Raum schweifen ließ.

Offensichtlich belastete die Situation sie, und es fiel ihr schwer, abzuschalten.

»Ich war mir nicht sicher, ob ich meine Verabredung mit dir würde einhalten können. Wenn ich dich hätte erreichen können, hätte ich abgesagt.«

Zum Glück hatte er die Galerie offenbar bereits verlassen, als sie anrief, und seine Handynummer kannte sie nicht.

»Du sagtest, bei den Meinungsverschiedenheiten mit Tanni gehe es um Shaw.« Wenn Reden ihr half, dann war er bereit zuzuhören.

Shirley fasste den Stiel ihres Weinglases fester, und ihr Blick verlor sich in der Ferne. »Sie sind andauernd zusammen. Das ist ... gefährlich. An diesem Punkt in ihrem Leben ist Tanni sehr verletzlich – sie stand ihrem Vater sehr nah und vermisst ihn schrecklich. Sie und Shaw meinen es ernst miteinander, und jetzt, da sie dieses Skelett entdeckt haben, will anscheinend alle Welt sie ausfragen. Ich weiß nicht, wie die Presse an ihre Namen gekommen ist – vermutlich über die anderen Kinder in der Schule. Der Sheriff hat Shaw und Tanni gebeten, nichts zu sagen, aber Tanni ist schon mehr als einmal von Reportern ausgetrickst worden, sodass sie mit ihnen geredet hat.«

Will warf ihr einen mitfühlenden Blick zu. Er hatte von dem Skelett gehört. Wochenlang hatte der Fund die Nachrichten beherrscht, und jedes Mal, wenn es auch nur ein Fitzelchen Neues gab, wurde das wer weiß wie aufgebauscht, um erneut Interesse zu wecken. Einer der Fernsehsender von Seattle schien dabei die führende Rolle einzunehmen.

»Man sollte meinen, dass sie angesichts von wirtschaftlichen Problemen, politischen Skandalen und Naturkatastrophen über Wichtigeres zu berichten hätten«, stellte er fest.

»Aber genau das macht diese Geschichte ja so interessant für die Leute – sie lenkt ab und bietet eine Flucht aus dem Alltag. Obendrein ist es eine lokale Story.«

»Ja, sieht ganz so aus. Und jeder liebt Krimis und Rätsel.«

»Diese Reporter machen auch Shaw das Leben schwer«, fuhr Shirley fort. »Sie kommen ins *Mocha Mama's* und quetschen ihn nach Einzelheiten aus. Der arme Junge weiß nicht, was er sagen oder tun soll. Es ist einfach furchtbar.«

Für Will war das Thema erschöpft – er wusste dazu nichts mehr zu sagen –, aber sie wirkte immer noch abgelenkt und unruhig. Je länger sie über den Zwischenfall sprach, desto mehr regte sie sich auf. »Der Sheriff tut, was er kann, aber Himmel noch mal, diese Knochen liegen schon wer weiß wie viele Jahre dort!«

Will nickte. Das stimmte natürlich.

»All dieser Trubel hat Tanni und Shaw nur noch enger zusammengeschweißt. Ich glaube, sie brauchen beide Raum zum Atmen. Eine Auszeit voneinander.«

»Das kann nicht schaden«, pflichtete Will ihr bei. »Shaw ist ein talentierter Künstler, vor allem was Porträts angeht«, fügte er nach kurzer Pause hinzu.

»Tanni auch«, erinnerte sie ihn rasch.

»Definitiv, aber sie will ihre Werke ja nicht ausstellen lassen.«

»Ich verstehe das nicht. Seit dem Tod meines Mannes besteht Tanni darauf, dass ihre Arbeiten nur für sie selbst bestimmt sind. Ich hatte gehofft, dass, wenn erst mal Shaws Porträts in der Galerie hängen, sie bereit sein würde, auch ein paar ihrer eigenen Werke dort auszustellen.«

Darauf hatte auch Will gehofft. Nicht weil er der Meinung war, dass ihre Werke leicht verkäuflich sein würden. Damit rechnete er ganz und gar nicht. Ihre Gemälde und Zeichnungen waren freudlos und düster. Sie gefielen ihm nicht. Aber ihm lag daran, möglichst viele verschiedene Stilrichtungen zu präsentieren. Und wenn er Tannis Kunstwerke in der Galerie ausstellen würde, hätte er öfter die Gelegenheit, mit Shirley zu reden. Das war vielleicht nicht das ehrenwerteste Motiv, aber leugnen konnte er es nicht.

»Als ich Tanni vor Weihnachten getroffen habe«, sagte er, »habe ich mit ihr darüber geredet, ihre Kunst in der Galerie zu präsentieren.«

»Tatsächlich?« Erstaunt sah Shirley ihn an.

»Ja, sie ist ebenso gut wie Shaw – und vielseitiger.«

»Sie hatte kein Interesse, richtig?«

»Richtig.« Er war davon ausgegangen, dass sie sich schließlich doch einverstanden erklären würde, hatte sie aber nicht gedrängt. Das Mädchen schien seinen Freund fördern und ihm Vorteile verschaffen zu wollen. Natürlich wird sie schon sehr bald merken, welch ein Fehler das ist, dachte er zynisch.

»Ich bin dir dankbar für das, was du schon für Shaw getan hast.«

Er zuckte die Achseln. Auch was das anging, waren seine Motive alles andere als rein und edel. Ja, Shaw hatte Talent, aber Will wusste nur zu gut, dass er die Arbeiten des Jungen vermutlich nicht Larry Knight vorgelegt hätte, wenn da nicht seine Ambitionen in Bezug auf Shirley wären.

»Vielleicht kann ich dir helfen«, sagte er und griff nach seinem Weinglas.

Das weckte sofort Shirleys Interesse. »Wie?«

»Der Freund, den ich erwähnte ...«

»Ja?«

»Es handelt sich um Larry Knight.«

Beeindruckt legte Shirley sich die Hand auf die Brust. »*Der* Larry Knight?«

»Ja. Er lebt in San Diego, aber wir beide haben vor einiger Zeit bei einer Wohltätigkeitsveranstaltung in Atlanta zusammengearbeitet. Danach sind wir in Kontakt geblieben.« Tatsächlich hatte Georgia, seine Ex, einen Großteil der Arbeit gemacht, indem sie das Komitee der Ehrenamtlichen leitete. Aber sie hatte sich im Rampenlicht nie wohlgefühlt, ganz anders als er, Will, der es genoss, im Mittelpunkt zu stehen. Also hatte sie ihn gebeten, die öffentlichen Auftritte zu übernehmen.

»Willst du damit sagen, dass Larry Knight – einer der bekanntesten Künstler des Staates – sich Shaws Arbeiten angeschaut hat?«

»Ja.«

»Du liebe Güte ...«

»Ich denke, ich werde Larry um einen weiteren Gefallen bitten«, sagte er, griff nach der Speisekarte und las darin, um Shirley Gelegenheit zu geben, über seine Worte nachzudenken.

»Um was für einen Gefallen?« Sie klang zurückhaltend, auf der Hut.

Will hob den Blick über den Rand der Speisekarte hinweg. »Du weißt ja, dass Larry einen ... gewissen Einfluss bei den Kunstschulen des Staates hat.«

»Ja ... das kann ich mir gut vorstellen«, sagte sie atemlos.

Will war entschlossen, kein Angebot zu machen. Nein, er wollte, dass Shirley ihn darum bat. Wollte, dass sie begriff, dass sie in seiner Schuld stand. Er hatte jede Menge Erfahrung damit, Frauen zu umschmeicheln und zu beschwatzen. Interessant, wie selbstverständlich er dieses Talent – ein besseres Wort fiel ihm dafür nicht ein – jetzt nutzte.

»Du ... sagtest, er war von Shaws Arbeiten beeindruckt ...?«, begann sie.

»Ja. Larry hatte einiges zu Shaw zu sagen.« Will legte seine Speisekarte zur Seite. »Ich glaube, ich nehme die frittierten Austern. Hier steht, sie kommen aus der Gegend um Shelton.«

Sie nickte geistesabwesend.

»Hast du dich schon entschieden?«, fragte er.

»Entschieden?« Ihre Blicke trafen sich. Einen Moment später schien sie zu begreifen, dass er von ihrer Essensbestellung sprach. »Oh, tut mir leid, ich habe noch gar nicht geschaut.« Rasch überflog sie die Speisekarte. »Ihren Krabbensalat esse ich am liebsten.«

»Du solltest etwas anderes probieren.«

Sie runzelte die Stirn. »Warum?«

»Nun ... weil ...«, sagte er und zog die Worte betont in die Länge, »... wenn du mir auch nur ein bisschen ähnlich bist, neigst du dazu, in Restaurants immer dasselbe Gericht zu bestellen. Und bevor du dichs versiehst, hast du eine eingefahrene Gewohnheit entwickelt.«

»Stimmt. Genau das tue ich. Wenn ich mexikanisch esse, bestelle ich Gefüllte Paprika und beim Chinesen die scharfe Hühner-Nudelsuppe.«

»Beständigkeit ist angenehm und bequem«, meinte er, »aber ab und zu tut es gut, etwas Neues zu wagen. Geh ein

Risiko ein.« Er hoffte, sie begriff, dass er über mehr sprach als nur über Essen – dass er sich mit dem, was er sagte, auch auf ihre Beziehung bezog.

Vermutlich war sie ihr ganzes Erwachsenenleben mit nur einem Mann zusammen gewesen, und der Gedanke, etwas mit einem anderen anzufangen, jagte ihr Angst ein. Will hoffte, sein Rat würde ihren Horizont erweitern, und zwar nicht nur, was die Speisenwahl anging.

Erneut griff sie nach der Speisekarte und las sie sorgfältig.

»Ich empfehle die frittierten Austern«, sagte er. »Die habe ich vor ein paar Wochen zum ersten Mal gegessen. Siehst du?«, meinte er grinsend. »Ich habe etwas Neues ausprobiert, und es hat mir geschmeckt.«

Sie schüttelte den Kopf. »Ich weiß bereits, dass ich Austern nicht mag.«

So leicht ließ Will sich nicht entmutigen. »Wann hast du zum letzten Mal welche gegessen?«

»Das weiß ich nicht mehr.«

»Dann tu's.«

Wieder schüttelte sie den Kopf. »Ich könnte den Meeresfrüchteteller bestellen – da sind Austern, Garnelen und Dorsch dabei.«

»Ausgezeichnete Idee.«

»Aber alles frittiert …« Sie runzelte die Stirn.

Will hörte zu, während sie praktisch die ganze Speisekarte durchging, jedes Gericht in allen Einzelheiten prüfte und eins nach dem anderen verwarf. Die Serviererin kam dreimal an den Tisch, bevor Shirley endlich bereit war, ihre Bestellung aufzugeben.

Verlegen grinsend schaute sie Will an. »Ich nehme …«

»Austern«, fiel er ihr ins Wort. »Die Lady wird die Austern probieren.«

»Nein, das werde ich nicht. Ich hätte gern den Krabbensalat.« Sie warf Will einen um Entschuldigung heischenden Blick zu. »Ich halte mich lieber an etwas Vertrautes.«

Unwillkürlich fragte er sich, ob sich in diesen Worten eine Message an ihn verbarg – eine Antwort auf seine eigene unterschwellige Botschaft. »Dann gebe ich dir eine von meinen Austern, damit du sie probieren kannst.« Das schien ihm ein fairer Kompromiss zu sein.

»In Ordnung.«

Die Serviererin ging, und Shirley nahm noch einen Schluck Wein. »Du sprachst vorhin von Larry Knight.«

»Ach ja.« Er lehnte sich gegen die Rückenlehne aus poliertem Holz und hob das Glas. »Wie ich schon sagte, Larry genießt großen Einfluss bei den Kunstschulen im Staat.«

Begierig sog Shirley jedes Wort auf. »Glaubst du, er könnte für Shaw Türen öffnen? Ich meine, ich weiß nicht, wie seine finanzielle Lage ist. Soweit ich mich entsinne, hat Tanni mir erzählt, dass sein Vater nichts von seinem Traum, Künstler zu werden, hält. Er ist Anwalt und will, dass Shaw Jura studiert. Vermutlich bräuchte er also ein Stipendium.«

Etwas anderes hatte Will nicht erwartet. Ein Blick auf Shaw genügte, ihm zu sagen, dass der Junge keinen Penny besaß. »Das dachte ich mir schon.«

»Wärst du bereit, das für Shaw zu tun? Larry darum zu bitten?«

Aber Will wusste, dass sie es auch um ihrer Tochter willen gern sehen würde, wenn Shaw fortging.

»Nur wenn du glaubst, dass Shaws Talent dafür ausreicht«, erwiderte Will.

»Oh, das tue ich«, sagte sie ernst.

Will setzte sein Glas auf dem Tisch ab, behielt den Stiel in der Hand und ließ den Wein sacht im Glas kreisen. »Ich bin sicher, dass Larry andauernd solche Anfragen erhält.«

»Ganz bestimmt. Ich wollte damit auch nicht sagen, dass er Shaw eine Empfehlung geben sollte, wenn sein Talent eine solche Förderung nicht rechtfertigt.«

Er nickte. »Ich hatte ihn schon gebeten, sich Shaws Arbeiten anzusehen. Larry weiß also, was der Junge kann.«

»Du wirst ihn also fragen?«

Er nickte erneut, betont langsam. »Ich werde Larry am Montag früh anrufen und dich dann informieren, was er dazu meint.«

Shirleys Miene hellte sich auf, und sie lächelte erleichtert. »Ich kann dir gar nicht sagen, wie dankbar ich dir bin.«

Sofort drängte sich ihm der Gedanke auf, dass sie es ihm vielleicht *zeigen* könnte, wenn die Zeit reif war. Nein, da spricht der alte Will, rief er sich in Erinnerung. Der neue Will wollte etwas Tiefergehendes mit dieser Frau. Etwas Dauerhaftes.

Das Essen war fantastisch, und Shirley hielt Wort. Sie probierte eine seiner Austern.

»Und?«, fragte er, ziemlich sicher, dass sie beim nächsten gemeinsamen Essen im *D. D.'s* die Austern bestellen würde. »Was hältst du davon?«

»Sie war besser, als ich sie in Erinnerung hatte. Aber frittierte Sachen schmecken eigentlich immer. Darum mache ich normalerweise einen Bogen um solche Speisen«, fügte sie schief lächelnd hinzu.

Will lachte leise. »Ich auch, aber zu besonderen Anlässen gönne ich mir auch mal etwas weniger Gesundes.« Damit wollte er ihr zu verstehen geben, dass er ihr gemeinsames Essen als etwas Besonderes betrachtete.

»Nun, alles in allem ...«

»Ja?«, fragte er, weil er unbedingt ihr Urteil hören wollte.

»Ich bleibe beim Krabbensalat.«

14. Kapitel

»An den Seiten noch ein bisschen kürzer«, verlangte die dreizehnjährige Jolene von Rachel, während sie sich im Badezimmerspiegel betrachtete.

Rachel war gerade dabei, ihr im kleinen Bad die Haare zu schneiden. Einige ihrer besten Unterhaltungen waren immer dann zustande gekommen, wenn sie Jolene frisierte.

Im Laufe der Jahre hatte Rachel eine Theorie entwickelt, warum das so war. Wenn sie ihren Kundinnen die Haare machte, schuf das eine intime Atmosphäre, in der die Frauen ungezwungen über einige der privatesten Details ihres Lebens sprachen. Vermutlich war das der Grund, warum so viele Gerüchte in Frisiersalons entstanden oder doch zumindest weiterverbreitet wurden.

»Das sieht richtig pfiffig aus«, erklärte Rachel begeistert.

Vorsichtig drehte Jolene den Kopf hin und her. »Meinst du?«, fragte sie unsicher.

»Ja.« Rachel griff nach dem elektrischen Rasierapparat. »Beug dich vor und drück das Kinn an die Brust.«

»Glaubst du, Dad wird es gefallen, wenn meine Haare so kurz sind?«

»Aber ja doch«, versicherte Rachel, obwohl sie davon nicht ganz überzeugt war. Jolene neigte den Kopf nach vorn, und Rachel rasierte ihr die Haare im Nacken aus.

Als sie fertig war, hob Jolene den Kopf, und ihre Blicke trafen sich im Spiegel. Langsam atmete das Mädchen aus. »Ich bin dir und meinem Dad nicht mehr böse.«

»Gut.« Die Woche, nachdem Jolene sie beide am helllichten

Tag im Bett erwischt hatte, war ziemlich angespannt gewesen. Inzwischen konnte Rachel darüber lachen.

Bruce jedoch nicht.

Er war so aufgebracht gewesen – peinlich berührt, frustriert und wütend –, dass er Tage gebraucht hatte, um den Zwischenfall hinter sich zu lassen.

Jolene wiederum hatte fast eine Woche lang kein Wort mit ihnen gewechselt.

»Ich bin froh, dass du meine Stiefmutter bist«, sagte sie.

»Darüber bin ich auch froh.« Erneut suchte Rachel im Spiegel den Blickkontakt mit Jolene. »Ich bin nämlich sehr gern deine Stiefmutter.«

Jolene sah zur Seite »Wenn ich dir jetzt etwas sage, versprichst du mir dann, nicht wütend zu werden?«

Rachel dachte gar nicht daran, ein solches Versprechen zu geben. »Ich werde es versuchen. Okay?«

»Okay.« Übertrieben seufzend wiederholte das Mädchen: »Ich bin froh, dass du meine Stiefmutter bist, aber – ich wünschte wirklich, du und mein Dad wärt nicht verheiratet.«

Die Worte trafen Rachel schmerzlich, und sie konnte nicht sofort antworten. »Ich liebe dich und deinen Vater sehr, Jolene«, sagte sie schließlich. »Es ist mir wichtig, Teil eurer Familie zu sein.«

»Ich weiß. Dad braucht dich ... und ich auch. Ich fühle mich selbstsüchtig und gemein, weil ... weil ich mich beklage.«

»Dann sollten wir darüber reden.« Rachel musste ihre eigenen Gefühle hintanstellen und ganz genau hinhören, was Jolene zu sagen hatte. »Erklär mir, warum du so empfindest.«

Rachel setzte sich auf den Badewannenrand, stützte sich mit beiden Händen darauf ab, streckte die Beine aus und schlug sie übereinander. Sie hoffte, Jolene ermutigen zu können, sich ihr anzuvertrauen, wenn sie entspannt wirkte.

»Aber ... ich will nicht, dass du sauer auf mich wirst.«

Rachel schüttelte den Kopf, griff nach der Schulter des Mädchens und drückte sie sacht.

Jolene hielt den Kopf gesenkt. »Bevor du und Dad geheiratet habt, da hatte ich Angst, dass er keine Zeit mehr für mich hätte, wenn ... wenn du bei uns einziehst ...«

»Und, hast du das Gefühl, dass es so gekommen ist?«

»Nein«, antwortete sie nach einem Moment. »Nicht ganz.«

Das war gut, denn Rachel wusste, wie viel Mühe Bruce sich gab, extra Zeit mit seiner Tochter zu verbringen. Schon zweimal hatte er sie nicht nur zum Basketballtraining gebracht, sondern war geblieben und hatte zugesehen, um ihr zu zeigen, dass er sich dafür interessierte. Und natürlich würden er und sie, Rachel, gemeinsam die Wettkämpfe besuchen, wenn sie begannen.

»Was meinst du mit ›nicht ganz‹?«, fragte Rachel, weil es jetzt auch auf das kleinste Detail ankam.

»Es ist nicht nur Dad«, flüsterte Jolene.

»Ich verstehe nicht ...«

»Du warst immer meine ... besondere Freundin. Ich konnte mit dir über alles reden.«

»Daran hat sich nichts geändert.« Zumindest für Rachel nicht.

»Doch, das hat es«, beharrte Jolene.

»Okay, sag mir, inwiefern.«

»Na ja ...« Das Mädchen wusste anscheinend nicht recht weiter. »Ich sag's jetzt einfach. In Ordnung?«, stieß es dann hervor.

»Natürlich.«

»Ich sehe, wie mein Dad dich anschaut.«

»Voller Liebe?«, fragte Rachel, in der Hoffnung, das sei die richtige Antwort.

Jolene schüttelte den Kopf. »Er will dich ins Bett kriegen, damit ihr ... *das* tun könnt.«

»Uns lieben«, konkretisierte Rachel. Das hatte sie vermutet ... und gefürchtet. Wahrscheinlich war es am besten, dieses Gespräch endlich zu führen und ganz offen darüber zu reden. »Verheiratete Paare haben Sex, Jolene. Das ist ein ganz normaler und wichtiger Bestandteil einer Ehe.«

»Dad will es andauernd.« Jolene schien das zutiefst peinlich zu finden. »Außerdem glaubt er, dass mir das nicht auffällt, aber das tut es. Und das ist noch nicht alles. Du bist meine Freundin, und jetzt muss ich dich mit meinem Dad teilen. Aber das will ich nicht ...«, sprudelten die Worte nur so aus ihr heraus. Sie hob den Blick und sah Rachel im Spiegel an. »Verstehst du, was ich meine?«

»Ja«, erwiderte Rachel. »Ich verstehe sehr gut, was du meinst.«

»Die Dinge ... haben sich geändert. Genau wie ich befürchtet hatte.«

Rachel konnte nichts dagegen sagen, aber vielleicht konnte sie es Jolene auf eine Weise erklären, die das Mädchen beruhigender fand. »Das passiert, wenn ein Paar frisch verheiratet ist«, sagte sie.

»Du meinst, das hört irgendwann auf?«, fragte Jolene hoffnungsvoll.

Rachel gab sich die allergrößte Mühe, nicht zu lächeln. »Nicht ... völlig.«

»Oh.«

»Beantwortet das deine Fragen?«

Ängstlich sah Jolene sie an. »Bist du schwanger?«, fragte sie, als wäre das ganz entsetzlich, das Schrecklichste, was sie sich vorstellen konnte.

»Nein.«

Die Schultern des Mädchens entspannten sich. »Gut.«

Rachel hielt es für unumgänglich, mit Bruce über Jolenes Befürchtungen hinsichtlich ihrer Ehe zu sprechen, bevor sie auch nur an Familienzuwachs dachten.

»Ich weiß, dass du Angst hattest, dass wir, wenn wir erst einmal verheiratet wären, so sehr miteinander beschäftigt sein würden, dass du dich ausgeschlossen fühlen würdest.«

Jolene hielt ihrem Blick stand.

»Wir haben uns sehr, sehr große Mühe gegeben, zu verhindern, dass das geschieht.«

Kurz zog Jolene eine Schulter hoch und ließ sie wieder sinken. »Ja, aber ich wünschte ... du weißt schon.«

Leider wusste Rachel es wirklich. Das hier wuchs sich zu mehr als einem geringfügigen Problem aus, nicht nur für Jolene, sondern auch für sie selbst und Bruce. Dass sie an jenem Nachmittag im Bett erwischt worden waren, hatte eine verheerende Wirkung auf ihr Liebesleben. Seitdem hatten sie einander kaum noch berührt.

Wenn Bruce sie, wie Jolene behauptete, sehnsüchtig anschaute, dann aus einem sehr guten Grund. Sie waren beide sexuell frustriert.

Als Bruce nach Hause kam, hatte Rachel das Abendessen fertig. »Wie geht es meinen Mädchen?«, fragte er und blieb stehen, um Rachel auf die Wange zu küssen.

»Hey, Dad«, begrüßte ihn Jolene. »Wie findest du das?« Sie tänzelte ins Wohnzimmer und drehte sich um sich selbst, damit ihr Vater ihren neuen Haarschnitt bewundern konnte. »Rachel meinte, es würde dir nichts ausmachen, wenn ich es richtig kurz schneiden lasse. Es gefällt dir doch, oder?«

»Äh ...«

Rachel warf ihm einen flehenden Blick zu.

»Daran muss ich mich erst mal gewöhnen.«

»Aber es gefällt dir?«

Er grinste und schaffte es, enthusiastisch zu nicken.

Überglücklich rannte Jolene zu ihm und umarmte ihn stürmisch.

»Würdest du bitte den Tisch decken?«, bat Rachel sie. Sie folgte Bruce durch den Flur bis ins Schlafzimmer. Normalerweise duschte er sofort, wenn er von der Arbeit nach Hause kam.

Kaum hatte sich die Tür hinter ihnen geschlossen, zog Bruce seine Frau in die Arme und küsste sie gierig.

Rachel löste sich leicht von ihm. »Wir müssen reden.«

»Jetzt?«

»Nein, später, wenn Jolene eingeschlafen ist.«

»Für die Zeit habe ich andere Pläne.«

Rachel drückte leidenschaftliche Küsse auf seinen Hals. »Ich auch, aber vorher müssen wir reden.«

Als er zum Protest ansetzte, küsste sie ihn erneut. »Ich sorge dafür, dass es sich lohnt«, meinte sie verführerisch.

Er ließ die Hände an ihren Armen hinaufgleiten, während er ihr tief in die Augen schaute. »Ich nehme dich beim Wort.«

Leise verließ sie das Schlafzimmer und eilte zurück in die Küche.

Jolene musterte sie finster und stellte die Wassergläser betont laut auf den Tisch.

Rachel war bereit, Geduld und Verständnis aufzubringen, aber sie konnte nicht zulassen, dass eine Dreizehnjährige ihr vorschrieb, wie sie ihre Ehe zu führen hatte.

»Ich liebe deinen Vater, Jolene«, erklärte sie, »und wenn ich mich ein paar Minuten allein mit ihm unterhalten möchte, sollte dich das nicht nerven.«

Jolene nickte zerknirscht. »Ich weiß.«

»Dann ist ja gut.«

Im Laufe des Abends waren alle mit verschiedenen Aufgaben beschäftigt – mit der Wäsche, der Hausarbeit, dem Bezahlen von Rechnungen –, und bis auf den Umstand, dass Bruce übertrieben laut gähnte und immer wieder zum Schlafzimmer hinüberschaute, war alles ganz normal.

»Müsstest du nicht schlafen gehen?«, fragte er Jolene, als die Uhr halb zehn schlug. Inzwischen saßen er und Rachel vor dem Fernseher.

Seine Tochter schlug ihr Schulbuch zu und küsste sie beide auf die Wange. »Gute Nacht.«

»Ich sehe mir noch die Nachrichten an«, verkündete Rachel, um Jolene zu verstehen zu geben, dass sie nicht sofort ins Bett hüpfen würden, sowie sie außer Sicht war.

»Ich vermutlich auch«, murmelte Bruce.

Jolene verdrehte die Augen, als sie an Rachel vorbeiging. So leicht ließ sie sich nicht hinters Licht führen.

Nachdem sie ihre Zimmertür hinter sich geschlossen hatte, rückte Bruce näher an Rachel heran. »Okay, rede mit mir.«

Rachel hatte schon den ganzen Abend auf diesen Moment gewartet. »Jolene und ich haben uns heute ausgesprochen, während ich ihr die Haare geschnitten habe. Dabei ging es um dich und mich und ihren Platz in der Familie.« Sie wollte ihm nicht *alles* erzählen, was Jolene gesagt hatte.

»Du bist meine Frau!«

»Ja, aber ...«

Bruce verzog das Gesicht. Er wollte nichts davon hören. »Weißt du, allmählich bin ich es wirklich leid. Ich habe mir allergrößte Mühe gegeben, Jolenes Gefühle nicht zu verletzen. Ich habe in den letzten zwei Monaten mehr Zeit mit ihr verbracht als jemals ...«

»Ja, aber es ist so, dass ...«

»Der Frust bringt mich langsam um, Rachel. Ich will mit meiner Frau schlafen. Ich habe es gründlich satt, ständig wie die Katze um den heißen Brei herumzuschleichen. Je länger wir auf ihre Launen eingehen, desto komplizierter und schwieriger wird alles.«

»Aber Bruce ...«

»Was wir brauchen, ist Zeit für uns allein. Ein Urlaub. Nur für uns beide«, fiel er ihr erneut ins Wort.

»Nein«, gab sie rasch zurück. Sie war völlig anderer Meinung. »Das würde Jolene nur in ihren Befürchtungen bestärken. Sie fühlt sich auch so schon ausgeschlossen. Muss mich teilen, muss dich teilen ... Wenn wir sie auch nur ein Wochenende allein lassen, wird sie das als Verrat empfinden.«

Bruce starrte sie etliche Sekunden lang an, bevor er die Augen schloss und den Kopf in den Nacken fallen ließ. »Ich glaube das einfach nicht.«

»Wir sind noch nicht sehr lange verheiratet. Gib Jolene eine Chance. Wir zwei haben heute Fortschritte gemacht.«

Bruce atmete aus und nickte schließlich.

Als die Zehn-Uhr-Nachrichten begannen, kuschelten sie auf dem Sofa. Sie hielten Händchen, und ab und zu beugte er sich zu ihr hinüber und küsste sie auf die Wange. Rachel fielen langsam die Augen zu, während sie sich seiner körperlichen Nähe mehr und mehr bewusst wurde.

»Was meinst du ... schläft sie schon?«, flüsterte Bruce, als die Nachrichten zu Ende gingen.

»Das hoffe ich sehr.«

»Nicht so sehr wie ich ...«

Bruce löschte die Lichter und führte Rachel durch den Flur zum Schlafzimmer. Dort schaltete er gar nicht erst das Licht an. Rachel hörte, wie er sich auszog, und tat es ihm gleich.

Sie stiegen ins Bett, und Bruce griff nach ihr. Dann küssten sie sich leidenschaftlich, streichelten und liebkosten einander, bis das Verlangen übermächtig wurde.

»So weit, so gut«, flüsterte Bruce.

»So weit, sehr gut«, flüsterte sie zurück. Erneut küssten sie sich.

Das Bett knarzte, und das Geräusch schien durch das ganze Zimmer zu hallen. Lange zögerten sie wie erstarrt, wagten es nicht, sich zu bewegen oder auch nur zu atmen.

Dann hörten sie, wie Jolenes Zimmertür geöffnet wurde.

Diesem Geräusch folgten Schritte, die den Flur entlang zum Badezimmer tappten.

»Was, wenn sie ins Zimmer kommt?«, flüsterte Rachel.

»Das wird sie nicht wagen«, murmelte Bruce zornig.

Zärtlich strich sie ihm über den Rücken. »Wollen wir das riskieren? Denk dran, was beim letzten Mal passiert ist.«

Stöhnend rollte Bruce sich auf die Seite, stand auf und marschierte wortlos in das angrenzende Bad. Eine Minute später hörte Rachel das Wasser rauschen.

Sofort war ihr klar, dass er kalt duschte, um sich abzureagieren.

15. Kapitel

»Dad, du musst irgendwas tun«, jammerte Megan.

Troy Davis hatte gerade sein Haus betreten, als in der Küche das Telefon klingelte. Er nahm ab, kein bisschen überrascht, die Stimme seiner Tochter zu hören. Sie hatte ihm im Büro eine Nachricht hinterlassen, aber er hatte vergessen zurückzurufen. Sein Tag war interessant gewesen, und er brannte darauf, zu analysieren, was er am Nachmittag erfahren hatte. Endlich hatte ihm der Gerichtsmediziner den vollständigen Bericht über die in der Höhle entdeckten menschlichen Überreste geschickt, und die Informationen darin hatten ihm zu denken gegeben, um es vorsichtig auszudrücken. Er brauchte ein wenig Zeit, um zu verdauen, was herausgefunden worden war, und zu entscheiden, wie weiter vorgegangen werden sollte. Er hoffte nur, dass das Interesse der Medien so weit abgeflaut war, dass die neueste Entwicklung ihrer Aufmerksamkeit entgehen würde.

»Dad, hörst du mir überhaupt zu?«, fragte Megan ungeduldig.

»Was muss ich tun?«, fragte Troy, um seiner Tochter klarzumachen, dass er sie durchaus gehört hatte.

»Du hast mich nicht zurückgerufen.«

»Ich war in einer Besprechung.«

»Ich weiß. Das hat Cody mir gesagt, aber ich habe ihn gebeten, dir auszurichten, dass es um etwas Wichtiges geht.«

Troys Assistent hatte den Anruf erwähnt und auch, dass Megan ziemlich aufgewühlt geklungen hatte. »Tut mir leid, Schatz, ich wollte dich wirklich zurückrufen, aber ich habe keine Zeit dafür gefunden.« Er wollte nicht, dass Megan glaubte, er hielte ihre Anrufe für unwichtig, aber seitdem sie schwanger war, schien sie ständig am Rand eines Nervenzusammenbruchs zu stehen. »Sag mir, was los ist«, bat er und legte die Post auf den Küchentresen. Die Uhr an der Mikrowelle verriet ihm, dass es kurz vor sieben war. Das erklärte, warum ihm der Magen knurrte. Er hatte nicht einmal Zeit gehabt, den Mantel auszuziehen. Draußen hatte leichter Regen eingesetzt und trommelte leise ans Küchenfenster.

»Es geht um Faith ...«, begann Megan.

Troy erstarrte. »Was ist passiert? War wieder jemand auf ihrem Grundstück?« Der Störenfried bereitete ihm Sorgen, und er fragte sich, ob Faith seinem Rat gefolgt war und eine Alarmanlage hatte installieren lassen. Außerdem hoffte er, dass sie Grace und Cliff um die Installation einer Lampe mit Bewegungsmelder gebeten hatte. Erst kürzlich hatte er seine Deputys gefragt, ob in der Nachbarschaft irgendwas los gewesen war. Laut Weaver war in der Rosewood Lane jedoch alles ruhig geblieben. Wenn Faith erneut belästigt worden war, hatte sie es weder gemeldet, noch hatte sie sich mit ihm in Verbindung gesetzt.

»Soweit ich weiß, gab es keinen neuen Vorfall. Jedenfalls hat Faith nichts dergleichen gesagt.«

»Wo liegt dann das Problem?«

Megan seufzte, und er fürchtete, dass sie gleich in Tränen ausbrechen würde, was in den vergangenen Monaten schon fast zur Normalität geworden war. Genau wie bei Sandy, ging es Troy durch den Kopf. Während ihrer Schwangerschaft hatte sie ebenfalls unter heftigen Gemütsschwankungen gelitten.

»Faith zieht um«, antwortete Megan leise.

Offen gesagt konnte Troy ihr das nicht verübeln. Im Gegenteil, er fand, das war die richtige Entscheidung.

»Also?«, hakte Megan nach.

»Also was? Ich halte das für eine gute Idee.«

»Das kannst du nicht ernst meinen!« Megan schnappte hörbar nach Luft. »Was ist nur los mit dir?! Du kannst Faith nicht wegziehen lassen! Das kannst du einfach nicht.«

Anscheinend entging ihm irgendetwas. »Okay, fangen wir noch mal von vorn an. Erzähl der Reihe nach.«

»Na gut«, stimmte Megan ungeduldig zu. »Wir haben uns zum Mittagessen getroffen. Das tun wir ziemlich oft, wie du weißt.«

Ja, das wusste er, und er war dankbar für jede Information, die seine Tochter ihm über Faith geben konnte.

»Sie hilft mir bei der Decke, die ich für mein Baby stricke. Ich bin damit beinahe fertig, und sie ist wirklich schön geworden.«

Troy lächelte voller Vorfreude, demnächst Großvater zu werden. Eins wusste er mit Sicherheit: Sein Enkel würde über die Maßen verwöhnt werden.

»Sie hätte es mir fast nicht gesagt. Ich hatte sogar den Eindruck, dass sie es eigentlich gar nicht erwähnen *wollte*.«

»Vermutlich war ihr klar, dass du es mir erzählen würdest.«

»Ja, wahrscheinlich. Jedenfalls ... gerade als wir gehen wollten und Faith sich bereits den Mantel angezogen hatte, sagte sie mir, sie habe beschlossen umzuziehen. Sie meinte, nach Cedar Cove zurückzukommen sei ein Fehler gewesen. Ihr Haus in Seattle war so schnell verkauft, dass sie nicht in Ruhe über alles nachdenken konnte. Jetzt ist sie der Meinung, dass es möglicherweise besser ist, wenn sie ganz aus der Gegend fortzieht.«

Panik erfasste Troy.

»Hast du denn gar nichts dazu zu sagen?«, bohrte seine Tochter nach.

Einen Moment fand er keine Worte. Faith zog nicht etwa nur in ein anderes Haus um, nein, sie wollte in eine andere Stadt ziehen, und er kannte den Grund. Sie wollte fort von ihm.

»Verstehe«, brachte er schließlich mühsam über die Lippen.

»Du hast doch nicht vor, sie einfach ziehen zu lassen, oder?«, fragte Megan und klang dabei wie ein kleines Mädchen, das mit der Antwort, die man ihm gegeben hatte, nicht zufrieden war.

»Ich kann nichts tun, um sie davon abzuhalten.«

»Dad!«

Der Schock steckte ihm noch in den Gliedern, er hatte die Neuigkeit noch nicht verdaut. Faith wollte also die Stadt verlassen. Am liebsten hätte er von ihr verlangt, es sich noch einmal zu überlegen, aber dazu hatte er kein Recht. Er konnte nur tatenlos zusehen und seine Meinung für sich behalten.

»Ich bin nicht mehr mit ihr zusammen«, erinnerte er Megan.

»Aber du liebst sie.«

Das leugnete er nicht. Er liebte Faith. Ihr Plan, Cedar Cove den Rücken zu kehren, versetzte ihm einen Stich mitten ins Herz, aber ihm fiel absolut nichts ein, was er tun konnte, um ihre Meinung zu ändern.

»Was sagen Scott und seine Familie dazu?«, fragte Troy. Ihrem Sohn und ihren Enkelkindern näher zu sein war einer der Gründe gewesen, warum Faith in die Stadt gezogen war.

»Das habe ich sie auch gefragt«, erwiderte Megan. »Sie meinte bloß, dass ihre Tochter Jay Lynn im Norden von Seattle wohnt. Jay Lynn hat ihr vorgeschlagen, dass sie nach all den Problemen, mit denen sie hier in Cedar Cove konfrontiert wurde, in Betracht ziehen sollte, die Stadt zu verlassen.«

Er bezweifelte, dass Jay Lynn mit den Problemen nur den Einbrecher meinte. Irgendwie hatte er das Gefühl, dass sie damit auch auf die Enttäuschung anspielte, die Faith mit ihm erlebt hatte, was er ihr nicht verübeln konnte. Jay Lynn sorgte sich um das körperliche und emotionale Wohlergehen ihrer Mutter.

»Daddy, du musst irgendwas unternehmen«, beharrte Megan.

Troy lehnte sich gegen den Küchentresen. »Ich werde tun, was ich kann.« Dabei hatte er keine Ahnung, was er tun könnte ...

»Ich mag Faith so sehr.«

»Ich weiß.« Auch er mochte Faith – nein, seine Gefühle gingen weit über Sympathie hinaus –, und er wünschte sich, sie überreden zu können, in Cedar Cove zu bleiben.

»Danke, Daddy. Du wirst einen Weg finden. Dessen bin ich mir sicher.«

Ein paar Minuten später endete ihr Telefonat damit, dass Megan ihn zum Abendessen am kommenden Wochenende einlud, und Troy legte auf.

Sein Tag schien immer nur noch komplizierter zu werden. Da er Ablenkung brauchte, ging er ins Wohnzimmer und schaltete die Abendnachrichten ein, um zu sehen, ob die Fernsehsender von Seattle Wind vom Bericht des Gerichtsmediziners bekommen hatten. Glücklicherweise war das offenbar nicht der Fall.

Etwa eine halbe Stunde später entschied er, etwas zu essen. Er durchsuchte die Küchenschränke, fand eine Dose Chili, öffnete sie, gab den Inhalt in eine Schüssel und stellte sie in die Mikrowelle. Während seine Mahlzeit erhitzt wurde, ging er seine Post durch, in Gedanken immer noch bei Faith.

»Nein!«, stieß er plötzlich laut hervor. Megan hatte recht. Er musste mit Faith reden, musste sie davon überzeugen, dass es falsch wäre, Cedar Cove zu verlassen. Er wusste nicht, ob er ihr die Sache wirklich würde ausreden können oder ob er auch nur das Recht hatte, es zu versuchen. Aber er konnte nicht einfach untätig zusehen, denn Faith bedeutete ihm viel zu viel. Sie gehörte hierher.

Gerade als sein Chili fertig war, griff er nach dem Telefon. Er ignorierte sein Abendessen und wählte ihre Nummer. Am anderen Ende der Leitung klingelte es viermal, bevor die Mailbox ansprang und ihn darüber informierte, dass niemand zu Hause war. Ohne eine Nachricht zu hinterlassen, legte er auf.

Niedergeschlagener als je zuvor tigerte er in der Küche auf und ab und aß sein Chili löffelweise, während er sich seine Möglichkeiten durch den Kopf gehen ließ.

Vielleicht ist es besser, dass ich Faith nicht erreicht habe, sagte er sich. Wenn sie das Gefühl hatte, aus Cedar Cove fliehen zu müssen, sollte er sie möglicherweise einfach gehen lassen.

An dieser Überzeugung hielt er volle fünf Tage fest – bis zum späten Mittwochnachmittag. Während seiner Heimfahrt entdeckte er Faiths Wagen auf dem Parkplatz des Supermarkts. Ich brauche ohnehin Brot, sagte er sich und suchte sich einen Parkplatz, der so weit entfernt wie nur irgend möglich von ihrem Auto war. Er wollte nicht, dass Faith den Eindruck bekam, dass er sie suchte – obwohl er das in Wahrheit natürlich tat.

Das Wetter, bedeckt und trübe, passte zu seiner Stimmung. Seit Megan angerufen hatte, hatte er keinen Appetit mehr und konnte nicht gut schlafen. Obwohl er sich danach sehnte, mit Faith zu reden, war ihm klar, dass er sie nicht bitten konnte, in Cedar Cove zu bleiben, und doch ... er musste es einfach tun. Wenn sie ging, würde er für alle Zeiten bereuen, nicht zumindest versucht zu haben, sie daran zu hindern, die Stadt zu verlassen.

Nach ihrer letzten Begegnung hatte er die leise Hoffnung gehegt, dass sie irgendwann einmal in der Lage sein würden, ihre Meinungsverschiedenheiten hinter sich zu lassen. Jetzt war er sich dessen nicht mehr so sicher. Im Laufe der Jahre bei der Polizei hatte er sich eine gute Menschenkenntnis und den richtigen Instinkt für Situationen angeeignet, aber Faith konnte er weder lesen noch ihre Gefühle verstehen.

Vor zwei Wochen, als sie ihn wegen des Eindringlings vor ihrem Schlafzimmerfenster angerufen hatte, schien eine Versöhnung tatsächlich möglich zu sein. Er war zutiefst deprimiert gewesen, nachdem er sie mit Will Jefferson gesehen hatte, aber an jenem Abend hatte er ihr zu verstehen gegeben, wie sehr er sie liebte und brauchte. Zwar hatte er das nicht wirklich ausgesprochen, aber er hätte seine Gefühle für sie kaum deutlicher ausdrücken können.

So wie er das sah, war es an ihr, den nächsten Schritt zu machen. Er hatte sie nicht bedrängt, weil er davon ausging, dass seine Geduld schließlich belohnt werden würde. Anscheinend hatte er sich geirrt.

Bis er den Supermarktparkplatz überquert und sich einen Einkaufswagen geholt hatte, war sein Mantel bereits feucht. Drinnen hastete er durch die Gänge, vorbei an der Kühltheke, an Obst und Gemüse und an den Tiefkühltruhen. Endlich entdeckte er Faith in einem der mittleren Gänge. Sie las anscheinend, was auf einer Schachtel mit Nudeln stand.

Bemüht, lässig zu wirken, betrat er den Gang und verlangsamte das Tempo, als er näher kam. Faith blickte auf, und ihre Augen weiteten sich, als sie ihn sah.

»Hallo, Troy.«

Er neigte leicht den Kopf zum Gruß und schob seinen leeren Einkaufswagen neben ihren. Zu spät fiel ihm ein, dass er ein paar Dinge hätte hineinlegen sollen, um den Eindruck zu erwecken, schon länger im Laden zu sein.

»Faith«, murmelte er.

Einen Moment lang starrten sie einander an, und Troy entschied, abzuwarten und sie als Erste sprechen zu lassen. Schweigen war eine bewährte Befragungsmethode. Die meisten Leute fühlten sich unbehaglich, wenn Stille eintrat, und beeilten sich, diese zu überbrücken. Dabei offenbarten sie oft viel mehr, als sie wollten.

»Wie geht es dir?«, fragte sie endlich.

Wenn er mit einem Verdächtigen sprach, beantwortete Troy eine Frage immer mit einer Gegenfrage. Genau das tat er auch jetzt. »Hast du die Alarmanlage einbauen lassen, so wie ich es dir vorgeschlagen habe?«

»Ja, habe ich, und sie war jeden Penny wert«, erwiderte sie. »Jetzt kann ich wieder ruhig schlafen.«

Er griff nach einer Packung Spaghetti und ließ sie in den Einkaufswagen fallen, als wäre er nur dafür in den Laden gekommen. Ihre Reaktion auf seine nächste Frage würde ihm alles verraten, was er wissen musste.

»Wann genau ziehst du um?«

Sie erbleichte. »Oh, Megan hat es dir also erzählt.«

»War das nicht genau das, was du wolltest?«

Stirnrunzelnd schaute sie auf ihren Einkaufswagen hinunter, als hätte sie etwas von ihrer Einkaufsliste vergessen und könne sich nicht erinnern, was es war.

»War es das nicht?«, wiederholte er, nicht bereit, ihr zu ermöglichen, seine Frage unbeantwortet zu lassen.

Sie ließ die Schultern sinken. »Vermutlich ...«

»Und du hättest mich nicht selbst anrufen können?«

»Ich ... ich ...« Sie verlagerte das Gewicht von einem Fuß auf den anderen und starrte zu Boden. Seine Fragen brachten sie sichtlich aus dem Gleichgewicht. »In letzter Zeit bist du immer zornig, wenn ich dich sehe.« Sie schaute hoch und begegnete seinem Blick.

»Ich bin nicht zornig«, erwiderte er. »Du kannst wohnen, wo immer du willst. Wenn du aus Cedar Cove wegziehen willst, nur zu.« Schnell presste er die Lippen aufeinander, damit er nicht noch mehr Schwachsinn daherredete.

Faith zuckte zurück, ihre Augen verengten sich, und er konnte erkennen, dass sie wütend wurde. Sie biss sich auf die Unterlippe, legte beide Hände auf ihren Einkaufswagen und setzte sich in Bewegung.

Er eilte ihr nach, seinen Einkaufswagen vor sich her schiebend. »Faith! Warte einen Moment.«

Sie beachtete ihn nicht, verschwand mit großen Schritten um die nächste Ecke. Doch er holte auf, fühlte sich dabei wie ein Wettkämpfer in einem Stockcar-Rennen, als er plötzlich eine vertraute Stimme hinter sich vernahm.

»Sheriff Davis!«

Widerwillig blieb er stehen, warf einen Blick über die Schulter und entdeckte Louie Benson, der seinen Einkaufswagen in seine Richtung schob. Nicht jetzt, stöhnte er innerlich auf, aber er saß in der Falle. Sosehr er auch hinter Faith hereilen wollte, er wagte es nicht, den Bürgermeister zu ignorieren.

»Bin ich froh, dich erwischt zu haben«, meinte Louie.

Troy lächelte schwach. »Was kann ich für dich tun?«

»Ich habe mir den Abschlussbericht des Gerichtsmediziners angesehen, hatte aber noch keine Gelegenheit, mit dir über die Einzelheiten zu reden. Ich nehme an, du hast ihn auch gelesen?«

»Ja, allerdings«, gab Troy knapp zurück, um dieses Gespräch nach Möglichkeit zu vertagen. Er wollte Faith um Entschuldigung bitten, Wiedergutmachung leisten, sofern es dafür nicht bereits zu spät war.

Der Bürgermeister zögerte. »Hast du gesehen, dass anhand des Schädels festgestellt wurde, dass der junge Mann am Downsyndrom litt?«

»Ja, habe ich.«

»Das eröffnet ganz neue Möglichkeiten für deine Ermittlungen, nicht wahr?«

»Ich ...«

»Ich hoffe nur, dass die Medien sich nicht darauf stürzen«, murmelte Louie.

»Ja, das hoffe ich auch.« Troy nickte. Er war nicht mehr im Dienst und wollte dieses Gespräch beenden. »Wenn du mich bitte entschuldigst, da gibt es jemanden, mit dem ich reden muss.«

»Natürlich. Tut mir leid, dass ich dich aufgehalten habe.«

»Schon gut«, sagte Troy, ließ seinen Einkaufswagen stehen und eilte den Gang hinunter. Wenn er Glück hatte, erwischte er Faith vielleicht noch und konnte sich entschuldigen.

Das Glück war ihm hold. Er sah sie an der Kasse stehen. Also wartete er draußen vor dem Laden, bis sie ihre Einkäufe bezahlt hatte.

Sowie sie aus dem Laden in den trüben Nachmittag hinaustrat, ging er zu ihr. »Ich möchte dich um Entschuldigung bitten, Faith.«

»Wofür?«, fragte sie im Vorbeigehen.

Troy hatte diesen Gesichtsausdruck schon öfter gesehen und wusste, dass er kein gutes Zeichen war.

»Ich bin wie ... wie ein wütender Bär auf dich losgegangen.«

»Aber nicht doch«, entgegnete sie und ging zielstrebig zum Parkplatz hinüber.

Troy folgte ihr.

»Du hattest recht«, sagte sie. »Es war dumm von mir, meine Absichten Megan gegenüber zu erwähnen. Ich habe den Ausweg eines Feiglings gewählt und es tat mir hinterher sofort leid.« Raschen Schrittes eilte sie zu ihrem Auto.

»Du *wolltest*, dass ich davon erfahre.« Sie hatte zugegeben, Megan benutzt zu haben, um ihn über ihre Pläne zu informieren. Das machte ihm Mut.

Vielleicht hatte sie das getan, weil sie insgeheim oder vielleicht auch nicht so insgeheim hoffte, er würde ihr die Sache ausreden. Vielleicht war das ihre Art, ihm zu sagen, dass sie lieber nicht wegziehen würde, dass sie ihn wieder in ihr Leben lassen wollte. Aber stattdessen hatte er sie angegriffen. Am liebsten hätte er sich selbst dafür in den Hintern getreten, weil er so unsensibel reagiert hatte.

»Wie schon gesagt, es war falsch von mir, Megan davon zu erzählen, obwohl ich wusste, dass sie es dir sagen würde«, erklärte Faith steif. »Weißt du, ich wollte dich nicht direkt anrufen, weil ich versucht habe, unnötigen Kontakt zwischen uns zu vermeiden. Je weniger wir uns sehen oder voneinander hören, desto besser. Sicher siehst du das ganz genauso.«

Troy presste die Kiefer zusammen.

Faith öffnete die Wagentür und stellte ihre Einkaufstaschen hinein.

Ohne ihm die Chance zu geben, zu reagieren, stieg sie ein und knallte die Tür zu. Der Motor sprang an, und sie fuhr aus der Parklücke heraus, bevor Troy noch etwas sagen konnte.

Nun, das war es dann wohl.

Offenbar hatte er all seine Chancen bei Faith verspielt.

16. Kapitel

Die Immobilienpreise waren so niedrig wie seit Langem nicht mehr, und Mack McAfee war zu dem Schluss gekommen, dass es keinen besseren Zeitpunkt geben konnte, ein Haus zu kaufen. Seit er nach Cedar Cove gezogen war, hatte er immer wieder nach Möglichkeiten für eine Investition gesucht, und als der Makler ihm das Doppelhaus am Evergreen Place gezeigt hatte, war sein Entschluss gefallen.

Ein paar Jahre zuvor hatte Mack ein stark sanierungsbedürftiges Haus im Norden von Seattle gekauft. Es war günstig gewesen, und er hatte beinahe jedes Wochenende genutzt, um das Dach neu einzudecken, die Küche zu renovieren, die Fußböden zu erneuern und alles Nötige zu tun, um das Haus bewohnbar zu machen. Er hatte sich sehr viel Mühe mit der Instandsetzung gegeben und die meisten Arbeiten selbst erledigt. Im Laufe der Jahre hatte er sich bei Gelegenheitsarbeiten eine Menge verschiedener Fertigkeiten angeeignet. Als das Haus fertig und der Garten in Schuss gebracht war, hatte er eigentlich selbst einziehen wollen, aber eines Nachmittags war zufällig ein Interessent vorbeigekommen und hatte ihm ein lukratives Kaufangebot unterbreitet. Ohne lange zu zögern, hatte er zugeschlagen und seitdem eine hübsche sechsstellige Summe auf seinem Bankkonto gehabt.

Nun hatte er das Geld in das Doppelhaus in Cedar Cove investiert. Es war schon etwas älter, einstöckig und hatte zwei Haustüren links und rechts vom gemeinsamen Zuweg. Der Zustand des Gebäudes war recht gut, aber es ließ sich noch einiges verbessern. Er könnte in der einen Hälfte wohnen und die andere vermieten. Also gab er ein Angebot ab, das bereits am nächsten Tag angenommen wurde. Gerade hatte er den Vertrag unterzeichnet und war auf dem Weg nach Hause, als sein Handy piepte und den Eingang einer SMS meldete.

Er schaute erst nach, als er den Parkplatz des Wohnblocks erreicht hatte, in dem er sich eingemietet hatte. Mary Jos Name leuchtete ihm auf dem Display entgegen, und er reagierte sofort. Sein Herz schlug schneller vor Vorfreude. Sie hatten ziemlich häufig Kontakt, meistens per SMS. Regelmäßig schickte sie ihm Updates von ihrem Baby und ab und zu auch Fotos. Da sie nach ihrer Erfahrung mit David Rhodes emotional angeschlagen war, gab er sich große Mühe, sie nicht zu bedrängen. Am liebsten hätte er ihr am Valentinstag Blumen geschickt, war aber zu dem Schluss gekommen, dass das zu viel und zu früh war. Er war bereit, sich Zeit zu lassen, auch wenn er sich eine Beziehung mit Mary Jo wünschte. Vorläufig genoss er einfach ihre »Unterhaltungen« und seine gelegentlichen Besuche.

Heute hatte sie ihm kein Bild von Noelle geschickt, sondern bat ihn um einen Gefallen: *Kannst du dich heute Nachmittag mit mir treffen?*

Er tippte seine Antwort ein, erfreut, sie und das Baby zu sehen: *Wann und wo?* Zum Glück hatte er ausgerechnet heute frei. Er drückte auf Senden und blieb in seinem Wagen sitzen, um auf ihre Antwort zu warten. Die kam prompt.

Ich nehme die Bremerton-Fähre. Ankunft 14:30.

Okay. Ich hole dich ab.

Jetzt war es Viertel nach eins. Mack lief in sein Apartment, schlang hastig ein Sandwich hinunter, duschte und zog sich um. Dann begann er sauber zu machen, aber als er auf die Uhr schaute und sah, wie spät es war, ließ er alles stehen und liegen und eilte aus der Tür.

Als die Bremerton-Fähre anlegte, stand Mack draußen vor dem Fährterminal. Die Passagiere, die zu Fuß unterwegs waren, stiegen zuerst von Bord und er entdeckte Mary Jo und Noelle beinahe sofort. Sie lächelte und winkte, und er lächelte und winkte zurück.

Noelle lag gut eingepackt in einer Trage, die auch als Babyliege im Auto verwendet werden konnte. Zu sehen war nur ihr gestricktes Mützchen über einer gelben Decke. Mack beeilte sich, zu Mary Jo zu kommen, und nahm ihr die schwere Babytrage ab.

Er schob die Decke zur Seite und lächelte auf das Baby hinunter. Noelle starrte zu ihm hoch und gurgelte zur Begrüßung – jedenfalls entschied er sich, ihre Töne als Zeichen dafür zu werten, dass sie ihn erkannte und begrüßte. Sein Lächeln wurde breiter. Er war sich sicher, dass er für dieses Baby Liebe empfand, reine, unverfälschte Liebe. Er hatte gelesen, dass es dieses Phänomen der Bindung gab, und fragte sich, ob er dafür empfänglich gewesen war, weil er ihr auf die Welt geholfen hatte. Vielleicht hatte sie sich in dem Moment in sein Herz gestohlen, als sie geboren wurde.

Und Mary Jo ... Es ließ sich nicht leugnen, dass er viel mehr an sie dachte, als er sollte. Im Laufe der Jahre war er mit vielen Frauen zusammen gewesen, aber keine von ihnen hatte ihn so fasziniert und bezaubert wie sie. Ihm war klar, dass sie nicht bereit war, eine neue Beziehung einzugehen, aber er wollte, dass sie begriff, dass er ganz anders war als Noelles Erzeuger.

»Ich bin so froh, dass du mich treffen konntest«, sagte Mary Jo, als sie seinen Truck erreichten.

»Ich auch«, murmelte er. Er stellte die Babytrage auf die hintere Sitzreihe und schnallte sie fest. Dann half er Mary Jo beim Einsteigen und schlüpfte auf den Fahrersitz.

Als sie alle im Auto saßen und die Heizung ihnen warme Luft ins Gesicht blies, wartete er darauf, dass Mary Jo ihm sagte, warum sie es für nötig hielt, ihn mitten in der Woche aufzusuchen. »Gibt es einen bestimmten Grund, warum du hier bist?«, fragte er – vermutlich direkter, als er hätte sein sollen.

»Nicht wirklich«, sagte sie. »Ich musste einfach mal ein bisschen raus. Hoffentlich habe ich nicht deine Pläne durcheinandergebracht. Du hast mir erzählt, dass du in diesem Monat dienstags frei hast. War das vermessen von mir?«

»Ganz und gar nicht.« Sie sollte wissen, dass ihre Gesellschaft ihm immer willkommen war.

»Es ist nur so ... na ja, mal einen Nachmittag rauszukommen schien mir eine gute Idee.«

»Deine Brüder?«, fragte Mack. Linc, Mel und Ned waren häufig Gesprächsthema zwischen ihnen.

Mary Jo nickte, ohne ihn anzusehen.

»Das dachte ich mir.«

»Ich hoffe, es macht dir nichts aus. Seit Noelles Geburt war ich nicht mehr in Cedar Cove und ...« Sie brachte den Satz nicht zu Ende. Einen Moment später redete sie weiter. »Ich bin in Kontakt mit Grace und Cliff geblieben. Die beiden sind wahnsinnig nett.«

Mack war ganz ihrer Meinung. Nach und nach begann er Freundschaften in Cedar Cove zu schließen, und die Hardings gehörten definitiv zu den Menschen, die er näher kennenlernen wollte. »Ich war überrascht – aber definitiv erfreut –, deine Nachricht zu erhalten«, sagte er wahrheitsgemäß.

Sie lächelte schüchtern. »Das freut mich. Ich tausche gern SMS mit dir aus. Das ist so, als würde ich mich mit einem guten Freund unterhalten.«

»Geht mir genauso.« Im Allgemeinen war sie es, die eine Unterhaltung begann, und das war ihm recht. Er wusste, dass er sie das Tempo bestimmen lassen musste.

»Möchtest du irgendwohin?«, fragte er.

»Wäre es dir recht, wenn wir zur Stadtbücherei fahren und Grace besuchen?«

»Natürlich.« Grace hatte Mary Jo am Heiligabend in ihr Zuhause und ihr Herz gelassen. Da war es nur natürlich, dass sie die Frau besuchen wollte, die so freundlich zu ihr gewesen war. »Also auf zur Stadtbücherei.«

Die Fahrt um die Bucht herum dauerte etwa dreißig Minuten, und Mack nutzte die Zeit, um Mary Jo bezüglich ihrer Brüder aus der Reserve zu locken. Sie erzählte nicht viel, nur dass die drei sie mit ihrer Fürsorge förmlich erstickten. Mack äußerte sich angemessen mitfühlend, achtete aber darauf, die drei nicht zu sehr zu kritisieren. Das Baby schlief die ganze Zeit, und Mary Jo meinte, dass Noelle nicht mehr so sehr unter Koliken zu leiden habe. Der Arzt hatte gesagt, die Probleme würden selten länger als drei Monate anhalten.

Als sie Cedar Cove erreichten, hielt Mack vor der Stadtbücherei und half Mary Jo und Noelle aus dem Wagen. Dann machte er sich auf die Suche nach einem Parkplatz auf dem Grundstück daneben. Als er zurückkam, stand Mary Jo am Tresen und plauderte mit Grace, der Bibliothekarin, die die Bücherei leitete. Grace lächelte ihn an.

»Ich habe Olivia angerufen«, sagte sie, »und ihr mitgeteilt, dass Mary Jo zu Besuch da ist. Sie bat, sich dazugesellen zu dürfen.«

»Großartig.« Er gab sich Mühe, begeistert zu klingen, war aber ein wenig eifersüchtig, dass die beiden Frauen Mary Jo und Noelle so mit Beschlag belegten. Schließlich hatte er sich darauf gefreut, allein Zeit mit ihnen verbringen zu können.

»Ich habe dafür gesorgt, dass wir Tee und Cookies im Pausenraum haben«, fügte Grace hinzu. »Ich hoffe, du bleibst auch.«

Jetzt erwartete man also auch noch von ihm, an einem Kaffee- beziehungsweise Teekränzchen teilzunehmen. Wenn die Jungs auf der Feuerwache das erfuhren, würden sie ihn ohne Ende damit aufziehen. Die ganze Situation war einfach zu ... feminin. »Warum unterhaltet ihr drei euch nicht einfach, während ich ein paar Erledigungen mache?«, schlug er vor.

Mary Jo warf ihm einen flehenden Blick zu. »Bitte, bleib.«

»Na ja ... okay. Es sei denn, ich störe.«

»Nein. Du störst auf keinen Fall«, erklärte Grace.

Mary Jo berührte seinen Arm, schaute ihn bittend an, und Mack sah keine Möglichkeit, die Einladung auszuschlagen. Ohne weiteren Protest folgte er ihnen ins Hinterzimmer.

Als Mary Jo Noelle aus der Trage nahm, kam Olivia Griffin herein. Sie trug eine Strickmütze über einem Kopftuch, aber es war trotzdem gut zu erkennen, dass sie darunter kahlköpfig war. Dennoch und trotz ihrer Krebserkrankung wirkte die Richterin vital. Er hatte sie am Heiligabend, dem Abend von Noelles Geburt, kennengelernt und vorher immer nur Gutes über sie gehört. Seine Eltern waren voll des Lobes über Olivia – sowohl als Freundin als auch als Richterin. Er verstand sehr gut, warum. Sie war wirklich eine beeindruckende Frau.

Grace und Olivia schenkten Noelle eine Menge Aufmerksamkeit. Das Baby lachte und krähte vergnügt, und Mack empfand eine Art Vaterstolz, auf den er keinerlei Recht hatte. Noelle packte seinen Finger und wollte ihn anscheinend nicht mehr loslassen.

»Ich habe Mack gebeten, mich heute Nachmittag von der Bremerton-Fähre abzuholen«, erläuterte Mary Jo, während Grace allen Tee einschenkte. »Ich musste dringend mal ein paar Stunden raus. Die Jungs treiben mich noch in den Wahnsinn.«

»Ihre Brüder«, erklärte Mack und beugte sich vor.

Er ließ seinen Tee stehen und hob Noelle so geschickt auf die Arme, als hätte er das schon Dutzende Male getan. Während die Frauen miteinander plauderten, wanderte er im Pausenraum herum und streichelte Noelle sacht den Rücken. Ihr Köpfchen wackelte ein bisschen, dann lehnte sie es an seine Schulter und schlief prompt ein. Ab und zu traf sein Blick den von Mary Jo, und sie lächelten einander an.

»Also, was ist mit deinen Brüdern?«, fragte Grace und bot Hafercookies auf einem Teller an.

Olivia schüttelte den Kopf, während Mary Jo sich einen nahm.

Sie seufzte. »Ach ... sie scheinen alle ganz genau zu wissen, was für mich und das Baby das Beste ist. Bevor ich David kennenlernte, war ich dabei, auf eine eigene Wohnung zu sparen. Ich hatte ein hübsches Sümmchen beiseitegelegt. Dann stellte ich fest, dass ich schwanger war. Danach blieb mir keine andere Wahl, als weiter bei meinen Brüdern zu wohnen.«

»Du hast das Bedürfnis auszuziehen?«

Mary Jo nickte. »Oh ja. Sie meinen es gut, und ich bin dankbar für alles, was sie für mich getan haben, aber ... es wird höchste Zeit. Noelle ist fast zwei Monate alt, und ich muss zusehen, dass ich wieder Arbeit finde.«

»Zu dumm, dass du nicht mehr an deinen alten Arbeitsplatz zurückkehren kannst«, meinte Grace.

»Die Versicherungsgesellschaft musste Personal abbauen, und meine Stelle wurde gleich nach dem ersten Januar wegrationalisiert. Ich habe eine Abfindung erhalten, aber die reicht nicht ewig. Ich muss einen Weg finden, den Lebensunterhalt für Noelle und mich zu verdienen und ihr trotzdem eine gute Mutter zu sein.«

»Du könntest jederzeit auf diese Seite des Puget Sound

ziehen«, warf Mack, der der Unterhaltung aufmerksam gelauscht hatte, ein, und seine Begeisterung für diese Idee war ihm deutlich anzuhören.

»Ja, das könntest du«, stimmte Olivia zu.

Grace nickte und wischte sich die Cookiekrümel von den Händen.

Mary Jo zuckte die Schultern. »Das würde mir gefallen, ganz ehrlich, aber wie schon gesagt: Ich brauche einen Arbeitsplatz und eine Wohnung und all das scheint mir im Moment nicht möglich.«

»Ich habe letzte Woche meinen Bruder getroffen«, erklärte Olivia. »Er erwähnte, dass er nach einer Teilzeit-Aushilfe sucht.«

Mary Jos Augen leuchteten auf, aber das Leuchten erlosch schnell wieder. »Teilzeit wird nicht ganz reichen, wenn ich die Betreuung für das Baby bezahlen und unseren Lebensunterhalt bestreiten muss. Babys kosten viel Geld.«

»Will sagte, die Stelle würde ausgeweitet werden, sobald die Galerie sich etabliert hat«, ließ Olivia sich nicht beirren. »Kennst du dich mit Buchhaltung und Büroarbeiten aus?«

»Ja«, erwiderte Mary Jo. »Ich habe in der Buchhaltung der Versicherungsgesellschaft gearbeitet.«

»Großartig.« Erfreut klatschte Olivia in die Hände.

»Aber da sind die Kindertagesbetreuung und die Miete ... und wer sagt, dass dein Bruder in mir die geeignete Mitarbeiterin sieht?«

»Ich bin mir sicher, dass er das wird«, sagte Olivia.

»Und was die Tagesbetreuung angeht«, mischte Grace sich ein, »meine jüngere Tochter hat mir erst heute Morgen gesagt, dass sie nach einer Möglichkeit sucht, zum Familieneinkommen beizutragen. Kelly ist selbst Mutter eines Babys und daher zu Hause. Sich um Noelle zu kümmern wäre perfekt für sie.«

»Und ich kenne ein passendes Zuhause«, sagte Mack. »Eine Doppelhaushälfte, die demnächst zur Miete angeboten wird. Der Mietpreis ist äußerst günstig.« Bis zu diesem Moment hatte er noch gar nicht bewusst darüber nachgedacht, aber vielleicht war diese Idee schon länger in ihm gereift …

Offensichtlich ging das alles zu schnell für Mary Jo. »Ich muss darüber nachdenken.«

»Weise Entscheidung«, sagte Olivia, und Grace nickte. »Das ist ein großer Schritt.«

»Aber ein notwendiger«, murmelte Mary Jo und sah zu Mack, der immer noch Noelle in den Armen hielt. »Und ich muss jetzt an noch jemanden außer mir denken. Ein Umzug wird sich auch auf Noelle auswirken.«

»Auf gute Weise«, warf Mack ein.

»Das hoffe ich.« Mary Jo sprach zögerlich. »Ich habe in meinem Leben so viele falsche Entscheidungen getroffen, dass ich, falls ich nach Cedar Cove ziehe, alles im Voraus geregelt haben will. Nur um sicherzugehen …«

Die Frauen unterhielten sich noch etwa zehn oder fünfzehn Minuten, dann fiel Mack auf, dass Olivia zu ermüden schien. Auch Grace bemerkte das und stand auf, um das Geschirr in die Mitarbeiterküche zu bringen, während Mary Jo Noelle wieder in ihrer Babytrage verstaute. Mack hatte ihr das schlafende Baby nur widerwillig übergeben. Er hoffte, die Kleine noch einmal halten zu dürfen.

Als sie die Bücherei verließen, fuhr Mack mit ihnen zu seiner Wohnung. Sie war klein, bot aber einen unschlagbaren Ausblick auf die Bucht. Während er sich beeilte aufzuräumen – er wünschte, er hätte das vorher getan –, stand Mary Jo im Wohnzimmer und schaute nachdenklich hinaus aufs Wasser und die in der Ferne sichtbaren Schiffe der Navy.

»Willst du mir sagen, womit deine Brüder dir wirklich auf die Nerven gehen?«, fragte er.

Abrupt drehte sie sich zu ihm um. »Sie wollen, dass ich David verklage.«

Mack runzelte die Stirn. »Dass du ihn verklagst?«

»Auf Unterhalt für Noelle. Ich verstehe ja, was sie sagen, und sie haben durchaus recht. Oberflächlich betrachtet jedenfalls. David hat die Verantwortung, Noelle finanziell zu unterstützen. Sie ist sein Kind, und ein Vaterschaftstest würde das beweisen.«

Am liebsten hätte er automatisch widersprochen, konnte sich aber beherrschen, es nicht zu tun. Biologisch – und nur das – war David Noelles Vater. Genau genommen war der Mann nicht mehr als der Erzeuger.

»Es ist nur so, dass ich mit David nichts, aber auch gar nichts mehr zu tun haben will«, erklärte Mary Jo nachdrücklich. »Und ich will auf gar keinen Fall, dass er Umgang mit Noelle hat.«

»Nach allem, was ich so über ihn gehört habe, glaube ich, dass du recht hast.«

Ihre Miene wurde weicher. »Ich bin so dankbar, dass du mir zustimmst. Linc beharrt darauf, dass David Unterhalt zahlt. Ich habe meinem Bruder gesagt, dass David ständig in finanziellen Schwierigkeiten steckt, aber Linc ist trotzdem davon überzeugt, dass er zahlen sollte. Aber wie soll das gehen?«

»Einem nackten Mann kann man nicht in die Tasche greifen.«

Mary Jo schaute zu Boden. »Selbst wenn er in Geld schwimmen würde, würde ich nicht wollen, dass meine Tochter mit ihm zu tun bekommt.«

Wieder war Mack voll und ganz ihrer Meinung.

»Ben Rhodes hat großzügigerweise einen Treuhandfonds für Noelle eingerichtet, so wie für Davids andere Tochter. Obendrein hat er angeboten, mir finanziell unter die Arme zu greifen, weil er weiß, dass sein Sohn das entweder nicht kann oder nicht will.«

»Ja, ich erinnere mich. Bist du sicher, dass du das ausschlagen solltest?«

»Ja«, gab Mary Jo rasch zurück. »Ich würde mich damit nicht wohlfühlen.«

Mack verstand – und teilte ihren Standpunkt.

»Mir gefällt diese Stadt wirklich«, sagte Mary Jo. Offensichtlich wollte sie das Thema wechseln. »Schon in dem Moment, in dem ich Heiligabend von Bord der Fähre ging, habe ich gespürt, wie mich innerer Friede erfüllt hat, beinahe so, als ob … als ob ich hierhergehörte. Ich vermute, dass ich, als ich fragte, ob ich heute Nachmittag zu Besuch kommen kann, insgeheim gehofft habe, einen Weg zu finden, mit Noelle hier zu wohnen.«

»Es würde mich freuen, wenn du herziehst.«

Ihre Blicke trafen sich, und Mack spürte, wie sich zwischen ihnen eine seltsame Spannung aufbaute. Unter anderen Umständen hätte er sie vielleicht geküsst, aber er hatte Angst, sie damit abzuschrecken.

Also würde er sich weiter in Geduld üben und warten. Er wusste, was er wollte, und jede Minute, die er mit Mary Jo und Noelle verbrachte, machte ihm noch bewusster, was das war.

17. Kapitel

Charlotte Rhodes machte sich Sorgen um ihren Mann. Während sie ihm seinen ersten Morgenkaffee einschenkte, holte er die Zeitung herein.

Seitdem sie von der Kreuzfahrt zurück waren, war Ben nicht mehr wiederzuerkennen. Sogar ihr spezieller, selbst gebackener Kokosnusskuchen konnte ihn nicht reizen. Und das war ganz und gar nicht normal.

Als sie aus der Karibik zurückgekommen waren, hatte sie zunächst angenommen, dass er krank sei. In den nachfolgenden Wochen war sie jedoch zu dem Schluss gekommen, dass das, was ihn quälte, seelischer Natur war. Ihr Mann war zutiefst niedergeschlagen, wenn nicht gar depressiv.

»Heute Nachmittag findet das Seniorenessen statt«, erinnerte sie ihn, als sie ihm seinen Kaffee brachte. Harry, ihr Kater, hatte es sich zusammengerollt auf Bens Schoß gemütlich gemacht. Er hatte Ben nicht sofort akzeptiert, aber als es erst einmal so weit war, war er zu einem ständigen Begleiter ihres Mannes geworden.

»Würde es dich stören, wenn ich diesmal nicht hingehe?«, murmelte Ben hinter seiner Zeitung.

Charlotte wollte protestieren, überlegte es sich dann aber doch anders. »Geht es dir nicht gut?«, fragte sie und setzte sich auf den Polsterhocker neben seinem Sessel. Sie legte ihm eine Hand aufs Knie und schaute zu ihm hoch. Nur zu gern hätte sie ihm geholfen.

Ben ließ die Zeitung sinken, sah sie kurz an und starrte dann ins Leere. »Mir geht es gut«, meinte er halbherzig lächelnd. »Ich würde einfach nur gern heute Nachmittag zu Hause bleiben.«

»Ist gut, Liebling, wenn du das möchtest.«

»Ja, das möchte ich.« Er griff nach ihrer Hand und drückte sie. »Danke für dein Verständnis.«

Sie blieb noch einen Moment sitzen, bevor sie ins Schlafzimmer ging, um sich anzukleiden und für den Tag zurechtzumachen. Nie, wirklich niemals, hätte sie sich vorstellen können, dass Ben nicht am Seniorenessen teilnehmen wollte. Das war das gesellschaftliche Highlight des Monats, die Gelegenheit, sich mit ihren besten Freunden zu treffen. Die Hälfte der Witwen in der Stadt waren in Ben verliebt, und Charlotte wusste, warum. Er sah nicht nur gut aus, war charmant und geistreich, nein, er war vor allem ein durch und durch rechtschaffener Mann. Er hatte ihr Leben wahrhaftig gesegnet.

All ihre Freunde würden nach ihm fragen, und sie wusste nicht recht, was sie ihnen antworten sollte. Na schön, sie würde sich etwas einfallen lassen. Armer Ben. Vermutlich war seine Niedergeschlagenheit zumindest teilweise auf das grässliche Benehmen seines Sohnes David zurückzuführen. Wenn sie doch nur wüsste, wie sie ihm helfen könnte, aber ihr fiel keine Lösung ein. Mehr, als ihn zu trösten und zu beruhigen, konnte sie nicht tun.

Als sie fertig angezogen war, ging sie zurück in die Küche, um ihren Beitrag für das Potluck, das Seniorenessen, zuzubereiten. Wie in den meisten Familien war die Küche auch in ihrem Haus der Lebensmittelpunkt. Hier kochte und backte sie nicht nur, sondern konnte auch am besten nachdenken, wenn sie an der Spüle stand und das Geschirr abwusch. Auch die ernsthaftesten Diskussionen mit ihren Kindern hatten hier stattgefunden.

Was sollte sie diesmal zum Potluck beitragen? Ihre Brokkoli-Lasagne war im Januar hervorragend angekommen, und viele hatten um das Rezept gebeten. Tatsächlich wurde aus diesen Zusammentreffen fast jedes Mal eine Rezeptbörse. Einige ihrer Lieblingsrezepte stammten von den Potlucks und natürlich auch von den Totenwachen, an denen sie teilgenommen hatte. Das Rezept für den besten Auflauf, den sie je gegessen hatte, hatte sie der Totenwache für Sam, den besten Freund ihres Mannes Clyde, zu verdanken. Jedes Mal, wenn sie ihn servierte, dachte sie an ihn. An die beiden.

»Ben, was meinst du?«, rief sie aus der Küche Richtung Wohnzimmer, während sie sich ihre Schürze umband. »Soll ich gefüllte Paprika mitnehmen oder mein Chicken Pot Pie?«

Er antwortete nicht gleich, als müsste er erst nachdenken. »Das Pot Pie.«

»Gut. Dazu tendiere ich auch.«

Er nickte.

»Ich werde gleich drei zubereiten, damit auch du etwas davon hast, und einen bringe ich heute Nachmittag zu Olivia und Jack.«

»Gute Idee.« Er legte die Zeitung weg, um Harry zu streicheln, der zufrieden auf seinem Schoß schlief.

Charlotte stellte Mehl und Schmalz bereit. Fertig gekaufter Pastetenteig kam für sie absolut nicht infrage. Sie hatte die Zeit, den Teig selbst zuzubereiten, und ein Rezept, das noch von ihrer Mutter stammte und an das nichts anderes heranreichte.

»Komm rüber und unterhalte dich mit mir«, rief sie zu Ben hinüber, während sie Mehl und Schmalz verknetete. Der Teig war weich und geschmeidig. Ihre Mutter hatte sie immer ermahnt, ihn nicht zu lange zu kneten, aber inzwischen hatte sie das Gefühl für das richtige Timing. Charlotte seufzte. Ihre Mutter, mochte sie in Frieden ruhen, war eine wunderbare Köchin gewesen.

Einige der Rezepte, die sie für Justine und deren neues Restaurant herausgesucht hatte, stammten noch von ihrer Mutter. Ein paar davon stellten zugegebenermaßen eine Herausforderung dar. Sie zuzubereiten erforderte Muße und Zeit, was für einen Koch, der unter Zeitdruck stand, nicht eben einfach zu bewerkstelligen war.

»Was amüsiert dich so?«, fragte Ben, als er auf einem Küchenstuhl Platz nahm.

»Oh, ich dachte gerade an meine Mutter und ihr Rezept für Mehlklöße.«

»Ach ja?«

»Jahrelang hat sie mir erzählt, es handle sich um ein geheimes Familienrezept. Von wegen geheim. Mehl und Wasser sind die beiden Hauptzutaten.«

»Das ist alles?«

»Oh, es gehören auch noch ein paar andere Zutaten dazu, aber nichts Besonderes. Das eigentliche Geheimnis besteht darin, dass man sie eine ganze Weile kochen lässt. Genauso pflegte sie es zu sagen – eine ganze Weile. Ich habe entschieden, dass das zu vage und ungenau für Justine ist, also habe ich das Rezept weggelassen.«

»Hast du ihr deine Sammlung schon gegeben?«

»Nein, aber sie ist beinahe fertig.« Viele der Originalrezepte waren im Laufe der Zeit verloren gegangen oder nie aufgeschrieben worden, und Charlotte hatte sie aus dem Gedächtnis rekonstruieren müssen. Das Projekt hatte ihr über die trüben Wintertage hinweggeholfen. Da Ben in letzter Zeit so schlecht drauf war, war sie überwiegend zu Hause geblieben oder zumindest nie lange weg gewesen.

»Ich habe ein schlechtes Gewissen, weil ich gegrilltes Hähnchen aus dem Feinkostladen für den Pot Pie verwende«, gab Charlotte zu. Sie hatte am Vortag zwei Stück gekauft, da sie ihr gerade gelegen kamen und immer zu gebrauchen waren.

Ben wiegelte ab. »Das merkt doch keiner.«

»Ich schon, aber es schmeckt fast genauso gut, und ich spare Zeit und Arbeit.«

Ben stand auf und holte sich eine zweite Tasse Kaffee. »Gestern Nachmittag habe ich von David gehört.«

Einen Moment war Charlotte wie erstarrt. Ben musste mit seinem Sohn telefoniert haben, während sie unterwegs gewesen war, um Lebensmittel zu kaufen. Sie wartete, dass er mehr dazu sagte, und als er das nicht tat, entschied sie sich zu schweigen. Ben würde ihr schon erzählen, worum es ging, sobald er dazu bereit war.

»Er wollte einen neuen Kredit.«

Das war wenig überraschend. Sein jüngster Sohn rief immer nur an, wenn er finanzielle Unterstützung brauchte. David nutzte jeden aus und konnte absolut nicht mit Geld umgehen. Moralische Bedenken kannte er ebenfalls nicht. Er belog einfach jeden – einschließlich der jungen Frau, die erst kürzlich sein Kind zur Welt gebracht hatte, und seines Vaters.

»Was hast du ihm gesagt?«, fragte Charlotte.

»Ich habe abgelehnt.«

»Und er ist wütend auf dich geworden.« So lief das immer. Ben hielt sich fest an das, was er seinem Sohn bereits gesagt hatte: Er war nicht bereit, David weiteres Geld zu leihen, bevor der nicht zurückgezahlt hatte, was er ihm bereits schuldete. Im Laufe ihrer Ehe hatte Ben ein paar Schecks von David bekommen, aber die waren allesamt nicht gedeckt gewesen.

Nichts jedoch hatte ihren Mann stärker getroffen als die Nachricht, dass sein Sohn Vater geworden war und die Mutter sitzen gelassen hatte – und das nach seiner Scheidung. Natürlich stritt David ab, etwas mit Mary Jos Schwangerschaft zu tun zu haben, aber angesichts seiner Vergangenheit und der offensichtlichen Aufrichtigkeit des Mädchens war auch das ganz eindeutig nur eine Lüge.

»Wir haben uns gestritten«, murmelte Ben traurig.

Charlotte ließ den Pastetenteig auf ein bemehltes Backbrett fallen. »Ich habe auch einen Sohn, der mich enttäuscht hat«, sagte sie, weil sie ihm versichern wollte, dass viele Eltern mit solchen Problemen konfrontiert waren. Sie bezeichnete Will selten als Enttäuschung, aber dass er seiner Frau wiederholt untreu geworden war, belastete Charlotte schwer. Wie jede Mutter wollte sie nur das Beste von ihrem Kind glauben. Leider musste sie erkennen, dass sie das von dem Mann, zu dem Will geworden war, nicht mehr konnte.

Ben schüttelte den Kopf. »Was Will sich geleistet hat, ist schlimm genug, aber an das, was David tut, kommt es längst nicht ran.«

»Ja, vermutlich ...« Zumindest hatte Will nicht versucht, sie oder jemand anderen zu bestehlen, dessen war sie sich sicher. Und er hatte sich als guter Bruder für Olivia erwiesen, seit sie so krank war.

»Ich frage mich immer wieder, was ich hätte tun können, um David den Kopf zurechtzurücken, als er noch jung war«, sagte Ben.

»Du darfst nicht dir die Schuld geben«, widersprach Charlotte rasch. »Genauso wenig, wie ich mir die Schuld an Wills ... Schwächen geben darf.«

Ben schien ihrer Meinung zu sein. »Vom Verstand her weiß ich, dass du recht hast, aber das ändert nichts daran, dass ich das alles aufs Tiefste bedauere.«

Charlotte konnte seinen Kummer gut nachvollziehen. Als sie erfahren hatte, wie Will Grace Sherman ausgenutzt hatte, wie er sie belogen und irregeführt hatte, war sie entsetzt gewesen. Sich Charakterfehler des eigenen Kindes eingestehen zu müssen tat jedem Vater und jeder Mutter weh.

»Außerdem hat Will sein Leben in Ordnung gebracht«, fuhr Ben fort. »Es sieht jedenfalls ganz danach aus.«

Charlotte hoffte inständig, dass es auch so war, aber sicher konnte sie sich dessen nicht sein. Ihr gegenüber hatte er seine betrügerische Seite nie gezeigt. Nach außen hin war er der perfekte Sohn, aber sie konnte die weniger begrüßenswerten Aspekte seines Verhaltens nicht ignorieren.

»Ich habe mich kürzlich mit ihm unterhalten«, meinte sie. »Die Galerie scheint gut zu laufen. Es tut gut, zu sehen, wie er sich über den Erfolg freut.«

»Ich habe gehört, dass er mit Shirley Bliss ausgeht.«

Das war Charlotte auch schon auch zu Ohren gekommen. Die Künstlerin hatte sofort das Interesse ihres Sohnes geweckt. Sie konnte nur hoffen, dass die Beziehung gut für sie beide war.

Ben verschwand wieder ins Wohnzimmer, um sich seiner Zeitung zu widmen, während Charlotte sich an die Pot-Pie-Zubereitung machte. Nachdem sie den Teigboden auf drei Auflaufformen verteilt hatte, bereitete sie die Soße zu, gab das klein geschnittene Hähnchenfleisch und gedünstetes Gemüse hinein, verteilte die Mischung auf den Teigböden und bedeckte jede Pie gitterförmig mit Teigstreifen. Dann stellte sie alle drei Auflaufformen in den Backofen.

Anschließend belud sie die Waschmaschine mit einer Ladung Schmutzwäsche und gesellte sich zu Ben ins Wohnzimmer. Er war gerade dabei, das Kreuzworträtsel in der Zeitung zu lösen, und sie setzte sich mit ihrem Strickzeug ihm gegenüber. Eine Dreiviertelstunde arbeiteten sie schweigend und in ihre eigenen Gedanken versunken, während die Aufläufe im Backofen garten.

Kurz vor halb zwölf nahm Charlotte die heißen Auflaufformen aus dem Ofen, zog ihren Mantel an und holte sich ihre Handtasche. Ihr stand das erste Senioren-Potluck seit ihrer Heirat bevor, an dem sie und Ben nicht gemeinsam teilnahmen.

Ben trug den warmen Auflauf zum Auto und küsste sie zum Abschied. »Viel Spaß.«

Sie erwiderte seinen Kuss. »Ich komme so bald wie möglich nach Hause.«

»Du musst dich nicht beeilen. Harry und ich halten hier die Stellung.«

Obwohl Ben sie dazu ermuntert hatte, ruhig länger zu bleiben, um sich ausgiebig mit ihren Freunden zu unterhalten, kam Charlotte schon zwei Stunden später zurück. Ihr schwirrte der Kopf.

Ben kam ihr an der Tür entgegen und nahm ihr die leere Auflaufform ab. »Hattest du Spaß?«

»Oh ja, das habe ich immer. Alle haben nach dir gefragt. Ich habe ihnen gesagt, dass du dich nicht wohlfühlst.« Glücklicherweise war es ihr gelungen, weiteren Fragen auszuweichen. Einige ihrer gemeinsamen Freunde und Freundinnen hatten nach Einzelheiten gefragt, weil sie der Überzeugung waren, Ben habe sich ein fieses Virus eingefangen, das gerade umging. Sie hatte ihnen allen versichert, dass Ben nicht wirklich krank war. Rein körperlich stimmte das ja auch. Die seelische Seite war eine andere Geschichte.

Er brachte die leere Auflaufform in die Küche, stellte sie in die Spüle und schaute sie skeptisch an. »Irgendwas stimmt doch nicht. Was ist los?«

»Nichts, alles in Ordnung, aber ich habe interessante Neuigkeiten erfahren.«

»Setz dich und erzähl's mir.«

Charlotte zog einen Küchenstuhl unter dem Tisch hervor. »Sheriff Davis war auch da, um zu uns zu sprechen.«

Ben griff nach dem Ankündigungsblatt, das einmal monatlich an die Senioren verschickt wurde, die regelmäßig das Zentrum besuchten. Charlotte hatte es auf den Küchentisch gelegt. Rasch überflog er den Text. »Hier steht, dass Grace die Gastrednerin sein sollte.«

»Oh, das war sie auch, und sie hat ihre Sache großartig gemacht.« Obwohl Charlotte ehrenamtlich in der Stadtbücherei arbeitete, erstaunte sie immer wieder aufs Neue, wie viele Bücher ihr gar nicht aufgefallen waren. »Grace war so nett, einen ganzen Karton Bestseller mitzubringen. Sie hat alle mit einer kurzen Inhaltsangabe vorgestellt. Oh Ben, die klingen alle so interessant. Ich habe mir ein paar aufgeschrieben, von denen ich weiß, dass sie uns beiden gefallen würden.«

»Wann hat der Sheriff gesprochen?«

»Nach Grace. Er kam unerwartet vorbei und bat, vor uns reden zu dürfen.« Troy kam ein- oder zweimal jährlich ins Seniorenzentrum, aber normalerweise als angekündigter Redner. Charlotte hatte ihn schon immer gemocht und war ihm dankbar für die Tipps, die er den älteren Mitbürgern gab.

»Was hatte er zu sagen? Wieder eine Warnung, persönliche Informationen nicht am Telefon preiszugeben?«

»Diesmal nicht. Er hat uns um unsere Mithilfe gebeten.«

»Inwiefern?«

Charlotte rückte mit ihrem Stuhl dichter an den Tisch heran. »Du erinnerst dich doch an die Berichte von den menschlichen Überresten in der Höhle vor der Stadt, oder?«

»Natürlich. Das war kurz vor Weihnachten. Und seitdem sind noch ein paar Berichte in der Presse und im Fernsehen erschienen.«

»Ja, und jetzt gibt es Informationen, die über das bereits Bekannte hinausgehen. Nach Einschätzung des Gerichtsmediziners stammen die Überreste von einem jungen Mann mit Downsyndrom. Der Sheriff hat uns gefragt, ob irgendwer sich an eine Familie erinnern kann, in der es einen Jungen mit Downsyndrom gab.«

»Und konnte ihm jemand helfen?«, wollte Ben wissen.

Charlotte schüttelte den Kopf. »Es gab lebhafte Diskussionen, und Bess erwähnte eine Frau, die solch ein Kind hatte. Ich kannte sie auch, kann mich aber beim besten Willen nicht an ihren Namen erinnern.«

»Ich bin sicher, er wird dir wieder einfallen.«

Das war eine der ärgerlichsten Begleiterscheinungen des Alters: diese Vergesslichkeit, diese verdammten Erinnerungslücken. Der Name war da, lauerte am Rande ihres Bewusstseins, aber gerade eben außer Reichweite. Bis er ihr wieder einfiel, würde sie das quälen.

»Wahrscheinlich fällt er dir mitten in der Nacht ein«, meinte Ben lächelnd.

Sein Vertrauen in sie war beruhigend.

»Nachdem Troy gegangen war, haben Bess und ich uns darüber unterhalten, wer der Tote sein könnte. Uns fielen ein paar Namen ein, aber keiner kam uns richtig vor. Irgendwie habe ich das Gefühl, als wäre die Frau eine Verwandte von jemandem gewesen, der früher mal hier gewohnt hat. Eine Cousine, Tante oder so. Warum nur kann ich mich nicht erinnern?« Sie tippte sich mit dem Zeigefinger an die Schläfe.

Ben lehnte sich auf seinem Stuhl zurück. »Erzähl mir, woran du dich erinnerst. Vielleicht bringt das ja dein Gedächtnis auf Trab.«

»Ich weiß, dass ich dem Jungen einmal begegnet bin.«

»Nur einmal?«

»Ja, seine Tante hatte ihn bei sich, glaube ich ... Zumindest scheine ich mich daran zu erinnern. Sie beklagte sich bei mir, dass seine Mutter ihn überwiegend im Haus behielt. Die Mutter, deren Name mir absolut nicht einfällt, war schrecklich überbehütend, was ihn anging, und schirmte ihn von nahezu jedem ab. Sie war selbst eine ziemliche Einsiedlerin, glaube ich.«

»Wann war das?«

Charlotte schüttelte den Kopf. Das war inzwischen so viele Jahre her ... »Ich kann es dir nicht mit Sicherheit sagen. Vor drei oder vier Jahrzehnten ... Vielleicht noch früher. Seine Tante – oder wer immer sie auch war – hatte den Park am Wasser mit ihm besucht. Er war total begeistert davon. Sie meinte, das sei vermutlich das erste Mal, dass er einen Fuß in einen Park gesetzt habe.«

»Was haben sie getan?«

»Ich habe es bildlich vor Augen: Der Junge ist Karussell gefahren. Er lachte, schien so glücklich darüber, draußen im Sonnenschein zu sein.«

Ganz allmählich kehrte die Erinnerung zurück. Darüber zu reden half, genau wie Ben vermutet hatte.

»Erzähl weiter«, drängte er sie.

Charlotte schloss die Augen. »Seine Tante schien sich über alles zu freuen, was er tat.« Sie lächelte angesichts der Erinnerung, obwohl sie kein klares Bild der Frau aufrufen konnte. Oh, warum nur konnte sie sich nicht an ihren Namen erinnern? »Die Mutter liebte dieses Kind. Die Tante auch. Wenn ihm etwas passiert ist, würde ich mein Leben darauf verwetten, dass keine der beiden etwas damit zu tun hatte.«

»Aber es ist alles andere als sicher, dass es dieses Kind war.«

»Ich weiß.« Charlotte nickte, obwohl sie stark vermutete, dass es sich um diesen Jungen handelte. Stirnrunzelnd erhob sie sich.

»Ruh dich ein bisschen aus, und schalte ab«, sagte Ben. »Irgendwann wird dir der Name einfallen.«

Er hatte recht, aber diesem Rat zu folgen war nicht einfach. Sie kannte diese Familie oder hatte sie zumindest einmal gekannt und grübelte weiter darüber nach.

»Hast du mir nicht gesagt, dass du Olivia einen der Aufläufe bringen wolltest?«

»Oje, das hätte ich fast vergessen.«

»Möchtest du, dass ich mitkomme?«, überraschte Ben sie mit seiner Frage.

In seine Augen war Leben zurückgekehrt, und das machte ihr Mut. »Sehr gern.«

»Ich habe entschieden, dass ich mir nicht das Leben von meinem Sohn vermiesen lassen darf. Ich kann sowieso nichts ändern, aber ich kann mich bemühen, der bestmögliche Großvater zu sein.« Sein Blick suchte ihren, und er fasste nach ihrer Hand. »Gehen wir, meine Liebe?«

Er würde sich erholen, dessen war sie sich sicher.

18. Kapitel

Es war schon beinahe Feierabend – soweit man bei Polizisten überhaupt von Feierabend sprechen konnte. Megan hatte ihn gebeten, bei ihr vorbeizuschauen, bevor er nach Hause fuhr, und Troy hatte zugesagt. Den Grund dafür hatte sie ihm nicht verraten, aber durchblicken lassen, dass es schrecklich wichtig war. Angesichts dessen, dass ihm beim letzten Mal, als er ihre Bitte ignoriert hatte, die Nachricht von Faiths bevorstehendem Wegzug einen unerwarteten Schlag versetzt hatte, dachte er, es sei besser, sich wenigstens kurz bei seiner Tochter blicken zu lassen.

Sein Telefon klingelte in dem Moment, in dem er sein Büro verlassen wollte. Kurz erwog er, einfach nicht ranzugehen, griff dann aber doch nach dem Hörer.

»Sheriff Davis.«

Die Anruferin war Kathleen Sadler, die Reporterin aus Seattle, die es sich zum Ziel gesetzt hatte, Cedar Cove in Verruf zu bringen. Sie fragte nach den neuesten Erkenntnissen zu den menschlichen Überresten.

Höflich, aber bestimmt fertigte er sie mit einer Standardantwort ab, verabschiedete sich und legte auf. Zu Beginn der Woche hatte er sich an die Seniorengruppe gewandt, um sie um Hilfe und Informationen zu bitten. Das hatte ihm die momentan vielversprechendste Spur eingebracht. Er hatte aus einem Impuls heraus gehandelt und war einfach in ihr monatliches Treffen geplatzt. Manchmal ließen sich Verbrechen auf unerwartete Weise lösen.

Wegen des Anrufs kam er ein wenig später bei Megan

an, als er versprochen hatte. Noch bevor er die Haustür erreichte, riss sie sie auf. Anscheinend hatte sie am Fenster gestanden und auf ihn gewartet.

»Ich dachte schon, du kommst gar nicht«, rief sie.

»Ich habe dir doch gesagt, dass ich komme.« Warum es so unglaublich wichtig war, dass er an einem Donnerstagabend vorbeikam, begriff er nicht. Sie musste sich selbst sehr beeilt haben, um von der Arbeit nach Hause zu kommen.

»Ich weiß, es ist nur so ...« Sie stockte. »Vergiss es. Komm rein. Ich habe dir deine Lieblingshaferkekse gebacken.«

Nach dem Tag, den er hinter sich hatte, war Troy dankbar für einen Grund, sich zu entspannen, und ließ sich auf einen Küchenstuhl fallen. »Was ist der Anlass?«, fragte er.

»Betrachte es als ein verspätetes Geschenk zum Valentinstag.«

Der diesjährige Valentinstag war eine einzige Katastrophe gewesen. Troy hatte eine große Schachtel teurer Pralinen für Faith besorgt. Nie hatte er erwartet, so viel Geld für Süßigkeiten ausgeben zu müssen. Obendrein hatte er einen Strauß roter Rosen gekauft. Für den Preis hätten sie mindestens vergoldet sein müssen. Wie sich dann jedoch herausgestellt hatte, hätte er das Geld auch die Toilette hinunterspülen können. An dem Tag, bevor er ihr die Geschenke überreichen wollte, hatte er erfahren, dass Faith die Stadt verlassen wollte.

So viel zu dem Versuch, sie mit Blumen und Pralinen zu bezirzen. Die Rosen welkten in einer Vase auf dem Kaminsims dahin, und die Pralinen hatte er im Kühlschrank verstaut. Wenn sie nach Seattle – oder wohin auch immer – zurückwollte, dann würde er sie nicht aufhalten. Nicht, dass er das hätte tun können. Die Frau hatte ihren eigenen Willen, und er konnte sehen, dass sie sich bereits entschieden hatte.

»Möchtest du Kaffee oder Tee zu deinen Keksen?«, fragte Megan.

»Kaffee.« Alles war besser als das abgestandene Gebräu auf der Polizeiwache. Das Zeug war häufig schwarz wie Teer und genauso zähflüssig.

Seine Tochter brachte ihm einen Teller mit vier Keksen und dazu einen Becher Kaffee mit einem Hauch Kaffeesahne – genau so, wie er Kaffee liebte. »Ich gehe davon aus, dass du etwas von mir willst?« Eine solche Bewirtung hatte üblicherweise ihren Preis.

»Daddy!« Empört und schockiert stemmte Megan die Hände in die Hüften. »Wie kannst du so was auch nur andeuten? Wir haben kaum noch Zeit, uns zu unterhalten, nur du und ich.«

»Okay, worüber möchtest du denn reden?« Er schlug die Beine übereinander und lehnte sich zurück. Ganz sicher diente dieses kleine Treffen doch irgendeinem Zweck.

Bevor seine Tochter antworten konnte, klingelte es an der Tür. Ein Ausdruck, den man nur als Panik deuten konnte, huschte über Megans Gesicht.

»Erwartest du jemanden?«, fragte er.

Sie zuckte die Achseln und wich seinem Blick aus. »Nicht wirklich.«

Megan eilte zur Haustür, und im selben Moment fiel es Troy wie Schuppen von den Augen. Das war keine zufällige Einladung gewesen. Seine Tochter hatte entschieden, die Kupplerin zu spielen.

Troy stand auf, schob die Kekse und seinen Kaffee zur Seite und betrat das Wohnzimmer. »Hallo, Faith.«

Entgeistert sah sie ihn an. Offenbar war sie genauso überrascht wie er – vielleicht sogar noch mehr.

»Megan hat mich gebeten vorbeizukommen, damit sie mir die Babydecke zeigen kann, die sie fertiggestellt hat.«

Faiths Tonfall verriet, dass sie nichts mit diesem Zusammentreffen zu tun hatte.

Troy brauchte niemand zu sagen, dass das Ganze einzig und allein von Megan arrangiert worden war.

»Ich hole die Decke«, rief Megan fröhlich und tat so, als würde sie die Anspannung zwischen Faith und Troy gar nicht bemerken. »Warum unterhaltet ihr zwei euch nicht ein wenig, während ich ... mein Strickzeug suche?«

Nachdem Megan das Wohnzimmer verlassen hatte, schien das Schweigen zwischen ihnen beiden lauter als jedes Wort, das hätte fallen können. Troy fragte sich, wer von ihnen wohl als Erster etwas sagen würde, und entschied, dass er es nicht wäre.

Anscheinend war Faith zum selben Entschluss gelangt. Sie standen beide da, den Blick angelegentlich auf den Teppich gerichtet, und taten so, als nähmen sie einander gar nicht wahr.

Na schön, einer musste schließlich die Initiative ergreifen. »Ich bitte um Entschuldigung für das hier«, sagte er knapp. »Ich hatte keine Ahnung, dass Megan versuchen würde, uns zu verkuppeln.«

»Ich auch nicht«, erwiderte Faith.

Es war angenehm, einander nicht anzukeifen. Vor wenigen Monaten noch hatten sie sich endlos unterhalten können. Sie hatten miteinander gelacht, gemeinsam in Erinnerungen geschwelgt und über ihre Träume gesprochen.

Seufzend atmete Troy aus. »Hör mal, wegen neulich Abend ...«

»Letzte Woche im Supermarkt ...«, begann Faith im selben Moment.

Sie verstummten beide und starrten einander an.

»Ladys first«, sagte Troy und bedeutete ihr, zuerst zu sprechen.

»Du hast als Erster angefangen«, spielte sie den Ball zu ihm zurück.

Troy wusste kaum, womit er beginnen sollte. Er wagte einen unbeholfenen Versuch. »Als ich dich sah ...« Er stockte. »Ich hätte niemals sagen dürfen, was ich ...«

Faith lächelte, ihre Miene wurde weicher. »Bittest du ernstlich um Entschuldigung, Troy Davis?«

Er lachte leise und nickte. »Das tue ich.«

»Bleiben dir solche Worte immer im Hals stecken?«

»Dir gegenüber anscheinend schon.«

»Das ist ein trauriger Kommentar, nicht wahr?«

Da musste er ihr recht geben.

Ihre Schultern entspannten sich. »Ich gebe zu, dass niemand mich so aus dem Gleichgewicht bringen kann wie du.«

Sie waren stehen geblieben, wo sie waren, Faith nahe an der Haustür, Troy am anderen Ende des Zimmers.

»Ist das gut oder schlecht?«, fragte er.

Sie überlegte einen Moment. »Sowohl als auch, schätze ich.«

Und damit hatten sie anscheinend alles gesagt, was es zu sagen gab, denn es herrschte wieder angespanntes Schweigen. Als Troy es nicht länger aushielt, fragte er direkt: »Hast du immer noch vor, wegzuziehen?«

Faith wandte den Blick ab. »Ich weiß nicht ... Ich denke, es ist vielleicht besser so.«

»Meinetwegen?«

Darüber lächelte sie. »Warum nur gehen Männer immer davon aus, dass sie der einzige Grund für die Entscheidungen einer Frau sind?«

»Ich weiß nicht. Warum?«

»Du fragst, als würde ich dir gleich die Pointe erklären.« Belustigt schüttelte sie den Kopf. »Ich schätze, die Antwort liegt darin, dass Männer dazu neigen, egozentrisch zu sein.«

Er widersprach ihr nicht. »Vermutlich hast du recht.«

Troy meinte, Megan kurz um die Ecke linsen zu sehen, aber sie kam nicht mit ihrem »gefundenen« Strickzeug zurück.

Sein Stolz lag ihm wie ein dicker Kloß in der Kehle. Irgendwie schaffte er es, trotzdem zu sprechen. »Zieh nicht fort, Faith.« Er wusste, dass er es bereuen würde, sie nicht gebeten zu haben zu bleiben, falls sie fortzog. Er würde es bereuen, nicht versucht zu haben, sie aufzuhalten.

Zu seiner Überraschung füllten sich ihre Augen mit Tränen. Er hatte keine Ahnung, was er gesagt haben mochte, um eine solche Reaktion auszulösen. Jedes Mal, wenn er den Mund aufmachte, brachte er sie aus dem Gleichgewicht. Dabei war das das Letzte, was er wollte. Da er sich vollkommen hilflos fühlte, ging er kurzerhand zu ihr und nahm sie in die Arme.

Im ersten Moment leistete sie Widerstand, aber dann spürte er, wie ihre Entschlossenheit langsam wich und sie sich an ihn lehnte. Er hielt sie einfach weiter fest.

Megan kam herein und räusperte sich.

Sie zuckten auseinander wie ertappte Teenager.

»Hier ist die Decke«, verkündete seine Tochter unnötig laut.

»Oh, lass mich sehen«, erwiderte Faith viel enthusiastischer, als angebracht war. Als könnte sie es kaum erwarten, Abstand zwischen sich und Troy zu legen, eilte sie zu Megan.

Er konnte sehen, dass sie vor Verlegenheit errötet war. Während sie Megans Strickarbeit betrachtete, schwirrte ihm der Kopf vor Hoffnung und Freude. Er war glücklich und erleichtert.

Tief in seinem Innersten war er davon überzeugt, dass Faith ihn genauso sehr liebte wie er sie. Dass sie sich getrennt hatten, war lächerlich. Er wusste, was er wollte, nämlich Faith in seinem Leben zu haben. Sie waren dafür bestimmt, zusammen zu sein, und er war sich sicher, dass sie das auch zugeben würde, wenn die Zeit reif dafür war.

»Oh Megan, du hast wunderbare Arbeit geleistet.«

Seine Tochter strahlte regelrecht, als Faith sie so lobte. »Hast du den Fehler bemerkt, den ich hier gemacht habe?«, fragte sie und deutete auf etwas, was wohl ein kleinerer Schönheitsfehler sein mochte.

»Nein, und es wird auch niemandem sonst auffallen.«

»Mir schon, aber ich muss die Stelle auch suchen. Weißt du noch, was du mir gesagt hast, als ich mit dem Stricken angefangen habe?«

Faith runzelte die Stirn und zuckte leicht die Achseln.

»Du sagtest«, erinnerte Megan sie, »ich solle, wenn mich etwas stört, die Stelle aufrubbeln und den Fehler beheben. Aber wenn es nur ein kleiner, kaum wahrnehmbarer Fehler ist, solle ich ihn einfach vergessen.«

»Denk immer dran, es gibt drei Maschenarten beim Stricken – rechte Maschen, linke Maschen …«

»… und aufrubbeln«, vollendete Megan den Satz für sie. »Das ist zwar rein technisch gesehen keine Maschenart, gehört aber definitiv zu meiner Strickmethode.«

»Das ist bei jedem so«, erwiderte Faith, und sie lachten beide.

Faith machte noch einige lobende Anmerkungen über die Decke, während Troy geduldig wartete.

»Ich sollte jetzt gehen«, erklärte er betont, als Megan das neue Strickgarn hervorholte, das sie sich gekauft hatte. Es war offensichtlich, dass sie und Faith gute Freundinnen geworden waren und sich bestens verstanden.

Faith drehte sich um, und ihre Blicke trafen sich. »Ich sollte auch gehen. Seht nur, wie spät es schon ist. Craig wird bald nach Hause kommen, nicht wahr? Ihr zwei werdet zu Abend essen wollen.«

»Schon okay«, meinte Megan. Troy vermutete, dass sie ihre Arbeit wohl für getan hielt.

Er hielt Faith die Tür auf und wollte ihr gerade nach draußen folgen, als Megan ihm die Hand auf den Arm legte und ihn aufhielt. »Du bist doch nicht sauer auf mich, oder?«

Er schaute zu Faith hinüber und stellte fest, dass sie neben ihrem Auto stand und auf ihn wartete.

»Nicht im Geringsten.«

»Irgendwer musste etwas tun, so dickköpfig, wie du warst.«

»Ich? Dickköpfig?«, widersprach Troy. »Was ist mit Faith? Sie ist hier die Dickköpfige.«

»Ihr nehmt euch wohl beide nichts.« Megan stellte sich auf die Zehenspitzen und küsste ihn auf die Wange. »Lass sie nicht gehen, Dad.«

»Das werde ich nicht«, versprach er.

»Gut.« Sie versetzte ihm einen leichten Stoß. »Also, warum stehst du dann noch hier rum? Geh und rede mit Faith.«

»Genau das habe ich vor.« Er lief die Treppe hinunter und eilte zu Faith.

Doch was er hatte sagen wollen, blieb ihm in der Kehle stecken.

»Möchtest du vielleicht kurz bei mir vorbekommen?«, fragte Faith, als er sie erreichte.

Wie durch ein Wunder gelang es ihm zu nicken.

»Sagen wir, in fünfzehn Minuten?«

»Zehn?«, schlug er stattdessen vor.

Faith lachte. »Fünf?«

»Warum fahre ich dir nicht einfach hinterher?«

Sie nickte.

Troy wandte sich seinem eigenen Auto zu. »Dann bis gleich.«

»Troy?«, hielt Faith ihn auf. Sie klang unsicher.

»Ja?« Erneut drehte er sich zu ihr um.

Sie stockte. »Ich möchte diese ... diese Meinungsverschiedenheiten zwischen uns ausräumen.«

»Das möchte ich auch.«

»Es ist nur so ... Ach, ich weiß nicht ...«

»Faith«, sagte er leise und ging zu ihr zurück. »Wir sollten jetzt noch keine Entscheidungen treffen. Lass uns offen und aufrichtig miteinander reden, und falls wir beide zu dem Schluss kommen, dass eine Beziehung zwischen uns nicht das Richtige ist, lassen wir die Sache ein für alle Mal auf sich beruhen. Was hältst du davon? Ist das ein fairer Vorschlag?«

Sie schaute zu ihm hoch, und ihr verletzlicher Blick verriet, was in ihr vorging. »Ja, ist es«, flüsterte sie.

Sanft berührte er ihre Wange, bevor er zu seinem Wagen eilte.

Auf der kurzen Fahrt fühlte Troy sich beinahe wie betrunken. Berauscht von Liebe und Hoffnung ... Ohne echten Grund brach er in Lachen aus.

Endlich würden sie die Situation zwischen ihnen beiden bereinigen.

Erst als er in die Rosewood Lane einbog, sah er die Blaulichter von zwei Streifenwagen. Sie standen beide vor Faiths Haus.

Bevor Faith auch nur in ihre Einfahrt eingebogen war, war er bereits ausgestiegen.

»Was ist hier los?«, fragte er Deputy Weaver, der ihm auf halbem Weg entgegenkam.

»Die Sicherheitsfirma hat einen Einbruchsalarm gemeldet.«

Faith kam auf ihn zugelaufen, die Augen weit aufgerissen und sichtlich verängstigt. »Troy, was ist passiert?«

»Offenbar ist jemand ins Haus eingebrochen.« Um sie zu beruhigen, legte er ihr den Arm um die Schultern. »Die Sicherheitsfirma hat die Polizei alarmiert.«

»Außerdem hat ein Nachbar über die Notrufnummer einen Einbruch gemeldet«, fügte Deputy Weaver hinzu.

Entsetzt schlug sich Faith beide Hände vor den Mund. »Hört das denn niemals auf?«, rief sie. »Was wollen diese Leute von mir?«

Leider konnte Troy ihr diese Fragen nicht beantworten.

Nachdem er sich mit seinen Deputys besprochen hatte, betrat er gemeinsam mit ihr das Haus. Die Schäden waren relativ gering – ein eingeschlagenes Fenster, eine umgeworfene Lampe und eine umgekippte Vase. Trotzdem war es schlimm genug. Faith schnappte keuchend nach Luft, und er fasste nach ihr, um sie zu beruhigen.

Während seine Deputys ihre Arbeit beendeten, blieb er bei ihr und sprach tröstend auf sie ein. Nachdem sie gegangen waren und es wieder still im Haus war, wandte er sich ihr zu.

»Ich helfe dir beim Aufräumen.«

»Nein«, wehrte sie kopfschüttelnd ab. »Ich kann das jetzt nicht. Ich werde bei Scott und seiner Familie übernachten.«

Troy verstand gut, wie aufgewühlt sie sein musste. Er hätte alles gegeben, um diesen Fall zu lösen und herauszufinden, warum jemand ausgerechnet Faith aufs Korn genommen hatte.

»Ich werde das Gefühl nicht los«, sagte sie mit zitternder Stimme, »dass irgendjemand will, dass ich aus Cedar Cove verschwinde.«

19. Kapitel

Es war der erste Dienstag im März, und Christie war mit ihrem fast neuen Auto zu Teri gefahren. Sie bemühte sich, ihre Schwester alle paar Tage zu besuchen, zumal Teri inzwischen kaum noch das Haus verlassen konnte.

Christie brachte die Teekanne ins Wohnzimmer, wo Teri mit hochgelegten Füßen saß, weil sie angeschwollen waren. »Du siehst großartig aus«, sagte sie ihrer Schwester, und trotz Teris offensichtlichen Beschwerden und der Unannehmlichkeit einer erzwungenen Bettruhe entsprach das der Wahrheit.

»Ich komme mir vor wie ein Heißluftballon.« Teri legte sich die Hände auf ihren geschwollenen Leib. »Ich habe noch dreieinhalb Monate vor mir, und wenn es endlich so weit ist, werden sie einen Gabelstapler brauchen, um mich vom Fleck zu bewegen.«

Christie lachte. Drillinge! So etwas konnte auch nur Teri passieren. Drillinge – und das ganz ohne Hormonbehandlung.

»Du wirst sicherlich vorzeitig entbinden.«

»Gott sei Dank«, gab Teri leicht säuerlich zurück.

»Es geht dir aber gut, oder?« Christie stellte das Tablett mit der Teekanne und zwei Tassen auf dem Couchtisch ab und setzte sich auf das Sofa.

»Ich fühle mich wie Sigourney Weaver in diesem Kinofilm. Du weißt schon, wo sie ein Alien zur Welt bringt. Du kannst dir nicht vorstellen, wie das ist, wenn drei kleine Fußballspieler mir permanent gegen die Rippen treten und …«

»Ach Teri.«

»Hör auf zu grinsen.«

Christie konnte nicht aufhören zu lächeln. »Du wirst so viel Spaß mit deinen Babys haben.«

Ihre Schwester zuckte die Achseln. »Ja, vielleicht.«

»Ich habe selbst vor, Spaß mit ihnen zu haben. Ich freue mich schon unheimlich darauf, Tante zu sein.« Sie wusste, dass sie vermutlich nie selbst Mutter werden würde, also mussten Teris Babys auch ihre sein.

Teri und Bobby waren beide euphorisch, und Christie hatte noch nie einen Ehemann gesehen, der aufmerksamer und fürsorglicher war als Bobby. Er machte Teri unheimlich glücklich. Sie hatte Christie erzählt, sie hätte zwar früher schon öfter geglaubt, glücklich zu sein, aber diese Gefühle waren nichts im Vergleich zu dem, was sie jetzt empfand.

Eine Zeit lang hatte Christie geglaubt, dieselbe Art von Glück mit James Wilbur gefunden zu haben, aber wie schon so oft hatte sie sich geirrt. Er war wie jeder andere Mann, der ihr jemals etwas bedeutet hatte – nur hatte er ein bisschen länger gebraucht, um seine wahre Natur zu offenbaren.

Als hätte ihre Schwester ihre Gedanken gelesen, schaute Teri sie nachdenklich an. »James ...«

»Fang gar nicht erst von ihm an«, warnte Christie. Teri schien überzeugt, dass ihre Schwester genauso glücklich und zufrieden sein könnte, wie sie es war. Aber Christie wusste es besser. Sie schenkte Kräutertee ein und reichte Teri eine Tasse.

Dankbar nahm sie sie entgegen. »Du kannst James nicht ewig ignorieren.«

»Wer sagt das?« Christie schlug die Beine übereinander und wippte mit dem Fuß, um ihre Nervosität zu überspielen.

»Du liebst ihn, das weißt du. Ich hatte keine Ahnung, dass du so stur sein kannst«, meinte Teri traurig.

»Und ob du das weißt«, gab Christie zurück und dachte an ihre Kindheit. Ihre Schwester kannte ihre Charakterschwächen besser als jeder andere. »Du möchtest James verteidigen, und das ist deine Sache, aber meine Entscheidung ist gefallen.«

»James liebt dich!«

»Klar doch. Deshalb hat er mich einfach sitzen lassen.«

»Er ist in Panik geraten«, verteidigte Teri ihn. »Das hatte nichts mit dir zu tun.«

»Ja, ja.« Das zeigte nur, wie recht sie hatte. Als er in Schwierigkeiten gewesen war und Hilfe gebraucht hätte, war ihm gar nicht in den Sinn gekommen, sich ihr anzuvertrauen – der Frau, die er doch angeblich liebte.

Aber Christie wollte sich nicht mit ihrer Schwester streiten. Das hatten sie im Laufe der Jahre oft genug getan. »Könnten wir bitte nicht über James sprechen?«, fragte sie stattdessen.

Ein Blick genügte, dass sie erkannte, wie enttäuscht Teri war.

»Ich würde dir gern von meinen Kursen erzählen«, sagte Christie. Zu ihrer eigenen Überraschung gefielen ihr die Kurse. Die Fotografie war eine interessante Herausforderung, und sie beherrschte inzwischen die Grundlagen. Noch arbeitete sie mit einer Kamera, die ihr die Schule gestellt hatte, wollte sich aber eine eigene kaufen. Ein- oder zweimal war sie Jon Bowman begegnet, Grace Shermans Schwiegersohn. Vielleicht wäre er bereit, ihr eine Digitalkamera zu empfehlen. Und da sie ein eigenes Unternehmen eröffnen wollte, war ihr klar, dass sie kaufmännisches Wissen benötigte. Zu ihrer Erleichterung hatte sie festgestellt, dass ihr der Unterricht ausgesprochen großen Spaß machte und die Hausaufgaben ihr keinerlei Probleme bereiteten.

Schon als Kind war Christie in Mathe in ihrem Element gewesen. Sie hatte nie Schwierigkeiten gehabt, sich Telefonnummern zu merken, die sie nur ein- oder zweimal gehört hatte. Ihre Fähigkeiten im Rechnen waren einer der Gründe, warum sie es im Walmart zur Kassiererin gebracht hatte. Auch ihr Bankkonto auszugleichen war ihr nie schwergefallen – zumal die Summe darauf meistens knapp über null lag.

»Du hast sein Valentinsgeschenk zurückgehen lassen.« Teri schwieg einen Moment. »Die Blumen waren umwerfend schön – ich weiß das, weil er sie schließlich mir geschenkt hat.«

Christie atmete heftig aus. »Bist du schon wieder bei James?«

Flehend schaute Teri sie an. »Erklär's mir bitte.«

»Was soll ich dir erklären?«

»Warum du so unversöhnlich bist. Warum kannst du nicht akzeptieren, dass James, als die Story die Runde machte, das Gefühl hatte, keine andere Wahl zu haben als fortzulaufen? Du kannst dich doch bestimmt in seine Lage versetzen.«

»Nein«, erwiderte sie kurz angebunden, »kann ich nicht.«

»Das glaube ich nicht. Armer James, er ...«

»Er hat dich und Bobby im Stich gelassen, und er hat mich im Stich gelassen, so wie jeder andere Mann, den ich je geliebt habe.«

»Christie, du weißt doch, dass James nicht so ist wie jeder andere. Er ist James. Seine Kindheit war die Hölle. Seine Eltern haben ihn zu einem Nervenzusammenbruch getrieben, sodass er in einer psychiatrischen Klinik gelandet ist. Und als offensichtlich war, dass er nicht mehr Schach spielen konnte, haben sie ihn einfach fallenlassen – ihren eigenen Sohn! Wenn Bobby nicht gewesen wäre, ich weiß nicht, was mit ihm geschehen wäre.«

»Er scheint mir Bobby gegenüber nicht allzu dankbar zu sein – jedenfalls sieht es für mich so aus«, erwiderte Christie. »Als Bobby ihn brauchte, ist James abgehauen.«

»Du meinst, als du ihn brauchtest, ist James abgehauen.«

»Ja«, fauchte sie. »Ich dachte, James wäre anders. Ich dachte, ich könnte ihm vertrauen. Was für eine Idiotin ich doch war.«

»Er ist deinetwegen zurückgekommen«, meinte Teri leise.

»So ein Pech aber auch. Ich bin nicht mehr interessiert.«

Teri tat so, als hätte sie nichts gehört. »James hat erkannt, dass es keine Rolle gespielt hat, was für eine hässliche Sensationsstory der Reporter in die Welt gesetzt hatte, und hat beschlossen, sich nicht länger zu verstecken.«

Sie hielt inne, als erwartete sie, dass Christie anerkannte, wie schwer es für James gewesen war, sich seiner Vergangenheit zu stellen. Okay, Christie konnte seine Ängste durchaus verstehen, aber das rechtfertigte noch lange nicht, auf welche Weise er sie im Stich gelassen hatte.

»Kannst du dir nicht vorstellen, wie das für ihn gewesen sein muss?« Teris Frage war rein rhetorisch. »All die Jahre hat er sich im Schatten verborgen, und dann wurde er einfach ins Rampenlicht gestoßen, ohne dass er davon wusste oder dem zugestimmt hätte. Das war sein schlimmster Albtraum. Der Instinkt gewann die Oberhand, und er floh. Wer kann schon mit Sicherheit sagen, ob einer von uns in dieser Situation nicht dasselbe getan hätte? Aber nachdem er wieder einen klaren Kopf hatte, ist er zurückgekommen, und der erste Mensch, den er sehen wollte, warst du.«

All das änderte nichts an Christies Entschluss. »Ich habe durch diese Sache etwas Wichtiges über mich selbst gelernt«, sagte sie. »Ich brauche keinen Mann.« Das war eine befreiende Erkenntnis gewesen. Nach jeder zerbrochenen Beziehung war sie sofort auf die Suche nach einer neuen gegangen, weil sie Angst vor dem Alleinsein hatte. All ihre Beziehungen folgten demselben Muster: Es waren Trunkenbolde, Drogensüchtige, Loser aller Art. Männer, von denen sie glaubte, sie mit genügend Liebe, Mitgefühl und Verständnis retten zu können. Nicht zu vergessen mit Geld ...

In den dunklen, einsamen Stunden nach James' Treubruch war Christie zu einigen Erkenntnissen gelangt. Erstens: Sie war gut genug – und kein Mann konnte dafür sorgen, dass sie sich glücklich und vollständig fühlte. Das Gefühl musste aus ihr selbst heraus kommen. Zweitens: Sie hatte ein übermäßig starkes Bedürfnis, gebraucht zu werden. Und jetzt, da sie das wusste, dachte sie gar nicht daran, in alte Muster zu verfallen.

Ihr Job machte ihr Spaß, aber sie wollte mehr. Mit ihren fotografischen und kaufmännischen Lehrgängen wollte sie sich beruflich verändern. Zunächst wollte sie nur Fotografie-Aufträge in ihrer Freizeit annehmen, damit sie ihr regelmäßiges Einkommen in der Hinterhand hatte. Ganz gleich, wie lange es dauern würde, mit dieser neuen Beschäftigung auf eigenen Beinen zu stehen, sie würde nicht zulassen, dass ein Mann – egal welcher – ihre Chancen ruinierte oder ihr im Weg stand.

»Ich weiß, dass du verletzt bist«, fuhr Teri fort, »aber ich wünschte mir trotzdem, du würdest James noch eine Chance geben.«

Unbeugsam schüttelte Christie den Kopf.

Als es ihr endlich gelungen war, das Thema James abzuhaken, genoss sie den Besuch bei ihrer Schwester. Obwohl Teri gut gelaunt war und sich nicht beklagte – außer mit humorvollen Randbemerkungen –, wusste Christie, dass diese Schwangerschaft eine Strapaze für sie war. Teri war ein aktiver, geselliger Mensch, und ans Haus gefesselt zu sein machte ihr sehr zu schaffen.

Obwohl Christie es vorgezogen hätte, jeden denkbaren Kontakt mit James zu vermeiden, brauchte Teri sie. Sie versprach ihr, in ein oder zwei Tagen wieder vorbeizuschauen.

Bobby begleitete sie an die Haustür, was ziemlich ungewöhnlich war. Vermutlich wollte er ihr etwas sagen, was seine Frau nicht hören sollte. Er warf einen verstohlenen Blick in Richtung Wohnzimmer, wo Teri immer noch saß.

»Sie macht sich großartig«, sagte Christie beruhigend.

»Alle drei sind Jungs«, platzte Bobby ohne Vorrede heraus.

»Du weißt das schon?«

Bobby nickte. »Ich habe die Ultraschallaufnahme gesehen. Teri wollte sie nicht sehen, aber ich schon.«

»Drei Söhne. Wow!«, meinte Christie lächelnd.

»Teri wünscht sich ein Mädchen«, sagte er stirnrunzelnd.

»Glaub mir, meine Schwester wird nicht enttäuscht sein.«

»Sie wird wieder schwanger werden wollen – bis sie ihr Mädchen hat. Ich bin mir nur nicht sicher, ob sie das sollte.«

Christie wusste, dass er sich um Teris Gesundheit und wegen der körperlichen Belastung durch diese Schwangerschaft sorgte. Aber sie wusste auch, wie viel Macht Teri über ihn hatte.

»Du willst damit sagen: Wenn meine Schwester etwas will und du ihr das ermöglichen kannst, dann wirst du das auch tun. Richtig?«

Bobby senkte den Blick.

Christie musste sich anstrengen, nicht zu lachen. Er himmelte Teri dermaßen an, dass er ihr nichts abschlagen konnte. Oh, was musste das schön sein, einen Mann zu haben, der einen so stark liebte. Christie hoffte, dass Teri wusste, welch ein Glückspilz sie war.

»Vertrau mir«, sagte sie. »Wenn diese Babys geboren sind, wird sie ganz gewiss nicht darüber nachdenken, wieder schwanger zu werden.«

Ein Ausdruck von Panik huschte über sein Gesicht. »Sie wird aber immer noch ... du weißt schon ...« Er brachte den

Satz nicht zu Ende. Vermutlich ging er davon aus, dass sie auch so verstand, was er meinte.

Und das tat sie. »Oh, ich denke, sie wird genauso herzlich und liebevoll wie immer sein, vermutlich sogar noch herzlicher und liebevoller.«

Erleichtert ließ Bobby die Schultern sinken.

Christie beugte sich vor, küsste ihn auf die Wange und verließ das Haus.

An ihrem Wagen angekommen, öffnete sie die Fahrertür – und schnappte nach Luft. Auf dem Sitz lag eine einzelne, perfekt geformte langstielige rote Rose.

Rasende Wut erfasste sie. Sie schnappte sich die Rose und marschierte über die Einfahrt zur Garage. James hatte in der Wohnung darüber gelebt und war vermutlich zurück. Christie stürmte die Treppe hinauf und war außer Atem, als sie oben ankam.

Mit der Faust hämmerte sie an die Tür, bevor ihr plötzlich bewusst wurde, was sie getan hatte. Zurückziehen konnte sie sich aber nicht mehr, denn schon stand James vor ihr. Als er sie sah, lächelte er, Wärme ... und Liebe im Blick.

Alles, was sie hatte sagen wollen, war vergessen. Ihn zu konfrontieren war ein Fehler gewesen. Ein gewaltiger Fehler.

Ihr war zum Weinen zumute, aber glücklicherweise verging das schnell und machte einer neuen Welle von Zorn Platz. Diesen Unfug mit der Rose hatte er schon einmal mit ihr getrieben. Jedes Mal, wenn Teri ihn beauftragte, sie abzuholen oder nach Hause zu fahren, hatte eine Rose auf ihrem Sitz gelegen. Zu Anfang hatte Teri geglaubt, ihre Schwester hätte ihr die Blumen hingelegt. Erst sehr viel später erfuhr sie, dass sie von James kamen.

»Christie?«, fragte er leise.

Sie starrte ihn immer noch an, vermutete aber, dass sie nur dumm aussah. Also schleuderte sie ihm die Rose vor die Füße, wirbelte herum, rannte die Treppe hinunter und stolperte dabei in ihrer Hast beinahe über die eigenen Füße.

James folgte ihr in gemäßigterem Tempo.

Sie rannte vor ihm her, wollte so schnell wie möglich in ihren Wagen einsteigen und losfahren. Als sie jedoch die Tür zu öffnen versuchte, stellte sie fest, dass sie sie versehentlich abgeschlossen haben musste. Wütend, weil die Tür sich weigerte aufzugehen, stolperte sie ungeschickt zurück und prallte gegen James' Brust. Er fing sie auf.

Sie schüttelte ihn ab und schrie: »Fass mich nicht an!«

»Tatsächlich«, sagte er ganz ruhig, »denke ich ziemlich viel daran, dich anzufassen.«

»Tu's einfach nicht.« Sie schleuderte die Haare aus ihrem Gesicht, hantierte ungeschickt mit ihrem Autoschlüssel herum und ließ ihn in ihrem Frust fallen.

»Lass mich das machen«, sagte James höflich, bückte sich und hob den Schlüssel auf.

»Bring mir nie wieder eine Rose, verstanden?«

Er reichte ihr den Schlüssel. »Leider kann ich nicht garantieren, dass ich es lassen werde.«

»Dann zwing dich gefälligst dazu.« Sie wandte sich von ihm ab und steckte den Schlüssel ins Türschloss.

»Ich liebe dich.« Seine Worte klangen aufrichtig.

»Das ist mir egal!«

Das hätte nicht passieren sollen! Sie hatte geplant, ihm mit kalter Gleichgültigkeit zu begegnen. Stattdessen hatte er sie so sehr aus dem Gleichgewicht gebracht, dass ihr Tränen in die Augen stiegen und sie sich nicht mehr klar artikulieren konnte. Sie rang nach Luft und brachte kein einziges Wort heraus.

Zu ihrem Entsetzen begannen die Tränen nun auch noch zu fließen. Dann, ganz plötzlich, löste sich der Kloß in ihrem Hals. Sie konnte wieder atmen. Und reden.

»Ich liebe dich nicht.« Jede einzelne Silbe betonte sie mit Nachdruck.

»Lügnerin.«

Sie schämte sich, dass sie so leicht zu durchschauen war.

»Ich gebe zu, dass ich dich früher mal geliebt habe, aber jetzt liebe ich dich nicht mehr«, sagte sie.

»Das glaube ich nicht.«

»Glaub, was du willst.« Da sie nicht in ein sinnloses Wortgefecht verwickelt werden wollte, stieg sie in ihr Auto und knallte die Tür zu. Blind vor Tränen startete sie den Motor und setzte den Wagen zurück, ohne nach hinten zu schauen. Falls James so dumm war, ihr nicht aus dem Weg zu gehen, dann war er selbst schuld, wenn sie ihn überfuhr.

Zu Hause angekommen, dauerte es eine ganze Stunde, bis Christie zu zittern aufhörte. Sie wanderte auf und ab und kaute auf ihren Fingernägeln herum, eine Angewohnheit, die sie verabscheute. Sie schaltete den Fernseher ein, setzte sich etwa dreißig Sekunden davor und sprang wieder auf.

In der Nacht konnte sie nicht schlafen.

Sie hatte immer noch Frühschicht, um nachmittags ihren kaufmännischen Lehrgang besuchen zu können, und als sie am nächsten Morgen zum Parkplatz des Mietshauses ging, war es noch dunkel. Ihr Atem kondensierte zu kleinen Wölkchen in der kalten Luft, und sie rieb sich die Hände, um sie aufzuwärmen.

Beim Öffnen der Wagentür ging die Innenbeleuchtung an, und Christie erblickte erneut eine langstielige rote Rose.

Frustriert schloss sie die Augen. Dann griff sie nach der Blume, warf sie zu Boden und trampelte darauf herum.

20. Kapitel

Grace hatte die Überraschung für Olivia fast zwei Wochen lang geplant. Als sie Peggy Beldon davon erzählte, hatte diese Corrie McAfee angerufen, und schon bald war auch Faith in den Plan eingeweiht gewesen. Binnen weniger Tage hatte Charlotte eine Reihe von Olivias Freundinnen informiert, und Grace hatte mehr Freiwillige, als sie brauchte. Jeder, der Olivia kannte, liebte sie.

Sie brauchten nur einen Tag, an dem es trocken blieb. Hier oben im pazifischen Nordwesten war der März ein durch und durch verregneter Monat. Am Freitagmorgen jedoch war der Himmel klar, und die Sonne schien, als Grace aufwachte – nach wochenlangem Nieselregen eine willkommene Abwechslung.

Die Wettervorhersage im Fernsehen versprach Sonnenschein für den restlichen Tag. Abends sollten wieder Wolken aufziehen, und in der Nacht sollte es erneut regnen. Grace entschied, ein paar Stunden Sonnenschein müssten reichen, das zu bewerkstelligen, was sie vorhatte.

Als sie nach dem Telefon griff und gerade Peggys Nummer eintippen wollte, betrat Cliff die Küche und schenkte sich einen Becher Kaffee ein. Er kam aus dem Stall, wo er die Pferde gefüttert hatte. Nie schlief er länger als bis sieben. Seine Pferde ließen das nicht zu.

»Morgen, Schatz«, sagte Cliff, nahm einen Schluck von seinem Kaffee, stellte den Becher ab und trat hinter sie, um an ihrem Hals zu schnuppern.

»Cliff«, wehrte sie lachend ab. »Ich muss Peggy anrufen.«

Sie atmete tief ein. Er roch nach frischem Heu und Leder, eine Kombination, die sie als außerordentlich männlich empfand. Diesen Duft verband sie immer mit ihrem Mann.

»Letzte Nacht hast du dich nicht beklagt«, erinnerte er sie, als sie ihren Anruf tätigte.

Damit hatte er recht. »Aber da hing ich auch nicht am Telefon.«

»Guten Morgen. *Thyme and Tide*«, meldete Peggy sich freundlich wie immer. Sie verstand es, den Leuten das Gefühl zu vermitteln, wertgeschätzt zu werden, sogar am Telefon.

»Um elf treffen wir uns bei Olivia zu Hause«, sagte Grace und versuchte, die über ihren Körper wandernden Hände ihres Mannes bestmöglich zu ignorieren. »Kannst du ... kannst du Corrie Bescheid sagen?«

»Klar«, erwiderte Peggy. »Wir sehen uns in einer Stunde bei *Ace Hardware*.«

»Großartig.« Mehr brachte sie nicht zustande, da Cliff an ihrem Hals knabberte. Sie seufzte erleichtert, als sie den Telefonhörer auflegte, und drehte sich dann in den Armen ihres Mannes um. »Du suchst Ärger, Cliff Harding.«

»Mm-hmm.« Er küsste sie fest auf den Mund.

Grace liebte seine Verspieltheit und reagierte entsprechend.

Nach ein paar Minuten ließ Cliff sie los, aber seine Augen waren noch geschlossen. »Es macht mich sehr glücklich, dass ich dein Mann bin.«

»Gut. Jetzt merk dir, wo wir stehen geblieben sind, bis ich am späten Nachmittag wieder nach Hause komme.«

»Mach ich.«

Grace öffnete den Kühlschrank und nahm einen Becher Joghurt heraus. Der sollte zusammen mit einem Kaffee ihr Frühstück werden.

»Was habt du und Peggy vor?«, fragte Cliff. Er holte sich das Glas Erdnussbutter und steckte zwei Scheiben Vollkorn-Weizenbrot in den Toaster.

»Es ist für Olivia, weißt du noch?«

Er zuckte die Schultern, also führte sie ihre Idee genauer aus. »Ein paar von uns treffen uns und pflanzen Blumen in Olivias Garten. Das wird eine Art riesiger Blumenstrauß. Damit wollen wir unsere Genesungswünsche unterstreichen.«

»Ja, stimmt. Ich erinnere mich. Kann man denn so früh im Jahr schon Blumen pflanzen?«

»Einige Arten gedeihen gut bei diesem Wetter, und im April werden sie in voller Blüte stehen.«

Sein Toast hüpfte hoch, Cliff legte beide Scheiben auf den Küchentresen und bestrich sie dick mit Erdnussbutter.

Grace öffnete den Küchenschrank und reichte ihm demonstrativ einen Teller.

Schief grinsend nahm er ihn entgegen. »Wenn du darauf bestehst.«

»Allerdings.«

Gegen den Tresen gelehnt, nahm Cliff einen Bissen von seinem Toast, während Grace sich einen Löffel aus der Besteckschublade holte und an den Tisch setzte. Vor Jahren hatte sie einmal in einem Ernährungsratgeber gelesen, man solle nie im Stehen essen, und seitdem befolgte sie diesen Rat.

»Zurück zu Olivia«, sagte Cliff. »Sie wird diese Krebserkrankung doch überstehen, oder?«

»Ich denke schon, aber es ist noch zu früh, als dass man das mit Sicherheit sagen könnte. Sie hat eine ziemlich schwere Zeit durchgemacht und kann ein wenig Aufheiterung vertragen.« Jack hatte erzählt, dass die zweite und die dritte Chemo sie stärker mitgenommen hatten als die erste.

»Peggy und Corrie wollten helfen«, fuhr Grace fort, »und dann hat sich Faith ebenfalls angeschlossen. Charlotte wird uns mittags etwas zu essen bringen.«

Cliff zog sich einen Stuhl unter dem Tisch hervor und setzte sich ihr gegenüber. »Du bist eine gute Freundin, Grace.«

Kopfschüttelnd wehrte sie sein Lob ab. »Olivia ist meine beste Freundin. Das ist das Mindeste, was ich für sie tun kann.«

»Ich würde auch gern helfen«, bot er an.

Dankbar für seine Bereitschaft, sich einzubringen, lächelte sie ihn an. »Das ist lieb, Schatz, aber ich glaube, wir haben alles im Griff.«

»Okay, aber lass mich wissen, wenn du irgendwas brauchst.«

»Das tue ich«, versprach sie, löffelte das letzte bisschen Joghurt aus dem Becher und warf ihn in den Mülleimer. Dann wandte sie sich zum Gehen, aber Cliff hielt sie auf.

»Ich gehe nicht davon aus, dass du Jack in deinen Plan eingeweiht hast?«

»Oh.« Das hatte sie tatsächlich nicht.

Er grinste. »Fahr ruhig. Ich kümmere mich darum.«

»Danke.«

Um halb zehn trafen Grace und ihre Komplizen sich vor dem örtlichen Baumarkt neben dem Laden für Bastelbedarf. Peggy kam in ihrem Pick-up und brachte Corrie mit. Faith war mit ihrem eigenen Auto gekommen, und Charlotte und Ben warteten bereits auf dem Parkplatz.

Als Grace ihr Auto neben dem Pick-up ihrer Freundin abstellte, stieg Peggy aus und umarmte sie. »Bob hat vier Blumenkästen für Olivias Vorgarten gebaut.«

»Er ist ein Schatz«, freute sich Grace.

»Roy wollte auch etwas tun«, warf Corrie ein. »Also hat

er sie angestrichen. Sie sind weiß und sehen wirklich hübsch aus – ich weiß, dass Olivia sich darüber freuen wird.«

»Wunderbar!«

»Charlotte hat so viel Essen auf dem Rücksitz verstaut, dass sie damit eine ganze Marineflotte versorgen könnte«, verkündete Ben.

»Wie kannst du so was behaupten, Ben Rhodes?«, murrte Charlotte. »Ich kann nur hoffen, dass ich genug mitgebracht habe. Nach all der körperlichen Arbeit werden die Mädels hungrig sein.«

Gemeinsam betraten sie den Baumarkt, und jeder griff sich einen Einkaufswagen. Nachdem sie das Material, das sie benötigten, und verschiedene Setzlinge ausgesucht hatten, luden sie alles auf Peggys Pick-up. Dann fuhren sie gemeinsam los.

Die Karawane erreichte Olivias Haus in der Lighthouse Road kurz vor halb elf. Jack kam ihnen auf der Vorderveranda entgegen. »Hi, allerseits!«

»Demnach hat Cliff dich vorgewarnt?«, fragte Grace und eilte auf ihn zu.

»Das ist eine grandiose Idee.«

»Weiß Olivia Bescheid?«

»Noch nicht«, erwiderte Jack. »Ich dachte, ich überlasse es dir, es ihr zu sagen.«

Grace rannte die Stufen zur Veranda hinauf. »Wie geht's ihr heute?«

Jack zögerte. »Sie hat eine schlimme Nacht hinter sich.«

Grace vermutete, dass Olivia in letzter Zeit häufig solche Nächte erlebt hatte. Als sie am Vortag telefoniert hatten, hatte Olivia matt und müde geklungen. Die letzte Chemo hatte sie geschwächt und erschöpft.

»Kann ich irgendwas tun?«, fragte Grace.

Jack schaute sie an. »Ich glaube, das machst du bereits.«

Sie ging an ihm vorbei ins Haus. »Olivia«, rief sie. Ihre Stimme hallte im Wohnzimmer wider. »Wo bist du?«

»Hier hinten«, vernahm sie Olivias dünne, schwache Stimme weiter hinten im Flur.

Grace fand sie im Schlafzimmer, wo Olivia eine Nähmaschine stehen hatte. Sie hatte beschlossen, für ihre älteste Enkelin einen Quilt anzufertigen. Daran arbeitete sie schon seit Wochen, jeden Tag ein bisschen, bis sie zu müde war, um weiterzumachen. Mit diesem Projekt hatte sie sich ein Ziel gesetzt, das ihr half, sich von dem abzulenken, was sie durchmachte.

Sie saß an der Nähmaschine, blass und in sich zusammengesunken. Grace hatte Mühe, zu verbergen, wie schockiert sie war. Olivias kahler Kopf glänzte im Licht, um die Schultern hatte sie sich einen Gebetsschal gelegt, den eine der Damen in der Kirche für sie gestrickt hatte.

»Hast du mir gesagt, dass du kommen willst?«, fragte Olivia verwirrt, als müsste sie das vergessen haben. »Um Himmels willen, warum bist du so angezogen?« Damit deutete sie auf Grace' zerrissene Jeans und das ausgeblichene Mariners-Sweatshirt.

»Komm mit raus und sieh selbst.«

»Was soll ich sehen?«

»Ich würde es dir lieber zeigen, als es dir zu erzählen«, beharrte Grace.

Langsam erhob Olivia sich auf die Beine, kämpfte einen Moment mit ihrem Gleichgewicht und folgte Grace dann nach vorn. Die Haustür stand weit offen.

»Was geht da draußen vor?«, fragte Olivia.

»Komm und sieh.« Grace geleitete sie nach draußen. Auf dem Rasen vor dem Haus, mit Grabgabeln und Spaten bewaffnet, standen Peggy, Corrie und Faith. Sie hatten den Pick-up bereits entladen. Kartons mit einjährigen Pflanzen und mehrjährigen Stauden standen auf dem Rasen.

»Was habt ihr mit all diesen Blumen vor?«, wollte Olivia wissen.

»Kannst du das nicht erraten?«

Fragend schaute Olivia ihre Freundin an. »Nein.«

»Wir sind hier, um deinen Vorgarten auf Vordermann zu bringen und ein bisschen Frühling einziehen zu lassen«, erklärte Grace strahlend.

Olivia musste heftig blinzeln, konnte aber nicht verhindern, dass ihr die Tränen in die Augen stiegen.

»Platz da, Leute!«, rief Jack, einen riesigen Karton auf den Armen. Ben folgte ihm mit einem zweiten ebenso großen Karton. In beiden standen diverse Transportbehälter und abgedeckte Schüsseln.

»Deine Mutter hat Mittagessen für alle vorbereitet.«

Olivia fiel es offenbar schwer, zu sprechen. »Oh ... oh, du meine Güte«, murmelte sie schließlich. »Wessen Idee war das?«

»Was denkst du denn?«, fragte Jack und gesellte sich zu ihnen auf die Veranda. Er legte Olivia den Arm um die dünnen Schultern und zog sie an sich.

»Grace. Oh Grace ...« Olivia griff nach ihrer Hand und drückte sie fest.

»So, und jetzt geh wieder ins Haus, wo es warm ist«, drängte Grace sie. »Wir haben hier draußen eine Menge zu tun. Wenn wir fertig sind, rufen wir dich, damit du unser Werk in Augenschein nehmen kannst.«

Olivia wischte sich hastig die Tränen aus dem Gesicht und nickte.

Sowie sie wieder im Haus war, machten Grace und ihre Mitstreiter sich an ihre Aufgabe. Da jeder mit anpackte, brauchten sie nur eine Stunde, um die Blumenbeete von Unkraut zu befreien und zu bepflanzen.

Peggy, eine erfahrene Gärtnerin, lockerte den Boden auf

und gab Mulch hinzu, bevor Corrie die zarten Pflänzchen in die Erde setzte.

Mit Jacks Hilfe stellten Grace und Faith die Blumenkästen auf den Sims, der um die Veranda verlief, und setzten Efeu und Hornveilchen hinein.

Derweil bereiteten Charlotte und Ben im Haus alles für das Mittagessen vor.

Gerade als sie ihre Arbeit unterbrachen, um ins Haus zu gehen und zu essen, kam Sheriff Davis' Streifenwagen um die Ecke und hielt auf der gegenüberliegenden Straßenseite. Er stieg aus und schlenderte auf sie zu. »Mir ist zu Ohren gekommen, dass es einen Tumult in der Lighthouse Road gibt«, erklärte er in gespielt strengem Tonfall.

Alle lachten, aber obwohl er die ganze Gruppe angesprochen hatte, suchte sein Blick nur Faith. Grace schaute kurz zu ihr hinüber. Ihr Gesicht war rot angelaufen, und Grace ging davon aus, dass es vor Freude geschehen war.

Ihrem letzten Wissensstand nach hatten die beiden ihre Beziehung beendet. Faiths Erröten und Troys intensiver Blick ließen jedoch den Schluss zu, dass es irgendeine Form von Aussöhnung gegeben haben musste. Trotzdem schienen sie beide nicht darauf vorbereitet zu sein, etwas zu sagen.

Grace entschied, es sei an der Zeit einzugreifen. »Hallo, Sheriff«, sagte sie und zog sich ihre Gartenhandschuhe aus. »Was können wir für dich tun?«

»Ich bin gekommen, um zu sehen, ob ich irgendwie helfen kann. Ich ... ähm ... habe gehört, was ihr hier tut, und würde mich gern daran beteiligen.«

»Wir haben alles im Griff, aber danke für das Angebot.«

»Wir wollten gerade eine Pause machen, um Mittag zu essen«, schaltete Jack sich ein. »Möchtest du dich uns anschließen?«

Troy zögerte. »Bist du sicher, dass genug da ist?«, fragte er unsicher.

»Charlotte hat gekocht«, erklärte Jack. »Also kannst du mir glauben, dass mehr als genug da ist.«

»Wenn das so ist ... danke. Würde ich gern.«

»Gut«, erklärte Grace ehrlich erfreut, und man konnte sehen, dass Faith sich ebenfalls freute. Sie fragte sich, was geschehen sein mochte, dass sich das Verhältnis zwischen den beiden so verändert hatte.

Nacheinander wuschen sie sich die Hände. Als alle fertig waren, lud Charlotte sie ins Esszimmer ein, wo sie und Ben aufgedeckt hatten. Grace musste lächeln, als sie ihre gelbe Schürze mit dem Latz in Sonnenblumenform sah.

»Wir haben ein Buffet aufgebaut«, verkündete sie und wedelte mit den Händen.

»Ich kann einfach nicht fassen, dass ihr so was tut«, sagte Olivia, die neben ihrer Mutter stand. »Ihr alle.«

»Wir wollten dir zeigen, wie wichtig du uns bist«, erklärte Peggy, die mit einem Teller in der Hand den Tisch umrundete. »Wow, seht euch nur dieses fantastische Essen an.« Es gab drei verschiedene Salate, russische Eier und frisch gebackenes Brot, dazu Schinken, Putenbrust und Käsescheiben, um Sandwiches zu belegen. Charlotte hatte auch Eingewecktes aus ihrem Garten mitgebracht – süßsauer eingelegtes Gemüse, Dillgurken, sauer eingelegte Rote Bete, dazu Konfitüren, Gelees, eingemachte Pfirsiche und Birnen.

»Du liebe Güte, fast hätte ich's vergessen«, stieß Grace hervor und eilte zur Tür. »Ich habe etwas im Wagen gelassen. Bin gleich zurück.«

Zwei Minuten später war sie wieder da, eine Kuchenschachtel auf dem Arm. »Das hat uns Goldie aus dem *Pancake Palace* geschickt.«

Olivia lächelte begeistert. »Kokosnuss-Sahne?«

»Was sonst?«

Alle bedienten sich, setzten sich im Kreis, die beladenen Teller auf dem Schoß.

»Ich komme mir vor wie die glücklichste Frau der Welt«, sagte Olivia, erneut den Tränen nahe.

»Wir lieben dich und wollen alle, dass du dich erholst und gesund wirst«, erklärte Corrie.

»Und wieder auf dem Richterstuhl Platz nimmst, wo du hingehörst«, fügte Sheriff Davis hinzu.

Er hatte sich auf den Stuhl neben Faith gesetzt.

Plötzlich klopfte es an der Tür. Bevor Jack öffnen konnte, kamen Cliff, Bob Beldon und Roy McAfee herein.

»Ich hoffe, wir kommen genau richtig zum Mittagessen«, meinte Cliff.

»Bedient euch, Jungs«, forderte Charlotte sie auf, stand auf und holte jedem von ihnen einen Teller und eine Serviette, während Jack und Ben drei Stühle aus der Küche herbeischafften. Die Neuankömmlinge füllten ihre Teller und nahmen im Kreis Platz.

»Ich weiß gar nicht, wie ich euch jemals danken soll«, sagte Olivia.

»Wir brauchen keinen Dank«, erklärte Grace. »Wir *wollten* das tun. Tatsächlich planen wir das schon seit Wochen, und ich musste tatsächlich die Hilfe von etlichen Leuten ausschlagen. So viele deiner Freunde wollten sich beteiligen. Du wirst geliebt, Olivia, und hiermit versuchen wir nur, dir das zu zeigen.«

»Nun, ich würde sagen, das habt ihr auf beeindruckende Weise getan…«

Langsam ließ sie den Blick durchs Zimmer wandern und auf jedem Einzelnen ruhen. Dann wischte sie sich die Tränen von den Wangen und lächelte Grace an. »Und jetzt hätte ich gern ein Stück von dem Kokosnuss-Sahne-Kuchen.«

21. Kapitel

»Ich habe einen Job!« Wie sehr Mary Jo sich freute, war für Mack auch am Handy deutlich zu hören.

Er wandte sich von den anderen Männern im Pausenraum der Feuerwache ab und konzentrierte sich auf das Telefonat. Einen Anruf von Mary Jo hatte er nicht erwartet und war erstaunt, weil sie fast immer per SMS kommunizierten. »Das ist großartig.« Im Geist ging er ihre letzte SMS-Konversation durch und konnte sich nicht entsinnen, dass sie ein weiteres Einstellungsgespräch erwähnt hatte.

»Vermutlich hätte ich dich nicht im Dienst anrufen sollen, aber ich bin so aufgeregt, dass ich kaum still sitzen kann. Ein Job ändert alles.«

Er ging davon aus, dass sie einen Job in Seattle gefunden hatte, und das belastete ihn. Das Vorstellungsgespräch bei Will Jefferson hatte nicht zu einer Anstellung geführt, denn der Eigentümer der *Harbor Street Art Gallery* hatte ihr nur eine Teilzeitstelle anbieten und nicht sagen können, wann es möglich sein würde, daraus eine Vollzeitstelle zu machen. Daher hatte Mary Jo den Job abgelehnt. Mack konnte ihr das nicht verübeln, obwohl er enttäuscht war.

Das Gespräch mit Will Jefferson hatte jedoch ihre Zuversicht gestärkt, und sie hatte beschlossen, sich auch anderweitig zu bewerben, wahrscheinlich in Seattle. Genaueres hatte sie nicht dazu gesagt.

»Erzähl mir von deinem Job«, forderte er sie auf, während er zugleich versuchte, sich seine mangelnde Begeisterung nicht anmerken zu lassen. Seitdem er mit Mary Jo darüber gesprochen hatte, dass sie nach Cedar Cove ziehen könnte, hatte er sich das ideale Szenario ausgemalt. Er stellte sich vor, dass Mary Jo und Noelle gleich nebenan wohnten und sie alle drei viel Zeit miteinander verbrachten. Sehr viel Zeit ...

»Ich werde in einer Anwaltskanzlei arbeiten«, erzählte Mary Jo. »Das halte ich für perfekt, weil, na ja ... du weißt schon?«

Offenbar wollte sie andeuten, dass sie dort gleich jemanden zur Hand hätte, falls David Rhodes versuchen sollte, sich in ihr und Noelles Leben einzumischen.

»Ich verdiene nicht ganz so viel, wie ich in Seattle verdienen könnte, aber die Lebenshaltungskosten in Cedar Cove sind ein ganzes Ende geringer, nicht wahr?«

Es war bereits vier Uhr nachmittags, und während sie sich unterhielten, begann der Schichtwechsel. Mack winkte seinen Freunden zu, das Handy am Ohr, und verließ die Feuerwache. »Warte!« Er hatte sein Auto schon fast erreicht, als der Groschen fiel. »Sagtest du gerade, dass du hier einen Job gefunden hast? In der Stadt? In Cedar Cove?«

»Ja.« Seine Frage schien sie zu überraschen. Offenkundig war sie der Meinung, dass er das wissen müsste. »Ich werde für Allan Harris arbeiten.«

»Wo bist du jetzt?«

»Im *Mocha Mama's*. Ich feiere mit einem Latte.«

»Ich bin in zehn Minuten bei dir.« In fünf, falls er das schaffen konnte.

Mack steckte sein Handy ein und legte die letzten Meter zu seinem Auto im Laufschritt zurück. Eigentlich hatte er etwas anderes vorgehabt, aber das konnte warten. Jetzt war es wichtiger, sich mit Mary Jo zu treffen. Erst Freitag hatte er wieder Dienst in der Feuerwache, und das gab ihm Zeit, um die Malerarbeiten an beiden Doppelhaushälften zu vollenden. Wenn das erledigt war, war alles vorbereitet, um die zweite Doppelhaushälfte zu vermieten. Er selbst war bereits eingezogen, lebte im Moment aber noch mehr oder weniger im Chaos.

Wen er als Mieter haben wollte, wusste er ganz genau. Mary Jo würde eine Wohnung brauchen – und konnte es einen besseren Ort geben als gleich nebenan? Er hatte die Möglichkeit bereits erwähnt, aber eher vage und ohne darauf hinzuweisen, dass ihm die betreffende Wohnung gehörte. So ganz wohl fühlte er sich nicht dabei, ihr diese Tatsache zu verschweigen, aber er war sich nicht sicher, wie sie reagieren würde, wenn sie es wüsste. Mary Jo war vorsichtig und unsicher, was Männer anging, alle Männer. In Anbetracht der Erfahrungen, die sie gemacht hatte, konnte Mack das verstehen. Er wünschte sich fast, David Rhodes eines Tages in einer Seitengasse zu begegnen, aber damit war eher nicht zu rechnen. Schließlich machte der Kerl ganz offensichtlich einen großen Bogen um Cedar Cove.

Mack fuhr den Hügel zum *Mocha Mama's* hinunter und stellte den Wagen in der Nähe des Cafés ab. Als er hineineilte – es nieselte schon wieder –, entdeckte er Mary Jo auf einem Platz am Fenster, wo sie ihren Latte trank. Sie lächelte, als er hereinkam.

»Hi«, begrüßte er sie und strich sich durch das feuchte Haar.

»Hi!«, erwiderte sie breit grinsend. Ihre Freude war unübersehbar – eine unkomplizierte Fröhlichkeit, die er seit der Nacht, in der Noelle das Licht der Welt erblickt hatte, nicht mehr an ihr gesehen hatte.

Schlagartig fiel ihm auf, dass Noelle nicht da war. »Wo ist das Baby?«

»Eine Freundin von mir passt heute Nachmittag auf sie auf. Ich bin zum ersten Mal nicht bei Noelle und habe das

Gefühl, als fehlte mir ein Teil von mir selbst. Jenna sagte schon, ich solle aufhören, andauernd anzurufen, denn damit wecke ich jedes Mal das Baby.«

Mack warf einen Blick über die Schulter. »Ich hole mir einen Espresso und bin gleich wieder bei dir.«

Hinter dem Tresen stand ein junger Mann, den er als Shaw erkannte. Sie begrüßten einander, und dann bereitete Shaw einen doppelten Espresso für Mack zu. Zurück an Mary Jos Tisch, setzte Mack sich ihr gegenüber und hängte seine Jacke über den leeren Stuhl neben sich.

»Also ...«, begann er und beugte sich vor. »Erzähl mir, wie du von der offenen Stelle beim Anwalt erfahren hast.«

»Kelly Jordan hat mir erzählt, dass Mr. Harris nach einem Assistenten sucht und ...«

»Entschuldige, wer ist Kelly Jordan?«

»Grace Hardings Tochter. Erinnerst du dich nicht mehr? Grace hat Kelly als mögliche Tagesmutter vorgeschlagen. An dem Tag, an dem wir uns in der Bibliothek getroffen haben.« Sie lächelte. »Kellys kleine Tochter Emma Grace fängt jetzt an zu laufen.«

»Ach ja.« Er hatte nur vage Erinnerungen an die Unterhaltung, weil er viel zu sehr mit Noelle beschäftigt gewesen war, um sie aufmerksam zu verfolgen. »Du hast also eine Tagesmutter gefunden, bevor du einen Job hattest? Das war klug von dir.«

»Na ja ... Ich musste erst mal sicher sein, dass ich bei der Person, die sich um Noelle kümmern würde, ein gutes Gefühl habe. Vorher hätte ich gar nicht an eine feste Arbeit denken können.«

Er nickte.

»Männer denken über so was einfach nicht nach«, fuhr sie fort. »Ich weiß, dass Linc nicht darüber nachgedacht hat, aber mein großer Bruder kann auch ziemlich einfältig sein.«

»Ach ja, dein großer Bruder. Wie geht's ihm denn?« Mary Jos Bruder war so überbehütend, dass es schon an Aufdringlichkeit grenzte, und ihr behagte seine Bevormundung nicht. Mack hatte dafür volles Verständnis, verstand aber auch Lincs Standpunkt.

Mary Jo rührte in ihrem Latte. »Wie du dir wohl vermutlich vorstellen kannst, ist Linc im Moment nicht gerade glücklich.«

»Warum nicht?« Natürlich konnte er es sich denken ... Wenn sie einen Job in Cedar Cove hatte, würde sie vermutlich aus dem Haus ihres Bruders ausziehen – und sich damit seiner Kontrolle entziehen.

»Er hält es für keine gute Idee, dass ich aus Seattle fortgehe«, meinte sie süß-säuerlich. »Seiner Meinung nach sollte die Familie zusammenhalten.«

»Der Meinung bin ich auch«, pflichtete Mack ihr bei, »aber das heißt ja nicht, dass alle im selben Haus leben müssen.«

Sie seufzte. »Linc versteht nicht, warum ich das Gefühl habe, dass er mich erstickt. Er scheint davon auszugehen, dass mich ein schreckliches Schicksal ereilen wird, kaum dass ich aus seinem Blickfeld entschwunden bin.«

Mack verzichtete darauf, Mary Jo daran zu erinnern, dass sie David Rhodes kennengelernt hatte, als sie noch bei ihren drei Brüdern wohnte. Er fragte sich aber, wo Linc da gewesen war. Vermutlich hatte sie ihren Brüdern erst von David erzählt, als sie bereits schwanger gewesen war.

»Egal, ich will nicht über Linc reden«, meinte Mary Jo, »nicht jetzt, wo es so viel anderes zu besprechen gibt.«

»Soll mir recht sein.« Mack lehnte sich entspannt auf seinem Stuhl zurück und streckte die Beine aus.

»Habe ich dir schon gesagt, dass es sich bei dem Anwalt um Allan Harris handelt?«

»Ja, hast du.« Nachdenklich runzelte er die Stirn. Irgendwo hatte er den Namen schon mal gehört. »Natürlich! Sein Assistent ist kurz vor Weihnachten verhaftet worden.«

»Was?« Erschrocken fasste Mary Jo sich an die Kehle. »Davon hat Mr. Harris nichts gesagt.«

»Natürlich nicht. Sein Assistent hat einer Klientin der Kanzlei Schmuck gestohlen. Anscheinend hat Geoff – so hieß er, Geoff Duncan – versucht, den Diebstahl Pastor Flemming in die Schuhe zu schieben.«

»Oh!« Plötzlich wirkte Mary nachdenklich. »Das erklärt so einiges.«

»Inwiefern?«

»Ich hätte mich fast nicht auf den Job beworben, weil ich über keinerlei Erfahrung als Rechtsanwaltsgehilfin verfüge. Aber Mr. Harris sagte, er wolle jemanden einstellen, der bereit ist, sich am Arbeitsplatz entsprechend ausbilden zu lassen. Ich glaube, das tut er, um seinen neuen Angestellten besser im Auge behalten zu können. Ich bin ihm einfach nur dankbar, dass er bereit ist, mir eine Chance zu geben. Er sagte, er hätte schon ein paar Kandidaten interviewt und habe das Gefühl, ich sei die beste Wahl für die Stelle.« Ihre Augen funkelten vor Vorfreude. »Aber ich habe dich unterbrochen«, sagte sie. »Tut mir leid.«

Fasziniert von ihr, wie er war, konnte Mack sich nicht entsinnen, wovon er gesprochen hatte.

»Der Assistent von Mr. Harris«, half Mary Jo ihm auf die Sprünge.

»Ach ja, Geoff Duncan. Glücklicherweise hat Sheriff Davis ihn durchschaut. Mein Dad meinte, Allan Harris sei ziemlich schockiert gewesen. Er hätte nie damit gerechnet, dass Geoff so etwas tun würde. Das Vergehen an sich war schon schlimm genug, aber es auch noch einem Unschuldigen anzuhängen macht es noch um einiges schlimmer.«

»Aber warum sollte sein Assistent so etwas Dummes tun? Er wäre doch früher oder später sowieso geschnappt worden, meinst du nicht?«

Mack zuckte die Achseln. »Das weiß ich nicht so genau. Es geht das Gerücht um, er habe versucht, seine Verlobte zu beeindrucken.«

»Wie könnte ein Diebstahl sie beeindrucken?«

»Lori Bellamy kommt aus einer wohlhabenden Familie. Den Bellamys gehört ein ziemlich großes Stück Land auf der Kitsap Halbinsel. Geoff hatte sich wohl mit Krediten übernommen und wollte Lori nicht sagen, dass er sich die Dinge, die sie sich wünschte, nicht leisten konnte. Er ist wohl in Panik geraten. Ich schätze, er wollte so tun, als hätte er ähnlich viel Geld im Rücken wie sie. Vielleicht hatte er Angst, dass sie ihn verlassen würde, wenn er ihr nicht den Lebensstil bieten könnte, den sie gewohnt war. Ich habe gehört, dass er die Schmuckstücke verpfändet hat, um an Bargeld zu kommen ... Und jetzt sitzt er hinter Gittern.« Mack hatte mit seiner älteren Schwester Gloria über den Fall gesprochen. Sie arbeitete in der Polizeistation.

Von Glorias Existenz hatte er erst vor ein paar Jahren erfahren und sich sehr bemüht, eine Beziehung zu ihr aufzubauen. Da er und Gloria inzwischen in derselben Stadt lebten, schafften sie es, sich wenigstens einmal monatlich auf einen Drink oder zum Abendessen zu treffen. Dennoch spürte er immer noch, dass sie ihm gegenüber eine gewisse Zurückhaltung an den Tag legte. Eine Art Zögern, das schwer erklärbar war. Seinen Eltern hatte er nichts davon gesagt, fragte sich aber, ob ihnen das ebenfalls aufgefallen war.

»Also, wann trittst du deinen neuen Job an?«, fragte er Mary Jo.

»Montag.«

Damit blieb ihr weniger als eine Woche, um alles Notwendige zu regeln. »Viel Zeit ist das nicht«, murmelte er.

Sie nickte. »Als Nächstes muss ich unbedingt eine Wohnung finden.«

Mack überlegte, ob sie sich wohl noch an seinen Vorschlag erinnerte, den er an jenem Nachmittag im Februar in der Stadtbücherei gemacht hatte. Wohl eher nicht, vermutete er.

»Ich kann natürlich mit Noelle von Seattle hierher pendeln, wenn es sein muss«, fuhr sie fort, »aber dann hätte ich einen sehr langen Tag.«

Damit hatte Mary Jo ihm gerade den perfekten Aufhänger geliefert. Seine größte Befürchtung war, dass ihr Misstrauen geweckt würde, wenn sie erfuhr, dass das Doppelhaus ihm gehörte, und sie deshalb zögern würde, sich dort einzumieten. Ein Mieter-Vermieter-Verhältnis konnte die Dinge kompliziert machen.

Er entschied, die Situation mit einer vorsichtigen Bemerkung abzuschätzen. »Ich ... ähm ... habe es vielleicht erwähnt. Ich bin kürzlich in ein Doppelhaus eingezogen, und die zweite Hälfte steht noch leer.«

»Tatsächlich?«

Er wagte sich weiter vor. »Die Miete ist auch nicht übertrieben hoch.«

»Wie ... hoch?«

Er nannte eine Summe, die etwa halb so hoch war wie die übliche Miete und von der er vermutete, dass sie sie sich leisten konnte.

»Wie viel?« Mary Jo richtete sich kerzengerade auf. »Da kann doch mit dem Haus was nicht stimmen.«

»Eigentlich nicht. Klar, ein bisschen Farbe fehlt noch, und gründlich gereinigt werden muss es auch, aber das ist im Grunde alles.« Dann ging er aufs Ganze und fügte hinzu:

»Der Eigentümer ist ein netter Kerl. Zurzeit ist er ... nicht in der Stadt, aber du kannst ihn später kennenlernen, wenn du möchtest. Ich handle als sein Verwalter.« Er hielt das für eine geniale Idee, nicht für eine Lüge. Schließlich *war* er der Verwalter. Als der Eigentümer, der passenderweise »nicht in der Stadt« weilte, würde er irgendwann in der Zukunft auftauchen. Mack hatte nicht die Absicht, sie lange hinters Licht zu führen. Im Moment war sein oberstes Ziel, dafür zu sorgen, dass sie nach Cedar Cove zog. Wenn sie erst einmal hier war, würde er schon eine gute Gelegenheit finden, ihr die Wahrheit über den Eigentümer zu sagen. In der Zwischenzeit konnte sie die Schecks für die Miete auf seinen Buchhalter ausstellen, Zachary Cox.

Unschlüssig kaute Mary Jo auf ihrer Unterlippe herum, während sie über den Vorschlag nachdachte. »Wäre es ein Problem ... du weißt schon, wenn ich und Noelle Tür an Tür mit dir wohnen?«

»Ein Problem? Für mich nicht. Wäre es das für dich?«

Sie schüttelte den Kopf. »Ich fände es großartig. Aber ich will dir auf keinen Fall zur Last fallen.«

»Ich glaube nicht, dass das geschieht.« Tatsächlich musste er sich große Mühe geben, nicht zu zeigen, wie sehr er sich darauf freute, mit Mary Jo und Noelle Tür an Tür zu leben.

Mary Jo wirkte immer noch sehr nachdenklich, als würde ihr Instinkt ihr sagen, dass es keine kluge Entscheidung war.

»Möchtest du das Haus sehen?«, fragte er, in der Hoffnung, sie damit abzulenken.

»Oh ... sicher.«

»Ich habe allerdings vor meiner Schicht auf der Feuerwache gemalert. Es sieht also ziemlich wüst dort aus.«

»Warum renovierst du dort? Ist das nicht Sache des Vermieters?«

»Normalerweise schon«, gab Mack, so lässig er konnte, zurück. »Ich habe ihm angeboten, das zu übernehmen, wenn er mir dafür einen Teil der Miete erlässt. Er ... ähm ... verlangt eine Vorauszahlung von zwei Monatsmieten.«

»Ich habe ein paar Ersparnisse. Das wäre also kein Problem.«

Sie tranken ihren Kaffee aus, und Mack fuhr Mary Jo am Seniorenzentrum vorbei zum Evergreen Place Nummer 1022.

Interessiert blickte Mary Jo die Straße hinauf und wieder hinunter. »Ist 'ne nette Gegend«, sagte sie anerkennend.

Das hatte auch Mack gedacht, und es war einer der Gründe, warum er ihr dieses Angebot unterbreitet hatte. Hier konnte man sehr gut eine Familie gründen.

»Aber ich versteh immer noch nicht, warum die Miete so niedrig ist«, meinte Mary Jo stirnrunzelnd.

»Wie du selbst sagtest«, beeilte er sich zu erklären, »die Lebenshaltungskosten sind auf dieser Seite des Puget Sound geringer.«

»Ich hatte keine Ahnung, dass sie so viel niedriger sind.«

In Mack keimte der Verdacht, vielleicht ein wenig übers Ziel hinausgeschossen zu sein. »Du kannst dir natürlich noch andere Mietobjekte ansehen.«

»Das könnte ich, aber mir gefällt dieses hier.«

Er entspannte sich. »Meines Wissens wohnt in unmittelbarer Nähe auch ein geeigneter Junggeselle.« Kaum hatte er die Worte ausgesprochen, bereute er sie auch schon. Mary Jo war emotional angeschlagen, und er wollte sie nicht verschrecken, indem er ihr den Eindruck vermittelte, irgendetwas anderes als eine Freundschaft anzustreben. Er ignorierte den eigentlichen Zweifel, der an ihm nagte, nämlich dass er versuchte, sie zu manipulieren.

Jedenfalls löste sein Scherz keine Reaktion bei ihr aus.

Stattdessen starrte Mary Jo aus dem Fenster. »Ich werde noch sehr, sehr lange brauchen, um eine neue Beziehung einzugehen«, sagte sie nach einem Moment des Schweigens.

Das war ein eindeutiges Signal, eine Warnung. Er überlegte, ob er sie beruhigen sollte, aber das hätte nur zu noch mehr Lügen oder Halbwahrheiten geführt. Also fragte er einfach nur: »Möchtest du es dir von innen anschauen?«

»Ja, bitte.«

Er wollte ihr die Gelegenheit geben, ihn besser kennenzulernen – und zu lernen, ihm zu vertrauen. Das ließ sich erreichen, indem sie Tür an Tür als Nachbarn und Freunde lebten. Ihre Brüder wären vermutlich nicht begeistert von seinen Bemühungen, aber das war deren Problem.

Mack half ihr beim Aussteigen aus seinem Truck. »Ich habe den Schlüssel«, erklärte er. »Du würdest in der Einheit B wohnen.« Damit öffnete er die Tür und bedeutete ihr einzutreten. Auf dem Wohnzimmerboden war ein Laken ausgebreitet, auf dem ein Farbeimer, eine Farbrolle und diverse Pinsel lagen. Der frische, saubere Geruch nach frisch gemalerten Wänden begrüßte sie. Dem Rat seiner Mutter folgend, hatte er sich für ein blasses Buttergelb entschieden, das gut zu den kleinen Zimmern passte und dennoch eine warme und einladende Atmosphäre schuf.

»Ich habe nur wenige Möbel«, sagte Mary Jo, während sie von einem Zimmer zum nächsten wanderte. Die Küche war klein, aber ausreichend. Die beiden Schlafzimmer lagen sich im Flur gegenüber.

»Es gibt ein Badezimmer?«

Mack nickte. »Und einen Waschraum.«

»Ich habe weder Waschmaschine noch Trockner.«

»Die gehören zur Wohnung.«

Oder würden es zumindest, wenn sie einzog.

»Ich habe natürlich meine Schlafzimmermöbel, dann das Bettchen für Noelle und ihren Wickeltisch.« Sie hielt inne, als überlegte sie, was sie sonst noch mitbringen konnte. »Einen Schaukelstuhl habe ich auch, aber das ist schon alles, was ich an Wohnzimmermöbeln besitze.«

»Wie sieht's mit einem Fernseher aus?«

Mary Jo schüttelte den Kopf. »In meinem Zimmer steht ein altes Gerät, aber es lohnt sich nicht, das hierher mitzunehmen.«

»Ich habe einen zweiten, den du benutzen könntest.«

Wieder sah Mack, wie sie zögerte.

»Danke für das Angebot, aber das möchte ich lieber nicht.«

»Ich könnte ihn dir günstig verkaufen«, warf er spontan ein.

Das schien sie zu interessieren. »Wie günstig?«

»Günstig.« Er nannte einen Preis, von dem er glaubte, dass sie ihn sich vermutlich leisten konnte. »Fünfzig Dollar.«

Mary Jo lachte. »Gekauft.«

»Großartig! Ich wollte das Schrottding schon lange loswerden.«

»Mack!«

Beruhigend hob er beide Hände. »Das war nur ein Scherz.«

»Dann ist ja gut, Kumpel.«

Das unbeschwerte Geplänkel zwischen ihnen sorgte dafür, dass Mack sich entspannte. »Möchtest du, dass ich mit dem Eigentümer Kontakt aufnehme und ihn informiere, dass sich ein zweiter Mieter gefunden hat?«

Mary Jo lächelte ihn an. »Okay, abgemacht.«

»Und mach dir keine Sorgen, ich könnte dich belästigen.« Er wollte sichergehen, dass sie das verstand.

»Ich mache mir eher Sorgen, dass wir dich belästigen.«
Im Gegenteil! Seiner Meinung nach würde sich die enge Nachbarschaft mit Mary Jo und Noelle als das Beste erweisen, was ihm seit sehr langer Zeit widerfahren war.

22. Kapitel

Nachdem Troy sich am Freitagmorgen rasiert hatte, tat er etwas, was er normalerweise nicht tat. Er legte ein Aftershave mit Zitrusaroma auf und hoffte, der Duft würde lange genug anhalten, um Faith später am Abend noch aufzufallen.

Wenn jemand auf der Wache es bemerkte, musste er damit rechnen, aufgezogen zu werden, aber das war es ihm wert. Nach etlichen kurzen Telefonaten hatte Faith endlich zugestimmt, mit ihm zu Abend zu essen, und Troy konnte es kaum erwarten. Sie hatten viel zu bereden, aber ganz oben auf seiner Liste stand ihr geplanter Umzug. Er wollte nicht, dass sie einfach wieder aus seinem Leben verschwand. Deshalb hatte er ihr deutlich zu verstehen gegeben, was er für sie empfand.

Troy hatte neue Hoffnung geschöpft. Jede der kurzen Unterhaltungen hatte ihm Mut gemacht. Er spürte, dass Faith bereit war, noch einmal von vorn zu beginnen, und wünschte sich, dass sie an diesem Abend entscheiden würden, ob sie dort anknüpfen wollten, wo sie aufgehört hatten.

Als er auf der Wache ankam, war er noch bester Laune, aber schon kurze Zeit später erhielt sein Optimismus einen ersten Dämpfer.

Kaum zehn Minuten saß er an seinem Schreibtisch, als sein erst kürzlich eingestellter Deputy Gloria Ashton ihn aufsuchte. Gloria war die Tochter des Privatdetektivs Roy McAfee und dessen Frau Corrie, die sich erst vor vier Jahren wiedergetroffen hatten. Sie kannten sich bereits vom College und waren eine Weile zusammen gewesen, bevor sie sich getrennt hatten. Damals war Corrie schwanger gewesen und hatte das Baby zur Adoption freigegeben.

Jahre später hatte die inzwischen erwachsene Gloria Kontakt zu ihnen aufgenommen. Es erstaunte Troy, wie ähnlich sich Vater und Tochter waren, sowohl was ihren Charakter als auch ihre Interessen anging. Sie waren beide zur Polizei gegangen, wobei Roy inzwischen pensioniert war.

»Morgen, Sheriff.« Gloria betrat sein Büro, die Hände vorm Körper verschränkt.

»Setz dich«, sagte er und deutete auf einen der Besucherstühle.

»Wenn's okay ist, bleibe ich lieber stehen.«

»Wie du möchtest.« Sie schien sich unbehaglich zu fühlen, und er fragte sich, warum.

Ihre Schultern waren gestrafft, ihr Rücken gerade, und sie wich seinem Blick aus. »Ich dachte, ich warne dich vor, weil ich gestern Nacht jemanden verhaftet habe.«

»In Ordnung.« Es war offensichtlich, dass es hier nicht um eine Routineangelegenheit ging. »Erzähl mir mehr.«

Noch immer sah sie ihn nicht an. »Mir ist ein Auto aufgefallen, bei dem ein Scheinwerfer nicht funktionierte. Als ich kehrtmachte und dem Wagen folgte, versuchte der Fahrer, mich abzuschütteln.«

»Du hast den Wagen angehalten?«

»Ja.« Sie machte eine kurze Pause. »Ich konnte schnell feststellen, dass der Fahrer nicht nüchtern war. Ich forderte ihn auf, auszusteigen und von seinem Auto zurückzutreten, was er ohne zu zögern tat. Nach der Routinekontrolle ließ ich ihn einen Atemalkoholtest machen, und dabei ergab sich ein Wert von über 0,8 Promille. Daraufhin habe ich ihn sofort festgenommen.«

Bis jetzt schien das alles reine Routine zu sein, nichts, worum Troy sich kümmern musste. »Gibt es einen Grund, warum du gekommen bist, um mir das persönlich mitzuteilen?«

»Ja.« Sie nickte knapp.

In diesem Moment war es nur zu offensichtlich, dass Gloria Roy McAfees Tochter war. Ihre entschlossene Kinnpartie, die unnachgiebige Linie ihres Mundes – alles ganz wie bei Roy.

»Der Fahrer war Bürgermeister Louie Benson.«

Troy hätte am liebsten laut gestöhnt. Nun denn, dann war es eben so. Gesetz war Gesetz. »Verstehe.«

»Er hat sofort nach einem Anwalt gefragt«, berichtete Gloria weiter.

Etwas anderes hätte Troy auch nicht erwartet. »Sein Bruder Otto ist Anwalt. Ich schätze, er wollte ihn anrufen, oder?«

Erneut nickte Gloria. »Sein Anwalt hat sich mit uns im Gefängnis getroffen.«

Okay, das war eine prekäre Angelegenheit, aber nichts, was sich nicht regeln ließe. »Danke für die Vorwarnung.«

Endlich trafen sich ihre Blicke und er konnte den Zweifel in ihren Augen sehen. »Ich wollte dich wissen lassen ...«

»Hat Benson dich darauf hingewiesen, dass er der Bürgermeister von Cedar Cove ist, oder hast du ihn erkannt?«

»Beides«, antwortete sie. »Ich habe ihn sofort erkannt, als er aus seinem Auto ausgestiegen ist, und dann hat er es mir gesagt. Die Sache ist die ...« Sie stockte, wandte den Blick ab. »Er ist aggressiv geworden, als ich ihn angehalten habe.«

»Ich ... verstehe.« Troy kannte Benson schon seit Jahren. Sie waren gute Bekannte, aber nie enge Freunde gewesen. Der Bürgermeister war sehr nett gewesen, als Sandy starb, und hatte darauf bestanden, dass Troy sich so lange freinahm, wie er es für richtig hielt. Troy konnte sich nicht entsinnen, Benson je mit einem Drink in der Hand gesehen zu haben, nicht einmal bei den öffentlichen Anlässen, bei denen sie sich getroffen hatten. Angetrunken Auto zu fahren war völlig untypisch für ihn.

Gloria schien darauf zu warten, dass Troy etwas sagte. »Ich bin gekommen, um mit dir darüber zu reden, weil ich sicher sein wollte, das Richtige getan zu haben, als ich Benson festgenommen habe.«

»Das hast du.« So unangenehm die Situation auch war, Gloria konnte man nicht vorwerfen, dass der Bürgermeister so unvernünftig gewesen war, sich angetrunken hinter das Steuer zu setzen. Manchmal glaubten Menschen, die im Licht der Öffentlichkeit standen, sie hätten ihre eigenen Gesetze.

»Bürgermeister Benson bat mich, nachsichtig mit ihm zu sein.« Gloria rang die Hände. »Ich habe überprüft, ob er sich schon anderer Verkehrsverstöße schuldig gemacht hat, aber nichts gefunden. Er hat noch nicht einmal einen Strafzettel für falsches Parken in seinem Register.«

Troy nickte. Trotzdem gewann er daraus noch kein klares Bild. Das konnte durchaus auch bedeuten, dass Bürgermeister Benson in der Vergangenheit einen Freifahrtschein erhalten hatte oder ein Deputy der Einfachheit halber weggeschaut hatte.

Gloria starrte zu Boden. »Er sagte, wenn ich ihn wegen Trunkenheit am Steuer anzeige, dann würde er dafür sorgen, dass ich meinen Job verliere.«

»Mit anderen Worten, er hat dir gedroht.« Troy musste einfach glauben, dass Louie nicht gewusst hatte, was er da sagte. Natürlich könnte er ihn deswegen zur Rechenschaft ziehen, aber das wollte er nicht – um Glorias willen genauso wie um Louies willen.

Gloria runzelte die Stirn, als hätte sie nie vorgehabt, das zuzugeben. »Ich ... glaube, er war zu betrunken, um sich an alles zu erinnern, was er gesagt hat. Es ist nur so, Sheriff, ich arbeite sehr gern hier in Cedar Cove, und ich fände es schrecklich, wenn dieser Zwischenfall meine Karriere bei der Polizei beeinträchtigen oder – schlimmer noch – beenden würde.«

Dazu würde es nicht kommen. Jedenfalls nicht, solange Troy im Amt war. »Keine Sorge, Ashton. Du hast nur deinen Job gemacht. Wenn du deshalb unter Beschuss geraten solltest, kümmere ich mich darum.«

Sofort schien sein Deputy sich zu entspannen.

»Zweifle nicht an dir. Du hast die richtige Entscheidung getroffen.« Im Nachhinein wünschte Troy sich allerdings, Gloria hätte ihn sofort angerufen, auch wenn das nichts an der Situation geändert hätte. Benson wäre so oder so im Gefängnis gelandet. Aber vielleicht hätte Gloria dann besser schlafen können. So aber hatte sie eine ruhelose Nacht hinter sich, aus Sorge, wie er, Troy, auf die Nachricht reagieren würde.

»Wie schon gesagt, du hast nur deinen Job gemacht.« Er warf einen Blick auf seine Armbanduhr. »Ist deine Schicht nicht schon zu Ende?«

»Ja.«

»Warum bist du dann noch hier?«

Sie verzog die Lippen zu einem halbherzigen Lächeln.

»Noch mal ... Ich danke dir, dass du mir von dieser Sache erzählt hast. Ab jetzt kümmere ich mich darum.«

»Danke.« Die Erleichterung in ihrer Stimme war unüberhörbar.

Als sie sein Büro verlassen hatte, entschied Troy, am besten sofort mit dem Bürgermeister zu reden. Sonst könnte ihm diese ganze Geschichte um die Ohren fliegen. Ganz kurz überlegte er, ob Louie vielleicht heimlich trank. Auf jeden Fall aber war er nicht die Art von Gesetzeshüter, die sich von einflussreichen Leuten einschüchtern ließ.

Was der Bürgermeister auch für Gründe für sein Verhalten haben mochte – sie waren irrelevant. Louie war im Unrecht, daran bestand kein Zweifel.

Als er im Gefängnis anrief, erfuhr er, dass Bürgermeister Benson unter Auflagen freigelassen worden war.

Ihre Auseinandersetzung würde nicht angenehm werden. In letzter Zeit schien er sich in einer ganzen Reihe von Angelegenheiten nicht einig mit dem Bürgermeister zu sein. Diese Sache würde ihre Beziehung mit Sicherheit nicht verbessern.

Troy fand Benson in seinem Büro im Rathaus. Der Bürgermeister blickte auf, als Troy ihm angekündigt wurde, dann wandte er den Blick ab. Er sah grauenvoll aus – bleich, ungepflegt, blutunterlaufene Augen. Sein Aussehen ließ Troy darauf schließen, dass Benson nicht viel Schlaf bekommen hatte.

»Deinem Dezernat scheint es Vergnügen zu bereiten, mich in Verlegenheit zu bringen«, sagte Louie und ging damit zum Angriff über, bevor Troy auch nur den Mund aufgemacht hatte.

»Ich würde sagen, das schaffst du ganz gut allein«, gab er zurück.

Louie stand auf und schloss die Tür seines Büros. Als er sich zu Troy umdrehte, hatte er die Lippen fest zusammengekniffen. »Ich will, dass diese Sache aus der Welt geschafft wird. Ich vertraue darauf, dass du dafür sorgst.«

»Das kann ich leider nicht.«

»Dein Deputy ist übereifrig«, fuhr Benson fort, als hätte er Troys Einwand nicht gehört. »Die Frau hat mich aufs Korn genommen, weil ich Bürgermeister bin.«

»Das stimmt nicht. Ashton ist eine gute Polizistin. Sie ...«

»Ich lag nur ganz knapp über dem gesetzlichen Grenzwert, Sheriff. Die Polizistin hat sich geweigert, auf die

Stimme der Vernunft zu hören. Hast du eine Vorstellung, wie demütigend es ist, in Handschellen abgeführt und ins Gefängnis gebracht zu werden?«

»Du hast das Gesetz übertreten.«

»Minimal«, erwiderte er und trommelte mit den Fingern auf seinen Tisch.

»Du bist derjenige, der entschieden hat, er sei nüchtern genug, um sich ans Steuer zu setzen. Gib nicht anderen die Schuld für etwas, das du selbst vergeigt hast.« Nach einer bedeutungsschweren Pause setzte er hinzu: »Wenn du einen Aufstand vom Zaun brechen willst, sollte ich dich vielleicht daran erinnern, dass du nicht nur gegen das Gesetz verstoßen hast, sondern obendrein einem meiner Deputys gedroht hast.«

Der Bürgermeister ignorierte diese Bemerkung, während er aufgebracht in seinem Büro auf und ab lief. Er schien seine Möglichkeiten abzuwägen. Schließlich seufzte er und schüttelte den Kopf. »Okay, egal. Du hast recht. Ich hätte mich nicht hinters Steuer setzen dürfen. Ich übernehme dafür die volle Verantwortung. Trotzdem, wenn das irgendwie bekannt wird, könnte es mich ruinieren.«

»Möglich.« Troy dachte gar nicht daran, die Situation herunterzuspielen.

»Aber das ist nicht dein Problem, richtig?« Die Frage klang ziemlich schnodderig.

»Wie du mit den politischen Folgen umgehst, ist deine Sache.«

Der Bürgermeister ging zurück an seinen Schreibtisch und stützte sich mit beiden Händen auf die Kante. »Ich habe so etwas noch nie getan. Ich ... ich fahre nicht, wenn ich getrunken habe.«

»Freut mich zu hören.«

Einen Moment schwieg Benson, dann blickte er auf.

»Hast du irgendeinen Vorschlag, wie ich damit umgehen sollte?«

Troy wartete nicht auf eine Einladung. Er setzte sich und schaute seinem Gegenüber direkt in die Augen. »Ich glaube, dass Aufrichtigkeit die beste Strategie ist. Gib zu, dass du einen Fehler gemacht hast, und übernimm die Verantwortung dafür.«

Langsam ließ sich der Bürgermeister in seinen Lederstuhl sinken. »Das ist schwerer, als du glaubst«, murmelte er.

»Es wäre hilfreich für die Öffentlichkeit, zu erfahren, wie leicht so etwas passieren kann.« Troy hatte oft mit ähnlichen Fällen zu tun. Ein paar Bierchen nach der Arbeit, ein paar Gläser Wein rasch hintereinander, und dann fuhren die Leute nach Hause, ohne dass ihnen bewusst war, wie sehr der Alkohol sie beeinträchtigte. Der Bürgermeister stand damit nicht allein da.

Offenbar gefiel ihm Troys Rat nicht, denn er runzelte die Stirn. »Du schlägst mir vor, dass ich damit an die Öffentlichkeit gehe?«

»Wie du das mit deiner Wählerschaft regelst, ist deine Sache«, erwiderte Troy gelassen.

Louie schien noch mehr zu erbleichen. »Du hast recht ... es ist nur so ...« Er ließ den Rest ungesagt, seufzte und ließ den Kopf hängen. »Ich schätze, du hast recht. Ich werde offensiv an die Sache rangehen, mich mit Jack Griffin bei der Zeitung in Verbindung setzen und ihm die Geschichte erzählen, bevor er von sich aus darüber schreibt.«

»Sehr gute Idee.« Jack, der Chefredakteur des *Chronicle*, war genau der Richtige für ein Gespräch mit dem Bürgermeister, und das aus mehr als nur den offensichtlichsten Gründen. Jack war selbst Alkoholiker und seit einer ganzen Reihe von Jahren trocken. Wenn der Bürgermeister ein Alkoholproblem hatte, konnte er sich niemand Besserem anvertrauen als Jack Griffin.

Die beiden Männer trennten sich recht freundschaftlich. Offenbar war Louie seine Verhaftung außerordentlich peinlich, und zugleich war sie vielleicht genau der Weckruf, den er brauchte. Was jetzt weiter geschah, lag ganz und gar an ihm selbst.

Nach diesem holprigen Start in den Tag hoffte Troy, dass wenigstens der Nachmittag ruhig verlaufen würde. Doch leider war ihm das nicht vergönnt.

Faiths Anruf kam kurz vor eins. Troy konnte nicht verbergen, wie sehr er sich freute, von ihr zu hören. »Faith! Was für eine nette Überraschung.«

»Entschuldige bitte«, sagte sie und klang dabei kaum wie sie selbst, »aber ich muss unsere Verabredung zum Essen leider absagen.«

Troys Stimmung sank augenblicklich auf den Tiefpunkt. »Oh …« Er gab sich die größte Mühe, locker zu reagieren, so als wäre das keine große Sache. Aber für ihn war es das.

»Jemand hat letzte Nacht die Reifen an meinem Wagen zerstochen.«

»Was?« Troy biss die Zähne zusammen, während heftiger Zorn in ihm aufflammte. »Hast du das gemeldet?«

»Was hätte ich davon?«, rief sie. »Dass ich den Vandalismus angezeigt habe, hat auch nichts gebracht. Nichts scheint zu helfen.«

Troy war zu aufgewühlt, um darüber am Telefon mit ihr zu diskutieren. »Ich mache mich sofort auf den Weg zu dir.«

»Troy …«

»Ich bin in zehn Minuten bei dir.« Er legte auf, schnappte sich Hut und Mantel und stürmte hinaus. Obwohl es sich nicht um einen Notfall handelte, schaltete er das Blaulicht ein, die Sirene jedoch nicht. Er wünschte, er könnte herausfinden, warum Faith zur Zielscheibe geworden war – und was er dagegen tun konnte. Was immer dafür nötig war, er war entschlossen, dem ein Ende zu setzen.

Als Faith ihm die Tür öffnete, wirkte sie blass und abgespannt und hatte dunkle Ringe unter den Augen. Am liebsten hätte er sie in die Arme gezogen und sie getröstet, aber er rief sich ins Gedächtnis, dass er aus beruflichen Gründen hier war und nicht als ihr Freund – oder ihr Möchtegernliebhaber.

»Sag mir, was geschehen ist«, forderte er sie in möglichst professionellem Tonfall auf.

Faith führte ihn ins Wohnzimmer und ließ sich auf die Couch sinken. »Als ich heute Morgen zum Auto gegangen bin, um zur Arbeit zu fahren, sah ich, dass jemand meine Reifen zerstochen hatte.«

»Alle vier?«

Sie nickte.

Das war eine teure Angelegenheit.

»Ich habe in der Klinik angerufen und Bescheid gesagt, dass ich heute nicht kommen kann. Dann habe ich die Werkstatt kontaktiert. Mein Wagen musste zum Reifendienst geschleppt werden … Vor morgen kriege ich ihn nicht zurück.«

»Das tut mir leid, Faith.« Als Sheriff der Stadt fühlte Troy sich verantwortlich. »Haben die Nachbarn irgendetwas gesehen?«

Sie schüttelte den Kopf. »Ich habe schon gefragt. Es muss nach Mitternacht passiert sein, denn um die Zeit sind die McCormicks nebenan zu Bett gegangen. Niemand hat etwas gesehen oder gehört.«

Frustriert schloss er die Augen.

»Ich war so fertig, dass ich meine Tochter angerufen habe, und Jay Lynn bestand darauf, dass ich das Wochenende bei ihr verbringe. Ehrlich, Troy, ich muss hier weg. Ich kann einfach nicht mehr. Irgendwer will mich nicht in Cedar Cove haben, und ... nach diesem Morgen kann ich nur sagen, dass ich auch nicht mehr hier sein will.«

»Das meinst du nicht so«, versuchte er sie zu beschwichtigen.

»Doch, das tue ich. Nach Cedar Cove zu ziehen war ein kolossaler Fehler.«

Seine Hand krallte sich um seine Hutkrempe, zerknüllte den Filz. »Für mich war es das genaue Gegenteil. Es war einer der besten Tage meines Lebens.«

»Anscheinend hast du ein schlechtes Gedächtnis«, tadelte sie ihn und lächelte schwach. »Ich war geschockt, dass das Haus in Seattle so schnell einen Käufer gefunden hat – aber noch geschockter, als du mir sagtest, wir sollten uns nicht mehr treffen.«

Wenn Troy diese Worte hätte zurücknehmen, sie ungesagt machen können, dann hätte er das getan. Die Beziehung zu Faith abzubrechen war einer der schlimmsten Fehler seines Lebens, und seitdem hatte er jeden Tag teuer dafür bezahlt.

»Hör zu«, meinte sie. »Ich will keine alten Kamellen aufwärmen. Ich bin einfach nur müde und durcheinander und ein Wochenende fern von hier wird mir guttun.«

Insgeheim gab er ihr recht, aber es hätte ihm wesentlich besser gefallen, wenn sie beschlossen hätte, zu ihrem Sohn zu fahren statt zu Jay Lynn. Scott wohnte wenigstens in der Stadt.

»Gibt es irgendetwas, das ich tun kann?«, fragte er.

Sie schaute zu ihm hoch, ihre Blicke trafen sich. »Nein, nichts. Für mich ist es das Beste, wenn ich die Stadt verlasse.«

»Nein!«, widersprach er heftig.

»Übers Wochenende«, ergänzte sie. »Was danach geschieht, werde ich später sehen. Jetzt ist nicht der richtige Moment, endgültig zu entscheiden, ob ... ob wir eine gemeinsame Zukunft haben.«

Das sah Troy anders. Er wollte Faith, er wollte sie heiraten. Aber vorher musste er sie davon überzeugen, dass sie eine gemeinsame Zukunft hatten. Eine Zukunft in Cedar Cove.

23. Kapitel

Linc Wyse hielt überhaupt nichts von Mary Jos Idee. Wenn seine Schwester aus seinem Haus ausziehen wollte, okay. Es stand ihr frei, das zu tun, wann immer sie es wollte. Doch kaum hatte er das ausgesprochen, fügte er hinzu, dass der Zeitpunkt seiner Meinung nach äußerst ungünstig war.

Als junge Mutter sollte Mary Jo zu Hause bei ihrem Baby bleiben. Natürlich ärgerte sie sich über seine Einstellung – aber das galt umgekehrt genauso. Er wusste, dass es in der heutigen Zeit völlig normal war, dass eine Mutter drei Wochen nach der Geburt wieder zur Arbeit ging. Ihre eigene Mutter war nicht berufstätig gewesen, und er hatte eine klare Meinung zu diesem Thema. Gut, seine Haltung mochte nicht gerade populär sein und so gar nicht der seiner Schwester entsprechen, aber dennoch ... Wenn er irgendwann Ehemann und Vater sein würde ... Schnell verwarf er den Gedanken. Dass er jemals heiraten würde, war alles andere als wahrscheinlich, zumal bei seinen altmodischen Ansichten. Das stimmte ihn traurig, aber so war es nun einmal. Ihm blieb nichts anderes übrig, als die Realität zu akzeptieren.

Seine Schwester packen und auf die andere Seite des Puget Sound ziehen zu lassen war ihm noch schwerer gefallen als gedacht. Dennoch gefiel ihm Cedar Cove. Am Heiligabend war er auf der Suche nach Mary Jo überall herumgefahren und hatte überwiegend einen guten Eindruck von der Stadt gewonnen. Seine letzten Besuche hatten diesen Eindruck noch verstärkt. Es war eine nette kleine Stadt, einladend und freundlich. Ihr einziger Nachteil war die Entfernung. Allein in der letzten Woche hatte er vier Ausflüge auf die Kitsap Peninsula gemacht, um seine Schwester und das Baby zu besuchen und sich zu vergewissern, dass es den beiden gut ging.

Mary Jos Ansicht nach war keiner dieser Ausflüge nötig gewesen. Aber Linc konnte nachts nicht ruhig schlafen, wenn er sich nicht persönlich vom Wohlergehen seiner Schwester und seiner Nichte überzeugt hatte. Seine Verantwortung für die Familie hatte er schon immer sehr ernst genommen.

Und so kam es ihm einfach nur richtig vor, Noelle an ihrem allerersten St. Patrick's Day zu besuchen. Ihr familiärer Hintergrund war kunterbunt zusammengewürfelt – wie bei so vielen Amerikanern. Soweit er wusste, gab es Engländer, Franzosen und Deutsche unter ihren Vorfahren. Außerdem war er überzeugt, dass auch Iren darunter gewesen sein mussten. Für alle Fälle hatte er seiner Nichte einen teuren irischen Plüschkobold gekauft. Aber er hatte noch eine viel bessere Ausrede für seinen Besuch. Er hatte nämlich ein neues Sofa und einen Sessel im Ausverkauf erstanden, und die wollte er persönlich vorbeibringen, um die Lieferkosten zu sparen. Tatsächlich freute er sich darauf, seine Schwester zu überraschen.

Mary Jo hatte ihn als eine Art Ungeheuer abgestempelt, und das entsprach einfach nicht der Wahrheit. Er hoffte, dass sein Friedensangebot Wirkung zeigen würde.

Als er vor dem Doppelhaus parkte, sah er Mack McAfee auf einer Leiter stehen und die Dachrinnen reinigen. Linc hatte sich noch kein klares Urteil über McAfee gebildet. Okay, Mack hatte Mary Jo in der kritischsten Zeit ihres Lebens zur Seite gestanden. Aber dass er Tür an Tür mit ihr wohnte, war ein bisschen zu praktisch. Linc war sich nicht sicher, ob er das gut fand.

Er hatte den Fehler begangen, seine Bedenken zu äußern, und Mary Jo hatte ihm dafür fast den Kopf abgerissen. Seitdem hielt er lieber die Klappe. Offenbar interessierte sich seine Schwester nicht für seinen Rat, wenn es um McAfee ging. Na schön. Er würde seine Meinung für sich und McAfee im Auge behalten.

»Hey, Linc«, rief Mack ihm zu, kletterte von der Leiter und streckte ihm die Hand entgegen. Linc schüttelte sie ihm bereitwillig.

»Ich bin mir nicht sicher: Ist meine Schwester zu Hause?« Linc kannte die Antwort bereits. Er fragte, weil er wissen wollte, wie genau der Feuerwehrmann seine kleine Schwester beobachtete. Im Grunde befand er sich in einer typischen Zwickmühle. Einerseits begrüßte er es, dass Mack ein Auge auf sie hatte. Andererseits wollte er sichergehen, dass der Kerl ihr nicht mehr Aufmerksamkeit schenkte, als angebracht war.

Das war eine Gratwanderung, und Linc hatte vor, oft genug herzukommen, um dafür sorgen zu können, dass Mack keine Grenze verletzte.

»Mary Jo ist zu Hause.«

»Gut.«

»Wie ich sehe, hast du ihr Möbel mitgebracht.«

Nun, immerhin ist er sehr aufmerksam, dachte Linc ein wenig sarkastisch.

»Ich denke, über das Sofa wird sie sich freuen«, setzte Mack hinzu.

Das hoffte Linc, aber bei Mary Jo konnte man nie wissen – genau wie bei jeder anderen Vertreterin des weiblichen Geschlechts. Er verstand die Frauen einfach nicht und hatte keine Ahnung, wie man richtig mit ihnen kommunizierte. Im Laufe der Jahre war er einige Beziehungen eingegangen, aber sie alle waren gescheitert. So wie er es sah, musste die

Schuld bei ihm liegen. Mary Jo hatte ihm schon oft gesagt, dass er zu herrschsüchtig, zu starrköpfig und obendrein viel zu chauvinistisch war. Er hatte ehrlich versucht, sich zu ändern, feinfühliger zu sein, aber das hatte auch nicht funktioniert. Soweit er das beurteilen konnte, war er dazu verdammt, unverheiratet zu bleiben. Vor Noelle hatte ihn der Umstand, dass er nie eigene Kinder haben würde, nicht gestört.

Jetzt aber tat es das.

Er liebte seine Nichte mehr, als er sich je hätte vorstellen können. Seit Mary Jo und Noelle in Cedar Cove wohnten, war das Haus seltsam still und leer. Mel und Ned waren oft unterwegs. Im Gegensatz zu ihm hatten sie keine Probleme mit Frauen. Beide lebten in einer glücklichen Beziehung, und er ging davon aus, dass sie schon bald heiraten würden.

Wenn Linc nicht zu Hause war, dann war er auf der Arbeit. Er leitete die Kfz-Werkstatt, die sein Vater vor fast fünfzig Jahren gegründet hatte. Da er der älteste der drei Söhne war, hielt er es für seine Pflicht, das Familienunternehmen weiterzuführen und die Familie zusammenzuhalten. Seit dem Tod ihrer Eltern hatte er alles gegeben, um den Betrieb zu managen und sich um die Familie zu kümmern.

»Wie geht's Mary Jo?«, erkundigte er sich.

»Warum fragst du mich nicht direkt?«, hörte er sie hinter sich sagen. Sie stand in der Tür ihrer Doppelhaushälfte, die Arme vor der Brust verschränkt. »Ich lebe schließlich nicht in China, weißt du.«

»Ja, klar.« Da er befürchtete, noch etwas zu sagen oder zu tun, was sie aufregen könnte, stopfte Linc die Hände in die Hosentaschen.

»Da du gefragt hast: Es geht mir gut, danke.«

»Und Noelle?«

»Ebenso.«

Linc räusperte sich und wandte sich zu Mack um. Dessen Blick verriet ihm, dass er von dieser Seite nicht mit Hilfe zu rechnen hatte.

Also deutete er zu seinem Truck hinüber. »Ich habe dir ein Geschenk zum Einzug mitgebracht.«

»Noch eins?«

»Äh ... Ich hatte den Eindruck, dass du mehr als eins gebrauchen könntest.«

Mary Jo lächelte. »Das ist nett von dir.«

Linc spürte, wie sich seine Schultern langsam wieder entspannten.

Er übergab ihr den Plüschkobold, der Teil von Noelles wachsendem Spielzeugstapel wurde. Dann wuchtete er mit Macks Hilfe das Sofa und den Sessel in Mary Jos Wohnzimmer. Sie sagte ihnen, wohin sie beides stellen sollten, und änderte gleich darauf ihre Meinung nicht nur ein-, sondern zweimal. Aber das störte Linc und Mack nicht.

Noelle hatte geschlafen, wachte aber auf, kurz nachdem Mary Jo mit der Anordnung der Möbel zufrieden war. Linc setzte sich mit seiner Nichte, die köstlich nach Babypuder und Shampoo duftete, auf den neuen Sessel und küsste sie auf die Stirn. Die Kleine gähnte und streckte sich, hob dabei die Ellenbogen. Babys faszinierten ihn. Zu Beginn, als Mary Jo Noelle nach Hause gebracht hatte, hatte er sich davor gefürchtet, ihr wehzutun – sie fallen zu lassen oder zu fest zu drücken. Ganz allmählich war er entspannter im Umgang mit ihr geworden. Es half, dass sie nicht mehr unter Koliken litt. So wie jetzt konnte er die Kleine stundenlang halten und sie zufrieden betrachten.

»Möchtest du sie füttern?«, fragte Mary Jo ihn, nachdem sie Mack verabschiedet hatte.

»Ich dachte ... du weißt schon, Brüste ...« Er stolperte

über die Worte, und ihm war nur zu bewusst, dass er knallrot angelaufen war.

»Da ich jetzt arbeite, benutze ich eine Milchpumpe.«

Als Bruder und Schwester sollte man über bestimmte Themen besser nicht reden. Milchpumpen fielen in diese Kategorie. »Ich ... glaube, es ist vielleicht besser, wenn du ihr zu trinken gibst.« Er wusste, dass er schroff klang, konnte aber nichts dagegen tun.

Noelle lächelte ihn an und er erwiderte ihr Lächeln. »Hast du eigentlich viel Kontakt mit deinem Nachbarn?«, murmelte er, ohne seine Schwester anzusehen.

Sie zögerte kurz. »Warum willst du das wissen?«

Linc zuckte die Achseln, froh, dass sie ihm die Frage nicht verübelt hatte. »Er scheint immer da zu sein, wenn ich vorbeischaue.«

»Er wohnt nebenan. Was erwartest du denn?«

In ihrer Antwort lag eine Schärfe, die ihn davor warnte, weiter in sie zu dringen. So schwer es ihm auch fiel, stellte er keine weiteren Fragen. Wenn seine Schwester sich mit ihrem Nachbarn einließ, war das vielleicht gar nicht so übel. Jedenfalls solange Mack klar war, dass er, Linc, keinem Mann mehr gestatten würde, sie auszunutzen.

Er wusste nur zu gut, dass Mary Jo nie wieder ein Wort mit ihm reden würde, wenn er McAfee fragte, welche Absichten er hegte. Trotzdem wollte Linc das wissen.

Mary Jo bot ihm an, zum Abendessen zu bleiben, aber er lehnte ab. Er war schon zu lange geblieben, und es wurde Zeit, sich wieder auf den Heimweg zu machen.

Nachdem sie ihm für die Möbel gedankt hatte, begleitete sie ihn zu seinem Truck. »Fahr vorsichtig, ja?«

»Das werde ich«, versprach er.

»Du weißt, dass es nicht nötig ist, jeden Tag nach mir zu schauen, nicht wahr?«

Er zuckte die Achseln.

»Nicht einmal jeden zweiten Tag.«

Jetzt grinste er.

»Du musst die Familie nicht mehr zusammenhalten, Linc. Wir sind alle erwachsen und durchaus in der Lage, unsere eigenen Entscheidungen zu fällen, aus unseren Fehlern zu lernen. Es ist lieb von dir, dass du mich schützen willst, aber nötig ist das wirklich nicht.«

Dann stellte sie sich zu seinem größten Erstaunen auf die Zehenspitzen, legte ihm beide Hände ans Gesicht und küsste ihn auf die Wange.

Als er davonfuhr, dachte er über das nach, was sie gesagt hatte. Tatsächlich wusste er, dass seine Schwester recht hatte. Mel und Ned mochten es auch nicht, dass er ihnen ständig auf die Finger sah, genauso wenig wie Mary Jo.

Statt die Fähre nach Hause zu nehmen, beschloss Linc, über die Narrows Bridge zu fahren. Er war noch keine zwei Kilometer weit auf dem Freeway gefahren, als er ein Auto am Straßenrand stehen sah. Die Warnleuchten blinkten, was auf ein technisches Problem schließen ließ. Eine Frau stand hilflos neben dem Auto und wartete offensichtlich, dass irgendjemand anhielt.

Autos rauschten an ihr vorbei. Auch Linc wollte nicht anhalten. Er hatte einen langen Tag hinter sich, inzwischen war es dunkel, und er war müde. Außerdem lagen noch anderthalb Stunden Fahrt vor ihm. Doch als er sich der Frau näherte, wusste er, dass er nicht guten Gewissens vorbeifahren konnte.

Also hielt er an, stieg aus seinem Truck und ging zu der Frau hinüber. Sie war zierlich, blond und wirkte zerbrechlich. Kleiner noch als Mary Jo, die nur eins zweiundsechzig groß war.

»Wo liegt das Problem?«, fragte er.

Die Frau starrte zu ihm hoch, als wäre er einem Film der Reihe »Freitag der 13.« entstiegen. Ihre Augen weiteten sich in anscheinend echter Panik.

Linc konnte sich denken, dass er bedrohlich wirken mochte, obwohl er sich nicht vorstellen konnte, was sie von ihm befürchtete. Immerhin befanden sie sich auf einem Freeway, und Dutzende Autos rauschten an ihnen vorbei.

»Ich heiße Linc Wyse und bin Automechaniker«, erklärte er, in der Hoffnung, dass diese Einführung sie beruhigen würde.

»Es ... ist einfach stehen geblieben. Ich war auf dem Weg nach Gig Harbor, und wie aus heiterem Himmel ist mein Auto einfach stehen geblieben. Glücklicherweise konnte ich es noch von der Fahrbahn lenken, bevor gar nichts mehr ging.«

»Haben Sie den Pannendienst angerufen?«, fragte er.

»Ähm, nein ... Das heißt, ja, habe ich und dabei erfahren, dass meine Mitgliedschaft abgelaufen ist. Ich ... ich war in letzter Zeit sehr aufgewühlt und emotional belastet und habe offenbar vergessen, sie zu verlängern.« Sie schien kurz davor zu stehen, in Tränen auszubrechen. »Das interessiert Sie alles nicht. Tut mir leid.«

Damit hatte sie recht. Ihre persönlichen Probleme gingen ihn nichts an. »Hat der Motor gestottert, bevor er ausging?«

Sie schüttelte den Kopf. »Ich wollte unter die Motorhaube sehen, konnte aber nicht rausfinden, wie man sie öffnet.«

Das war typisch. Die meisten Frauen hatten herzlich wenig Ahnung von den technischen Details eines Fahrzeugs.

Offenbar war ihm anzusehen, was er dachte, denn sie fügte hinzu: »Ich bin nicht dumm, wissen Sie.«

Linc hütete sich, *darauf* eine Antwort zu geben. Er beugte sich in den Fahrerraum und betätigte den Entriegelungsmechanismus der Motorhaube. Dann ging er um den Wagen herum nach vorn, öffnete die Haube und überprüfte rasch alles, was leicht zu beheben war.

Die Frau stand neben ihm und musterte den Motor. »Das ist nicht ganz die Wahrheit«, sagte sie.

»Entschuldigung? Was ist nicht wahr?«

»Was ich eben gesagt habe – dass ich nicht dumm bin.« Sie schaute an ihm vorbei zu den Autos auf dem Freeway. »Sie sind sehr nett, und ich bin Ihnen wirklich dankbar für Ihre Hilfe.«

Mit Lob konnte er nicht umgehen, also ignorierte er ihre Bemerkung. »Ein Motorschaden ist es jedenfalls nicht, soweit das auf den ersten Blick ersichtlich ist.«

»Ich kann nicht glauben, dass mir das jetzt passiert, als Krönung zu allem anderen.«

»Allem anderen?« Linc fragte sich, ob er wohl gleich bereuen würde, gefragt zu haben.

»Mein Verlobter. Geoff. Ehemaliger Verlobter, sollte ich sagen. Er ist ein Dieb.« Sie biss sich auf die Unterlippe. »Ich habe die Verlobung gelöst, und meine Familie ist wütend – nicht weil ich die Hochzeit abgesagt habe, sondern weil ich nicht genug Verstand hatte, zu erkennen, dass der Mann, den ich geliebt habe, völlig unpassend als Ehemann und ein Versager als Mensch ist.« Sie stieß einen tiefen Seufzer aus. »Entschuldigen Sie. Nichts davon hat etwas mit meinem Auto zu tun. Ich weiß ehrlich gesagt nicht, was ich getan hätte, wenn Sie nicht angehalten hätten. Meinen Vater anzurufen kam nicht infrage.«

Das war der Moment, in dem Linc sie zum ersten Mal richtig anschaute ... und erkannte, dass sie noch hübscher war, als er zunächst bemerkt hatte.

»Da denkt man, dass man jemanden kennt und liebt, und dann erfährt man die Wahrheit ... Es tut einfach so weh, wenn man erkennt, dass der Mensch, den man geliebt hat, nicht der ist, für den man ihn gehalten hat.«

Linc trat ein Stück vom Auto zurück. »Wann haben Sie das letzte Mal getankt?«

Sie runzelte die Stirn. »Sie glauben, mir könnte das Benzin ausgegangen sein?«

»Lassen Sie mich einsteigen und nachschauen.« Die Frau schien keines klaren Gedankens fähig. Linc glitt auf den Fahrersitz und drehte den Zündschlüssel. Und richtig, die Nadel der Tankanzeige stand auf null.

Offenbar stand die Frau kurz vor einem emotionalen Zusammenbruch. Ich Glückspilz, dass ausgerechnet ich ihr über den Weg gelaufen bin, schoss es ihm durch den Kopf. Das hatte er nun davon, dass er den barmherzigen Samariter gespielt hatte. Keine gute Tat bleibt unbestraft, so hieß es doch.

Die Frau glitt neben ihn auf den Beifahrersitz, zog die Tür zu und begann zu zittern. Vermutlich kämpfte sie mit den Tränen. »Es tut mir so leid. Sie sind so nett und freundlich, und ich bin hysterisch. Wie dumm von mir, nicht zu erkennen, dass mir das Benzin ausgegangen ist.« Sie schloss die Augen und ließ den Kopf sinken.

»Das kann jedem passieren«, versuchte Linc sie zu beruhigen und hoffte, den richtigen Tonfall angeschlagen zu haben.

Sie wandte sich ihm zu, ihre Nase war gerötet, ihre Augen schwammen in Tränen. »Haben Sie schon mal das Gefühl gehabt, alles falsch zu machen?«, fragte sie.

Obwohl er sich fühlte, als sei er mitten in einer Seifenoper gelandet, nickte Linc.

»Ich auch.«

Allmählich wurde ihm die Situation unangenehm. »Ich habe einen Benzinkanister hinten in meinem Truck«, sagte er, denn er wollte jetzt endlich weiter. »Ich werde zu einer Tankstelle fahren und den Kanister füllen. Das sollte reichen, um Sie an Ihr Ziel zu bringen.«

»Lassen Sie mich hier allein?«

»Äh ... Möchten Sie mitkommen?«

»Darf ich?«

Linc schossen mehrere Dinge gleichzeitig durch den Kopf. Er konnte nicht fassen, dass er ihr das angeboten hatte, und genauso wenig, dass sie darum gebeten hatte.

Um die Batterie ihres Autos nicht unnötig zu erschöpfen, schaltete er die Zündung wieder aus und reichte ihr die Autoschlüssel.

»Ich heiße übrigens Lori Bellamy«, sagte sie und streckte ihm die Hand entgegen.

Er schüttelte sie, beinahe erschrocken, wie weich ihre Haut sich an seinen schwieligen Fingern anfühlte. »Linc Wyse.«

»Hi, Linc.«

»Hi.« Plötzlich war da wieder dieses Unbehagen, das ihn immer erfasste, wenn er es mit Frauen zu tun hatte, ganz besonders mit zierlichen Frauen. Kleine, zarte Frauen wie Lori vermittelten ihm das Gefühl, ungeschickt, schwerfällig und ... zu groß zu sein. In ihrer Gegenwart bewegte er sich vorsichtig und sprach leise, um sie nicht zu ängstigen.

Schnell stieg er aus dem Auto, lief zu seinem Truck und räumte den Beifahrersitz frei.

Nachdem sie eingestiegen war – mit seiner Hilfe –, legte sie den Sicherheitsgurt an und lächelte. »Sind Sie immer so nett und hilfsbereit?«

»Ich habe eine Schwester«, antwortete er. »Wenn sie mit dem Wagen liegen bleiben würde, würde ich mir wünschen, dass jemand wie ich anhält und ihr hilft.«

Er startete den Motor und fädelte sich in den Verkehr ein. Während der Fahrt herrschte Stille, aber es war kein unbehagliches Schweigen, und er hatte nicht das Gefühl, eine Unterhaltung führen zu müssen. Nach ein paar Minuten murmelte sie: »Mit Ihnen kann man sehr leicht reden.«

»Mit mir?«, fragte er verdutzt.

Sie nickte. »Sie haben mir geduldig zugehört, obwohl ich die lächerlichsten Dinge von mir gegeben habe.«

»Zum Beispiel?«

Sie verzog das Gesicht. »Über Geoff. Sie haben angehalten, um mir mit meinem Wagen zu helfen – nicht um sich anzuhören, was für ein Chaos mein Leben ist.«

»Manchmal hilft es, mit einem Unbeteiligten zu reden«, erwiderte Linc vage.

»Ich ... ich hatte nicht vor, mit den peinlichsten Details meines Lebens rauszuplatzen.« Ein kurzes beschämtes Lachen folgte. »Dass mir das Benzin ausgegangen ist, scheint einfach nur zu bestätigen, dass mein Leben sich in einer Abwärtsspirale befindet.« Bedrückt zuckte sie mit den Schultern. »Ich schätze, Geoff ist der Beweis dafür, dass ich mich bei Männern nicht auf mein Urteil verlassen kann.«

Linc grinste. »Da haben wir was gemeinsam. Denn was Beziehungen zwischen Mann und Frau angeht, stehe ich völlig auf dem Schlauch.« Ermutigt beschloss er, einen Versuch zu wagen, und wandte den Blick gerade lange genug von der Straße ab, um sie anzuschauen. »Möchten Sie mit mir essen gehen?«

»Heute Abend?«

»Äh ... sicher.« Tatsächlich wäre ihm jeder Abend recht gewesen. Schließlich war sein Terminkalender nicht gerade mit gesellschaftlichen Verpflichtungen voll. »Heute Abend würde es passen«, sagte er leichthin.

»Okay, aber nur, wenn Sie mich bezahlen lassen. Als kleines Dankeschön für Ihre Hilfe.«

Er zögerte, weil er Angst hatte, sich gerade den vielversprechendsten persönlichen Kontakt zu ruinieren, den er in den letzten paar Jahren gehabt hatte. »Tut mir leid, aber das geht nicht. So hat mein Daddy mich nicht erzogen«, sagte er und schlug einen leicht humorvollen Ton an. Einen Moment schwieg er, um ihre Reaktion abzuschätzen. »Nennen Sie mich altmodisch, nennen Sie mich einen Chauvinisten, nennen Sie mich, wie immer Sie wollen, aber ich werde trotzdem unser Essen bezahlen. Schließlich habe ich *Sie* eingeladen, schon vergessen?«

»Altmodisch«, wiederholte sie. »Ich bevorzuge altmodisch. Ist der Begriff Chauvinist nicht sowieso ein bisschen überholt?«

»Sie meinen, er ist altmodisch?«, fragte er zurück, und sie lachten beide.

Linc fand eine Tankstelle und fragte an der Kasse nach dem nächstgelegenen Restaurant. Dort bestellten sie sich Hamburger, Pommes frites und Limo und unterhielten sich zwei Stunden lang sehr angeregt. Lori erzählte ihm von Geoff, und er berichtete ihr, dass seine Schwester nach Cedar Cove gezogen war. Dann beschrieb er seine Kfz-Werkstatt, erzählte, dass er den Namen der Werkstatt in *Three Wyse Men* umgeändert hatte, als er und seine Brüder den Betrieb übernommen hatten. Sie erklärte, dass sie in einer Boutique in der Nähe des Einkaufszentrums arbeitete und vor Kurzem nach Cedar Cove gezogen war.

Womöglich wären sie noch länger geblieben, wenn sie nicht bemerkt hätten, dass das Restaurant bald schließen würde. Es gefiel Linc gar nicht, dass der Abend schon zu enden drohte. Anders als bei den meisten Frauen fühlte er sich in Loris Gegenwart entspannt und behaglich. Anscheinend waren sie beide nicht geübt in Small Talk, und als er das erwähnt hatte, hatte sie gemeint: »Na und? Dann reden wir eben über wichtige Dinge.« Und genau das hatten sie getan.

All das änderte sich, als sie wieder im Truck saßen und er sie zurückfuhr, um ihren Wagen zu holen. Das Schweigen zwischen ihnen wirkte plötzlich angespannt, ganz anders als auf der Hinfahrt. Linc verstand nicht, warum das so war, und fragte sich, was er gesagt haben mochte, das sie verärgert hatte. Gern hätte er herausgefunden, was der Grund für ihren Stimmungsumschwung war, wusste aber nicht, wie er das Thema ansprechen sollte.

»Linc?« Sie legte ihm die Hand auf den Arm. »Würde es dir was ausmachen, wenn wir einfach einen Moment hier sitzen bleiben?« Er hatte am Fahrbahnrand gehalten, nur wenige Meter von ihrem Auto entfernt.

»Nein ... ich meine – nein, natürlich macht es mir nichts aus.«

Sie wandte sich ihm zu und starrte ihn aus den größten, dunkelsten braunen Augen an, die er je gesehen hatte. »Du hast Probleme mit Beziehungen, richtig?«

Er nickte.

»Ich auch. Aber mit dir empfinde ich anders.«

Wieder nickte er, weil er nicht recht wusste, wie er seine Gefühle in Worte fassen sollte.

»Du bist ein guter Mensch. Du hast angehalten, um mir zu helfen, während alle anderen vorbeigefahren sind.« Sie deutete zu ihrem Wagen hinüber. »Allen war es egal, nur dir nicht.«

Zu gern hätte er abgewiegelt, aber sie schien so konzentriert und entschlossen, dass er aus Angst, die Stimmung kaputt zu machen, schwieg.

»Dir ist auch deine Familie wichtig und du hast das Unternehmen deines Vaters am Laufen gehalten. Ich bewundere das.« Sie schloss die Augen, schlug sie wieder auf. »Ich bin das alles leid.«

»Was bist du leid?«, fragte er, verwirrt über ihren plötzlichen Themenwechsel.

»Dating.«

»Heißt das, dass du nicht noch mal mit mir ausgehen möchtest?« Seine Enttäuschung war ihm anzuhören.

»Nein ... Hör zu, sag noch nichts, aber ich möchte dir etwas vorschlagen, was so sehr aus heiterem Himmel kommt, dass du vermutlich aus deinem Truck springst und Fersengeld gibst.«

»Was denn?«

Sie kaute auf ihrer Unterlippe herum, schüttelte dann den Kopf. »Nein, das ist zu verrückt. Vergiss es.«

Linc hatte keine Ahnung, was sie vorschlagen wollte, und wünschte nur, sie würde es endlich aussprechen und auf die Konsequenzen pfeifen.

»Ich bin eine altmodische Frau.« Sie machte eine kurze Pause. »Genauso wie du ein altmodischer Mann bist.«

Linc war ganz ihrer Meinung, aber genau das gefiel ihm an ihr.

»Du scheinst Probleme mit Beziehungen zu haben und mir geht es genauso.«

Wieder gab er ihr recht.

»Du bist den ganzen Datingkram genauso leid wie ich, richtig?«

»Richtig.«

Lori holte tief Luft. »Möchtest du dir das Ganze einfach schenken?«

»Ich ... verstehe nicht?« Irgendwie konnte er ihrer Logik nicht folgen.

Sie hielt den Blick fest auf irgendetwas vor ihr gerichtet.

Was das war, konnte er nicht erkennen. »Hättest du Interesse daran, dir all den Kram zu schenken, der schließlich zur ... Ehe führt?«

Das Schweigen, das folgte, schien um sie herum widerzuhalten. »Lori«, begann er vorsichtig. »Vielleicht irre ich mich ja, und wenn das so ist, wenn ich mir nur etwas einbilde, dann verzeih mir bitte ...« Er schluckte. »Hast du mich gerade gebeten, dich zu heiraten?«

Sie räusperte sich. »Ich weiß, das ist vermutlich das Verrückteste, was du je gehört hast, aber ich muss dich einfach fragen.«

»Du meinst das ernst?«

»Ja«, erwiderte sie feierlich. »Wir wollen doch beide heiraten, richtig?«

Das stimmte. Linc spürte, wie sich sein Puls beschleunigte.

Lori fuhr fort: »Du bist ein gebranntes Kind. Ich bin ein gebranntes Kind. Vergessen wir das alles. Lass uns einfach alles auf eine Karte setzen und es tun. Wärst du dazu bereit?«

»Ich habe nie erwartet, dass eine Frau mich bitten würde, sie zu heiraten, aber da du es jetzt getan hast ...«

»Habe ich dich mit meinem Vorschlag geschockt?«, fragte sie.

Das hatte sie, aber Linc war nicht bereit, das zuzugeben. »Willst du jetzt eine Antwort haben?«

»Ja, bitte.«

Rasch holte er Luft. »Okay. Ich bin bereit, es zu wagen, wenn du es bist.«

Loris Lächeln ließ ihr Gesicht erstrahlen, und sie packte seinen Arm. »Ich kann nicht glauben, dass wir das tun! Das ist irre!«

»Ja, vermutlich.«

Sie ließ den Kopf an seine Schulter sinken und stieß den Atem aus, als wäre ihr eine gewaltige Last von den Schultern genommen worden.

»Dann werden wir heiraten«, sagte er.
»Wir werden heiraten«, wiederholte sie.
»Bald?«, wollte er wissen.
»Bald.«

24. Kapitel

Zu Charlottes großer Erleichterung hatte Ben in letzter Zeit wieder mehr und mehr zu seinem alten Ich zurückgefunden. Sie wusste, dass er in den vergangenen Wochen zweimal mit David gesprochen hatte. Während das erste Telefonat ihn offenkundig beunruhigt hatte, war er nach dem zweiten weniger aufgewühlt gewesen, und in den darauffolgenden Tagen hatte sich seine Stimmung beträchtlich gebessert.

Ben hatte ihr nichts über das Gespräch erzählt, aber Charlotte wusste, dass er kurz danach mit Roy McAfee Kontakt aufgenommen hatte. Zunächst war sie enttäuscht gewesen, dass Ben sich ihr nicht anvertraut hatte, war dann aber zu dem Schluss gekommen, dass er sie, rücksichtsvoll wie er war, einfach nicht in den neuesten Schlamassel mit seinem Sohn hineinziehen wollte.

»Ben«, rief sie, während sie sich vor dem Spiegel mit ihrem Hut abmühte. Eine solche Kopfbedeckung trug sie nur selten, aber heute stand eine Feier an, also wäre ein hübscher Hut nur angemessen. Bei ihrem letzten Gespräch hatte Olivia ihr erzählt, dass sie sich ebenfalls für einen Hut entschieden hatte – offensichtlich aus anderen Gründen –, aber das war mit ein Grund dafür, dass Charlotte auch einen tragen wollte. Damit ihre Tochter sich nicht unwohl fühlte. Olivia besaß eine schöne Perücke, empfand sie aber als unbequem und lästig, deshalb ermunterten ihre Familie und ihre Freunde sie immer wieder, darauf zu verzichten.

»Bist du so weit? Können wir los?«, fragte Charlotte ihren Mann.

»Bis zur Eröffnungsfeier ist es noch fast eine Stunde«, rief er ihr zu.

Charlotte steckte den Fedora mit einer schicken Haarnadel fest, die ihrer Mutter gehört hatte. »Ben, Liebling, ich möchte nicht zu spät kommen.«

»Charlotte«, sagte er und gesellte sich zu ihr ins Schlafzimmer. »Wir brauchen nur fünf Minuten bis zum Teehaus.«

»Aber es könnte großer Andrang herrschen.«

Zärtlich umfasste er ihre Taille. »Na schön, meine Liebe, wenn es dich beruhigt, können wir los.«

»Danke, mein Schatz.«

Nach monatelanger Bauzeit stand die Eröffnung des Teehauses ihrer Enkelin unmittelbar bevor. Das rosa Gebäude mit den lavendelblauen Verzierungen war das Gesprächsthema in der Stadt, was nicht überraschend war. Noch nie hatte es in Cedar Cove etwas Derartiges gegeben.

Um ihre Enkelin zu unterstützen, hatte Charlotte all ihre Rezepte zusammengetragen, die sie, ihre Familie und ihre Freunde besonders schätzten. Ben hatte ihr geholfen, sie abzutippen. Dann hatten sie mit großem Trara die Mappe bei Justine abgeliefert. Charlotte freute sich sehr, dass eine Reihe der darin enthaltenen Rezepte auf der Speisekarte des Teehauses gelandet war.

Sie legte ein wenig Parfum auf – Evening in Paris, ihren Lieblingsduft. Gerade war sie fertig, da klingelte es an der Tür. *Welch unpassender Moment!*

Als sie das Wohnzimmer betrat, entdeckte sie Roy McAfee, noch im Mantel und mit seiner Aktentasche in der Hand. Er sprach mit Ben.

»Roy, wie schön, dich zu sehen«, grüßte sie ihn höflich.

Sie wartete darauf, dass Ben ihm sagte, sie wollten jetzt zum Teehaus gehen. Familienangehörige und enge Freunde versammelten sich dort vor der eigentlichen Eröffnung für eine kleine Feier. Pastor Flemming würde um Gottes Segen für dieses Unternehmen bitten, und Charlotte wollte keine Sekunde davon verpassen. Aber statt Roys Besuch auf später zu verschieben, forderte ihr Mann ihn auf, Platz zu nehmen.

»Es wird nicht lange dauern«, erklärte Ben. Offensichtlich konnte er erraten, was ihr durch den Kopf ging.

»Soll ich euch einen Kaffee machen?«, fragte sie die beiden Männer.

»Nein, danke«, erwiderte Roy. »Ich muss Ben nur meinen Bericht übergeben.«

Offensichtlich hatte Ben den Privatdetektiv damit beauftragt, Nachforschungen über etwas anzustellen. Und die betrafen zweifellos David.

Ben deutete auf den leeren Platz auf dem Sofa. »Setz dich bitte zu uns.«

Charlotte nahm neben ihm Platz. Er griff nach ihrer Hand, hielt sie fest umklammert. Sie konnte spüren, wie angespannt er war, wie sehr er es leid war, sich mit David und seinen Problemen herumärgern zu müssen, und drückte beruhigend seine Finger.

»Wie du vermutlich weißt«, begann Roy, der ihnen gegenübersaß, »hat Ben mich gebeten, Davids Geschichte zu überprüfen.«

Ben wandte sich Charlotte zu. »Als David und ich das letzte Mal telefoniert haben, hatte er Mary Jo informiert, er wolle einen Vaterschaftstest. Sie war dagegen, aber weil ich sie darum bat, seiner Bitte nachzukommen, hat sie es gemacht. Der Test beweist, dass Noelle seine Tochter ist. Daran besteht jetzt kein Zweifel mehr.«

»Wird David sich jetzt seiner Verantwortung stellen?«

»Zumindest *sagte* er, er würde es tun«, antwortete Ben. »Er kam zu mir und erklärte, er habe seinen Job bei der Versicherungsgesellschaft aufgegeben und arbeite jetzt bei einer

Bank. Er versicherte mir, er bemühe sich, sein Leben zum Positiven zu verändern, und bat mich, ihm dabei zu helfen.«

»Finanziell?«, hakte Charlotte nach.

»Nein, und das hat mir Mut gemacht. Zum ersten Mal seit Jahren hatte ich das Gefühl, dass mein Sohn vielleicht endlich seine Lektion gelernt hat und bereit ist, der Mann zu werden, von dem ich immer geglaubt habe, er könne es sein.«

Charlotte sah zu Roy hinüber, weil ihr nicht klar war, warum Ben ihn eingeschaltet hatte.

»Die Sache ist die: Ich bin von David schon oft hinters Licht geführt worden«, fuhr Ben fort. »Es fällt mir schwer, zu beurteilen, ob er es diesmal wirklich ernst meint, da ich als sein Vater natürlich dazu tendiere, ihm zu vertrauen. Aber ich habe aus meinen Fehlern gelernt und Roy gebeten, Davids Geschichte zu überprüfen.«

Roy beugte sich vor, um seine Aktentasche zu öffnen. »Ich habe einen ausführlichen schriftlichen Bericht für euch erstellt«, erklärte der Privatdetektiv und stand auf, um Ben einen Aktenordner zu übergeben.

»Wir sind ein bisschen in Eile«, sagte Ben. »Wärst du deshalb vielleicht so nett, uns die Ergebnisse kurz zusammenzufassen?«

»Natürlich.«

Charlotte fiel auf, wie Roy sich leicht verspannte – als grauste ihm davor, ihnen zu offenbaren, was er herausgefunden hatte. »Seinen Job hat David tatsächlich aufgegeben. Allerdings ging die Kündigung nicht von ihm aus. Die Versicherungsgesellschaft hat ihn aus gutem Grund gefeuert. Offenbar lagen Beschwerden wegen sexueller Belästigung gegen ihn vor. Daher hat er auch keine Abfindung bekommen.«

Es überraschte Charlotte nicht, dass man David entlassen hatte.

»Aber er hat doch diese neue Stelle, richtig?« Die Frage kam von Ben.

»Nein, ich fürchte, das ist auch nur eine Lüge«, antwortete Roy. »Er ist seit drei Monaten arbeitslos.«

Da Charlotte wusste, wie schlecht es um Davids Finanzen stand, meinte sie fragen zu müssen: »Und wovon lebt er jetzt?«

Roy schaute Ben an, als wollte er den älteren Mann um Erlaubnis bitten, darauf zu antworten. Ben nickte.

»David ist bei einer … befreundeten Person eingezogen.«

»Freund oder Freundin?«, hakte Ben stirnrunzelnd nach.

»Freundin.«

Charlotte spürte, wie enttäuscht Ben von seinem Sohn war – wie viel enttäuschter als je zuvor.

»Mit anderen Worten«, stellte er fest, ohne sich etwas von den Gefühlen anmerken zu lassen, von denen Charlotte spürte, dass sie in ihm brodelten, »mein Sohn lässt sich von einer Frau aushalten.«

Roy nickte. »Sieht ganz danach aus.«

»Und was ist mit seinem Gerede, er wollte Noelle ein Vater sein, sie finanziell unterstützen und sie in sein Leben integrieren?« Charlotte schaute Ben fragend an.

»Ich kann nur vermuten, dass er einfach sagt, was ich hören will, um mich zu besänftigen.«

»Da wäre noch etwas, was für euch von Bedeutung sein könnte«, fuhr Roy nach kurzem Zögern fort.

»Ja?« Nun wandte Ben seine Aufmerksamkeit wieder dem Privatdetektiv zu.

»David lebt derzeit in Seattle.«

»Seattle? Wie lange wohnt er schon in unserer Nähe?«

»Soweit ich in Erfahrung bringen konnte, ein paar Monate.«

Bens Sohn lebte also nur eine Fährüberfahrt entfernt und

hatte es nicht für nötig gehalten, seiner Familie das mitzuteilen. Noch aufschlussreicher war die Tatsache, dass er nicht einmal versucht hatte, seine Tochter zu sehen, die bis vor Kurzem auch in Seattle gewohnt hatte. Das war ein harter Schlag, und Charlotte wusste, wie sehr er ihren Mann getroffen hatte.

»Verstehe«, sagte Ben nach einem Moment. Offensichtlich gab er sich große Mühe, den Schock über diese Neuigkeiten zu verarbeiten.

»Ich wünschte, ich hätte erfreulichere Nachrichten für euch«, sagte Roy.

Ben schüttelte den Kopf. »Keine Sorge, mir ist es lieber, jetzt mit der Wahrheit konfrontiert zu werden, als später davon zu erfahren.«

Charlotte war zum Heulen zumute. Was musste Ben noch alles wegen David ertragen? Er sah aus, als wäre er um Jahre gealtert.

»Gibt es noch etwas, was ich wissen sollte?«, fragte er.

Roy zuckte die Achseln. »Wie schon erwähnt, es steht alles in meinem Bericht. Der wird dir ein klareres Bild vom Leben deines Sohnes vermitteln.«

»Willst du damit sagen, dass da noch mehr ist?«, rief Ben. »Wenn ja, dann raus mit der Sprache.«

Roy warf Charlotte einen fragenden Blick zu.

»Ben muss die Wahrheit wissen«, sagte sie leise.

»Nimmt er Drogen?«, fragte ihr Mann.

»Nein. Es sieht eher so aus, als wäre er spielsüchtig.«

Kurz schloss Ben die Augen. »Das hatte ich befürchtet. Wie sieht's mit Alkohol aus?«

Roy zuckte leicht zusammen. »Es tut mir leid, so viele schlechte Nachrichten zu überbringen, besonders an einem so wichtigen Tag wie heute.«

»Wichtiger Tag?«

»Na, heute wird doch der *Victorian Tea Room* eröffnet.«

»Oh ... ja«, erwiderte Ben leise. »Das ... ist mir fast entfallen. Charlotte und ich wollten gerade gehen, als du kamst.«

Ben klang, als wäre er in Trance. Er sprang auf, lief ein paar Schritte durch das Zimmer und starrte ins Leere, während Charlotte Roy zur Tür geleitete.

»Es tut mir leid, Charlotte. Gibt es irgendetwas, das ich tun kann?«, wollte Roy wissen.

»Nein, aber danke, dass du fragst.«

Charlotte blieb in der Tür stehen und sah Roy nach, wie er die Treppe hinunter und über die Straße zu seinem Wagen ging. Die ganze Zeit überlegte sie fieberhaft, wie sie ihrem Mann dabei helfen konnte, den neuesten vernichtenden Schlag seines jüngsten Sohnes zu verarbeiten.

Als sie sich umdrehte, stellte sie überrascht fest, dass Ben hinter ihr stand. Ihre Blicke trafen sich, und er lächelte.

»Möchtest du zu Hause bleiben?«, fragte sie ihn.

Ben schüttelte den Kopf. »Mein Sohn hat einen selbstzerstörerischen Kurs eingeschlagen. Sosehr ich es hasse, mit ansehen zu müssen, wie er sein Leben ruiniert – ich kann nichts tun, um ihn von diesem Weg abzubringen.« Er atmete langsam aus und hielt ihr den Arm hin. »Ich darf nicht zulassen, dass David mich runterzieht und auch noch mein Leben kaputt macht.«

»Bist du sicher, dass du an der Feier teilnehmen willst?«, hakte sie nach.

Liebevoll lächelte er sie an. »Ich werde nicht zulassen, dass David uns diesen wunderbaren Tag ruiniert. Wir treffen uns mit den anderen im Teehaus zur Einsegnungsfeier. Und dann werden du und ich zu Justines allererstens Gästen gehören.« Er warf einen Blick auf die Armbanduhr. »Wenn wir jetzt gehen, schaffen wir es noch pünktlich.«

25. Kapitel

Shirley Bliss saß in ihrem Arbeitszimmer, das ihre Kinder oft als das Verlies bezeichneten. Sie war mit den Vorbereitungen zu ihrem neuesten Werk beschäftigt und hatte darüber die Zeit vergessen. Inzwischen krochen Schatten über die Wände im Souterrain und verrieten ihr, dass es bereits später Nachmittag war. Schon bald würde Tanni von der Schule nach Hause kommen.

Das hoffte sie jedenfalls.

Es war schwer, sie zu durchschauen. Immer wenn Shirley es wagte, Tanni zu fragen, wo sie gewesen war, wurde ihre Tochter streitsüchtig und reagierte abwehrend. Inzwischen hatte sie es aufgegeben nachzuhaken. So gut sie konnte, achtete sie darauf, wann Tanni kam und ging, und versuchte, darüber informiert zu bleiben, wer ihre Freunde waren. Im Moment war das hauptsächlich Shaw.

Eins der Probleme zwischen Shirley und Tanni bestand darin, dass ihre Tochter sie für den Motorradunfall verantwortlich machte, bei dem ihr Mann ums Leben gekommen war. Das war zwar nicht unbedingt logisch, aber aus Tannis Sicht einer Heranwachsenden war Shirley schuld an dem tragischen Unglück. Schließlich war sie es gewesen, die kapituliert und Jim erlaubt hatte, auf seiner Harley nach Seattle zu pendeln.

Tanni war überzeugt, dass ihr Vater noch am Leben wäre, wenn Shirley sich durchgesetzt hätte. Diese Frage würde auf ewig unbeantwortet bleiben.

Seufzend ging Shirley nach oben ins Erdgeschoss und stellte fest, dass sie wieder einmal das Mittagessen hatte ausfallen lassen. Das geschah oft, wenn sie ein neues Projekt in Angriff nahm. Sie hatte den Tag damit verbracht, verschiedene Stoffe auszuwählen und einen Quilt zu entwerfen, für den sie Wildleder, bedruckte Baumwolle, Leinen und Wollgarn sowie Schleifen und Schnüre verwenden wollte. In einer kreativen Phase dachte sie einfach nicht ans Essen. Tatsächlich war es nicht ungewöhnlich für sie, pausenlos zu arbeiten. Ihre besten Stücke hatte sie in langen Sitzungen geschaffen, die häufig bis tief in die Nacht hineinreichten. Ihre Familie war an ihre seltsamen Arbeitszeiten gewöhnt, aber jetzt war nur noch Tanni zu Hause. Jim lebte nicht mehr, und Nick war fortgezogen, um das College zu besuchen.

Für Shirley war ihre künstlerische Tätigkeit Zufluchtsort und Ausweg zugleich. Genauso war es für Tanni gewesen, obwohl sie in letzter Zeit ihre Zeichnungen für sich behielt. Das war vermutlich auch gut so, denn Shirley bereiteten der unnachgiebige Zorn und die Verbitterung in Tannis Skizzen Sorge. Ihre Tochter war in sich gekehrt, ging den meisten ihrer Freunde aus dem Weg und weigerte sich, mit ihr, Shirley, einem Therapeuten, dem Pastor oder überhaupt irgendwem zu reden.

Die Dinge hatten sich geändert, als sie begann, sich mit Shaw zu treffen, auch wenn der Übergang sich allmählich vollzogen hatte. Trotz der Sorgen, die Shirley sich machte, war sie dankbar dafür, dass Tanni in Shaw jemanden gefunden hatte, mit dem sie über ihre Gefühle reden konnte. Ebenso wie ihre Tochter war er Künstler, hatte im Gegensatz zu Tanni aber nie Unterricht gehabt.

Zweifelsohne war er sehr begabt. Shirley hatte keine Mühe gescheut, um ihm zu helfen, den Unterricht zu bekommen, den er brauchte, um von seiner Kunst leben zu können. Zugleich war sie durchaus bereit, zuzugeben, dass ihre Motive nicht ganz uneigennützig waren.

Sie machte sich Sorgen, dass die beiden Teenager, die beide mit vielen Problemen zu kämpfen hatten, einander zu nahekamen und sexuell aktiv werden würden. Sie fürchtete, Tanni könnte schwanger werden. Doch auch wenn es nicht zum Äußersten käme, würde ihrer Tochter vermutlich das Herz gebrochen werden, wenn sie einen weiteren schweren Verlust erlitt. Dass sie und Shaw das Skelett in der Höhle außerhalb der Stadt gefunden hatten, hatte die Bindung zwischen ihnen nur intensiviert. Seitdem waren sie nahezu unzertrennlich, und Shirley wusste um die Gefahren, die das barg. Sie wollte ihre Tochter vor den schmerzlichen Konsequenzen schützen, die eine intime Beziehung in ihrem jugendlichen Alter mit sich brachte.

Um den Weg für Shaw zu ebnen, hatte Shirley sich bereiterklärt, mit Will Jefferson auszugehen. Zum Glück mochte sie Will gern, und er war definitiv attraktiv, aber sie blieb auf der Hut. Wichtiger noch war der Umstand, dass Will mit Larry Knight befreundet war, einem Künstler, den sie sehr bewunderte. Auf Shirleys Drängen hin hatte Will sich an ihn gewandt, um zu versuchen, Shaw ein Stipendium an einer angesehenen Kunstschule zu verschaffen.

Sie hatte versucht, sich ihre Erleichterung nicht anmerken zu lassen, als Shaw vom San Francisco Art Institute angenommen wurde. In zwei Tagen sollte er abreisen, um für einen Freund von Larry Knight zu arbeiten, bevor im Mai das Sommersemester begann. Obwohl sie nicht über Shaws Abreise gesprochen hatten, erkannte Shirley, dass ihre Tochter hin und her gerissen war. Natürlich war das eine großartige Chance für Shaw, und sie freute sich für ihn. Auf der anderen Seite war sie besorgt, welche Konsequenzen das für ihre Beziehung haben würde.

Die Haustür wurde geöffnet, und Tanni kam herein. Sie ließ ihren Rucksack auf den Teppich fallen und streifte die

Schuhe ab, bevor sie zu ihrem Zimmer ging, ohne Shirley eines Blickes zu würdigen. Wenige Sekunden später hallte der Knall durchs Haus, mit dem ihre Zimmertür ins Schloss fiel.

Gern hätte Shirley ihre Tochter wegen ihres Benehmens zur Rede gestellt. Allerdings hätte sie ebenso gut den Mond anheulen können, denn auf eine Reaktion brauchte sie nicht zu hoffen.

Tatsächlich wagte sie es auch gar nicht, ausgerechnet jetzt einen Streit anzufangen. Sie fürchtete viel zu sehr, dass Tanni impulsiv reagieren würde und eine Dummheit begehen könnte ...

Sie öffnete den Küchenschrank und entschied sich für eine Dose Hühnernudelsuppe. Tiefkühl- und Dosenmahlzeiten ließen sich schnell und leicht zubereiten. Shirley hatte nicht genug Geduld, um zu kochen.

Als die Suppe in der Mikrowelle aufgewärmt war, setzte sie sich damit an den Küchentisch. Sie hatte gerade den ersten Löffel gegessen, als ihre Tochter die Küche betrat. Tanni sah sich um, erblickte ihre Mutter, machte auf dem Absatz kehrt und ging.

Das war typisch.

»Wie war's in der Schule?«, rief Shirley ihr nach.

»Gut.«

»Hast du Hunger?«

»Nein. Ich gehe auf mein Zimmer.«

»Okay.« Tannis Zurückweisung kam nicht unerwartet, aber Shirley musste es trotzdem immer wieder versuchen.

Als sie ihre Suppe gegessen hatte, stellte sie die leere Schale in die Spüle, schaltete die Abendnachrichten ein und griff nach ihrem Strickzeug. Erst kürzlich hatte sie angefangen zu stricken – überwiegend Schals, die sie für eine Wohltätigkeitsorganisation anfertigte. Das Stricken half ihr, den Kopf freizubekommen. Am Ende eines langen Tages wirkten die beruhigenden, sich stets wiederholenden Handbewegungen entspannend und ermöglichten es ihr, in Ruhe nachzudenken.

Zu ihrer Verwunderung betrat Tanni ungefähr fünfzehn Minuten nach Beginn der Nachrichtensendung das Wohnzimmer und setzte sich auf den Sessel neben ihr. Shirley setzte zu einer erfreuten Bemerkung an, überlegte es sich aber sofort anders. Wenn sie jetzt etwas sagte, ging Tanni womöglich gleich wieder. Nein, es war besser, das Reden ihrer Tochter zu überlassen.

»Er wird andere Mädchen kennenlernen, weißt du«, sagte Tanni schließlich.

Shirley wusste, was Tanni meinte, ohne dass sie etwas erklären musste. »Ja, vermutlich wird er das. Hast du Angst davor?«

Tanni zuckte die Achseln, ein sicheres Zeichen dafür, dass sie tatsächlich Angst hatte. Sie wusste, dass das Risiko bestand, ihre Beziehung könne zu Bruch gehen, wenn Shaw abreiste, um die Kunstschule zu besuchen.

»Möchtest du, dass er in Cedar Cove bleibt?«

Tanni schaute Shirley an und zeigte ein halbherziges Lächeln, als amüsierte die Frage sie. »Nein!«

»Aber du willst auch nicht, dass er fortgeht, richtig?«

»Mom, denk doch mal nach! Shaw ist der einzige echte Freund, den ich habe. Er wird mir fehlen.«

»Ja, das wird er.« Vielleicht, nur vielleicht, würde Tanni sich dann gezwungen sehen, sich andere Freunde zu suchen – die Freunde, die sie vor dem Unfall gehabt und die sie von sich gestoßen hatte.

»Er sagt, er liebt mich.«

»Und du liebst ihn.« Shirley dachte gar nicht daran, die Intensität ihrer Gefühle herunterzuspielen. Das Problem war, dass sie beide noch sehr jung waren und ihnen die

Lebenserfahrung fehlte, um mit so tiefen Emotionen umzugehen.

»Ich liebe Shaw mehr als alles andere – mehr als mein Leben.«

Die Worte ließen Shirley erschaudern, aber sie gab sich die größte Mühe, sich nichts anmerken zu lassen. Dann begriff sie, dass Tanni ihr einfach nur hatte mitteilen wollen, wie intensiv ihre Gefühle für Shaw waren.

»Er sagt, er wird mir jeden Tag eine E-Mail schicken oder mich anrufen.«

»Das wird er bestimmt.«

»Ja, fragt sich nur, wie lange …«

Shirley ging dasselbe durch den Kopf, aber es wäre dumm gewesen, das zuzugeben. »Er wird regelmäßig zu Besuch kommen.«

»Nicht oft genug«, klagte Tanni. »Alles wird sich ändern, und ich will das nicht.«

Jetzt klang sie wie ein kleines Mädchen, das von der Mutter getröstet werden musste.

»Möchtest du in den Arm genommen werden?«, wagte Shirley zu fragen.

Ihre Tochter funkelte sie an, als hätte das Angebot sie beleidigt.

»Eine Umarmung kann nicht schaden«, setzte Shirley hinzu.

Tanni zuckte die Achseln. »Mag sein.«

Shirley legte ihr Strickzeug weg, stand auf und ging zu ihrer Tochter. Sie konnte sich nicht erinnern, wann Tanni ihr zum letzten Mal erlaubt hatte, ihre Zuneigung zu zeigen. Ein unfreiwilliger Seufzer entfuhr ihr, als sie ihre Tochter in die Arme nahm.

Zu ihrem Schock und ihrer Freude erwiderte Tanni die Umarmung.

»Du wirst gut damit zurechtkommen«, sagte Shirley. »Und Shaw auch.«

Tanni lehnte den Kopf an ihre Schulter. »Das hoffe ich.«

»Ich weiß.«

»Aber ich habe Angst«, flüsterte Tanni. »Was, wenn er so erfolgreich wird, dass er nichts mehr mit mir zu tun haben will?«

Shirley wusste nicht recht, wie sie Tanni beruhigen sollte. Sie konnte ihrer Tochter nicht versprechen, dass das nicht passieren würde, und zum Teil hoffte sie sogar, dass genau das geschehen würde.

Tanni löste sich von ihr und richtete sich auf.

Shirley wandte sich wieder ihrer Strickarbeit zu, und Tanni blieb im Zimmer. Nach ein paar Minuten ergriff sie erneut das Wort. »In der Schule wurde heute eine Mitteilung von Grace Harding rumgereicht, der Frau, die die Stadtbücherei leitet.«

»Worum ging es da?«

»Sie suchen nach Freiwilligen, die mit Kindern und Hunden arbeiten«, erklärte Tanni.

»Hunde in der Bücherei?«

»Das stand da. Mrs. Harding bringt Hunde aus dem Tierheim mit und lässt Kinder, die Probleme beim Lesen haben, den Tieren vorlesen. Viele Kinder in der Schule halten das für albern, aber ich finde, das ist eine großartige Idee.«

»Warum sollte die Bücherei dafür Freiwillige brauchen? Haben sie nicht schon genug?«

»Ich weiß nicht, aber das ist etwas, was ich gern tun würde.«

»Okay. Klingt interessant.«

»Nächste Woche findet eine Besprechung statt, und ich möchte hingehen.«

»Ich bin gespannt, mehr darüber zu hören.«

»Ich werde dir davon erzählen.« Tanni machte sich bereit zu gehen. Auf halbem Weg nach draußen blieb sie stehen und warf einen Blick über die Schulter. »Danke fürs Zuhören, Mom«, sagte sie leichthin.

Sofort schossen Shirley die Tränen in die Augen. »Gern geschehen«, flüsterte sie.

Ein Jahr nach dem Verlust ihres Mannes fühlte es sich fast so an, als hätte sie ihre Tochter wieder.

26. Kapitel

Am Samstagabend, nachdem sie acht Stunden an der Kasse gestanden hatte, war Christie hundemüde und total erschöpft. Seit Monaten kannte sie nichts als Arbeit und Unterricht. Sie konnte sich nicht einmal mehr erinnern, wann sie das letzte Mal im *Pink Poodle* gewesen war.

In dieser Woche hatten die Prüfungen stattgefunden, und Christie entschied, sich eine kleine Belohnung verdient zu haben. Sie hatte alle Aufgaben erledigt, intensiv gelernt und beherrschte Kamera und Taschenrechner gleichermaßen. Ein Bier konnte nicht schaden. Außerdem würde es ihr guttun, mal wieder ihre Freunde zu sehen.

Sie bog auf den Parkplatz ein und entdeckte im Augenwinkel eine Limousine, die weiter hinten stand.

Nein. Das konnte nicht sein. James? War er etwa gekommen, um nach ihr zu suchen? Wartete er hier – für den unwahrscheinlichen Fall, dass sie sich blicken ließ?

Nun, es wäre nicht das erste Mal, dass er im *Pink Poodle* vorbeischaute, aber es würde definitiv das letzte Mal sein! Sie stieg aus dem Wagen, knallte die Tür zu und marschierte zu der geparkten Limousine hinüber.

Erst nachdem sie vehement gegen die dunkle Fensterscheibe geklopft hatte, erkannte sie, dass das Fahrzeug leer war.

Sie rieb sich die Knöchel. Wenn James nicht in der Limousine saß, dann hieß das wohl, dass er in der Bar war. Okay, das sollte ihr nur recht sein. Sie würde mit ihren Freunden flirten und ihn ignorieren – eine Aussicht, die sie mit neuer Energie erfüllte.

Beim Betreten der Kneipe entdeckte Christie zuerst Kyle, einen geschiedenen Klempner. Etliche andere Männer waren ebenfalls anwesend und saßen überwiegend an den Tischen. Ein paar spielten Poolbillard.

»Hey, seht mal, wer da ist.« Grüßend hob Kyle seinen Bierkrug.

»Christie!« Bill rutschte von seinem Stuhl, um sie zu umarmen.

Larry, der an der Bar arbeitete, zapfte ihr automatisch ein Bier.

Sie brauchte nicht lange, um James zu entdecken. Er saß allein in der Ecke. Und er hatte kein Bier vor sich stehen, offenbar auch keinen Drink. So, wie es aussah, trank er eine Limo.

»Wo hast du die ganze Zeit gesteckt?«, wollte Kyle wissen, als Christie neben ihrem alten Freund auf einen Barhocker glitt.

»Oh, hier und da.«

»Ich habe gehört, du besuchst Lehrgänge am College«, meinte Larry und stellte einen vollen Bierkrug vor ihr ab.

»Ja, ich habe beschlossen, dass es an der Zeit ist, ernstlich über eine berufliche Karriere nachzudenken.«

Falls James sie bemerkt hatte, gab er das durch nichts zu erkennen.

Bill ließ sich neben ihr nieder.

»Was hat es mit dem Typen da hinten auf sich?«, fragte sie und deutete auf James.

»Wir nennen ihn den Professor«, antwortete Larry flüsternd.

»Kommt er oft hierher?«

Kyle zuckte die Achseln. »Ein- oder zweimal die Woche.«

»In den letzten Monaten war er regelmäßig hier. Sagt nie ein Wort. Keiner von uns weiß, wer er ist.«

»Das ist James Wilbur«, erwiderte sie automatisch. Sie hatte nicht vorgehabt, preiszugeben, dass sie ihn kannte. Ihr Problem beziehungsweise eins ihrer vielen Probleme bestand darin, nie den Mund halten zu können.

»Du kennst ihn?«

Da sie nicht lügen wollte, trank sie ihren ersten Schluck Bier, um Zeit zu gewinnen, sich eine brauchbare Antwort einfallen zu lassen. »Nicht wirklich. Ich glaubte mal, ihn zu kennen, aber ich lag falsch damit.« Sie war sich nicht sicher, ob ihre Antwort verständlich war – zumindest für ihre Freunde.

»Hey, Moment mal.« Kyle ließ den Blick von Christie zu Bill und dann zu Larry wandern. »Ich erinnere mich an ihn.«

»Tatsächlich?« Die Frage kam von Bill.

»Er ist der Typ, der vor Weihnachten auf dem Parkplatz rumgelungert hat.«

Larry nickte. Jetzt erkannte auch er ihn wieder. »Der Typ in der Limousine!«

»Steht die jetzt da draußen?«, wollte Kyle wissen. Er und Bill eilten zur Tür. »Ja«, bestätigte Kyle einen Moment später. »Tut sie.«

»Sieht ganz so aus, als hätte er endlich den Mut gefasst, die Bar zu betreten«, spielte Christie mit.

Die drei Männer lachten, und einige der Gäste drehten sich neugierig nach ihnen um.

»Du möchtest ihn vielleicht begrüßen«, meinte Larry.

Christie schüttelte den Kopf. »Warum sollte ich?«

»Du sagtest, du kennst ihn. Er wirkt ziemlich verdrießlich, sitzt einfach nur da und hält sich an seiner Diätcola fest.«

Diätcola. Der Mann war klapperdürr und trank Diätcola? Aus irgendeinem unerfindlichen Grund machte der Gedanke sie wütend.

»Klar, Christie, geh hin und sag Hallo.« Kyle musste ebenfalls seinen Senf dazugeben.

»Ich wette, er hat immer nur auf dich gewartet«, meinte Bill neckend.

»Ich bitte dich.«

Alle drei grinsten.

»Hey, er sieht so aus, als könnte er einen Freund brauchen.«

Sie hatte nicht vorgehabt, mit James zu reden, aber als die Jungs sie dazu drängten, zu ihm zu geben, konnte sie nicht widerstehen. Dabei hatte sie nicht die blasseste Ahnung, was sie zu ihm sagen sollte. Vermutlich würde sie wieder mit etwas Dummem herausplatzen, aber auch dieses Wissen konnte sie nicht mehr bremsen.

James blickte nicht auf, als sie näher kam. Das ruinierte ihren Auftritt ein wenig. Trotzdem wartete sie nicht auf seine Einladung, sich einen Stuhl zu nehmen und sich zu ihm zu setzen.

»Was tust du hier?«, wollte sie wissen.

Statt einer Antwort hob er seine Diätcola und trank einen Schluck.

»Was ist los? Hast du vergessen, wie man redet?«

»Nein.«

James hatte noch nie viele Worte gemacht, aber das jetzt war ein Rekord.

»Die Jungs sagen, du kommst schon eine ganze Weile her. Gibt es dafür einen Grund?«

»Dich.«

Sie verdrehte die Augen. Derart einsilbige Antworten konnte sie nicht ausstehen. »Würdest du das bitte näher erklären?«

»Nein.«

»Fein. Wenn du es so haben willst.« Sie setzte sich seitlich auf ihren Stuhl, schlug die Beine übereinander und ließ lässig den Fuß kreisen. Das tat gut, nachdem sie so viele Stunden auf den Beinen gewesen war.

James ignorierte sie, und sie ignorierte ihn. Nach ein paar Minuten kam sie zu dem Schluss, dass das zu nichts führte, und machte Anstalten aufzustehen. Seine Hand schoss über den Tisch und hielt sie auf.

»Was?«, fauchte sie ihn an und löste sich aus seinem Griff. Wenn er sich bei seinen Antworten auf ein Wort beschränken wollte, konnte sie das auch.

»Bleib.«

»Warum?« Sie fragte sich, wie lange das so gehen sollte – nicht lange, entschied sie. »Bleib? Du behandelst mich, als wäre ich dein Hund.«

»Bitte bleib.«

Zwei Wörter. Immerhin ein Fortschritt. Ein kleiner zwar nur, aber dennoch ein Fortschritt.

Das Schweigen zwischen ihnen zog sich in die Länge, und schließlich war James derjenige, der es brach. »Ich bin gekommen, weil ich mich dir hier nahe fühle.«

»Ich hoffe, du weißt, dass ich nicht deinetwegen weggeblieben bin.«

»Schon klar. Du hast einen kaufmännischen Lehrgang und einen in Fotografie besucht. Teri hat mir das erzählt.«

Ihre Schwester, die Verräterin.

Jetzt schaute James sie direkt an. »Ist es wirklich so schwer, mir zu verzeihen?«, fragte er leise.

Sie nickte nur.

»Du tust mir leid.«

Christie legte sich die Hand auf die Brust. »*Ich* tue *dir* leid?«

Traurig schüttelte James den Kopf. »Hast du noch nicht begriffen, dass kein Mann dich jemals so sehr lieben wird wie ich?«

»Klar doch«, murmelte sie sarkastisch. »Lass dir eins gesagt sein, Mr. Chauffeur, viele Männer haben mir genau wie du unsterbliche Liebe geschworen und mich dann sitzen lassen. Du bist keinen Deut besser, wie sich gezeigt hat.«

»Wenn du bereit bist, mir eine zweite Chance zu geben, werde ich dir das Gegenteil beweisen.«

»Tut mir leid, alle zweiten Chancen, die ich zu geben bereit war, sind bereits vergeben.« Sie klang entschieden und selbstbewusst, spürte aber, wie ihre Entschlossenheit ins Wanken geriet.

Er zögerte, zuckte dann resigniert die Achseln. »Das ist schade.«

»Oh ja, ich werde das bereuen, nicht wahr? Glaub mir, über Reue bin ich längst hinweg, James Wilbur oder wie du auch immer heißen magst. Sehr, sehr weit hinweg. Alles, was es zu bereuen gab, habe ich durchlitten – an dem Tag, an dem du weggelaufen bist.«

Er nickte und stand auf.

Unfreiwillig zuckte sie zusammen, als er die Hand ausstreckte und ihr mit dem Zeigefinger über die Wange strich. Die Berührung war leicht, zärtlich. »Wir hätten wunderbare Kinder gehabt.« Damit wandte er sich ab und ging.

Am liebsten hätte sie ihm nachgerufen, dass das der Schlusssatz für einen schlechten Film sei – aber sie war wie gelähmt und konnte nicht atmen. Als sie es endlich schaffte auszuatmen, sprang sie von ihrem Stuhl auf und rannte nach draußen. James hatte den Parkplatz bereits zur Hälfte überquert.

»Warte einen Moment!«

Schweigend drehte er sich zu ihr um.

Christie trat an ihn heran und stieß ihm mit dem rechten Zeigefinger in die Brust. »Das war gemein, absolut fies und ... und grausam. Und das weißt du!«

Denn ganz gleich, ob billiges Filmzitat oder nicht, er hatte damit auf ihren Schwachpunkt gezielt – ihren Wunsch nach einem Baby. Er wusste, dass sie sich ein Kind wünschte, weil sie aufrichtig zu ihm gewesen war, ihm all ihre Hoffnungen, ihre Versäumnisse und ihre Träume anvertraut hatte. Dieser Schlusssatz war der eine, mit dem er sicherstellen konnte, dass sie ihm nachrannte. Wenn Christie nicht so wütend gewesen wäre, wäre sie in lautes Schluchzen ausgebrochen. Ihre Sehnsucht nach einem Baby hatte sie so viele Jahre verdrängt, dass sie jedes Mal, wenn sie wieder hochkam, unerträglich schmerzte.

James musterte sie, und im schwachen Licht der Straßenbeleuchtung sah sie die Zärtlichkeit in seinen Augen. Obwohl sie sich dagegen zu wehren versuchte, zog er sie in die Arme.

Als sie schließlich nachgab und sich an ihn lehnte, flüsterte er ihr ins Ohr: »Ach Christie. Christie, wie lange brauchst du, um zu erkennen, dass ich nicht bin wie jene anderen Männer?«

Nur zu gern hätte sie ihm geglaubt. Sie wünschte sich sehr, ihm glauben zu können, wusste aber, dass sie es nicht konnte. Zu oft war sie bereits hinters Licht geführt worden. Das durfte sie nicht noch einmal riskieren.

Und doch, als er ihre Lippen mit seinen verschloss, leistete sie keinen Widerstand. Stattdessen schlang sie ihm die Arme um den Nacken und gab sich seinem Kuss hin, der ihr die Knie weich werden ließ und ihr Herz zum Rasen brachte.

Als er sie losließ, stellte sie überrascht fest, immer noch aufrecht zu stehen.

»Ich werde auf dich warten«, sagte er. »Ich werde da sein, wenn du dafür bereit bist. Ich gehe nicht fort, Christie.«

Sie wollte widersprechen, konnte es aber nicht.

Noch einmal berührte er ihre Wange und ließ sie dann allein auf dem Parkplatz des *Pink Poodle* stehen.

27. Kapitel

Wenn er nicht gewusst hätte, dass man vor zwei Wochen Faith die Reifen zerstochen und im Januar bei ihr eingebrochen und alles verwüstet hatte, wäre Troy nicht auf die Idee gekommen, dass in der Rosewood Lane 204 irgendetwas Unerfreuliches vorgefallen war. Aber schon seit ihrem Einzug war Faith immer wieder schikaniert worden. Troy gelang es einfach nicht, herauszufinden, warum sie zur Zielscheibe geworden war. Sie war nicht der Mensch, der sich Feinde machte. Wer immer sie kennenlernte, fand sie sofort sympathisch. Er hasste es, dass weder er noch seine Deputys hatten feststellen können, wer für die Übergriffe verantwortlich war.

Als er jetzt vor ihrem Haus stand, musste er an den Morgen denken, an dem er gekommen war, um mit Grace Sherman zu sprechen.

Dan war verschwunden, und zu jenem Zeitpunkt kannte noch niemand die tragische Wahrheit – dass seine lebenslange Depression wegen eines Vorfalls in Vietnam ihn schließlich in den Selbstmord getrieben hatte. Troy erinnerte sich lebhaft an jenen Besuch und an den anderen im Jahr darauf, bei dem er gekommen war, um Grace zu informieren, dass Dans Leiche gefunden worden war.

Sandy hatte noch gelebt, als Dan Sherman vermisst gemeldet wurde. Troy hatte ihr von dem Fall erzählt. Damals hatte sie bereits kaum noch sprechen können, aber in ihren ausdrucksvollen Augen hatte Mitgefühl für Grace gestanden.

Troy seufzte. Es überraschte ihn, wie oft er an Sandy dachte. Er wünschte, er könnte jetzt mit ihr reden. Sie war immer eine gute Zuhörerin gewesen, und auch wenn es vielleicht merkwürdig schien, dass er ausgerechnet mit ihr über seine Gefühle für eine andere Frau reden wollte, spürte er, dass Sandy und Faith, wenn sie einander gekannt hätten, Freundinnen gewesen wären.

In diesem Moment wurde überraschend die Haustür geöffnet, und Faith trat auf die Veranda hinaus und blieb im Nieselregen stehen. Offiziell hatte der Frühling vor einer Woche begonnen, und nach einer alten Bauernweisheit brachte Märzregen reiche Blüte im April. Oder war es Aprilregen gewesen, der reiche Blüte im Mai brachte? Egal, so oder so hing ein düsterer grauer Winterhimmel über ihnen, obwohl die Tage bereits merklich länger waren.

»Troy«, rief Faith, die Arme schützend vor der Brust verschränkt, »was tust du hier?«

Grinsend ging Troy den Gartenweg zum Haus hinauf. »Ich vergewissere mich nur, dass du gesund und munter bist.«

»Ich werde das Gefühl nicht los, dass du dich ziemlich oft vergewisserst.«

Troy stritt das nicht ab. Er hatte sich angewöhnt, mindestens einmal täglich – manchmal auch öfter – am Haus vorbeizufahren. Allerdings wollte er nicht, dass Faith erfuhr, wie oft. »Ich tauche immer wieder auf, genau wie ein falscher Groschen, richtig?«

Faith lächelte, und ihr attraktives Gesicht wirkte gleich noch hübscher. »Hast du Interesse an einer Tasse koffeinfreiem Kaffee?«

Eine Sache würde er niemals tun, nämlich sich weigern, Zeit mit Faith zu verbringen. Er liebte sie und wusste, dass sie seine Gefühle erwiderte. Ihre Meinungsverschiedenheiten hatten sie größtenteils ausgeräumt, aber das Verhältnis zwischen ihnen beiden war immer noch von vorsichtiger Zurückhaltung geprägt. Obwohl sie einander schon fast ihr ganzes Leben lang kannten, hatten die Rückschläge im letzten Jahr beinahe jede Chance auf eine dauerhafte Beziehung zerstört.

Er folgte Faith ins Haus und sah, dass sie offenbar gestrickt hatte. Der Fernseher war auf den Nachrichtenkanal eingestellt, der rund um die Uhr sendete, und irgendetwas stand auf dem Herd und duftete einfach köstlich.

Er nahm Platz, und Faith brachte ihm einen Becher. »Dir geht irgendetwas im Kopf herum«, stellte sie sachlich fest, »aber was immer es auch sein mag, hat nichts mit mir zu tun.«

Sie hatte recht, und ihre Fähigkeit, in ihm zu lesen wie in einem offenen Buch, erinnerte ihn an Sandy. Trotz seines durch seine Arbeit perfektionierten Pokerface hatte Sandy immer erkennen können, wenn ihn ein Fall belastete, und jetzt sah es ganz danach aus, als wäre Faith ebenfalls dazu in der Lage.

Sie setzte sich ihm gegenüber. »Darfst du darüber reden?«

Er schüttelte den Kopf. Diese Informationen konnte er ihr nicht geben. Ein Besuch von Charlotte Rhodes am frühen Nachmittag hatte ihm sehr wahrscheinlich die Lösung für einen seiner schwierigsten offenen Fälle serviert. Auch jetzt noch wusste Troy nicht recht, wie er mit der Situation umgehen sollte, zumal die Angelegenheit jemanden betraf, den er gut kannte.

»Ich wünschte, ich könnte es ... aber ich darf nicht.«
»Das macht nichts«, meinte Faith beruhigend.

Er hielt seinen Kaffeebecher in beiden Händen und ließ die Kälte des Nachmittags von der Hitze des Getränks vertreiben. »Woher wusstest du, dass mich etwas beschäftigt?«, fragte er neugierig.

Faith griff nach ihrem Strickzeug und schaute in die Flammen im Kamin. »Keine Ahnung ...«

Troy senkte den Blick und sah in seinen Kaffee. »Das stimmt nicht, Faith.«

Sie lachte. »Woher weißt *du* das?«

»Touché.« Es wäre so leicht gewesen, den Rest des Abends mit Faith zu verbringen. Wem wollte er eigentlich etwas vormachen? Nichts würde ihm mehr gefallen, als den Rest seines Lebens mit ihr zu verbringen. Eine innere Zufriedenheit, die ihm den ganzen Nachmittag nicht vergönnt gewesen war, erfüllte ihn.

»Na schön, ich erklär's dir«, sagte sie, während ihre Finger geschickt mit dem Strickgarn umgingen. »Ein Tell verrät dich.«

»Ein Tell?«

»Ja.« Ihre Miene hellte sich auf. »Ich schaue mir regelmäßig die Pokershow im Fernsehen an. Wie es angefangen hat, weiß ich nicht, aber inzwischen bin ich fasziniert.«

»Und ein Tell ist was?« Er wusste ganz genau, was das Wort bedeutete, aber er wollte ihre Definition hören – und noch mehr wollte er erfahren, was sie für seinen Tell hielt.

Faith reagierte mit überschäumender Begeisterung. »Ist dir schon mal aufgefallen, dass viele Pokerspieler eine Brille mit dunklen Gläsern tragen? Der Grund dafür ist nach Aussage von Spielkommentatoren, dass andere Spieler in ihren Augen lesen und erkennen können, ob sie bluffen oder nicht. Ich habe einen Spieler gesehen, der jedes Mal, wenn ihm ein gutes Blatt zugeteilt wurde, seine Chips neu ordnete. Seine Körpersprache verriet mir, dass er gute Karten hatte.«

»Mit anderen Worten: Du kannst in mir lesen wie in einem Pokerspieler?«

»Ja«, erwiderte sie selbstzufrieden.

Troy hatte seinen Spaß an diesem Gespräch. »Wäre es zu viel verlangt, wenn ich dich frage, was mein Tell ist?«

Sie lächelte erneut, ließ die Stricknadeln einen Moment ruhen, beugte sich leicht vor und sagte: »Du schielst.«

»Das tue ich auf keinen Fall«, widersprach Troy.

»Oh, das tust du sehr wohl. Du kneifst die Augen zusammen und runzelst die Stirn, als würdest du versuchen, etwas extrem Kleingedrucktes zu lesen.«

Als wollte er ihr das Gegenteil beweisen, riss er die Augen weit auf, was Faith zum Lachen brachte.

»Wann ist dir mein Tell zum ersten Mal aufgefallen?«

»Weihnachten.«

Die einzig echte Interaktion zwischen ihnen beiden, an die er sich erinnern konnte, war in der Baumschule beim Weihnachtsbaumverkauf gewesen, wohin Megan und Craig ihn mitgeschleift hatten. Faith war mit ihrem Sohn und ihren Enkelkindern gekommen, und sie waren einander dort begegnet.

»Kannst du das genauer erläutern?«

Sie senkte den Blick, als erforderte ihr Strickzeug plötzlich ihre ganze Aufmerksamkeit. »Der Abend, an dem wir uns in der Baumschule begegnet sind.«

Er hatte sich also nicht geirrt. »Ah, ja.«

»Im selben Moment, in dem ich dich sah, wusste ich, dass du nicht dort sein wolltest.«

Das stimmte. Er war nur aus einem Grund mitgekommen, nämlich um Megans willen. Die Auswahl und das Fällen des Weihnachtsbaums hatten in ihrer Familie eine lange Tradition, und obwohl er darum gebettelt hatte, ihn außen vor zu lassen, hatte seine Tochter darauf bestanden, dass er mitkam.

»Du warst wütend auf mich, soweit ich mich entsinne.«

»Ja, das war ich«, gab sie zu.

»Aber jetzt bist du es nicht mehr, richtig?«

Faith drohte ihm mit dem Zeigefinger. »Versuch ja nicht, abzulenken. Wir sprachen über deinen Teil, weißt du noch?«

Mit einer Geste gab er ihr zu verstehen, sie solle weiterreden. »Natürlich, fahr bitte fort.«

»Wie ich schon sagte ...« Ein Lächeln umspielte ihre Mundwinkel. »... du schielst. An dem Abend hast du die Augen zusammengekniffen und geschielt, als du mich bemerkt hast.«

»Und du hast so getan, als hättest du mich nicht gesehen.«

»Es ist mir nicht so gut gelungen, wie ich erhofft hatte«, gab sie, immer noch sichtlich amüsiert, zurück.

Er grinste ebenfalls. »Ich schätze, das heißt, ich sollte niemals Poker spielen«, meinte er leichthin.

»Jedenfalls nicht mit mir«, erwiderte sie, inzwischen wieder schnell und geschickt mit Stricknadeln und Garn hantierend.

Troy hatte sie nie gefragt, was sie strickte. Er dachte an die Socken, die sie für ihn angefertigt hatte. Er trug sie immer noch, aber immer mit einem Hauch von Wehmut – und Reue.

Zögernd stellte er seinen Kaffee weg. »Hier hat es keinen weiteren Zwischenfall gegeben, oder?«

Faith wandte den Blick ab. »Nichts von Bedeutung.«

»Faith ...«

Tief seufzend schaute sie auf ihr Strickzeug hinunter. »Irgendwer, vermutlich ein Kind, das Ärger machen wollte, hat meine Mülltonne umgeworfen. Es wurde kein Schaden angerichtet.«

Troy rieb sich das Gesicht. »Ich wünschte, ich wüsste, warum du zur Zielscheibe für diesen Vandalismus geworden bist.«

»Das wünschte ich auch.«

»Wenn wir nur ...«

»Ich habe alles getan, was du vorgeschlagen hast«, fiel sie ihm abwehrend ins Wort. »Scott war letzte Woche hier und hat eine Lampe mit Bewegungsmelder über der Garage angebracht. Mach dir keine Sorgen, Troy, es ist nichts mehr passiert, seitdem man mir die Reifen zerstochen hat.«

»Gut.« Er stand auf und warf einen Blick in Richtung Haustür. »Du meldest dich, wenn irgendwas passiert?«

»Das tue ich«, versprach sie.

»Ich meine es ernst, Faith.«

Sie begleitete ihn an die Tür und schlang die Arme um ihn. Troy zog sie an sich, wollte sie am liebsten nicht wieder loslassen. Er wollte sie küssen, aber er brauchte ein Signal, etwas, das ihm verriet, dass sie seinen Kuss wollte. Das Signal kam ein paar Sekunden später, als sie ihm ihre Lippen darbot. Ihre Münder trafen weich aufeinander – zu einem zärtlichen, tröstlichen Kuss. Sie hatten heftige Leidenschaft erlebt, aber dieser sanfte Kuss war anders und in mancher Hinsicht besser, obwohl Troy das nicht für möglich gehalten hätte.

Als er ihn schließlich beendete, drückte er sein Kinn in ihr Haar und sog tief ihren Duft ein. Dabei fragte er sich, wann er sie wiedersehen würde. Oder musste er wieder eine Ausrede erfinden, um sie zu besuchen?

Zehn Minuten später bog er in seine eigene Einfahrt ein. An die Fahrt zwischen Faiths Haus in der Rosewood Lane und seinem eigenen am Pacific Boulevard konnte er sich kaum erinnern. Das Gespräch am Nachmittag mit Charlotte Rhodes lag ihm schwer auf der Seele. Er brauchte Zeit, um die Informationen, die sie ihm gegeben hatte, zu verarbeiten und um darüber nachzudenken.

Als er ausstieg, bemerkte er, dass ein zweiter Wagen vor seinem Haus parkte. Die Türen wurden geöffnet, und zwei Männer stiegen aus. Weil es dunkel war und die Verandabeleuchtung nur schwach, konnte Troy die beiden nicht sofort erkennen. Beim Näherkommen sah er dann aber, dass der eine der Bürgermeister und der andere sein Bruder, der Anwalt, war.

»Louie«, sagte Troy und streckte dem Bürgermeister die Hand entgegen. »Otto.«

»Ich möchte, dass du eins weißt«, grummelte Otto, »als Anwalt meines Bruders habe ich ihm hiervon abgeraten, aber er bestand darauf.«

Troy nickte. »Möchtest du, dass wir auf die Wache fahren?«, fragte er den Bürgermeister.

»Nein.«

Louie war blass, und Schweißperlen glänzten auf seiner Stirn. »Ich will mit dir reden. Vertraulich.«

Troy zögerte. »Wir kennen uns schon sehr lange. Falls du mich darum bittest, dass ich …«

»Mein Bruder hat kein Vergehen zugegeben.«

»Otto«, fuhr Louie ihm schroff ins Wort. »Lass mich es ihm einfach sagen. Falls er mich verhaften muss, dann ist das so. Ich bitte nicht um irgendeinen Gefallen.« Er schaute Troy direkt an. »Ich ziehe es vor, hier zu reden, sofern das in Ordnung geht. Falls du willst, dass ich das, was ich dir sage, auf der Wache wiederhole, dann werde ich das tun.«

»Einverstanden.« Troy begleitete die beiden Männer in das ausgekühlte Haus, schaltete das Licht ein und drehte die Heizung hoch. Dann bedeutete er Louie und Otto, Platz zu nehmen.

Der Bürgermeister setzte sich auf die Sofakante, sein Bruder neben ihn. Er hielt sich gerade, und seine Miene verriet große Vorsicht.

»Ich weiß nicht recht, wo ich anfangen soll«, meinte Louie und schaute Troy kurz an. Seine Hände ließ er zwischen den Knien hängen.

»Du hast gesehen, dass Charlotte Rhodes am frühen Nachmittag auf der Wache war, richtig?«

»Nein«, erwiderte Louie schroff. »Sie kam hinterher zu mir und riet mir, mit dir zu reden.« Er stieß einen langen Seufzer aus. »Ich dachte mir, entweder gehe ich zu dir und erzähle dir meine Geschichte, oder ich warte darauf, dass du mich aufsuchst. Mir ist es lieber, die Sache ein für alle Mal zu klären. Ich will das nicht länger wie ein Damoklesschwert über meinem Kopf hängen haben.«

»Mein Bruder kann nicht dafür verantwortlich gemacht werden ...«

Louie hob die Hand, um Otto zum Schweigen zu bringen. »Jetzt rede ich. Ich bin dir dankbar, dass du dabei bist, aber ich werde das auf meine Weise klären.«

»Ich ...«

Wieder brachte Louie seinen Bruder zum Schweigen, diesmal mit einem Blick.

Troy lehnte sich zurück und wartete ab.

»Ich habe meine erste Frau geheiratet, als ich noch auf dem College war ...«, begann Louie.

Troy hatte nicht gewusst, dass der Bürgermeister mehr als einmal verheiratet gewesen war. Donna war schon so lange Louies Frau, wie er sich erinnern konnte.

»Meine Ehe mit Beverly lief nicht gut«, fuhr Louie fort. »Meine Frau hatte ... medizinische Probleme.«

»Was mein Bruder sagen will«, mischte Otto sich ein, »ist, dass Beverly psychische Probleme hatte.«

»Sie litt an Agoraphobie«, erklärte Louie, als hätte sein Bruder gar nicht gesprochen. »Am Anfang schien alles bestens. Beverly war schüchtern und fühlte sich in Menschenansammlungen nicht wohl, aber das störte mich nicht. Nachdem wir geheiratet hatten, erkannte ich aber, dass ihre Probleme mehr waren als eine einfache Abneigung gegen

Fremde. Fairnesshalber möchte ich sagen, dass wir ein paar schöne Monate zusammen hatten.« Er hielt einen Moment inne und seufzte, bevor er weitersprach. »Ich stand kurz vor dem Collegeabschluss, und wir entschieden, es sei an der Zeit, an Kinder zu denken.«

»Damit begannen die Probleme«, warf Otto ein. »Und …«

Erneut warf Louie seinem Bruder einen Blick zu, der ihm Einhalt gebot, und Otto brachte den Satz nicht zu Ende.

»Wie ich schon sagte«, fuhr Louie fort, »Beverly wurde recht problemlos schwanger, hatte aber im dritten Monat eine Fehlgeburt. Der Verlust des Babys war ein vernichtender Schlag für sie.«

Troy wusste noch gut, wie hart Sandys Fehlgeburten sie beide getroffen hatten, und natürlich auch, wie schmerzlich der noch nicht lange zurückliegende Verlust ihres Babys für seine Tochter Megan gewesen war. Er nickte mitfühlend.

»Danach zog sie sich völlig zurück. Ich konnte sie nicht dazu bewegen, das Haus zu verlassen.«

Otto beugte sich vor und fügte hinzu: »Louie tat alles für sie, was er tun konnte – ohne Erfolg. Er konnte sie nicht dazu überreden, zu einem Psychiater zu gehen, und das Problem wurde immer schlimmer.«

»Zu der Zeit hatten Beverly und ich praktisch keine Beziehung mehr miteinander. An manchen Tagen stand sie nicht einmal aus dem Bett auf.« Louie rieb seine Handflächen gegeneinander, als versuchte er, seine Hände zu wärmen. »Es war nicht hilfreich, dass ihre jüngere Schwester Amber – die unverheiratet war – schwanger wurde. Der Vater war irgendein Seemann, den sie während des Seafair Festivals in Seattle kennengelernt hatte. Heute hier, morgen fort. Anscheinend hatte Amber ihn nicht einmal nach seinem Namen gefragt. Sie wollte das Baby nicht, aber Beverly wollte es. Sie sagte ihr, wir würden das Kind großziehen. Ich war bereit, Ambers Kind zu adoptieren, weil ich hoffte, dass ein Baby mir die Frau zurückgeben würde, die ich geheiratet hatte.«

»Und? Habt ihr das Baby adoptiert?«

»Nein«, antwortete Louie seufzend. »Dazu hätte Beverly das Haus verlassen müssen – um vor Gericht zu erscheinen zum Beispiel –, und sie weigerte sich, das zu tun.«

Zum Zeichen, dass sein Freund weiterreden sollte, nickte Troy.

»Als das Kind mit einem Downsyndrom zur Welt kam, machte das für Beverly keinen Unterschied. Sie bemutterte es, schenkte ihm all ihre Liebe und Aufmerksamkeit.«

»Aber sonst änderte sich nichts«, ergänzte Otto. »Beverly wagte sich nach wie vor nicht unter Menschen.«

»Der Sohn ihrer Schwester war ihre einzige Freude«, sagte Louie. »Sie war völlig in ihn vernarrt, liebte und verwöhnte ihn, und dann …«

Troy unterbrach ihn. »Du hast die Ehe aufrechterhalten?«

Louie wandte den Blick ab, bevor er schließlich den Kopf schüttelte. »Letztlich haben wir uns scheiden lassen.«

»Mein Bruder hat alles getan, um seine Ehe zu retten«, beteuerte Otto.

Abwehrend hob Louie die Hand. »Das alles ist jetzt unwichtig. Beverly schien es nichts auszumachen, dass wir nicht mehr verheiratet waren. Timmy war ihr Ein und Alles, ihre ganze Welt drehte sich nur um ihn.«

Troy, der spürte, dass mehr an der Geschichte war, wandte sich Otto zu, der seltsamerweise schwieg.

»Ein paar Jahre nach der Scheidung lernte ich Donna kennen«, fuhr Louie leiser fort. »Zu der Zeit lebte ich in Seattle. Wir verlobten uns. Sie wusste, dass ich geschieden war, aber Timmy erwähnte ich ihr gegenüber nicht.«

»Louie blieb in Kontakt mit Beverly und Timmy und sorgte dafür, dass sie hatten, was sie brauchten.«

»Ich brachte ihr einmal wöchentlich Lebensmittel, sorgte dafür, dass ihre Rechnungen bezahlt wurden, und schaute danach, wie es ihr ging«, erläuterte Louie. »Ich weiß nicht, was sonst aus ihnen geworden wäre. Trotz der Scheidung fühlte ich mich immer noch in gewisser Weise für sie und Timmy verantwortlich. Oft war ich versucht, das Jugendamt zu informieren, aber sie hätten ihr Timmy sehr wahrscheinlich weggenommen, und das hätte Beverly den Rest gegeben. Ich schätze, er war ein Kind, das durch die Maschen geschlüpft ist. Keine offizielle oder staatliche Einrichtung wusste von ihm – und ich habe niemandem von ihm erzählt.«

»Was ist aus Beverly geworden?«, fragte Troy.

»Darauf komme ich gleich zu sprechen. Als Timmy dreizehn oder vierzehn war, fiel mir auf, dass sie angefangen hatte, Gewicht zu verlieren. Schon bald begriff ich, dass das eine körperliche Ursache hatte. Sie wurde immer hagerer und verbrachte praktisch die ganze Zeit nur noch im Bett. Ich flehte sie an, einen Arzt aufzusuchen, aber sosehr ich sie auch bat, sie weigerte sich.«

Nun meldete sich Otto wieder zu Wort. »Louie rief mich an, um mich um Hilfe zu bitten. Ich hatte einen guten Freund, der Medizin studierte. Er besuchte sie zu Hause, um sie zu untersuchen – gegen ihren Protest –, und stellte Krebs bei ihr fest. Magenkrebs.«

»Es war klar, dass sie ohne sofortige ärztliche Hilfe sterben würde, und offen gesagt: Ich denke, genau das wollte sie. Das Leben war für sie zu schmerzhaft geworden.«

Offensichtlich litt Louie noch immer Seelenqualen. »Ich habe *alles* getan, was ich tun konnte, um sie dazu zu bringen, ärztliche Hilfe in Anspruch zu nehmen. Um Timmys willen flehte ich sie an, ins Krankenhaus zu gehen.«

Troy nickte leicht. Er glaubte Louie. Er hatte nichts von dieser Geschichte gewusst, weil er zu der Zeit seinen Militärdienst geleistet hatte.

»Sie weigerte sich hartnäckig«, warf Otto ein. »Ich habe ihn mehr als einmal begleitet, und er sagt die Wahrheit. Der Gedanke, die Sicherheit ihres Hauses verlassen zu müssen, war mehr, als sie ertragen konnte. Es war eine traurige, sehr schwierige Situation.« Er schüttelte den Kopf. »Als sie schließlich zu schwach war, um sich noch zu wehren, ließen wir sie mit einem Rettungswagen nach Seattle bringen. Sie hat nicht mehr lange gelebt.«

»Was wurde aus dem Jungen?«, wollte Troy wissen.

»Ein paar Wochen zuvor war ich dort – und Timmy war nicht mehr da.« Louie beugte sich vor und stützte die Ellenbogen auf seinen Knien ab.

»Hat Beverly dir gesagt, wo er war?«

Louie nickte. »Sie sagte, ihre Schwester sei gekommen und hätte ihn mitgenommen.« Er schluckte schwer. »Beverly wusste, dass sie im Sterben lag und sich nicht mehr um ihn kümmern konnte.«

»Hast du das überprüft?«

»Nein. Ich ... ich weiß, dass ich das hätte tun sollen. Ich kann nicht sagen, wie viele schlaflose Nächte ich darüber gegrübelt habe. Beverly sagte, Amber hätte ihr versprochen, den Jungen zu einer Tante zu bringen, die in der Nähe von Cedar Cove lebte. Diese Tante, die ich nie kennengelernt habe, hat sie offenbar ab und zu besucht.«

Troy ließ diese Information sacken, bevor er weiterfragte. »Hast du je wieder von Amber gehört?«

»Nein. Nie.«

Wieder meldete sich Otto zu Wort. »Sie starb ein Jahr nach Beverly bei einem Autounfall.«

»Das habe ich aber erst etliche Jahre später erfahren«,

ergänzte Louie. »Zu der Zeit waren Donna und ich bereits verheiratet, wir waren zurück nach Cedar Cove gezogen und hatten eigene Kinder.«

»Du glaubst also, das Skelett in der Höhle sind die sterblichen Überreste von Timmy«, meinte Troy.

Louie starrte zu Boden. »Ich vermute sehr stark, dass es so ist. Das … Skelett trug die Baseballkappe, die ich ihm geschenkt hatte. Er liebte das Ding und trug es ständig.«

»Wir bräuchten zahnärztliche Befunde, um seine Identität zu bestätigen«, erklärte Troy. »Ich gehe davon aus, dass es welche gibt?«

»Ja«, antwortete Louie. »Er war zwei- oder dreimal beim Zahnarzt. Mit acht hat er sich einen Zahn abgebrochen, und ich habe ihn selbst zu Dr. Hudson gefahren.«

»Gut. Ich hole mir das Zahnschema von Hudson und schicke es dem Gerichtsmediziner.«

»Es ist Timmy«, beharrte Louie. »Du kannst die Zahnarztbefunde vergleichen lassen, aber tief in meinem Herzen weiß ich, dass es Timmy ist.«

Das warf eine weitere Frage auf. »Charlotte Jefferson wusste von Timmy. Sie ist der Tante – Ambers und Beverlys Tante – im Park begegnet.«

Louie schloss die Augen und nickte.

»Du glaubst also, dass die Tante verantwortlich für Timmys Tod ist?«

»Ich weiß nicht, was ich glauben soll«, antwortete Louie. Er klang gequält. »Wenn ich spekulieren müsste, würde ich davon ausgehen, dass Amber den Jungen wirklich zur Schwester ihrer Mutter gebracht hat. Aber man muss bedenken, dass Timmy immer nur kurze Zeit von Beverly getrennt war. Er kann beim besten Willen nicht verstanden haben, was geschehen war und warum er das einzige Zuhause verlassen musste, das er kannte.«

»Ich vermute, dass er weggelaufen ist«, sagte Otto. »Irgendwie fand er die Höhle und versteckte sich darin ...«

»Hätte seine Tante denn nicht nach ihm gesucht oder ihn als vermisst gemeldet? Lebt sie noch?«, drängte Troy.

Louie schüttelte den Kopf. »Ein paar Jahre später hörte ich, dass sie etwa zwei Wochen nach Beverly an einem Herzinfarkt gestorben ist, und bin davon ausgegangen, dass der Junge in ein Pflegeheim oder eine Pflegefamilie gekommen war. Ich ... ich schätze, ich *wollte* das glauben.«

»Timmy starb aufgrund einer Reihe tragischer Ereignisse.« Otto erhob sich. »Mein Bruder hat nichts Ungesetzliches getan.«

»Vielleicht nicht, aber ich hätte mich vergewissern sollen, dass es Timmy gut ging, dass er zufrieden und glücklich in seinem neuen Zuhause lebte. Die Wahrheit ist, dass ich jung und selbstsüchtig war und erleichtert, nicht länger für den Jungen verantwortlich zu sein. Heute muss ich erkennen, dass mein Egoismus zu seinem Tod beigetragen haben könnte, und ich fühle mich elend deswegen. Die Nacht, in der ich wegen Trunkenheit am Steuer festgenommen wurde, war die Nacht, in der ich nicht länger leugnen konnte, was ich von Anfang an vermutet hatte – es war Timmy, der in der Höhle gestorben ist.«

Troy wusste, dass niemand den Bürgermeister stärker verurteilen würde, als er selbst das getan hatte.

»Falls du meinst, du müsstest eine Anzeige aufnehmen, dann tu das«, sagte Louie niedergeschlagen.

»Mit welcher Begründung?«, wollte Otto wissen.

»Unterlassene Hilfeleistung«, flüsterte Louie. »Amber war nicht vertrauenswürdig, und ich wusste das. Ich war viel zu schnell bereit, es ihr zu überlassen, Timmy zu dieser Tante zu bringen. Und später, als ich erfuhr, dass die Tante tot war ... Ich habe nicht nach ihm gesucht, nicht versucht, rauszufinden, wo er war.«

»Wir würden es vorziehen, wenn Louies Name nicht in der Presse erscheint«, sagte Otto. »Als Timmy starb, war er schon seit mehreren Jahren von Beverly geschieden.«

»Ich sehe nicht, inwiefern es wichtig für den Fall sein sollte, dass Louie erwähnt wird. Du hattest keine gesetzlichen Verpflichtungen Timmy gegenüber.«

»Vielleicht keine gesetzlichen, aber moralische. Ich war im Grunde froh, ihn los zu sein, hätte ihn aber nie so bereitwillig abschieben dürfen.«

Troy teilte seine Meinung, dass Louie moralisch gesehen falsch gehandelt hatte, auch wenn er nicht gegen das Gesetz verstoßen hatte. Aber seiner Meinung nach hatte der Bürgermeister bereits genug gelitten.

»Sowie ich die Bestätigung vom Gerichtsmediziner habe, schreibe ich eine kurze Pressemitteilung, in der nur stehen wird, die Überreste seien identifiziert worden.« Plötzlich fiel ihm noch etwas ein, was zum Problem werden könnte. »Wie hieß Timmy mit Nachnamen? Benson?«

»Nein, Amber ließ ihn auf ihren Mädchennamen eintragen – auf Beverlys Mädchennamen: Gilbert.«

»Gut. Dann werde ich das Skelett als die Überreste von Timothy Gilbert identifizieren.«

»Du wirst Louie nicht erwähnen?«, hakte Otto nach. »Können wir darauf zählen?«

Troy nickte. »Ich sehe keinen Nutzen darin, seinen Namen in dieser Angelegenheit zu nennen.«

Louie ließ den Kopf hängen. »Danke«, flüsterte er.

»Du warst in all den Jahren seit damals immer ein guter Ehemann und Vater«, meinte Troy nachdenklich. »Und du hast deiner Gemeinde gute Dienste geleistet. Ich schlage vor, wir belassen es einfach dabei.«

»Ich würde Timmy gern begraben«, warf Louie ein. »Das ist das Mindeste, was ich noch für ihn tun kann.«

»Ich sorge dafür, dass die Überreste für dich freigegeben werden.«

»Danke. Ich glaube, Beverly würde wollen, dass er neben ihr begraben wird.«

Troy war derselben Meinung.

28. Kapitel

Mack spürte sofort, dass etwas nicht stimmte, als er von seiner Schicht auf der Feuerwache nach Hause kam. Mary Jo riss die Haustür auf, als hätte sie auf ihn gewartet. In sich zusammengesunken und verängstigt stand sie da.

Mack zögerte nicht lange und ging zu ihr. Sie kaute nervös auf ihrer Unterlippe herum.

»Was ist passiert?«, fragte er.

Sie schien Mühe zu haben, etwas zu sagen, und ihm fiel auf, wie nahe sie den Tränen war.

»Ist Noelle krank?«

Das drei Monate alte Baby hatte Anfang der Woche eine Erkältung gehabt, aber die schien nicht allzu ernst zu sein.

»Ich ... ich habe David gesehen.«

Mack erstarrte. »Wann?«

»Hier ... vor ein paar Minuten. Ich war gerade mit Noelle nach Hause gekommen.« Jetzt war es etwa halb sechs. Demnach hatte David gewusst, dass er erst kommen konnte, nachdem Mary Jo das Büro verlassen und Noelle abgeholt hatte. Mack ging davon aus, dass es für jemanden wie David nicht weiter schwierig war, Mary Jos Adresse herauszubekommen. Er brauchte dafür vermutlich nur Zugang zu einem Computer mit Internetanschluss.

Mack nahm Mary Jo beim Ellenbogen, führte sie ins Haus und setzte sich mit ihr auf das Sofa. Dort griff er nach ihrer Hand und hielt sie fest. Während sie um Fassung rang, spürte er, wie sie zitterte.

Sie holte tief Luft, bevor sie sprach. »Er will Noelle.«

Mack verkniff sich eine wütende Antwort. »Er lebt in einer Traumwelt, wenn er glaubt, dass irgendein Gericht dieses Landes dir dieses Baby wegnehmen wird.«

»Er sagte, er habe einen Anwalt ...«

»Und du glaubst ihm?« Mack war David nie begegnet, hatte aber genug über ihn gehört, um zu wissen, dass dem Mann nicht zu trauen war. Anscheinend wollte er seine kleine Tochter benutzen, um etwas für sich herauszuschlagen. Was immer er auch damit bezweckte, Mack war sich sicher, dass es nur um Geld ging.

»Ich ... ich weiß nicht«, sagte sie und strich sich die Haare aus der Stirn.

»Du hast ihn heute zum ersten Mal wiedergesehen, richtig?«

Mary Jo nickte.

»Empfindest du noch etwas für ihn?« Sie hatte zwar gesagt, dass sie das nicht tat, aber er musste sich noch einmal vergewissern. Schließlich war David Noelles Vater, und Mary Jo hatte ihn einmal geliebt. Mack kostete es große Mühe, den Zorn zu verbergen, der ihn bei dem Gedanken erfüllte, dass David Mary Jo bedrohte.

»Nein«, antwortete sie resolut. »Ich kann selbst nicht glauben, dass er mir jemals etwas bedeutet hat. Wie konnte ich nur so blind und ... und so naiv sein?«

Mack konnte diese Frage nicht beantworten, obwohl er nicht wollte, dass Mary Jo sich irgendwie veränderte. Er hatte sich in sie verliebt, und er liebte auch Noelle. David Rhodes stand ein höllischer Kampf bevor, wenn er glaubte, er könne sich mit Mary Jos Baby auf und davon machen – mit dem Baby, das Mack mehr als seins denn als Davids betrachtete.

»Was glaubst du, warum er plötzlich solches Interesse an Noelle hat?«, fragte er. Er konnte sich nur vorstellen, dass

David sich finanzielle Vorteile davon versprach, wenn er Noelle für sich beanspruchte.

»Ich habe keine Ahnung, warum er gekommen ist.« Mary Jo schüttelte den Kopf. »Die ganze Zeit habe ich nichts von ihm gehört, und dann taucht er wie aus heiterem Himmel hier auf und fordert elterliche Rechte ein. Das ergibt keinen Sinn.«

»Was ist mit Ben?«, wollte Mack wissen. »Hatte David Kontakt zu seinem Vater?«

Mary Jo nickte. »Anscheinend hat er vor Kurzem seinen Vater besucht. Ich weiß nicht, ob er um Geld gebeten hat oder nicht, aber in der Vergangenheit hat er das getan. Ben hat mir versichert, er würde seinem Sohn kein Geld für den Kindesunterhalt geben, weil nicht garantiert wäre, dass David es wirklich für Noelle nutzen würde.«

Mack runzelte die Stirn. »Kann es sein, dass David glaubt, sein Vater würde ihm Geld geben, wenn Noelle bei ihm lebt?«

»Ich bin mir nicht sicher.« Ihre Stimme verriet, dass sie in Panik zu geraten drohte. »Vielleicht.«

»Er glaubt doch nicht ernsthaft, dass du ihm Noelle einfach aushändigen würdest, oder?«

»Ich weiß nicht«, wiederholte sie.

»Hat er gesagt, dass er wiederkommt?«

»Ja, das hat er, und er meinte, wenn er wiederkommt, dann mit der Polizei.«

Beinahe hätte Mack laut aufgelacht. »Das ist eine unverschämte Lüge.« Er ballte die Fäuste, wünschte sich, er wäre hier gewesen, als David aufgetaucht war. Rhodes mochte in der Lage sein, Mary Jo einzuschüchtern, aber ihn ganz sicher nicht. Er hätte ihn sich mit Freuden vorgeknöpft.

»Es ist mir egal, ob er wiederkommt oder nicht. Ich darf nicht riskieren, Noelle zu verlieren.«

»Was willst du tun?«

Tränen schimmerten in ihren Augen. »Ich ziehe zurück nach Hause. Dort war er noch nie, und nach allem, was ich über meine Brüder erzählt habe, bezweifle ich, dass er sich dort blicken lassen würde.«

Mack wollte widersprechen. Er hatte sich daran gewöhnt, Mary Jo und Noelle so nah bei sich zu haben, besondere Augenblicke mit ihnen zu teilen. Alles war so gut gelaufen. Er hatte geglaubt, Mary Jo habe angefangen, seine Gefühle zu erwidern, aber offensichtlich war sie noch nicht so weit …

»Möchtest du wirklich wegziehen?«, fragte er schließlich. Wenn er seine Einwände zu entschieden vorbrachte, würde sie erraten, wie viel er für sie empfand, und das würde sie womöglich abschrecken. Er spürte, dass sie immer noch nicht bereit für eine neue Beziehung war. Mehr als Freundschaft war im Moment einfach nicht drin.

»Nein!« Sie schlug sich die Hände vor das Gesicht. »Das ist das Letzte, was ich will, aber die Zukunft meiner Tochter steht auf dem Spiel. Ihr Wohlergehen hat Vorrang vor meinen persönlichen Bedürfnissen.«

»Können deine Brüder irgendwas tun, was ich nicht auch tun kann?«, fragte er, in der Hoffnung, sie würde auf die Stimme der Vernunft hören.

»Nein … nein, ich glaube nicht, aber sie sind zu dritt, und du bist allein.«

Gegen diese Logik konnte Mack nichts einwenden. So gern er auch rund um die Uhr über sie und Noelle wachen würde, das war unmöglich.

»Ich habe Linc eine Nachricht hinterlassen und ihn gebeten, mich so schnell wie möglich anzurufen.«

»Verstehe.« Mack rutschte das Herz in die Hose.

»Ich will Cedar Cove nicht verlassen«, beteuerte Mary Jo, »aber ich habe Angst, Mack.«

Wie sehr ihre Stimme zitterte, verriet ihm, wie aufgewühlt sie war. Er versuchte sie zu beruhigen, war sich aber nicht sicher, dass es ihm gelang. »David blufft nur«, beteuerte er. »Das ist wieder nur eine seiner intriganten Ideen.«

»Ich würde das gern glauben.« Tränen glitzerten in ihren Wimpern, als sie zu ihm aufschaute. »Aber ich kann mir nicht hundertprozentig sicher sein, und du kannst es auch nicht.«

»Ich könnte ihn für dich verprügeln«, meinte Mack halb im Scherz.

Mary Jo boxte ihm spielerisch gegen den Arm.

»Hast du darüber schon mit Allan Harris gesprochen?«

»Er sagt, die Rechtslage sei kompliziert, weil ich David als Vater anerkannt und der DNA-Test das bestätigt habe. Außerdem hat er elterliche Rechte, und er behauptet, er wolle sie ausüben. Also …« Sie holte tief Luft. »Allan hat mir gesagt, uns würde eine lange gerichtliche Auseinandersetzung bevorstehen.«

Mack nickte grimmig. Genau das hatte er befürchtet.

»Noelle wird dich so sehr vermissen«, sagte Mary Jo unter Tränen.

»Und was ist mit ihrer Mutter?« Mack musste wissen, ob auch sie ihn vermissen würde.

Sie wandte den Blick ab, zuckte leicht die Achseln. »Ich dachte nicht, ich könnte …« Ihre Stimme erstarb.

»Du dachtest nicht, du könntest was?«

Sie wich weiter seinem Blick aus. »Ich dachte nicht, ich könnte jemals wieder einem Mann vertrauen, aber dir vertraue ich«, flüsterte sie.

Obwohl er dafür durchaus dankbar war, wollte er mehr. Er sehnte sich nach ihrer Liebe. Bevor ihm jedoch eine passende Antwort einfiel, klingelte das Telefon, und ein Anflug von Panik ließ ihm den Atem stocken.

Mary Jo stand auf, um das Gespräch entgegenzunehmen, aber Mack hielt sie auf, indem er nach ihrer Hand griff. »Lass mich das machen.«

»Warum?«, fragte sie stirnrunzelnd.

»David könnte dran sein.«

»Oh …« Sie schien einem Zusammenbruch nahe, als sie sich auf das Sofa fallen ließ.

Mack marschierte durchs Zimmer und griff nach dem Hörer. »Hier bei Wyse«, sagte er in seinem amtlichsten Tonfall.

»Was tust du in der Wohnung meiner Schwester?«, fuhr Linc ihn grob an. Wenigstens war es nicht David.

Mack beantwortete die Frage mit einer Gegenfrage. »Wie schnell kannst du herkommen?«

»Warum? Was ist passiert?«

»Wir müssen reden. Alle drei.« Mack hatte kein Interesse daran, die Einzelheiten am Telefon zu erläutern.

»Gebt mir zwei Stunden.«

»In Ordnung.«

Noelle weinte laut im Hintergrund. Mary Jo sprang auf und eilte ins Zimmer des Babys. Mack folgte ihr und blieb in der Tür stehen. Er sah zu, wie sie die Kleine aus ihrem Bettchen nahm und ihr geschickt die Windel wechselte. Noelle drehte ihr Köpfchen und schaute ihn an, während ihre Mutter sie wieder anzog. Zufrieden krähte sie vor sich hin und ruderte mit den Armen.

»Wer war dran?«, wollte Mary Jo wissen. »Mein Bruder?«

»Ja, es war Linc. Er wird in ein paar Stunden hier sein. Gegen acht vermutlich.«

Mack grinste das Baby an, von dem er völlig bezaubert war. Er ertrug den Gedanken nicht, sie und Mary Jo zu verlieren. Klar, er konnte sie in Seattle besuchen, aber das würde nicht dasselbe sein.

»Was hältst du davon, wenn ich dich zu einem frühen Abendessen ausführe?«, schlug er vor. »Du könntest ein bisschen Ablenkung gebrauchen.«

Zögernd schüttelte sie den Kopf. »Ich würde eh keinen Bissen runterkriegen, aber danke.« Sie hob Noelle auf den Arm und ging zu ihm. »Geh du nur ruhig essen, wenn du möchtest.« Aber zugleich griff sie nach seiner Hand.

Dafür war er zutiefst dankbar, verriet ihm diese Geste doch, dass Mary Jo nicht meinte, was sie sagte. Sie wollte ihn bei sich haben.

»Nein. Ich lasse euch nicht allein.«

»Danke.« Sie klang erleichtert und peinlich berührt zugleich.

»Ich bleibe hier bei euch, und wir warten zusammen auf Linc.«

Ihr Blick offenbarte, wie sehr sie das zu schätzen wusste. »Danke«, wiederholte sie.

Er streckte die Arme nach Noelle aus, und sie reichte ihm das Baby, das es sich sofort in seinen Armen gemütlich machte. Er lächelte auf die Kleine hinunter und kitzelte sie mit dem Zeigefinger am Kinn. Rein äußerlich blieb er ruhig, aber in seinem Kopf überschlugen sich die Gedanken. Was sollte er zu Mary Jo sagen? Und wie sollte er es sagen?

»Ich sollte anfangen zu packen«, erklärte sie.

Mack hob die Hand und hielt sie auf. »Nein, tu das nicht.«

»Aber ...«

»Ich habe eine Idee, die funktionieren könnte.«

Sie blinzelte. »Was für eine Idee?«

»Eine, die es dir ermöglichen würde, in Cedar Cove zu bleiben.«

»Wie?«, fragte sie hoffnungsvoll.

Mack nahm seinen ganzen Mut zusammen. »Du könntest mich heiraten.«

Alle Farbe schien aus ihrem Gesicht zu weichen, und ein paar Sekunden lang fürchtete er, sie könne ohnmächtig werden.

»Was hältst du davon?«, fragte er. Seine größte Angst war, dass sie ihn rundheraus zurückweisen würde. Sein Herz hämmerte wild, und das Blut rauschte ihm in den Ohren, während er auf ihre Antwort wartete.

»Das meinst du nicht ernst.«

»Doch, das tue ich.«

Sie lehnte sich an die Wand. »Das würde kein einziges Problem lösen«, meinte sie.

Da war er anderer Meinung. »Wenn David das nächste Mal hier auftaucht, wird er es mit mir zu tun bekommen, deinem Mann. Er wird mit uns beiden sprechen. Glaub mir, wenn er das noch mal versucht, wird es das letzte Mal sein.«

»Du brauchst mich nicht zu heiraten, um ...«

»Das würde mir die Autorität verleihen, ihm zu sagen, dass er sich von meiner Familie fernhalten soll.«

»Aber ...«

»Ich werde Noelle adoptieren.« Er sah, wie in ihren Augen etwas aufblitzte, das er für Freude hielt. Dann aber machte es tiefer Verzweiflung Platz.

»David wird nicht zulassen, dass du Noelle adoptierst, erst recht nicht, wenn er vorhat, sie zu benutzen, um seinen Vater zu manipulieren, damit er ihm finanziell aus der Patsche hilft.«

Mack schüttelte den Kopf. »Er wird seine Rechte als Vater aufgeben, wenn wir ihn auf Kindesunterhalt zu verklagen drohen. Wir könnten vermutlich ohne große Mühe beweisen, dass er als Vater ungeeignet ist.« Mack vermutete, dass David Rhodes seine elterlichen Rechte bereitwillig aufgeben würde, sobald er erkannte, dass er seine Tochter nicht als Druckmittel gegen Mary Jo und seinen Vater einsetzen konnte.

Mary Jo schien sich seinen Vorschlag durch den Kopf gehen zu lassen. »Es ist ... sehr nett von dir, das anzubieten.«

Sie würde ihn zurückweisen. Mack stand stockstteif da, wappnete sich für das, was sie als Nächstes sagen würde.

Offenbar spürte sie seine Enttäuschung. »Ich brauche Zeit, um darüber nachzudenken«, setzte sie rasch hinzu.

Mack warf einen Blick auf die Armbanduhr. »Du hast eine Stunde und fünfundzwanzig Minuten.« Es sollte nicht wie ein Ultimatum klingen, aber es gab einen praktischen Grund für dieses zeitliche Limit.

Ganz offensichtlich verstand sie sofort. »Bevor Linc hier ankommt?«

Mack nickte. »Ich würde ihm all das gern erklären, damit er mich als Schwager akzeptieren kann.«

»Und wenn ich Nein sage?«

Mack atmete heftig aus. Über diese Möglichkeit wollte er nicht nachdenken. Wenn es sein musste, würde er damit fertigwerden und ihr trotzdem seinen Schutz und seine Freundschaft anbieten, aber ...

»Ich hoffe, du erklärst dich bereit, mich zu heiraten«, erwiderte er.

Sie wandte sich von ihm ab, ihre Schultern wirkten verspannt. »Erst meine Brüder und jetzt du? Warum glaubt ihr eigentlich alle zu wissen, was für mich und Noelle das Beste ist?«

Mack schloss die Augen. Ihm war klar, dass er die Sache falsch angepackt hatte, aber er wusste nicht, wie er seinen Fehler wiedergutmachen sollte. »Du hast recht«, sagte er leise. »Ich weiß nicht, was für euch das Beste ist. Das Problem ist: Ich weiß nicht, wie ich es ertragen soll, ohne dich und Noelle zu leben.«

Sie drehte sich zu ihm um. Ihre Miene war angespannt und sie sah ihm direkt in die Augen. Schließlich nickte sie. Sie hatte einen Entschluss gefasst. »Okay. Aber ich will sechs Monate warten und ... und das ist wichtig. Ich werde nicht mit dir schlafen.«

»Nie?«, fragte er entsetzt.

»Nicht solange wir verlobt sind.«

»Aber du bleibst in Cedar Cove?«

Wieder nickte sie.

Das hellte seine Stimmung auf. Dennoch, ihn störten die sechs Monate Verlobungszeit, auf denen sie bestand. »Warum so lange warten?«, fragte er.

»Das gibt uns beiden genug Zeit, um zu entscheiden, ob eine Ehe funktionieren kann. Nach den sechs Monaten können wir das Ganze neu bewerten. Wenn es keinen körperlichen Kontakt zwischen uns gibt, dann hätte jeder von uns die Freiheit, die Verlobung aufzulösen und seiner Wege zu gehen.«

Ihm blieb die Spucke weg. Er wusste nicht, was er dazu sagen sollte.

»Entweder so oder gar nicht. Die Entscheidung liegt bei dir.«

»Äh ...«

»Soll ich davon ausgehen, dass unser Deal geplatzt ist, oder warten wir sechs Monate?«

»Okay, okay, wenn du es so haben möchtest.«

Sie entspannte sich und streckte ihm die Hand entgegen. »Wir sind uns also einig?«

»Ich denke schon.«

»Sich zu verloben ist eine ernste Sache, Mack. ›Ich denke schon‹ ist keine zufriedenstellende Antwort.«

Er schluckte hart. Entweder er akzeptierte ihre Bedingungen oder riskierte, sie und Noelle zu verlieren. Das

Baby gurgelte und lächelte ihn an. »Okay, wir machen's so, wie du willst«, murmelte er und bekräftigte das mit einem Handschlag.

»Dann sind wir also verlobt«, meinte Mary Jo.

Verlobt. Mit der Frau, die er liebte. Aber ihm kam es eher wie ein Geschäft vor – und kein besonders vorteilhaftes obendrein.

29. Kapitel

»Bist du sicher, dass du das durchziehen willst?« Linc hatte das Gefühl, fragen zu müssen. Fast drei Wochen nach ihrer ersten Begegnung standen er und Lori Bellamy vor dem Rathaus von Kitsap County und hielten sich an den Händen. Linc trug seinen besten Anzug. Tatsächlich besaß er nur diesen einen Anzug – und möglicherweise würde er ihn in diesem Jahr noch ein zweites Mal tragen, wenn Mary Jo heiratete. Dass seine Schwester sich mit Mack McAfee verlobt hatte, war keine große Überraschung gewesen und trug in gewisser Weise zu seiner Beruhigung bei.

Lori sah in ihrem rosa Kleid so hübsch aus, dass er große Mühe hatte, sie nicht anzustarren. Sie reagierte mit leichtem Nicken. »Ich bin bereit, wenn du es bist.«

»Hast du es deinen Eltern gesagt?«

»Nein.« Sie schaute ihm in die Augen. »Hast du es deinen Brüdern erzählt? Und deiner Schwester?«

Linc schüttelte den Kopf. Er hielt es nicht für nötig, dass seine Brüder jetzt schon davon erfuhren.

»Hast du die Lizenz?«

Linc klopfte sich auf die Brusttasche. »Hier.«

»Wir brauchen Trauzeugen.«

Daran hatte Linc überhaupt nicht gedacht. »Jemand aus dem Büro des Standesbeamten kann das übernehmen.«

Lori schluckte und wandte den Blick ab. »Ich habe niemandem davon erzählt, denn ich wusste, falls ich das tue, wird man versuchen, mir das auszureden.« Sie errötete leicht und umfasste mit der rechten Hand den kleinen Blumenstrauß, den er ihr gekauft hatte, fester. »Ich will dich heiraten.«

»Ich dich auch.« Linc wünschte sich eine Frau, eine »altmodische« Frau, die seine Wertvorstellungen teilte und sich ausschließlich um die Familie kümmerte, zumindest solange die Kinder noch klein waren. Obwohl er Lori nicht gut kannte, gefiel ihm das, was er wusste, doch sehr. Sie hatten sich etliche Male eingehend unterhalten, meistens am Telefon.

»Wenn irgendwer wüsste, dass ich mich bereit erklärt habe, einen Mann zu heiraten, den ich nur viermal getroffen habe, würde er mich für verrückt erklären.« Sie schaute zu ihm hoch. »Darf ich dich etwas fragen, bevor wir reingehen?«

»Natürlich.«

»Linc ...« Sie wandte sich von ihm ab.

»Ja?«

»Liebst du mich?«

Linc hatte befürchtet, sie könnte ihm diese Frage stellen. Er wünschte, er wüsste, was sie hören wollte, welche Antwort sie von ihm erwartete. Aber so groß die Versuchung auch war, zu lügen, war er doch davon überzeugt, dass das kein guter Start in ihre Ehe war.

»Nein«, sagte er, um seine Antwort gleich darauf näher zu erläutern. »Ich liebe dich *noch* nicht, aber ich mag dich mit jedem Tag und jedem Gespräch, das wir führen, mehr.«

»Wir reden viel, nicht wahr?«

Ja, das taten sie, und es gefiel ihm sehr. Sie mussten eine Grundlage für ihre Beziehung schaffen, alles klären und für jede Meinungsverschiedenheit eine Lösung finden, bevor sie ihre Ehegelübde ablegten. Im Zuge ihrer langen Unterhaltungen hatte er Zugeständnisse gemacht, genauso wie sie. Er hatte das Gefühl, dass die Entscheidung, diese Frau zu heiraten, die richtige war, obwohl sie sich erst vor Kurzem kennengelernt hatten.

»Ich habe ein Angebot für ein Geschäftsgrundstück hinter der Harbor Street abgegeben – für das Grundstück, über das wir gesprochen haben.«

Plötzlich wandte Lori den Blick ab. »Dieses Grundstück gehört meinem Vater, wie ich erst kürzlich erfahren habe.«

Soweit Linc das beurteilen konnte, sollte das nichts verkomplizieren. »Ich habe einen fairen Preis geboten«, sagte er.

Sowie sie verheiratet wären, wollte Linc nach Cedar Cove ziehen und dort seine eigene Kfz-Werkstatt eröffnen. Bis sie ein gemeinsames Zuhause fanden, wollte er bei Lori einziehen. Lori hatte gesagt, sie würde sich in Seattle nicht wohlfühlen. Sie bevorzugte das Leben in einer Kleinstadt. Derzeit arbeitete sie in einer Boutique im nahe gelegenen Silverdale und würde das so lange tun, bis sie ihr erstes Kind bekamen. Linc glaubte, sein neues Unternehmen zum Erfolg führen zu können. Er hatte vor, nur noch als stiller Teilhaber bei *Three Wyse Men*, dem Familienunternehmen, zu fungieren und das Alltagsgeschäft Mel und Ned zu überlassen.

»Ich überlege es mir nicht anders mit unserer Heirat«, versicherte Lori ihm noch einmal.

»Ich auch nicht.« Linc drückte ihre Hand, und gemeinsam stiegen sie die Treppe zum Rathaus hinauf.

Die Trauungszeremonie war schockierend kurz. In der einen Minute waren sie praktisch noch Fremde und schon in der nächsten Minute verheiratet.

Womit Linc nicht gerechnet hatte, war die Rührung, die ihn überwältigte, als der Richter sie zu Mann und Frau erklärte. In diesem Moment erfüllte ihn solche Zärtlichkeit für Lori, dass ihm beinahe die Tränen kamen. Das verblüffte ihn und machte ihn auch ein wenig verlegen.

Erstaunt wurde ihm klar, dass nichts von dem, was hier gerade passierte, geschehen wäre, hätte er an jenem Abend nicht angehalten, um ihr zu helfen.

Lori schwieg ebenfalls, und er fragte sich, ob sie gespürt hatte, wie aufgewühlt er war. Falls ja, dann erwähnte sie es nicht. Tatsächlich sagte keiner von ihnen etwas, bis sie wieder in seinem Truck saßen.

»Hallo, Ehemann«, sagte sie lächelnd.

Linc erwiderte ihr Lächeln. »Hallo, Ehefrau.«

Ehefrau. Was für ein machtvolles Wort das doch war. Ein Wort, in dem alles steckte: Gefährtin, Freundin, Partnerin ... Liebhaberin.

Er ließ den Motor an. »Gibt es irgendeinen Ort, wohin du jetzt als Erstes möchtest?«, fragte er. Es war wenige Minuten vor fünf.

»Vielleicht sollten wir uns ein frühes Abendessen gönnen.«

»Klar.« Er verbarg seine Enttäuschung. Eigentlich hatte er gehofft, sie würde vorschlagen, direkt zu ihrer Wohnung zu fahren. Er hatte seinen Koffer dabei und wollte auspacken, sich häuslich einrichten, bevor ... Er hatte sich darauf gefreut, mit Lori zu schlafen. Bis jetzt hatte sich ihr körperlicher Kontakt auf ein paar nicht ganz so keusche Küsse beschränkt, aber ihre Reaktionen auf seine Liebkosungen hatten ihn davon überzeugt, dass sie in sexueller Hinsicht definitiv zusammenpassen würden.

»Ich möchte dich gern meiner Schwester vorstellen, bevor wir das tun«, sagte Linc, um sich von seinen Gedanken an ihre Hochzeitsnacht abzulenken.

»Jetzt oder ... hinterher?«

»Jetzt.«

»Okay.« Lori rutschte ein Stückchen näher und legte ihm die Hand auf den Arm.

Linc gefiel es, wenn sie ihn berührte, selbst wenn es so beiläufig geschah. Als sie ihn vor der Hochzeit gefragt hatte, ob er sie liebte, hatte er so aufrichtig geantwortet, wie er nur konnte. Jetzt aber fragte er sich, ob die Zärtlichkeit, die er für sie empfand, diese freudige Erwartung, Liebe sein konnte. Er hoffte es, denn er wollte Lori lieben. Er freute sich darauf, Kinder mit ihr zu haben. Sie würde eine gute Mutter sein, und er hatte vor, ein guter Vater zu sein.

Das Rathaus war nicht weit von dem Doppelhaus entfernt, in dem seine Schwester wohnte. Als er den Wagen abstellte, sah er, dass Mack draußen arbeitete und die Forsythiensträucher schnitt. Mack war ein Typ, der immer etwas zu tun fand. Wenn er nicht gerade malerte oder Reparaturarbeiten erledigte, werkelte er in seiner Werkstatt oder im Garten herum.

Mack und Linc hatten in der Vorwoche über Macks Beziehung zu Mary Jo gesprochen. Linc war der Meinung, dass seine Schwester eine kluge Entscheidung getroffen hatte, als sie sich bereit erklärte, ihn zu heiraten. Linc mochte Mack und glaubte, sein Schwager in spe würde sich nicht nur um Noelle kümmern, sondern alles tun, was in seiner Macht stand, um David Rhodes davon abzuhalten, seine Tochter zu benutzen, um Ben zu manipulieren.

Mack kam zu ihm herüber, als Linc die Beifahrertür öffnete und Lori beim Aussteigen half, und warf ihm einen fragenden Blick zu.

»Mack McAfee, das ist meine Frau Lori.«

Mack klappte die Kinnlade herunter. »Deine ... deine Frau?«

Wie um Schutz zu suchen, schmiegte Lori sich eng an Linc.

»Seit wann?«

»Seit etwa zehn Minuten.«

»Weiß Mary Jo davon?«

»Noch nicht. Wir sind gekommen, um es ihr zu sagen.«

Noch immer fassungslos, starrte Mack sie an.

Die Tür zu Mary Jos Doppelhaushälfte wurde geöffnet, und als sie Linc in seinem Anzug – und Lori an seiner Seite – sah, runzelte sie verwirrt die Stirn. Fragend schaute sie Mack an.

»Dein Bruder hat Neuigkeiten«, erklärte Mack, trat einen Schritt zurück und schob die Hände in seine Jeanstaschen.

Mary Jo richtete ihre Aufmerksamkeit wieder auf Linc, der den Arm um seine Frau legte. »Mary Jo«, verkündete er förmlich. »Ich möchte dir deine neue Schwägerin vorstellen. Lori Bellamy.«

»Lori Wyse«, korrigierte diese.

Mary Jo reagierte genauso wie Mack. Auch ihr klappte die Kinnlade herunter. »Ihr seid verheiratet? Ihr beide?«

Linc grinste verlegen und nickte.

»Du hast mir kein Wort davon gesagt!«

»Niemandem.« Linc wollte, dass sie wusste, dass er sie nicht ausgeschlossen hatte. »Die Jungs wissen auch noch nichts.«

Kopfschüttelnd wandte Mary Jo sich Lori zu. »Du hast wirklich meinen Bruder geheiratet?«

Lori nickte. »Ich liebe ihn.«

»Tatsächlich?« Linc war verwirrt. Als Lori ihn gefragt hatte, ob er sie liebe, war ihm gar nicht der Gedanke gekommen, dass sie sich ihrer Gefühle so sicher sein konnte, vor allem nach so kurzer Zeit schon.

»Sie muss dich wohl lieben, wenn sie dich zum Mann genommen hat«, meinte Mary Jo. »Gut, komm doch rein«, wandte sie sich an Lori.

»Gern.« Lori löste sich von seiner Seite und folgte Mary Jo ins Haus.

Linc blieb draußen bei Mack und deutete mit dem Kopf Richtung Haustür. »Mary Jo ist doch nicht sauer, oder?«

Mack hob die Hand, als wollte er sagen, das könne er auch nicht besser beurteilen als Linc. »Na ja, vor allem sind wir beide sehr überrascht. Du hättest zumindest etwas andeuten können, weißt du.«

»Das hätte ich«, stimmte Linc zu, »habe ich aber nicht.«

Mack lachte. »Wenn ihr bereit gewesen wärt, zu warten, hätten wir eine Doppelhochzeit feiern können.«

»Wir wollten nicht warten.« Linc stieß mit der Schuhspitze gegen ein Grasbüschel und kam zu dem Schluss, dass er ebenso gut auch gleich über seine anderen Pläne sprechen konnte. »Ich ziehe nach Cedar Cove.«

Macks Nicken verriet nicht, was er davon hielt. »Lori«, sagte er plötzlich. »Lori Bellamy. Sie ist die ehemalige Verlobte von dem Typen, der früher für Allan Harris gearbeitet hat ...«

»Ja«, fiel Linc ihm scharf ins Wort. »Aber das ist vorbei.«

Wieder nickte Mack. »Was habt ihr jetzt vor?«

»Ich ziehe sofort bei Lori ein und pendle nach Seattle, bis Mel und Ned meinen, sie können die Werkstatt allein managen.« Im Geist hatte Linc dafür einen Zeitrahmen von maximal zwei Monaten abgesteckt.

»Und dann?«

»Werde ich hier eine Zweigstelle eröffnen.«

»Und was ist mit Lori?«

»Sie wird weiter arbeiten, bis sie schwanger wird.« Linc hatte vor, seinen Teil dazu beizutragen, dass das so schnell wie möglich geschah. »Wenn das Baby auf der Welt ist, will sie zu Hause bleiben.«

»Mary Jo möchte ihren Job behalten«, erklärte Mack.

Das überraschte Linc nicht. Er hoffte nur, Mack wusste,

worauf er sich einließ, wenn er sie heiratete. Er kannte keine Frau, die dickköpfiger war als seine kleine Schwester.

Die beiden Männer gingen ins Haus, und Lori lächelte Linc an. »Ich habe Mary Jo und Mack zu unserem Hochzeitsessen eingeladen.«

Linc lächelte gezwungen. »Was ist mit dem Baby?«

»Meine Mutter würde sich über die Gelegenheit freuen, auf Noelle aufzupassen«, meinte Mack.

»Soll ich sie anrufen?«, fragte Mary Jo.

»Sicher, mach nur.«

Keine fünf Minuten später war alles geklärt. Sie hatten für halb sieben einen Tisch im *D. D.'s* an der Bucht reserviert und fuhren anschließend gemeinsam zum Haus der McAfees, um Noelle dort abzuliefern. Linc und Lori warteten im Truck, wie Mack vorgeschlagen hatte, und dann ging es weiter zum Restaurant.

Linc hätte es vorgezogen, nur mit Lori allein essen zu gehen, aber er hatte sich ihren Wünschen gebeugt. Mack bestellte Champagner, der Linc sofort zu Kopf stieg. Zu spät fiel ihm ein, dass er seit dem Morgen nichts mehr gegessen hatte. Als ihre Speisen serviert wurden, war er als Erster fertig.

Die anderen schienen es nicht eilig zu haben. Er gähnte mehrere Male, ein Wink mit dem Zaunpfahl, dass sie allmählich zum Schluss kommen sollten, aber niemandem fiel auf, wie ungeduldig er war. Als sie endlich bereit waren, das Restaurant zu verlassen, verkündete Lori, sie wolle wieder zu Mary Jo gefahren werden.

Linc saß da, den Autoschlüssel im Zündschloss, und wandte sich ihr zu. »Tatsächlich?« Er konnte seine Enttäuschung nicht verbergen. »Warum?« Suchte Lori etwa nach Ausreden, um die Hochzeitsnacht noch ein wenig aufzuschieben?

»Sie hat etwas für mich«, erklärte Lori und tätschelte ihm sanft das Knie. »Es dauert auch nicht lange, versprochen.«

Widerwillig folgte er Mack und seiner Schwester zurück zum Haus der McAfees, um Noelle abzuholen. Das kostete weitere zehn Minuten.

»Was hat meine Schwester denn für dich?«, wollte Linc wissen, während sie im Wagen warteten. »Kannst du das nicht ein andermal abholen?«

Ein übertriebener Seufzer war Loris erste Reaktion. »Bist du sicher, dass du das wissen willst?«

»Ja«, beharrte er.

»Na schön ... Es ist ein besonderes Negligé für unsere Hochzeitsnacht. Es kommt aus Frankreich und ist aus schwarzer Seide. Ich ... hätte eigentlich selbst etwas besorgen sollen – nur, na ja, das habe ich nicht, und jetzt tut es mir leid.«

»Und von wem genau hat Mary Jo das bekommen?« Linc gefiel der Gedanke, Mary Jo könne irgendein gebrauchtes Negligé an Lori weitergeben, ganz und gar nicht.

»Sie sagte, eine Freundin habe es ihr geschenkt, als es danach aussah, als würde sie Noelles Vater heiraten.«

»Oh.«

»Das stört dich doch nicht, oder?«

Da er nicht zugeben wollte, dass er vorhatte, ihr das edle französische Seidenteil schon nach wenigen Sekunden wieder auszuziehen, zuckte er nur halbherzig die Schultern. »Es ist mir recht, wenn es dir wichtig ist.«

»Alles, was mit der heutigen Nacht zu tun hat, ist mir wichtig.«

»Mir auch«, gab Linc zu.

Nachdem Noelle sicher in Macks Auto untergebracht worden war, fuhr Linc zum Doppelhaus am Evergreen

Place. Lori sprang aus dem Truck, lief mit Mary Jo ins Haus und war keine fünf Minuten später wieder zurück.

Sie grinste breit.

»Was findest du so lustig?«

»Deine Schwester. Ich mag sie. Wir werden gute Freundinnen werden.«

Wunderbar, einfach wunderbar. »Hast du das Negligé?«

»Ja.« Sie stellte den Karton auf ihren Schoß. »Mary Jo wollte mir noch sagen, dass es ihr Hochzeitsgeschenk für dich und mich ist.«

»Großartig.«

Lori wies ihm den Weg zu dem Haus, in dem sie wohnte, und er stellte den Wagen in der Einfahrt ab. Dann ging er um das Fahrzeug herum, um ihr herauszuhelfen, und holte seinen Koffer von der Rückbank. Arm in Arm gingen sie auf das Haus zu.

Noch nie zuvor war er in ihrer Wohnung gewesen. Daher war ihm gar nicht klar gewesen, wie geschmackvoll und feminin sie eingerichtet war. Vermutlich hätte er sich das aber denken können. An den Wänden hingen Blumendrucke, auf dem weißen Sofa waren rosa Zierkissen in verschiedenen Stoffen und Größen verteilt. Die Küche hätte Martha Stewart mit Stolz erfüllt. Das gefiel Linc sehr gut. Von den Kochkünsten seiner Brüder hatte er gehörig die Nase voll, von seinen eigenen ganz zu schweigen.

»Soll ich den ins Schlafzimmer stellen?«, fragte er und griff nach seinem Koffer. Dahinter steckte der Wunsch, Lori so schnell wie möglich in diese Richtung zu lenken.

»Klar.«

Er brauchte keine zwei Sekunden, um wieder aus dem Zimmer herauszukommen. »Du hast ein Himmelbett!«

»Ja, ich weiß.«

Seiner Meinung nach hätte er das lange vor der Hochzeitsnacht erfahren müssen. »Ich kann nicht in einem Himmelbett schlafen.« Das mochte dumm sein oder machohaft, aber irgendwie fühlte er sich bei dem Gedanken unwohl.

Nach kurzem Schweigen machte Lori eine hilflose Geste. »Ich habe nur das eine Schlafzimmer.«

»Na schön, gut, dann schlafen wir heute Nacht auf dem Sofa.«

Sie musterte ihn, als hätte er den Verstand verloren. Vielleicht hatte er das ja auch, aber eins stand fest: Er würde nicht in rosa Bettwäsche unter einem Betthimmel mit Rüschen schlafen. Dabei würde er sich vorkommen, als wäre er ... als wäre er in das private Gemach einer Prinzessin eingedrungen.

Wortlos verschwand Lori im Schlafzimmer und schloss leise die Tür hinter sich. Linc folgte ihr nicht. Er setzte sich auf das Sofa, griff nach einer Zeitschrift und blätterte sie durch.

Wie viele Minuten vergingen, bis sie zurückkam, hätte er nicht sagen können, aber als sie es tat, entglitt die Zeitschrift seinen Fingern und fiel auf den Teppich.

Sie posierte im Eingang zum Schlafzimmer, bekleidet mit einem schwarzen Hauch von Nichts. Irgendetwas schien ihm im Hals stecken geblieben zu sein, als er sich bemühte, sie nicht anzustarren. Es gelang ihm nicht, er konnte den Blick nicht von ihr wenden.

»Mein Sofa lässt sich nicht in ein Bett umwandeln, Linc«, meinte sie. »Wenn wir darauf schlafen, wird es für uns beide unbequem sein.«

Sofa? Welches Sofa?

»Ich sorge dafür, dass der Betthimmel morgen früh abgebaut wird. In Ordnung?«

Er nickte ein paarmal. Schlucken konnte er immer noch nicht richtig.

Lori streckte ihm die Hand entgegen, und er stand auf und ging zu ihr. Mit einem liebevollen Blick schaute sie lächelnd zu ihm auf.

Er beugte sich zu ihr hinunter, nahm sie in die Arme und hob sie halb vom Boden, bevor er die Lippen auf ihre presste. Im Gegenzug schlang sie ihm die Arme um den Hals und erwiderte seinen Kuss, leise und wohlig stöhnend.

Oh ja, es war gut, dass sie verheiratet waren.

Rasch hob er sie hoch und trug sie, altmodisch wie er war, über die Schwelle in ihr Schlafzimmer.

30. Kapitel

Das Klingeln des Telefons riss Christie aus dem Schlaf. Erst nachdem es etliche Male geläutet hatte, begriff sie, dass das Geräusch nicht Teil ihres Traums war. Blind tastete sie nach dem Hörer.

»Hallo«, meldete sie sich schlaftrunken.

»Es ist so weit.«

Sie konnte die Stimme nicht einordnen, setzte sich auf und strich sich die Haare aus dem Gesicht. »So weit? Was ist so weit? Wer spricht denn da?«

»Bobby.«

Schlagartig war sie hellwach, und das Herz schlug ihr bis zum Hals. »Willst du damit sagen, dass bei Teri die Wehen eingesetzt haben?«

»Ja.« Ihr Schwager klang merkwürdig, ganz und gar nicht wie sonst.

»Wo seid ihr?«, fragte Christie.

»In der Geburtsklinik in Silverdale.« Er fasste sich kurz und klang erschreckend panisch.

»Es ist vor der Zeit, richtig?« Teri war noch nicht ganz in der vierunddreißigsten Woche. Sechsunddreißig Wochen wären besser gewesen. Erst vor ein paar Tagen hatte Christie sie besucht. Teri hatte – in ihren eigenen Worten – so dick wie ein Wal ausgesehen und sich so grässlich gefühlt wie eine Migräne. Ihre Fußknöchel waren geschwollen, und sie beklagte sich bitterlich, dass ihr Frauenarzt sie auf eine salzfreie Diät gesetzt hatte. Aber obwohl sie sich nicht gut fühlte, war es ein schöner Besuch gewesen. James war nicht ein einziges Mal Gesprächsthema gewesen. Das half.

»Ja, zu früh ... Teri hat Angst«, fuhr Bobby fort. »Sie hat Angst, die Babys zu verlieren.«

»Bin schon unterwegs.« Christie wusste zwar nicht, was sie tun oder wie sie helfen könnte, aber sie musste dringend zu Teri und Bobby. Ihre Schwester brauchte sie, Bobby ebenfalls.

»Danke.« Die Erleichterung in seiner Stimme war förmlich greifbar.

Christie sprang aus dem Bett und zog rasch an, was sie am Vortag getragen hatte. Auf Make-up verzichtete sie und beschränkte sich darauf, kurz ihre Haare zu bürsten.

Teri brachte ihre Kinder zur Welt.

In ihr tobte ein wahrer Gefühlssturm. Sie fühlte sich wie eine Rakete beim Start in den Weltraum. Noch vor ein paar Minuten hatte sie tief und fest geschlafen, und jetzt sauste sie durchs Zimmer, um sich fertig zu machen, und kämpfte seltsamerweise mit den Tränen.

Eigentlich hatte sie nicht nah am Wasser gebaut. Ja, es kam vor, dass sie auf etwas nicht gefasst oder nicht auf der Hut war, aber normalerweise vermied sie das. Wenn sie jedes Mal in Tränen ausbrechen würde, wenn sie Kummer hatte, täte sie gut daran, Aktien einer Papiertaschentuchfirma zu kaufen.

Zehn Minuten nach Bobbys Anruf ließ Christie die Wohnungstür hinter sich ins Schloss schnappen. Vermutlich wurde sie auf der fünfunddreißigminütigen Fahrt nach Silverdale nur deshalb nicht wegen zu schnellen Fahrens angehalten, weil es mitten in der Nacht war, gerade einmal Viertel nach zwei. Sie schnappte sich die erstbeste Lücke auf dem Parkplatz, belegte dabei gleich zwei Stellplätze und sprang aus dem Wagen, als drohte er zu explodieren.

Als sie ins Foyer der Geburtsklinik stürmte, entdeckte sie James Wilbur, der dort auf und ab wanderte und auf sie wartete.

Christie erstarrte. In ihrer Hast, zu Teri zu gelangen, hatte sie nicht an James gedacht. Ihr hätte klar sein müssen, dass er ebenfalls in der Klinik war, schließlich war er Teris und Bobbys Chauffeur und hatte sie hierhergefahren.

»Ich habe die Formalitäten für dein Namensschildchen schon erledigt«, sagte er, »aber du wirst dich noch ausweisen müssen.«

»Ein Namensschild?« Ihr Mund war trocken. Sie gab sich größte Mühe, ihre Reaktion auf die Begegnung mit ihm zu verbergen. Seit Wochen hatten sie nicht mehr miteinander gesprochen, und erst seit Kurzem dachte sie nicht mehr ununterbrochen an ihn.

»Bevor du den Kreißsaal betreten darfst«, erklärte er sachlich nüchtern, »musst du dich anmelden. Sowie du dich ausgewiesen hast, bekommst du dein Namensschildchen. Ohne das lassen sie dich nicht rein.«

»Oh.« Sie holte ihren Führerschein aus der Handtasche und erhielt ihr Namensschildchen.

Sowie sie es in Händen hielt, sagte James: »Ich bringe dich zu ihnen.«

»Danke.« Urplötzlich klang sie genauso wie Bobby vorhin am Telefon: verängstigt, unsicher, panisch.

James nickte der Dame am Empfang zu, damit sie ihnen die Doppeltüren per Knopfdruck freigab. Dann führte er Christie durch den Gang in einen Wartebereich vor den Kreißsälen

»Wo ist Bobby?«

»Bei Teri.«

»Oh.« Natürlich. Demnach war sie jetzt offenbar dazu verdammt, sich hinzusetzen und genau wie James auf

Neuigkeiten zu warten. Das wäre nur halb so schlimm, wenn sie nicht auf so engem Raum zusammen sein müssten.

Einen Moment starrte er sie an, bevor er den Blick abwandte. »Ich werde Bobby sagen, dass du hier bist.«

»Gut. Danke.« Christie setzte sich auf einen Stuhl, rutschte nach vorn auf die Kante und rieb sich nervös die Hände.

James kam mit Bobby zurück. Ihr Schwager sah schrecklich aus. Christie hatte noch nie jemanden gesehen, der bleicher gewesen wäre. Bobby schien kurz vor einem Nervenzusammenbruch zu stehen.

Sie stand auf, ging zu ihm und nahm ihn in die Arme. »Alles wird gut«, versuchte sie ihn zu trösten, obwohl sie sich dessen selbst nicht sicher war.

»Teri hat Schmerzen.«

»Ich weiß.«

»Aber sie lässt nicht zu, dass die Ärzte ihr etwas dagegen geben ...«

Unwillkürlich musste Christie lächeln. So wie sie ihre starrköpfige Schwester kannte, war Teri vermutlich am Fluchen wie ein Weltmeister.

Bobby ließ die Arme zwar hängen, hatte aber die Hände zu Fäusten geballt. »Die Ärzte wollen niemanden außer mir in den Kreißsaal lassen.«

»Ich werde hier draußen warten«, versprach Christie. »Halt mich nur bitte auf dem Laufenden, ja?«

Bobby nickte.

»Möchte Teri, dass ich unsere Mutter anrufe?«

Bobby schüttelte den Kopf. »Vielleicht wenn sie's hinter sich hat, aber nicht jetzt.«

Mit der Entscheidung war Christie voll und ganz einverstanden, obwohl sie das Gefühl gehabt hatte, wenigstens das Angebot machen zu müssen. Seit Weihnachten hatte

Teri ihre Mutter weder gesehen noch mit ihr gesprochen. Christie auch nicht, und ihrer Meinung nach war es auch besser, wenn Ruth außen vor blieb.

»Okay«, sagte sie. »Grüß Teri lieb von mir, und sag ihr, dass ich hier draußen warte – für den Fall, dass sie irgendwas braucht.«

Erneut nickte Bobby.

»Grüß sie bitte auch von mir«, setzte James hinzu.

Bobby umarmte Christie, winkte James zu und ging zurück in den Kreißsaal. Als er die Tür öffnete, konnte Christie ihre Schwester fluchen hören.

James grinste ihr zu – und ohne es zu wollen, erwiderte Christie sein Grinsen.

In dem kleinen Warteraum saßen sie einander gegenüber. Um einer Unterhaltung aus dem Weg zu gehen, griff Christie nach einer Zeitschrift. Auf dem Cover war ein Weihnachtsbaum abgebildet. Nachdem sie das Heft durchgeblättert hatte, ohne darin zu lesen, legte sie es weg und warf einen Blick auf die Armbanduhr. Es war erst kurz nach drei.

Schließlich riskierte sie einen raschen Blick zu James hinüber und stellte fest, dass er sie musterte. Zwar wandte er sofort den Kopf ab, aber sie hatte ihn bereits ertappt.

»Was?«, fragte sie gereizt.

»Nichts.«

»Spuck's schon aus.« Falls James ihr etwas zu sagen hatte, dann war es besser, er rückte mit der Sprache heraus. Alles andere würde sie nur beide nervös machen.

»Das willst du nicht hören.«

»Du kennst mich nicht halb so gut, wie du denkst. Wenn es mich nicht interessieren würde, hätte ich nicht gefragt.«

Er zuckte die Achseln. »Na schön. Du hast gefragt, also sag ich's dir.« Sein Blick suchte ihren. »Ich dachte nur daran, wie sehr ich dich liebe und wie sehr ich mir wünsche, das wärst du da im Kreißsaal, die unser Baby bekommt.« Er schaute auf seine Hände hinunter. »Ich habe mir Vorwürfe gemacht, dass ich so dumm gewesen bin, nicht zu erkennen, was ich mit dir hatte, und daran gedacht, wie sehr ich es bereue, alles ruiniert zu haben.«

Mit einer Sache hatte James recht – das wollte sie nicht hören. Schon vor ihm hatten ihr andere Männer ähnliche Dinge gesagt, und sie hatte es jedes Mal glauben wollen. Und jedes Mal hatte sie schließlich erkennen müssen, dass es alles nur Geschwafel gewesen war, ein Versuch, zu bekommen, was sie wollten – und was sie ihnen tatsächlich gegeben hatte. Christie war fest entschlossen, nicht wieder zum Opfer ihrer eigenen Schwäche zu werden.

»Ich glaube dir nicht«, murmelte sie.

Er ließ die Schultern hängen und wandte den Blick ab. »Ich weiß«, stieß er traurig hervor.

Danach sprach gefühlt stundenlang keiner von beiden mehr ein Wort. James stand auf und verließ den Warteraum. Ohne seine Gegenwart kam Christie sich seltsam verlassen vor. Sie fürchtete, er würde nicht wiederkommen, aber etwa zehn Minuten später kehrte er mit zwei dampfenden Tassen Kaffee zurück. Eine davon reichte er ihr, und sie bedankte sich bei ihm.

Dann tauchte Bobby wieder auf und sah noch schrecklicher aus als zuvor. »Sie sagen, es geht nicht voran.«

Es schien unmöglich, dass er noch bleicher sein konnte als zuvor, und doch war er es.

»Sie haben beschlossen, einen Kaiserschnitt durchzuführen«, setzte er hinzu. »Sie haben Teri bereits in den OP gefahren ... ich kann sie nicht begleiten. Die Ärzte befürchten, ich wäre nur im Weg.«

»Du darfst nicht bei Teri bleiben?« Dann war die Lage vermutlich ernst.

»Ich darf vor dem OP warten – aber ich wollte euch wissen lassen, was los ist.«

»Danke«, flüsterte Christie. Jetzt hatte sie wirklich Angst um ihre Schwester.

Bobby ging, und sie ließ sich langsam wieder auf ihren Stuhl sinken. James setzte sich auf den Stuhl neben ihr. Sie redeten immer noch nicht miteinander, aber nach etlichen Minuten griff er nach ihrer Hand.

Christie wusste, dass sie ihre Hand wegziehen sollte, aber der Trost seiner Berührung war ihr mehr als nur willkommen. Als sie ihre Finger miteinander verschränkten, schien Hitze in ihren Arm auszustrahlen ... und dann in ihren ganzen Körper.

»Teri und die Babys werden das gut überstehen«, flüsterte Christie. »Meine Schwester ist eine Kämpfernatur.«

Offenbar hatte James dem nichts hinzuzufügen, und nach einem Moment ließ sie den Kopf an seine Schulter sinken. Und er legte den Arm um sie ...

Nach etwas dreißig oder vierzig Minuten kam Bobby in den Warteraum gerannt. Er wedelte mit den Armen, als wäre er ein Vogel, der sich in die Luft schwingen wollte. »Drei Jungen!«, rief er. »Vollkommen, klein ... aber am Leben. Sie werden gerade auf die Frühgeborenenstation gebracht und in Brutkästen gelegt ... Teri geht es gut.«

»Namen?«, schaffte Christie zu fragen, als sie aufsprang. Tränen verschleierten ihr den Blick.

»Namen, Namen ... Ach ja, Namen. Robbie nach mir, Jimmy nach James und Christopher nach Christie.« Grinsend eilte er davon, um bei seiner Frau und seinen drei Söhnen zu sein.

Instinktiv wandte Christie sich James zu. Er drehte sich gleichzeitig zu ihr um, und dann – sie wussten beide nicht, wer sich zuerst bewegt hatte – lagen sie einander in den Armen und klammerten sich aneinander.

»Ich wusste, dass alles gut gehen würde«, brachte Christie schluchzend hervor. Tatsächlich hatte sie es nicht gewusst und wäre beinah verrückt geworden vor Sorge.

»Ein kleiner Junge, nach mir benannt«, flüsterte James in ihre Haare. Das schien ihn zu überwältigen.

»Und nach mir.« Christie empfand genauso. Nie hätte sie auch nur im Traum daran gedacht, dass ihre Schwester so etwas tun würde. Teri stand ihrem Bruder Johnny sehr nahe, und Christie hatte angenommen, dass, wenn sie einen der Drillinge nach einem Familienangehörigen benennen würde, sie ihm den Namen Johnny geben würde.

»Und nach Bobby«, sagte James.

Bobby war geradezu euphorisch gewesen, als er die freudige Nachricht überbracht hatte. Normalerweise zeigte er seine Gefühle nicht so offen, aber diesmal schon. Die Liebe und die Freude, die sie in seinem Gesicht gesehen hatte, ließen Christie erneut in Tränen ausbrechen. Peinlich berührt wischte sie sich die Wangen ab, während James sie weiterhin in den Armen hielt.

»Ein Junge namens Jimmy.« Ehrfurcht klang in seiner Stimme mit.

Sie klammerten sich immer noch aneinander, und keiner schien sich als Erster aus der Umarmung lösen zu wollen. Christie lehnte den Kopf an James' Brust. Sie konnte den kräftigen, gleichmäßigen Schlag seines Herzens hören. Er war zurückgekommen – zurück zu Teri und Bobby, zurück zu ihr. Er war doch nicht wie die anderen Männer in ihrem Leben.

Gerade als sie etwas sagen wollte, wurden sie beide unterbrochen.

»Christie?«

James ließ sie los, und Christie drehte sich um. Hinter ihr stand Rachel Peyton, Teris Freundin aus dem Friseursalon.

»Hat Teri ihre Babys bekommen?«, fragte Rachel erwartungsvoll.

Christie grinste breit. »Drei Jungen. Bobby war vor ein paar Minuten hier, um es uns zu sagen.«

»Sind sie ...?«

»Klein, aber vollkommen«, antwortete Christie. »Ich weiß nicht, wie viel sie genau wiegen. Bobby war viel zu aufgeregt, um uns noch mehr Details zu verraten.«

»Sie sind zu früh geboren.«

»Woher wusstest du, dass Teri in den Wehen lag?«, fragte sie. Es interessierte sie, wer Rachel kontaktiert hatte.

»Ich habe sie angerufen«, erklärte James. »Teri hat mich darum gebeten.«

Als könnten ihre Beine sie nicht länger tragen, stolperte Rachel zu einem Stuhl und ließ sich darauffallen.

Christie kauerte sich neben sie. »Geht's dir gut?«

Rachel drückte sich die Hand auf das Herz. »Ich ... ich dachte, ich würde gleich ohnmächtig.«

Teris Freundin wirkte krank. Als sie die Augen schloss, warf Christie einen Blick auf James. Der nickte. Offenbar wusste er, was sie mit diesem Blick sagen wollte. Er ging und kam ein paar Minuten später mit einer Krankenpflegerin zurück.

»Mir geht's gut, mir geht's gut«, beharrte Rachel, aber danach sah es ganz und gar nicht aus.

Die Krankenpflegerin geleitete sie in ein Untersuchungszimmer, und wieder waren James und Christie allein.

»Ich fühle mich, als hätte ich einen achtstündigen Arbeitstag hinter mir«, sagte Christie, plötzlich erschöpft.

»Ich mich auch.« Lächelnd schaute er ihr in die Augen.

»Ich ... ich sollte vermutlich nach Hause gehen und ein paar Anrufe tätigen.« Aber eigentlich wollte sie nicht gehen.

James legte ihr den Arm um die Taille. »Geh nicht.«

Unentschlossen schwieg sie.

»Noch nicht«, bat er. »Bleib noch ein bisschen.«

»Ich würde gern die Babys sehen«, murmelte sie. Das stimmte zwar, aber das war nicht der einzige Grund, warum sie noch eine Weile bleiben wollte.

»Der kleine Jimmy.«

»Der kleine Christopher«, sagte Christie und grinste voller Freude.

James zog sie noch ein bisschen näher zu sich heran.

So gingen sie gemeinsam den Gang hinunter, und nach einem tiefen Seufzer blickte Christie zu James auf. »Wenn du mich je wieder verlässt, dann werde ich ... Ich weiß nicht, was ich tun werde, aber ich garantiere dir eins: Es wird nicht angenehm sein. Außerdem ...«

»Ich werde dich nie wieder verlassen«, unterbrach James sie.

»Ich meine es ernst, James. Ich würde das nicht noch mal ertragen.«

Er schaute sie an und legte ihr die Hände auf die Schultern. Seine Augen wurden dunkel, sein Blick war voller Liebe. »Ich meine es auch ernst.«

»Ich werde meine Ausbildung zu Ende bringen.«

»Und ich werde alles tun, um dir zu helfen, deine Träume wahr werden zu lassen, Christie. Ein Mann tut das für die Frau, die er liebt.«

Sie war auf Widerspruch gefasst gewesen, aber der kam nicht. Ihr Blick hielt seinen fest. »Ich möchte auch Babys haben.«

»*Unsere* Babys. Ja, das will ich auch.«

»Sei nicht so verständnisvoll«, fuhr sie auf. »Das verwirrt mich, und ich ...«

Mit einem Kuss brachte er sie zum Schweigen, einfach so, mitten auf dem Gang im Krankenhaus. Christie schlang ihm die Arme um den Hals, als sie seinen Kuss erwiderte.

»Drei?«, fragte er heiser, als sie sich voneinander lösten.

Sie schmiegte sich in seine Arme. »Nicht wenn sie alle auf einmal kommen.« Wobei, vielleicht wäre das gar nicht so schlecht, dachte sie.

Langsam ließ er die Hand über ihren Rücken gleiten. »Wir werden wunderschöne Babys haben.«

Ihr fiel seine Bemerkung über wunderschöne Babys an dem Abend ein, an dem sie die Kneipe besucht hatte. Deshalb war sie ihm nachgerannt ... »Ja, das werden wir«, murmelte sie.

Er küsste sie auf die Nasenspitze. »Aber sie werden nicht Schach spielen.«

»Das dürfen sie, wenn sie wollen«, entgegnete sie.

»Okay«, gab er nach. »Wenn sie spielen wollen, dürfen sie.«

Die Krankenpflegerin, die Rachel mitgenommen hatte, kam zurück. »Ich habe den Mann Ihrer Freundin angerufen«, sagte sie.

»Alles in Ordnung?«, fragte Christie besorgt.

»Nein, ganz und gar nicht«, antwortete Rachel ein paar Schritte hinter der Krankenpflegerin. Sie sah so aus, als würde sie gleich in Tränen ausbrechen.

»Was ist los?« Christie eilte ihr in den Warteraum nach.

Rachel setzte sich und vergrub das Gesicht in den Händen. »Das kann nicht wahr sein. Es kann einfach nicht wahr sein.«

»Was kann nicht wahr sein?«

Teris Freundin ließ die Hände sinken und schaute hoch. »Ich bin schwanger«, jammerte sie.

»Aber das sind doch wunderbare Neuigkeiten«, erwiderte Christie. »Oder etwa nicht?«

»Es sollten wunderbare Neuigkeiten sein«, antwortete Rachel. »Ich sollte mich freuen, aber ... wir hatten uns entschieden, nicht sofort ein Baby zu bekommen. Und dann ist da noch Jolene. Sie ist noch nicht so weit, dass sie damit umgehen könnte. Wir hatten ihr versprochen, ihr erst Zeit zu lassen, sich daran zu gewöhnen, dass wir verheiratet sind. Wir haben es versprochen. Ich hätte die Pille nehmen sollen, habe es aber nicht getan.« Sie ließ den Blick zwischen Christie und James hin und her wandern. »Dann passiert so was. Ich habe Bruce gesagt, dass wir Russisch Roulette spielen, aber er war sich sicher, dass ich nicht schwanger werden würde ...«

»Du willst damit sagen ...«

»Sex!«, rief Rachel. »So was passiert, wenn du großartigen Sex hast ... mitten am Nachmittag. Wir treffen uns immer mittags – oh, das könnt ihr nicht verstehen.«

James' Griff um Christies Hand wurde fester. »Ist es schon Mittag?«, fragte er flüsternd.

Trotz ihrer Sorge um Rachel musste Christie lächeln.

Einen Moment später lächelte auch Rachel ...

31. Kapitel

»Was soll das heißen – du bist verlobt?«, rief Linnette McAfee ins Telefon.

Mack hatte gewusst, dass seine Schwester schockiert auf diese Nachricht reagieren würde – genau wie seine Eltern, wenn er sie ihnen überbrächte. Die Verlobung fühlte sich … Er suchte nach dem passenden Wort. Seltsam, entschied er, sie fühlte sich seltsam an.

In der kurzen Zeit, seit er und Mary Jo verlobt waren, hatten sich die Dinge zwischen ihnen verändert – leider nicht zum Besseren. Statt sie enger zusammenzuschweißen, schien die Verlobung sie auseinandergebracht zu haben.

Seit jenem Abend vor zwei Wochen hatte Mary Jo sich die allergrößte Mühe gegeben, ihm aus dem Weg zu gehen. Mack verstand das nicht. Er hatte ihre Bedingung akzeptiert. Trotzdem schien sie zu glauben, dass er sie genauso schlecht behandeln würde wie Rhodes. Das zeigte ihm, dass sie ihn weder wirklich kannte noch ihm vertraute, obwohl sie das Gegenteil behauptete.

Eine weitere, genauso unangenehme Möglichkeit bestand darin, dass ihr nicht wirklich etwas an ihm lag und sie ihn nur benutzte, um sie vor ihrem Ex zu beschützen. Natürlich war er bereit, diese Rolle zu übernehmen, und hatte das auch gesagt. Aber sein Stolz – und die Gefühle, die er für sie hegte – verlangten, dass sie ihn nicht nur aus Angst heiratete.

»Mir war nicht mal bewusst, dass du mit jemandem zusammen bist«, sagte Linnette und riss ihn aus seinen Gedanken.

»Es handelt sich um Mary Jo Wyse und ...«

»Ist das nicht die Frau, die Heiligabend ein Baby zur Welt gebracht hat?«

»Ja, ich habe bei Noelles Geburt geholfen, und wir ...«

Erneut fiel ihm seine Schwester ins Wort. »Sag mir noch mal, warum du Mom und Dad nichts davon erzählt hast.«

»Es ist kompliziert.«

»Versuch es.«

»Na ja, zum einen droht David Rhodes, Noelles leiblicher Vater, damit, das Sorgerecht einzuklagen.«

»Das würde er nicht wagen.«

»Jetzt, da ich auf den Plan getreten bin, sicher nicht – so viel steht fest.«

»Moment mal«, warf Linnette ein und verfiel damit ärgerlicherweise wieder einmal in die Rolle der großen Schwester. »Du musst sie doch nicht heiraten, um David Rhodes aus ihrem Leben rauszuhalten. Da muss doch noch mehr an der Geschichte dran sein, als auf den ersten Blick ersichtlich ist.«

Vielleicht war es ja doch keine so gute Idee gewesen, Linnette zu informieren, dass er verlobt war.

»Du liebst sie, nicht wahr?«

»Ja ...«

»Aber du bist dir nicht hundertprozentig sicher, dass sie deine Gefühle erwidert?«

Anscheinend verfügte seine Schwester über hellseherische Fähigkeiten, weil sie sofort auf das Thema zu sprechen kam, das Mack auf jeden Fall hatte vermeiden wollen.

»Ähm ...«

»Du befürchtest, sie benutzt dich, um sich Noelles Vater vom Leib zu halten?«

Als er nicht antwortete, redete sie weiter. »Mack ... liebst du sie denn so sehr?«

Er saß auf einem Küchenstuhl, das Telefon fest ans Ohr gedrückt. Er schloss die Augen und flüsterte: »Ja, ich liebe sie so sehr.« Alles wäre so viel leichter, wenn dem nicht so wäre.

»Oh Mack, dich hat's echt böse erwischt.«

Das war die eine Sache, die Mack nicht wollte, nämlich das Mitleid seiner Schwester. Er bereute bereits, ihr anvertraut zu haben, was zwischen ihm und Mary Jo lief. Und doch ... er wusste sich einfach nicht zu helfen, hatte keine Ahnung, warum neuerdings solche Spannungen zwischen ihnen herrschten. Er hatte gehofft, dass Linnette ihm auf die Sprünge helfen, ihm irgendeine Erklärung liefern könnte.

Seit ihrer Verlobung hatte Mary Jo ihn kaum noch angeschaut. Vorher hatte sie ihn oft zum Essen eingeladen – an den Abenden, an denen er nicht auf der Feuerwache Dienst hatte. In den letzten zwei Wochen hatte er ihre Haushälfte aber nicht ein einziges Mal mehr betreten.

Und das war noch nicht alles. Bevor sie sich verlobt hatten, hatten sie zusammen Karten gespielt. Jeden Tag miteinander gesprochen. Zusammen gelacht. Aber seitdem sie das Thema Ehe angesprochen hatten, behandelte sie ihn, als hätte er eine ansteckende Krankheit.

»Na schön, kleiner Bruder, wenn du ehrlich so empfindest, warum ...«

»Darf ich etwas sagen?«, fragte er.

»Nein. Beantworte mir erst meine Frage.«

»In Ordnung, wenn du es unbedingt wissen willst. Mary Jo hat sich bereit erklärt, mich zu heiraten, aber auf einer Verlobungszeit von sechs Monaten bestanden.«

»Sechs Monate? Aber das ist doch nicht so schlimm.«

»Sie hat auch darauf bestanden, dass es keinen ... körperlichen Kontakt zwischen uns gibt.«

»Was?«

Mack dachte gar nicht daran, das zu wiederholen. »Du hast mich schon verstanden.« Allein schon, dass er es ausgesprochen hatte, bestärkte ihn in seiner Überzeugung, dass Mary Jo nicht so viel an ihm lag wie umgekehrt. Für sie war er nur Mittel zum Zweck. Er würde sie und Noelle beschützen, sodass Rhodes sie nicht bedrohen konnte. Und das Schlimmste daran war ... Er hatte es selbst vorgeschlagen.

»Nichts ... Körperliches? Sechs Monate lang?«

»Mary Jo war der Meinung, das würde uns Zeit geben, einander kennenzulernen – so sagte sie jedenfalls«, grummelte er. Angesichts der Unbehaglichkeit, die in letzter Zeit zwischen ihnen herrschte, kam ihm das wie eine lahme Ausrede vor.

»Also habt ihr beide keinen ... Du weißt schon ...«

Er stöhnte auf. »Ich frage dich auch nicht nach deinem Liebesleben, richtig?«

»Nein, aber vielleicht solltest du das.«

Er ließ ihre Bemerkung unkommentiert.

»Denk dran«, sagte seine Schwester, »Mary Jo hat echte Probleme, jemandem zu vertrauen. Ich kann ihr das nicht verübeln.«

»Du bist ihr noch nie begegnet«, erinnerte Mack sie. Aber es stimmte natürlich, was sie sagte. Mary Jo hatte Probleme zu vertrauen. Das hatte sie selbst zugegeben, und die Gründe dafür waren offensichtlich. Allerdings erklärte das noch nicht, warum ihre Einstellung ihm gegenüber sich so geändert hatte, seitdem sie sich bereit erklärt hatte, ihn zu heiraten.

»Für jemanden, der demnächst Ehemann und Vater wird, klingst du nicht gerade glücklich.«

»Das bin ich auch nicht. Ich weiß nicht mal, warum ich dir überhaupt davon erzählt habe. Niemand sonst ist eingeweiht – außer Mary Jos Bruder.«

»Du hast es mir erzählt, weil ich deine große Schwester

bin und du meinen Rat hören willst – du bist nur nicht bereit, das zuzugeben und direkt zu fragen.«

»Bin ich so leicht zu durchschauen?«

»Ich fürchte, ja.«

Er seufzte. Das wäre alles einfacher, wenn er nicht so viel für Mary Jo empfinden würde.

»Weiß sie, dass dein richtiger Name Jerome ist?«

»Ja, das weiß sie.« Seit seiner Grundschulzeit hatte er darauf bestanden, Mack genannt zu werden. Er war nach seinem Großvater väterlicherseits benannt worden, und obwohl Mack seinen Grandpa Jerry geliebt hatte, gefiel ihm der Name nicht.

»Warum willst du Mom und Dad nicht davon erzählen?«, fragte Linnette. »Sie würden sich freuen.«

So ungewiss die Situation zwischen ihm und Mary Jo war, hatte Mack nicht das Gefühl, seine Eltern in die Sache hineinziehen zu können. Er lehnte sich gegen den Küchentresen und stützte die Ellenbogen auf. »Ich habe meine Gründe.«

»Und wann willst du es ihnen sagen?«

»Das weiß ich noch nicht.«

»Mack, falls Mom es von jemand anderem erfährt, wird sie am Boden zerstört sein.«

»Ich weiß.« Allerdings war es nicht sehr wahrscheinlich, dass das geschah.

»Dad ebenso.«

Auch das wusste Mack. Plötzlich wünschte er sich, er hätte die Verlobung seinen Eltern gegenüber bereits erwähnt.

»Na schön, ich verstehe, warum du das geheim halten willst«, überraschte Linnette ihn.

»Tatsächlich?«

»Natürlich. Du willst warten, bis du dir sicher bist, dass sie dich auch wirklich heiraten wird. So, wie die Dinge derzeit stehen, bist du verunsichert und zögerst ...«

»Ich bin nicht derjenige, der zögert, sondern Mary Jo.«
»Bist du dir da sicher?«

Ganz ohne Frage. »Sehr sicher.«

Nach kurzem Schweigen meinte Linnette: »Darf ich dir auch ein Geheimnis anvertrauen?«

»Natürlich.« Tatsächlich hatte seine Schwester noch nie wirklich Geheimnisse gehabt. Sie war immer die Musterschülerin und gute Tochter gewesen, während Mack sich oft mit seinem Vater gestritten hatte. Es beunruhigte ihn, dass er dadurch, dass er seine Verlobung vor seinen Eltern geheim hielt, den Waffenstillstand, den er mit seinem Vater geschlossen hatte, in Gefahr brachte. Er hatte sehr viel für Mary Jo riskiert, und seine größte Furcht war, dass das alles umsonst gewesen sein könnte.

Da Linnette nicht sofort weiterredete, hakte Mack nach. »Also, was ist dein großes Geheimnis?«

Seine Schwester senkte die Stimme zu einem so leisen Flüstern, dass er nichts verstand.

»Sag das noch mal«, bat er.

»Okay, na gut, das tue ich. Ich bin verheiratet.«

»Du bist *was*?«

»Verheiratet.«

»Seit wann?«

»Seit dem neunundzwanzigsten Dezember. Auf der Rückfahrt von Cedar Cove nach North Dakota haben Pete und ich einen Abstecher nach Las Vegas gemacht. Wir waren beide vorher noch nie dort gewesen, und es war völlig irre.

Zuerst konnten wir nicht mal ein Hotelzimmer finden, geschweige denn zwei, und als es uns endlich gelang, war nur dieses eine frei. Das war der Moment, in dem Pete sagte, es sei ihm egal, was die Werbung behaupte. Was in Las Vegas passiere, bleibe nicht unbedingt geheim. Also besorgten wir uns eine Heiratslizenz und haben uns noch am selben Tag trauen lassen.«

»Du hast Pete geheiratet?« Seine Schwester kannte den Farmer kaum, obwohl er sich offensichtlich in sie verliebt hatte, und zwar bis über beide Ohren. Für jeden, der Augen im Kopf hatte, war das offensichtlich. Linnette war zurückhaltender gewesen, vor allem in Gegenwart ihrer Eltern, aber sie musste genauso empfunden haben. »Du hast ihn geheiratet, weil ihr nur ein Hotelzimmer bekommen konntet?«

»Ja.«

»Linnette, das ist verrückt!«

»Moment mal, kleiner Bruder. Wer im Glashaus sitzt, sollte nicht mit Steinen werfen.«

Damit hatte sie natürlich recht, obwohl Mack ihr gern widersprochen und ihr gesagt hätte, dass sie Pete bei Weitem nicht lange genug gekannt hatte. Er wollte ihr sagen, dass sie mehr Verstand hätte haben sollen. Obendrein war sie noch nicht einmal ein Jahr zuvor total in Cal Washburn vernarrt gewesen.

»Du bist schon länger verheiratet, als Mary Jo und ich verlobt sind. Warum hältst du das geheim?«

»Na ja ...« Linnette atmete langsam aus. »Ich dachte mir, Mom und Dad wären vermutlich enttäuscht, dass es keine große Hochzeitsfeier gegeben hat, also haben Pete und ich entschieden, dass es keinen Grund gibt, sofort etwas zu sagen. Ich habe Mom versprochen, im Sommer nach Hause zu kommen, und ich dachte, wir könnten dann ein zweites Mal heiraten.«

»Warum sagst du es ihnen nicht jetzt? Sie mögen Pete. Es ist ja nicht so, dass sie sich darüber aufregen würden, *wen* du geheiratet hast.«

»Ich weiß«, gab Linnette zu. »Aber ich hatte Angst, dass sie glauben würden, ich hätte Pete geheiratet, um mich über meine Enttäuschung hinwegzutrösten. Das habe ich nicht. Ich liebe ihn wirklich, und da wir so weit weg wohnen, ist es nicht schwer, die Sache geheim zu halten.«

»Und was habt ihr jetzt vor? Nichts sagen und einfach ein zweites Mal heiraten?«

Linnette seufzte tief. »Wie genau ich das anstellen soll, weiß ich noch nicht. Spontan zu heiraten ist nicht ganz so einfach, wie es scheint.«

Mack konnte das nachempfinden.

»Wir sind seit fast vier Monaten verheiratet, und Pete fragt immer wieder, wann ich es meiner Familie sagen will. Es war so leicht, das auf die lange Bank zu schieben, und jetzt ... jetzt läuft das schon so lange. Ich weiß einfach nicht, was ich tun soll.«

Mack konnte ihr auch keinen Rat geben, zumal er sie aufgrund seiner eigenen Probleme angerufen und auf ihre Hilfe gehofft hatte. »Ich weiß es auch nicht.«

»Du bist aber nicht sauer auf uns, oder?«

»Natürlich nicht! Ich freue mich sehr für euch beide.«

»Danke, Mack.«

»Trotzdem schlage ich vor, dass du Mom und Dad bald davon erzählst.«

»Das werde ich ...«

Sie unterhielten sich noch etwa zehn Minuten, und seine Schwester brachte ihn auf den neuesten Stand bezüglich des Gesundheitszentrums in der Kleinstadt, in der sie lebte. Sie sagte ihm, dass Pete aus dem Farmhaus aus- und nach Buffalo Valley umgezogen sei, um bei ihr zu sein. Linnette wirkte zufrieden und glücklich mit ihrer Ehe, ihrer Arbeit und ihrem Leben. Das freute Mack. In den letzten Jahren hatte sie sich sehr verändert. Aus seiner unsicheren, unzufriedenen Schwester war eine selbstsichere, glückliche Frau geworden.

Nachdem er das Telefonat beendet hatte, ging er nach draußen, um im Garten zu arbeiten. Er entschied sich für die Südseite des Hauses, um die Nachmittagssonne genießen zu können, und grub einen Stück Rasen um, weil er neue Blumenbeete anlegen wollte.

Dieser Bereich würde eine Menge Muttererde und Dünger brauchen. Mack hatte große Pläne für seinen Garten. Obwohl es jetzt, Mitte April, noch kühl war, begann er schnell zu schwitzen. Also zog er sein Hemd aus und arbeitete weiter, bis Mary Jo auf die gemeinsame Einfahrt fuhr.

Schnell warf er einen Blick auf die Armbanduhr: Es war schon nach fünf. Der Nachmittag, sein letzter freier Nachmittag in dieser Woche, war im Nu verflogen. Seine nächste Schicht würde morgen früh um acht beginnen und bis Samstag dauern. Die langen freien Zeiten zwischen seinen Schichten, die seine Arbeit mit sich brachte, gefielen ihm.

Nachdem sie Noelle aus ihrem Babysitz befreit hatte, ging Mary Jo mit ihr direkt an ihm vorbei, so wie sie es schon die ganze Woche getan hatte. Zu seiner Überraschung blieb sie aber abrupt stehen und starrte ihn an. Mack wartete darauf, dass sie etwas sagen würde. Sie tat es nicht, also grub er eisern weiter, als erwartete er, gleich auf eine Goldader zu stoßen.

»Hi«, grüßte Mary Jo schüchtern.

Er hob den Kopf, stützte sich auf seinen Spaten und versuchte so zu tun, als hätte er sie jetzt erst bemerkt. »Oh, hi. Ich habe dich gar nicht gesehen.«

Sie schien ihn eingehend zu mustern. »Stimmt was nicht?«, fragte er. Vielleicht hatte er zwei verschiedene Schuhe an. Er achtete meistens nicht besonders darauf, was er trug.

Mary Jo blickte zur Seite. »Nein, entschuldige, ich wollte dich nicht anstarren.«

»Habe ich Dreck im Gesicht?«

»Nein.« Ihre Wangen waren leicht gerötet.

»Nun sag schon, was los ist.«

Jetzt wirkte sie noch verunsicherter. »Du siehst ... gut aus. So muskulös und braun gebrannt.«

Hey, das klang vielversprechend. »Tatsächlich?«

»Ich habe dich noch nie ohne Hemd gesehen.«

»Ich bin Feuerwehrmann, wie du weißt. Es gibt einen Grund, warum wir so gefragt sind als Modelle für diese Kalender mit attraktiven Typen.« Er widerstand dem Drang, seinen Bizeps anzuspannen, um sie zu beeindrucken oder, was vermutlich wahrscheinlicher war, zum Lachen zu bringen.

»Möchtest du einen Eistee?«, fragte sie lächelnd.

Das war eindeutig ein Fortschritt. »Sehr gern.«

»Kann ich Noelle hierlassen? Ich bin gleich zurück.«

Er schaute auf das schlafende Baby in seiner Trage hinunter und sah dann Mary Jo nach, die zu ihrer Doppelhaushälfte eilte. Immer noch auf seinen Spatenstiel gestützt, musterte er sie von hinten und verfluchte sich selbst dafür, in die sechsmonatige Verlobungszeit eingewilligt zu haben. Er wollte sie heiraten.

Fünf Minuten später kam sie mit einem Glas Eistee zurück. Dankbar nahm er es entgegen und leerte es in einem Zug.

»Du warst wirklich durstig.«

»Das war ich«, bestätigte er und bemerkte wieder, dass sie kaum den Blick von ihm wenden konnte. Gut. Er wollte, dass sie genauso stark wie er empfand, und beschloss, jetzt gleich aufs Ganze zu gehen und herauszufinden, ob er sie dazu bringen konnte, es sich noch einmal zu überlegen.

»Können wir reden?«

»Sicher«, sagte sie und trat einen Schritt zurück. »Geht's um was Bestimmtes?«

Oh ja, dachte Mack, wollte das Thema aber vorsichtig anschneiden. »Vielleicht sollten wir uns drinnen darüber unterhalten.«

»Gut.« Sie hob die Babytrage hoch und ging voraus in ihre Haushälfte.

Mack folgte ihr, setzte sich auf einen Stuhl am kleinen Küchentisch und wartete, während sie Noelle in ihr Zimmer brachte. Als sie zurückkam, spülte sie sein Glas aus und schenkte ihm noch einmal ein.

»Wegen unserer Verlobung ...«, begann er schließlich.

Mary Jo wirbelte herum, drückte sich gegen den Küchentresen und hielt sich mit beiden Händen daran fest. »Ja – was ist damit?«

»Ich habe das Gefühl, wir sollten es uns noch mal überlegen ...«

Sie reagierte gereizt. »Wenn du lieber aussteigen möchtest, verstehe ich das. Wirklich. Du bist nicht verpflichtet, mich zu heiraten. Seit zwei Wochen habe ich nichts mehr von David gehört, also hat er vielleicht aufgegeben. Aber ich weiß es zu schätzen, wie sehr dir Noelle am Herzen liegt und ...«

»Wer sagt denn, dass ich aussteigen will?«, fragte er hörbar verärgert.

Sie runzelte die Stirn. »Ich dachte ... Du weißt schon ...«

Er schüttelte den Kopf. »Nein, ich weiß nicht.«

»Dass ...« Nervös fuhr sie sich mit der Zunge über die Unterlippe. »Dass du es dir anders überlegt hast.«

»Habe ich nicht.«

»Aber du willst doch über die Verlobung reden?«

»Ja.« Er spürte, dass ihm jetzt nichts anderes übrig blieb, als ehrlich zu sein. »Offen gesagt, seitdem wir uns verlobt haben, gehst du mir aus dem Weg.« Tolle Verlobung, dachte er dabei.

»Nein, das stimmt nicht«, gab sie prompt zurück. »Du warst derjenige, der nichts mit mir zu tun haben wollte. Du bist einfach nicht mehr zu mir ins Haus gekommen, sobald wir verlobt waren!«

Darüber könnten sie sich noch die ganze Nacht streiten, und geklärt wäre damit nichts. »Wenn ich dir diesen Eindruck vermittelt habe, tut es mir leid. Entschuldige bitte«, sagte er aufrichtig.

Der Hauch eines Lächelns umspielte ihre Mundwinkel. »Ich schätze, wir haben uns beide ziemlich dumm verhalten, oder?«

Das war die Untertreibung des Jahrhunderts.

»Ich weiß, dass du nicht erfreut warst, als ich auf einer sechsmonatigen Verlobungszeit bestand.«

»Damit kann ich leben«, erwiderte er. »Was mich wirklich stört, ist die Tatsache, dass ich dich nicht berühren darf.«

Verunsichert sah sie ihn an. »Ich habe nicht gesagt, dass du mich nicht berühren darfst ... Ich bin nur der Ansicht, dass es nicht klug wäre, wenn wir ... intim würden.«

»Oh.« Langsam begann er sich zu fragen, ob er die Situation falsch eingeschätzt hatte. Aber wenn Mary Jo an einem Kuss oder einer Umarmung interessiert gewesen wäre, hätte sie ihm das auch signalisieren können.

Ihre Schüchternheit war zurück. Sie machte Anstalten, sich abzuwenden, und er griff nach ihrer Hand, um das zu verhindern. Seine Finger schlossen sich um ihre. Als sie sich ihm wieder zuwandte, warf sie sich ihm so enthusiastisch in die Arme, als hätte sie ihr Leben lang auf genau diesen Augenblick gewartet.

Sie küssten sich – zwei oder drei lange Küsse. Erst als sie noch einen leidenschaftlichen Kuss ausgetauscht hatten, fand er die Kraft, die Lippen von ihr zu lösen.

Aus großen Augen sah sie ihn an. Dann lächelte sie. »Das war sehr schön.«

»Ja, das war es«, pflichtete er ihr bei. »Bist du sicher, dass du eine sechsmonatige Verlobungszeit willst?«

Sie blinzelte, während sie ihn anstarrte. Dann nickte sie. »Ich glaube immer noch, dass es so am besten wäre.«

Insgeheim stieß Mack einen Fluch aus. Diese sechs Monate würden verdammt lang werden.

32. Kapitel

Misstrauisch beäugte Olivia das Pferd, das gesattelt und aufgezäumt vor dem Stall auf sie wartete. »Ich weiß nicht recht ...«

Lächelnd ging Grace zu der Stute hinüber, die Cliff für ihre Freundin ausgewählt hatte, und strich ihr sanft über die Nüstern. »Kein Grund, sich Sorgen zu machen«, versicherte sie ihrer Freundin.

Die schob die Hände in die Gesäßtaschen ihrer Jeans. »Falls du es noch nicht bemerkt hast, ich gehöre nicht zu den Pferdenarren. Ich ziehe es vor, Wildblumen zu pflücken und Quilts anzufertigen. Reiten hat mich noch nie interessiert. Ich habe nicht einmal *Blitz, der schwarze Hengst* und all die anderen Pferdebücher gelesen, als ich zwölf war.«

»Ich damals auch nicht, inzwischen aber schon – bei einem Lehrgang zum Thema Kinderliteratur. Aber darum geht es auch gar nicht. Ich dachte zuerst auch nicht, dass es mich reizen könnte.« Grace ließ keine Ausflüchte gelten. »Es wird uns beiden guttun, mal an die frische Luft zu kommen.«

»Grace, ich bitte dich, du und ich auf dem Rücken von Pferden?« Sehnsüchtig schaute Olivia zum Haus hinüber.

»Ja – du und ich.« Es war ein milder, sonniger Samstagnachmittag, und Grace dachte gar nicht daran, zuzulassen, dass Olivia sich aus der Sache herausredete. »Es gibt einen wunderschönen Pfad, der zum Strand hinunterführt. Vertrau mir. Du würdest es bereuen, wenn du es nicht mal versuchst.«

Überzeugt wirkte Olivia immer noch nicht. Sie warf ihrer Freundin einen flehenden Blick zu. »Diese Stute wirkt irgendwie bösartig. Woher willst du wissen, dass sie mich nicht bei erster Gelegenheit abwirft?«

»Sugarplum?«

»Sie heißt Sugarplum?«

Grace nickte.

»Was hat das schon zu bedeuten? Das Kamel, das dich gebissen hat, hieß Sleeping Beauty«, meinte Olivia und bezog sich damit auf einen unglücklichen Zwischenfall mit einem der Tiere, die sie für das Krippenspiel in der Kirche bei sich untergebracht hatten.

»Das spielt keine Rolle. Außerdem hast du mir versprochen, mit mir reiten zu gehen.«

Geschlagen stöhnte Olivia auf und ging langsam zu Grace hinüber. »Na schön, also gut.«

»Hinterher wirst du froh sein, dich darauf eingelassen zu haben«, meinte Grace mit aufmunterndem Lächeln. Sie erinnerte sich noch gut an das erste Mal, als Cliff sie dazu überredet hatte, ein Pferd zu besteigen. Wie ihre Freundin hatte sie sich gesträubt und jede Menge Ausreden vorgebracht – richtig gute sogar. Als ihr schließlich nichts mehr einfiel, wie sie das Unvermeidliche vermeiden könnte, gab sie nach. Der kurze Ritt entlang der Grundstücksgrenze hinunter zum Strand war ... wunderschön gewesen. Danach konnte Grace nicht begreifen, warum sie sich so lange dagegen gesträubt hatte. Inzwischen ritt sie gern, und das würde auch Olivia tun, wenn sie die Gelegenheit dazu bekam.

»Du bist das gewohnt«, sagte Olivia, hob das Bein und stellte den Fuß in den Steigbügel. Mit beiden Händen packte sie den Sattelknauf und hielt sich daran fest.

»Zu Beginn nicht. Wir alle müssen irgendwo anfangen«, erklärte Grace und half Olivia beim Aufsteigen.

»Ich verstehe nicht, warum du so sehr darauf beharrst.« Olivia brauchte trotz der Hilfe ihrer Freundin drei Anläufe, um sich in den Sattel zu schwingen, aber sie schaffte es. Als sie endlich auf dem Rücken der sanften Stute saß, war sie außer Atem. »Ich hoffe, du bist jetzt glücklich.«

»Ekstatisch geradezu«, witzelte Grace. »Und als Antwort auf deine Frage, warum ich dich nicht vom Haken lasse, sag ich dir jetzt die Wahrheit. Ich will, dass du dich wieder lebendig fühlst.« Nach Chemotherapie und diversen Bestrahlungen hatte Olivia sich komplett zurückgezogen und das Haus nur noch selten für Ausflüge in die Stadt verlassen. Etwa einmal wöchentlich wagte sie sich zu Justines neuem Restaurant, und gelegentlich suchte sie auch die Kunstgalerie ihres Bruders auf, aber damit hatte es sich auch schon. Selbst Charlotte hatte begonnen, sich Sorgen zu machen.

Grace schwang sich geschickter in den Sattel, aber sie hatte, wie Olivia bereits bemerkt hatte, mehr Übung.

Jetzt, da sie auf Sugarplum saß, schaute Olivia sich ängstlich um. »Sind wir endlich da?«, murmelte sie in einem schwachen Versuch, einen Scherz zu machen.

»Wir sind noch nicht mal losgeritten«, gab Grace zurück.

»Das hatte ich befürchtet.«

Olivia schaute zu Boden – ein Fehler, den Grace zu Anfang selbst gemacht hatte.

»Wie hoch über dem Boden bin ich hier eigentlich?«, fragte Olivia stirnrunzelnd. »Wenn Jack davon erfährt ...«

»Er weiß Bescheid.«

»Jack weiß Bescheid, und er war einverstanden, dass ich das tue?«

»Ja. Und jetzt lass mich dir die Grundlagen erklären.« Sie wiederholte die Tipps, die Cliff ihr zu Anfang gegeben hatte. Als sie damit fertig war und Olivia gezeigt hatte, wie sie die Zügel benutzen sollte, übernahm sie die Führung.

Ärgerlich grummelnd folgte Olivia ihr. Zu Grace' Überraschung schien ihre Freundin, als sie erst einmal unterwegs waren, keins der Probleme zu haben, mit denen sie selbst sich als Anfängerin konfrontiert gesehen hatte. Zum Beispiel war Sugarplum damals einfach stehen geblieben, um zu grasen, wann immer ihr danach war, und hatte Grace' Kommandos komplett ignoriert. Das tat sie jetzt nicht.

»He, du bist ein Naturtalent«, rief Grace und drehte sich zu Olivia um.

Die reagierte nicht, weil sie sich auf jede Bewegung konzentrierte.

»Bist du bereit, den Pfad runterzureiten?«

»Klar.« Olivia grinste verlegen. »Ich schätze, Sugarplum ist doch nicht so bösartig.«

»Sag ich doch«, neckte Grace sie und ritt in langsamem, gleichmäßigem Tempo voraus. Sie lenkte ihr Pferd in Richtung des Pfads, der von Nadelbäumen gesäumt war. Hoch ragten die Kiefern in den blauen Himmel hinauf.

Nach ein paar Hundert Metern drehte Grace sich erneut um, um zurückzuschauen. »Wie kommst du zurecht, Calamity Jane?«

»So weit, so gut.«

»Fühlt sich die Sonne nicht herrlich an? Vor allem auf deinem Kopf?«

Olivia trug ein Bandana, das sie im Nacken verknotet hatte.

»Ja, sie fühlt sich großartig an.« Olivia lächelte. »Oh, sieh nur!«, rief sie einen Moment später aufgeregt. »Da ist ein Adler. Nein, sogar zwei!«

Neugierig spähte Grace hinauf in den Himmel. Die Adler segelten hoch über ihnen. Fasziniert beobachtete sie die beiden bei ihrem kunstvollen Paarungsritual. Einer der Vögel ließ sich über hundert Meter fallen, und der zweite stürzte sich hinterher.

Häufig landeten Adler auf dem Strand an der Lighthouse Road. Grace wusste also, dass Olivia öfter welche sah. Aber das hier war anders. Irgendwie intimer.

»Ich glaube nicht, dass ich schon mal bemerkt habe, wie frisch und grün es im Wald riecht«, sagte Olivia nach kurzem Schweigen. »Tatsächlich war mir nicht mal bewusst, dass Grün tatsächlich ein Geruch ist.«

»Er erinnert an Weihnachten, nicht wahr?«

»Das tut er.«

Gemächlich ritten sie weiter, nahmen das, was sie im Wald sahen, hörten und rochen, sehr intensiv in sich auf. Kurz darauf erreichten sie eine Lichtung, und vor ihnen lag der Strand, übersät von Treibholz. In der Ferne konnten sie Blake Island sehen, das wie ein Smaragd auf blauem Grund in der Sonne glitzerte.

»Es ist so friedlich«, meinte Olivia leise.

Genau das hatte Grace bei ihrem ersten Ausritt hierher auch empfunden. Sie erinnerte sich daran, wie sie mit ihrem Mann am steinigen Strand gesessen hatte, den Rücken an ein Stück Treibholz gelehnt. Sie hatte die Augen geschlossen und ihr Gesicht von der Sonne wärmen lassen, während um sie herum nur die Geräusche der Natur zu vernehmen waren. Die Wellen, die sacht an den Strand plätscherten, das Zwitschern der Vögel, das Knirschen des Kieses unter den Hufen der Pferde. Diese Erfahrung berührte sie jedes Mal aufs Neue. Genau das hatte sie sich für ihre Freundin gewünscht, diesen Frieden, diesen Trost. Die Entdeckung dessen, was es bedeutete, der Natur ganz nah zu sein.

»Lass uns absteigen und ein paar Schritte gehen«, schlug Grace vor. »Wenn du dich dem gewachsen fühlst.«

»Das tue ich«, versicherte Olivia ihr und ließ sich von Sugarplum hinuntergleiten. »Jetzt muss ich nur noch rausfinden, wie ich wieder da oben raufkomme.«

Die Stuten am Zügel führend, gingen sie langsam nebeneinander her. Lange sagten sie beide nichts, zufrieden, einfach nur zusammen zu sein. Nach fünfzig Jahren – einem halben Jahrhundert – Freundschaft wussten sie beide gut, was in der jeweils anderen vorging.

»Ich habe so vieles in meinem Leben als selbstverständlich erachtet«, sagte Olivia nach einer Weile.

»Geht es uns nicht allen so?« Grace glaubte nicht, dass ihre Freundin so hart mit sich ins Gericht gehen sollte. Sie selbst war genau wie Olivia eine Getriebene gewesen und hatte sich kaum je Zeit genommen, um sich bewusst zu machen, welch großes Geschenk das Leben in Wirklichkeit war.

Die zweite Chance auf ein Glück mit Cliff hatte sie verändert. Ihre Ehe mit Dan war auf ihre Weise gut gewesen. Nach all den gemeinsamen Jahren hatten sie sich bequem darin eingerichtet, obwohl Dans Probleme, seine Kriegstraumata, ihn nie losgelassen hatten. So gut es eben ging, hatten sie sich damit arrangiert, und sie hatte ihr Bestes getan, um mit seinen Stimmungsschwankungen fertigzuwerden. Am Ende aber war alles zu viel für ihn gewesen.

Cliff hatte aus seiner ersten Ehe ebenfalls ein Päckchen zu tragen gehabt. Sie waren jedoch geduldig miteinander gewesen, hatten Missverständnisse aus dem Weg geräumt und sich gegenseitig Fehler eingestanden. Heute war sie glücklicher, als sie es jemals zu träumen gewagt hätte.

»Ich denke daran, in den Ruhestand zu gehen«, verkündete Olivia aus heiterem Himmel.

Grace hatte halb damit gerechnet, dass das kommen würde. »Bist du sicher, dass du das willst?«

»Nein«, gab Olivia zu. »Aber ich genieße die Zeit zu Hause. Zu Anfang grauste mir davor. Ich war mir so sicher, dass ich mich langweilen würde.«

»Aber du hast dich nicht gelangweilt, richtig?«

»Überhaupt nicht. Ich hatte keine Ahnung, wie gern ich quilten würde. Mom war immer die Geschickte in der Familie. Ich glaube nicht, dass es irgendeine Haus- oder Handarbeit gibt, die meine Mutter nicht beherrscht.«

Grace nickte. Ganz gleich, woran Charlotte sich versuchte – ob nun an besonderen Desserts oder Strick- und Nähprojekten –, das Ergebnis war immer von höchster Qualität.

»Hast du noch nie daran gedacht, in den Ruhestand zu gehen?«, fragte Olivia und schaute ihre Freundin prüfend an.

Grace hatte das tatsächlich schon einmal überlegt. »Doch, schon, aber ich liebe meine Arbeit.«

»Geht mir genauso«, murmelte Olivia. »Das macht die Entscheidung so schwer.«

Langsam schüttelte Grace den Kopf. »Ich glaube nicht, dass ich jetzt schon aufhören kann zu arbeiten. Es gibt noch so vieles, was ich schaffen möchte. Wir haben gerade erst ein neues Programm in der Bücherei gestartet, das mir große Freude macht. Ich habe es sicher schon erwähnt.«

»Kindern Lesen beizubringen, indem man sie Hunden vorlesen lässt?«

»Ja. Wir haben einen ortsansässigen Trainer eingeladen, sich an dem Programm zu beteiligen.« Sie lächelte. »Die ersten freiwilligen Helfer haben wir auch schon. Tanni Bliss gehört dazu.«

»Tanni Bliss«, wiederholte Olivia nachdenklich. »Warum kommt mir der Name so bekannt vor?«

»Tanni und ihr Freund haben dieses Skelett in der Höhle entdeckt. Weißt du noch?«

»Ach ja.« Olivia runzelte die Stirn. »Was für ein ungewöhnlicher Fall. Ich bin so froh, dass er gelöst wurde.«

»Die Presse hat das jedenfalls ordentlich ausgeschlachtet, nicht wahr? Die Reporterin aus Seattle hat so getan, als wäre Cedar Cove eine Brutstätte für Verbrechen.« Sie lachte. »Wer hätte je gedacht, dass unser Sheriff so geschickt darin ist, die Tatsachen zu verschleiern? Die Pressemitteilung hat nur sehr wenig verraten, aber irgendwie trotzdem jeden zufriedengestellt.«

»Trotzdem war es eine tragische Geschichte. Der arme Junge, so verängstigt und ganz allein … Ich glaube nicht, dass wir jemals erfahren werden, was wirklich geschehen ist.« Es hatte Grace sehr berührt, dass der Bürgermeister von Cedar Cove für ein ordentliches Begräbnis gesorgt hatte. Zwar hatte es Gerede gegeben, weil er angetrunken Auto gefahren war, aber das hatte sich schnell gelegt. Jack hatte einen ausgezeichneten Artikel darüber geschrieben – in guter Zusammenarbeit mit dem Bürgermeister –, der zweifellos die Gerüchteküche abgekühlt hatte. Glücklicherweise hatte sich auch die Sensationshascherei bezüglich der vergessenen Knochen gelegt.

»Tanni ist die Tochter von Shirley Bliss«, sagte Olivia, als wäre gerade der Groschen bei ihr gefallen. »Will ist mit Shirley zusammen.«

»Und, wie läuft's?«

»Keine Ahnung. Über seine Beziehungen spricht mein Bruder nicht mit mir.«

Natürlich war Grace neugierig. Am liebsten hätte sie Shirley gewarnt, hatte aber das Gefühl, dass sie nicht das Recht hatte, sich einzumischen und mit der anderen Frau zu sprechen. Wenn Will sich geändert hatte – und es gab guten Grund, das anzunehmen –, wollte sie nichts unternehmen, was seine Chancen womöglich zunichtegemacht hätte. »Ich hatte meine Zweifel, als ich erfuhr, dass Will nach Cedar Cove zurückziehen wollte«, sagte sie.

Prüfend sah Olivia sie an. »Ich auch. Nach dieser ... Sache mit dir. Ich hatte das Gefühl, meinem eigenen Bruder nicht trauen zu können.« Sie ging etwas langsamer. »Ich bin nur erleichtert, dass das Ganze keinen bleibenden Schaden angerichtet hat.«

Damit meinte sie einen Schaden für Grace' Beziehung mit Cliff. Letztlich war es nicht dazu gekommen, aber dass Will sich in ihre Beziehung gedrängt und wie Cliff darauf reagiert hatte, gehörte zu den Problemen, die sie hatten lösen müssen.

Schnell wechselte Grace das Thema. »Was sagt Jack dazu, dass du eventuell aufhören möchtest zu arbeiten?«

Olivia grinste. »Nicht viel. Er sagt, ihm ist alles recht, ganz gleich, wie ich mich entscheide. Aber ich habe das Gefühl, wenn ich in den Ruhestand gehe, dann wird er selbst ebenfalls anfangen, darüber nachzudenken, ob er aufhören soll zu arbeiten, und ich bin mir nicht sicher, ob das so eine gute Idee ist.«

»Warum nicht?«

Einen Moment schwieg Olivia nachdenklich. »Manchmal glaube ich, dass er Druckerschwärze in den Adern hat. Jack ist ein ganz anderer Mensch, wenn er in der Redaktion ist. Er erwacht förmlich zum Leben, wenn er an etwas arbeitet, was bis Redaktionsschluss fertig sein muss, und er hat einen tollen Instinkt für Storys. Er könnte in Versuchung geraten, die Zügel aus der Hand zu geben, aber ich befürchte, er würde das nach wenigen Monaten bereuen.«

Olivia hatte sich schon immer gut in andere Leute hineinversetzen können und ein untrügliches Gespür dafür, was sie antrieb. Das war einer der Gründe, warum sie als Richterin so effektiv urteilte und so hoch angesehen war.

»Schau dir nur Goldie an«, meinte Grace lächelnd, als sie an ihre Lieblingsbedienung im *Pancake Palace* dachte.

Goldie bediente schon seit dem ersten Jahr, in dem Olivia und Grace die Highschool besuchten, in ihrem Stammlokal. Mittlerweile musste sie in den Siebzigern sein und arbeitete immer noch drei oder vier Tage die Woche.

»Ich bezweifle, dass irgendwer es wagen würde, ihr gegenüber das Wort Ruhestand auch nur zu erwähnen«, meinte Olivia grinsend.

»Wer sonst soll uns unsere Kokosnusssahnetorte servieren?«

»Genau.«

Ein Weilchen schlenderten sie noch dahin, bis Grace auffiel, dass Olivia immer langsamer wurde. »Wollen wir uns ein Weilchen setzen?«, fragte sie.

Olivia nickte, sie suchten sich einen großen Treibholzstamm, banden die Pferde an einem Baum in der Nähe fest, setzten sich und schauten auf den Puget Sound hinaus. Die Fauntleroy-Fähre, winzig in der Entfernung, tuckerte auf Vashon Island zu.

»Ich vermisse unseren Aerobic-Kurs«, sagte Olivia.

»Was du vermisst, ist die Kokosnusssahnetorte danach.«

Olivia lachte glucksend. »Vielleicht hast du recht.« Plötzlich boxte sie Grace gegen die Schulter.

»Hey, wofür war das denn?«, fragte diese und rieb sich den Oberarm.

»Dafür, dass du aufgehört hast, den Kurs zu besuchen.«

»Ich brauche einen Trainingspartner«, protestierte Grace. »Du erwartest doch nicht von mir, dass ich ganz allein zum Training gehe, oder?«

»Eher nicht. Aber wir werden wieder hingehen, also sieh zu, dass du nicht verweichlichst.«

»Ich?«, rief Grace empört. »Dich stech ich locker aus.«

»Wollen wir wetten?«

Grace schüttelte den Kopf. »Vielleicht besser nicht.«

Daraufhin lächelten sie beide und versanken in einvernehmliches Schweigen.

Im Jahr zuvor hatte Grace furchtbare Angst gehabt, ihre Freundin an den Krebs zu verlieren. Das war nicht geschehen, und mittlerweile war Olivias Prognose gut. Ihre Erkrankung hatte sie beide viele Lektionen gelehrt, aber keine davon war so tiefgreifend wie die Erkenntnis, dass nichts jemals zwischen ihnen stehen würde. Ihre Freundschaft würde ihr ganzes Leben lang Bestand haben – im wörtlichen wie im übertragenen Sinn.

33. Kapitel

Allmählich sieht man Megan die Schwangerschaft an, dachte Troy, als er an einem Mittwochabend nach der Arbeit bei ihr zu Hause vorbeischaute, weil er sie um einen wichtigen Gefallen bitten wollte.

»Es wird nicht mehr lange dauern, bis du Umstandskleidung tragen musst«, bemerkte er, als sie ihn ins Haus ließ.

Ein Lächeln erhellte ihr Gesicht. »Meinst du, Daddy?«

»Ja.« Angesichts der Aussicht auf die Geburt seines ersten Enkelkindes erfasste ihn unbändige Vorfreude.

»Mir ist heute Morgen schon aufgefallen, dass es allmählich schwierig wird, den Reißverschluss meiner Hose zu schließen. Sieh nur.« Sie drehte sich zur Seite und legte sich die Hand auf die leichte Wölbung ihres Bauchs.

»Ja, du bist schwanger, eindeutig.« Wie sehr Troy sich wünschte, Sandy hätte lange genug gelebt, um dieses Baby in den Armen halten zu können …

»Ich möchte dich um einen Gefallen bitten«, sagte er, schlagartig wieder sachlich.

»Jederzeit, Daddy, das weißt du doch.«

Er folgte Megan in die Küche, wo sie gerade mit den Vorbereitungen für das Abendessen begonnen hatte. Craig, der als Ingenieur auf der Werft arbeitete, war noch nicht zu Hause, würde aber bald kommen. »Ich möchte, dass Faith bei dir übernachtet.«

Seine Tochter zögerte keinen Moment. »Natürlich. Ich mag Faith.« Mit leicht gerunzelter Stirn fügte sie hinzu: »Bei ihrem Sohn kann sie nicht bleiben?«

»Scotts Kinder haben Frühjahrsferien, und er ist mit der ganzen Familie nach Disneyland gefahren.«

»Du lieber Himmel. Du weißt, dass Faith mir immer willkommen ist.«

»Ist das Bett im Gästezimmer gemacht?«

Megan nickte. »Ich hoffe, es stört dich nicht, wenn ich frage, warum.«

»Ich möchte sie in Sicherheit wissen.«

Seine Tochter, die die Soße für die Spaghetti durchrührte, blickte rasch auf. »In Sicherheit wovor?«

In Sicherheit vor wem, hätte es besser getroffen. »Ich werde die Nacht in ihrem Haus verbringen, weil ich Grund zu der Annahme habe, dass der Störenfried heute wieder auftaucht – wenn es sich um die Person handelt, die ich in Verdacht habe.« Er hatte sehr viel über das Muster der Einbrüche nachgedacht. Der Mann, den er verdächtigte, war am Nachmittag von einem seiner Deputys in der Stadt gesehen worden. Außerdem war er zur Tatzeit mindestens eines der anderen Zwischenfälle – Faiths zerstochene Autoreifen – in der Bikerbar am Stadtrand gewesen.

»Lange Geschichte.«

»Ich habe Zeit.« Ihre Augen, die Sandys so ähnlich waren, funkelten vor Neugier.

»Ich leider nicht. Ich erkläre dir alles später, in Ordnung?«

So, wie Megan die Lippen zusammenpresste, war Troy klar, dass es ihr nicht gefiel, im Ungewissen gelassen zu werden, aber im Moment konnte er das nicht ändern.

»Dad, ich weiß, du meinst es gut, aber ich bin mir ziemlich sicher, dass Faith darauf bestehen wird, in ihrem eigenen Haus zu bleiben. Wie schon gesagt, sie ist uns hier willkommen, aber vielleicht ist es sinnvoller, dass du dort bleibst, bei ihr.«

Einen Moment überlegte er und kam dann zu dem Schluss,

dass Megan vermutlich recht hatte. »Ich habe noch nicht mit ihr darüber gesprochen.«

»Oh Daddy, du solltest es eigentlich besser wissen. Keine Frau mag es, wenn ein Mann Entscheidungen für sie trifft. Faith hat ihren eigenen Willen.« Sie schüttelte den Kopf. »Wetten, dass sie sich damit nicht einverstanden erklärt? Wenn ich sie wäre, täte ich das nicht.«

Er nickte langsam. Was seine Tochter sagte, machte Sinn.

Als sie zurück ins Wohnzimmer und zur Haustür gingen, konnte Troy hören, wie sie leise etwas murmelte.

»Was?«, fragte er leicht gereizt.

»Daddy, wann wirst du Faith bitten, dich zu heiraten?«

»Ich ...«

»Du liebst sie, nicht wahr?«

»Ja, sicher, und ich habe auf jeden Fall vor ...«

»Worauf wartest du dann noch?«

Troy grinste. Nach all diesen Monaten war seine Beziehung zu Faith endlich wieder ins Lot gekommen, und es bestand Hoffnung, echte Hoffnung.

Wieder musste er sich eingestehen, dass Megan recht hatte. Er wäre ein Narr, wenn er diese Gelegenheit ungenutzt verstreichen lassen würde. Faith war seine erste Liebe gewesen, und obwohl er Sandy so innig geliebt hatte wie keine andere, hatte er Faith nie vergessen. Ein Mann vergaß seine erste Liebe nun einmal nicht.

»Bald«, sagte er. »Ich bitte sie bald darum.«

»Gut.« Seine Tochter umarmte ihn, bevor er ging.

Bei Faith zu Hause angekommen, schlug Troy ihr vor, bei Megan zu übernachten, und genau wie seine Tochter vorhergesagt hatte, war sie damit nicht einverstanden.

»Ich verlasse mein Zuhause nicht, Troy, also spar dir den Atem.«

Leicht genervt schüttelte er den Kopf. »Megan hat mir das prophezeit. Aber Tatsache ist, dass du eher eine Ablenkung bist als eine Hilfe.«

»Bin ich das? Jetzt?« Die Information schien ihr zu gefallen.

»Ich möchte dich nicht in Gefahr bringen«, versuchte er zu erklären.

»In noch größere Gefahr als sowieso schon?«

Troy konnte nur mit den Schultern zucken.

»Du kannst über Nacht bleiben«, sagte Faith.

»Wir beide, allein?«

Sie zog die Brauen hoch. »Mach dir keine Sorgen, dass ich dich ablenken könnte. Ich lade dich nicht in mein Bett ein.«

Er lachte leise. »Schade.«

Sie lächelte und wandte den Blick ab. »Ich kann allerdings nicht behaupten, nicht versucht zu sein.«

»Du machst es mir echt schwer.« Er stöhnte.

»Nein, das werde ich nicht, versprochen«, gab sie ernst zurück.

»Gott sei's geklagt.«

»Du wirst nicht mal merken, dass ich hier bin«, erklärte sie. »Du kannst es dir bequem machen und dich wie zu Hause fühlen. Ich werde mich wie jeden Abend auf die Nacht vorbereiten, worauf diese ... diese Person wahrscheinlich wartet. Einverstanden?«

Er nickte. »Einverstanden.«

»Gut.«

Er beugte sich vor und küsste sie. In diesem Kuss lagen die ganze Leidenschaft und seine aufgestaute Frustration, die ihn quälten, seit Faith nach Cedar Cove zurückgekehrt war. Als sie sich schließlich voneinander lösten, presste sie sich die Hand auf das Herz und schnappte keuchend nach Luft. »Oh Troy ...«

Erneut zog er sie in die Arme. »Sollen wir das noch mal tun?«

Sie räusperte sich. »Besser nicht.«

»Womöglich hast du recht. Ich muss mich konzentrieren. Leute benachrichtigen.« Sein erster Anruf galt seinen besten Deputys.

»Es kann losgehen«, sagte er. Weaver und Johnson parkten in einem nicht als Polizeiauto erkennbaren Wagen weiter unten in der Rosewood Lane und warteten auf seine Instruktionen. Als Nächstes rief er Megan an.

»Du hattest recht. Faith wird hier bei mir bleiben.«

»Ich hasse es, dich darauf hinzuweisen, aber was habe ich dir gesagt?«

»Nein, das hasst du nicht«, widersprach Troy. »Du tust das mit Begeisterung.« Seine Tochter lachte.

Nachdem er sein eigenes Auto in einer Seitenstraße abgestellt hatte, ging Troy zu Fuß zurück zu Faith. Jetzt, da seine Deputys in Stellung gegangen waren, machte er es sich bequem. Falls nötig, wollte er die ganze Nacht wach bleiben. Er saß auf dem Stuhl vor dem Fernseher, während Faith ihm gegenübersaß und strickte. Das war eine gemütliche häusliche Szene, eine, von der er hoffte, sie würde sich noch oft wiederholen, wenn sie erst einmal verheiratet waren.

Plötzlich fiel ihm wieder ein, was Megan gesagt hatte, und er fragte sich, ob er Faith hier und jetzt bitten sollte, ihn zu heiraten. Er öffnete den Mund, schloss ihn aber rasch wieder. Wenigstens einen Ring sollte er ihr geben, wollte aber auch nicht mehr viel länger warten. An diesem Wochenende werde ich sie um ihre Hand bitten, nahm er sich vor.

Um zehn gähnte Faith.

»Du musst meinetwegen nicht aufbleiben«, sagte er.

»Bist du sicher?«

»Ganz sicher. Geh ruhig zu Bett, aber versprich mir, dass du nicht aus deinem Schlafzimmer gerannt kommst, wenn du in diesem Teil des Hauses Kampfgeräusche oder irgendwas anderes hören solltest.«

»Aber ...«

»Faith, bitte! Das ist wichtig.«

»In Ordnung«, gab sie nach, obwohl er ihr ansehen konnte, welch große Sorgen sie sich machte.

Erst nach Mitternacht erwies sich Troys Vorahnung als richtig. Er saß im stockdunklen Wohnzimmer, als er draußen an der Garage etwas hörte. Ohne eine Sekunde zu zögern, wies er seine Deputys an, das Gebiet zu umstellen.

»Troy?«, flüsterte Faith aus dem Flur. »Hast du das gehört?«

Anscheinend hatte sie nur einen leichten Schlaf oder war gar nicht erst eingenickt.

»Geh zurück in dein Zimmer, und verhalt dich ruhig«, sagte er, ohne seine Verärgerung zu verbergen. Er sprach jedes Wort so betont aus, wie er konnte, blieb dabei aber leise.

Sie reagierte nicht.

»Hast du mich gehört?«, fragte er etwas lauter.

»Schon gut, schon gut. Bin schon weg«, grummelte sie. »Ich wusste gar nicht, dass du so herrisch sein kannst.«

Nun, vielleicht war er das, aber Troy war nicht bereit, ihre Sicherheit zu riskieren. Er wurde dafür bezahlt, Risiken einzugehen, Faith nicht.

In der Garage wurde es lauter, und Deputy Weavers Stimme war deutlich zu hören. Troy rannte zur Hintertür und öffnete sie gerade eben rechtzeitig, um einen ganz in Schwarz gekleideten Mann durch den Vorgarten rennen zu sehen.

Er war zwar nicht mehr der Jüngste, aber von Junk Food einmal abgesehen, hatte er sich in Form gehalten. Er rannte dem Mann nach, sprang ihn an und landete hart im nassen

Gras. Weaver, der direkt hinter ihm war, packte den Eindringling im Genick und zog ihn auf die Beine. Troy legte ihm die Handschellen an, die er wie immer am Gürtel trug.

Deputy Johnson leuchte dem Gefangenen mit einer Taschenlampe ins Gesicht, und Troy erkannte den Mann, der für den ganzen Ärger hier gesorgt hatte, sofort und empfand große Befriedigung.

»Bringt ihn auf die Wache«, sagte Troy, nachdem Deputy Johnson dem Täter seine Rechte vorgelesen hatte.

Die beiden Deputys führten ihn weg, während Troy den Schmutz von seiner Uniform klopfte. Allmählich war er echt zu alt, um noch hinter Verbrechern herzuhetzen, aber ausgerechnet diesen entkommen zu lassen war für ihn nicht infrage gekommen.

Zurück im Haus, schaltete er das Küchenlicht ein. »Jetzt kannst du rauskommen. Du bist sicher.«

In ihren Morgenmantel gehüllt, eilte Faith in die Küche. »Troy – oh mein Gott, was ist passiert?« Ohne auf seine Antwort zu warten, zog sie eine Schublade auf, nahm ein Handtuch heraus und feuchtete es an einer Ecke an. Dann trat sie zu ihm und tupfte damit seinen Mund ab.

»Was?« Überrascht stellte er fest, dass er blutete. Gespürt hatte er davon nichts.

»Ihr habt ihn erwischt?«, fragte sie.

Troy nickte. »Ja, sicher.«

Faith zog sich einen Stuhl heran, und sie setzten sich beide. Ihre Hände zitterten. Er griff nach ihnen und rieb sie, um die Kälte aus ihnen zu vertreiben.

»Hast du ihn erkannt?«

»Ja, habe ich.«

»Wer ist es? Und warum hasst dieser Mensch mich so sehr?«

»Er heißt Mark Schaffer.«

Verwirrt sah sie ihn an. »Wer? Ich habe den Namen noch nie gehört. Was kann ich denn nur getan haben, dass er mich so aufs Korn genommen hat?«

»Es geht nicht um dich, Faith. Das hätte mir schon viel früher klar sein müssen. Das Ganze hat absolut nichts mit dir zu tun.«

»Ich verstehe nicht.«

»So ganz habe ich das auch noch nicht durchschaut, aber ich erkläre dir gern, was meiner Meinung nach passiert ist und warum.«

»Bitte.« Ihr Blick war flehentlich.

»Schaffer war ein Freund von Dale und Pam Smith, deinen Vormietern. Während sie hier wohnten, ist eine Reihe von Beschwerden gegen sie bei der Polizei eingegangen. Ich habe mehrmals persönlich mit Schaffer gesprochen. Er ist Drogenhändler und Mitglied einer gewalttätigen Bande.«

»Aber ... Dale und Pam sind doch weggezogen.«

»Ich glaube nicht, dass sie das aus freien Stücken getan haben. Genau kann ich nicht sagen, warum sie ausgezogen sind, aber ich glaube, dass Cliff Harding und Jack Griffin das Ehepaar Smith und ihre Bande einschließlich Mark dazu gebracht haben zu verschwinden. Sie hatten seit Monaten keine Miete gezahlt und unerwünschtes Gesindel angezogen. Grace fürchtete, bei einer Zwangsräumung würden sie das Haus demolieren.«

»Und du meinst, Cliff und Jack haben sie dazu gebracht auszuziehen?«

»Ja. Aber ich weiß nicht, wie.« Er lächelte schief. »Du wirst Grace danach fragen müssen, und falls sie es dir sagt, erzähl es mir nicht, okay?«

»Okay.«

»Ich vermute, dass Mark oder einer seiner Kumpane in der Eile, das Grundstück zu räumen, versteckte Drogen zurückgelassen hat. Um danach zu suchen, ist er mehrmals zurückgekommen. Wahrscheinlich geht es um Drogen, aber es könnte auch Geld sein oder etwas anderes Wertvolles. Ich vermute, dass es irgendwo in der Garage versteckt ist, da er sich darauf konzentriert hat.«

»Aber zuerst ist er ins Haus eingebrochen.«

»Entweder weiß er nicht genau, wo der Kram versteckt ist – oder er hatte die Hoffnung, dich zum Auszug zu bewegen, damit er in Ruhe danach suchen könnte, nachdem du fort gewesen wärst. Als du aber nicht den Schwanz eingekniffen hast und geflüchtet bist, musste er es trotzdem riskieren, zum Haus zurückzukehren. Dann hast du die Alarmanlage einbauen lassen, und er musste seine Suche auf die Garage beschränken.«

»Dann ist es also vorbei.« Deutlich war die Erleichterung in ihrer Stimme zu hören.

»Ich glaube schon. Die Ironie der Geschichte liegt darin, dass es gut möglich ist, dass, was immer hier auch versteckt gewesen sein mag, unbeabsichtigt fortgeworfen wurde, als Grace und Cliff das Haus reinigen und neu streichen ließen.«

Troy stand auf, um zu gehen. Die Platzwunde an seinem Mund hatte zu pochen begonnen, und er musste auf die Wache, um sich mit Schaffer zu befassen.

Faith begleitete ihn zur Haustür, hielt ihn aber auf, bevor er sie öffnen konnte.

»Du bist jetzt in Sicherheit«, beruhigte er sie.

»Ich weiß«, flüsterte sie und liebkoste sanft sein Gesicht.

Er griff nach ihrer Hand und drückte sie sich auf die Wange. Alle seine Instinkte forderten ihn auf, bei ihr zu bleiben.

Sie lächelte ihn an. Schloss die Augen, beugte sich vor und drückte ihren Mund auf seinen, wobei sie sehr darauf achtete, die Verletzung nicht zu berühren. Er konnte die Schwellung in seiner Lippe spüren, aber sie behinderte sie nicht bei ihrem Kuss.

Troy trat ein Stück zurück, um sich davon abzuhalten, Faith in die Arme zu ziehen und so leidenschaftlich zu küssen wie früher am Abend.

Widerwillig ließ er sie los, wollte sie nicht gehen lassen. »Wir müssen reden. Bald.«

»Das sehe ich auch so.« Wärme lag in ihrem Blick, Aufgeschlossenheit in ihrer Miene.

Als er ging, bemerkte er, dass der Schmerz, den er eben noch gespürt hatte, verschwunden war.

34. Kapitel

Gloria Ashton saß mit der Radarpistole in der Hand in ihrem Streifenwagen. Auf diesem Abschnitt der Harbor Street wurde häufig zu schnell gefahren. Strafzettel auszustellen gehörte nicht zu ihren Lieblingsaufgaben, aber es war eben nötig, und als zuletzt eingestellter Deputy musste sie ihren Beitrag leisten. Allerdings hoffte sie, dass es nicht mehr lange dauern würde, bis sie Gelegenheit bekam, direkt mit Sheriff Davis zusammenzuarbeiten, so wie Weaver und Johnson es Mittwochnacht getan hatten.

Mark Schaffer war verhaftet worden und saß im County-Gefängnis. Im *Cedar Cove Chronicle* war ein Bericht über den Vorfall erschienen. Unnötig zu sagen, dass die gesamte Nachbarschaft in der Rosewood Lane erleichtert aufgeatmet hatte.

Ihre Schicht, die von sieben Uhr morgens bis drei Uhr nachmittags dauerte, war fast zu Ende. Ein Wagen bog um die Ecke und wurde automatisch langsamer, als der Fahrer ihren Streifenwagen entdeckte. Gloria machte sich nicht die Mühe, seine Geschwindigkeit zu messen. Wer auch immer am Steuer saß, hatte nach dem Einbiegen auf die Straße noch nicht genug Fahrt aufgenommen, um das Tempolimit zu überschreiten. Zu ihrer Überraschung fuhr der Wagen aber an den Straßenrand und blieb hinter ihrem Auto stehen.

Sie fragte sich, ob der Fahrer womöglich irgendwelche Probleme hatte. Also legte sie die Radarpistole beiseite und stieg aus. Als sie jedoch Dr. Chad Timmons erkannte, blieb sie abrupt stehen.

»Haben Sie ein Problem, Dr. Timmons?«, fragte sie betont geschäftsmäßig.

Er ließ die Scheibe auf der Fahrerseite herunter. »Kann ich mit dir reden?«

»Worüber?«, fragte sie, obwohl sie sich ziemlich sicher war, dass ihr das Thema nicht gefallen würde.

»Ich würde mich lieber bei einer Tasse Kaffee unterhalten.«

»Ich bin im Dienst.«

»Dann hinterher.«

Sie schüttelte den Kopf.

Offensichtlich frustriert, seufzte Chad. »Ich würde gern reinen Tisch zwischen uns machen.«

»Nein. Unser ... Kontakt liegt sehr lange zurück und war meiner Ansicht nach äußerst peinlich. Ich ziehe es vor, die Sache zu vergessen.«

»Das kann ich leider nicht.«

»Es ist vorbei.«

»Offenbar war es schon vorbei, bevor es auch nur richtig angefangen hat«, entgegnete er. »Wenn du keinen Kaffee mit mir trinken willst, dann ...«

»Nein. Will ich nicht.«

»Okay, aber gib mir wenigstens die Chance, die Sache für mich selbst abzuschließen. Mehr verlange ich nicht. Irgendeinen Schlussstrich zu ziehen, so wenig mir das Wort auch gefällt.«

Gloria seufzte und wusste nicht recht, was sie tun sollte.

»Zehn Minuten, höchstens fünfzehn«, fuhr er fort. Zweifellos hatte er ihre Unentschlossenheit bemerkt. »Ist das zu viel verlangt?«

»Ich sehe nicht, was das bringen sollte. Soweit ich gehört habe, bist du jetzt mit Sarah Chesney zusammen.«

Dass sie das ansprach, schien ihn sehr zu freuen, denn

er begann breit zu grinsen. »Sarah und ich sind befreundet, nichts weiter. Was ist mit dir und Zack Birch?«

»Spionierst du mir etwa nach?« Wütend funkelte sie ihn an.

»Nicht mehr als du mir.«

Dagegen konnte sie nichts sagen, also schwieg sie.

»Zehn Minuten, Gloria. Sag mir, wann und wo.«

Sie warf einen Blick auf die Armbanduhr. »Na schön, treffen wir uns in zwei Stunden. Dann habe ich Feierabend.«

Er lächelte triumphierend, und sie hätte ihm am liebsten sein selbstgefälliges Grinsen aus dem Gesicht gewischt. »Wo?«

Eigentlich hatte sie das *Pancake Palace* vorschlagen wollen, überlegte es sich aber anders. Womöglich bekam dort jemand mit, worüber sie sprachen, und das wollte sie nicht riskieren. »Im Jachthafen beim Totempfahl«, antwortete sie. »Zehn Minuten, keine Sekunde länger.«

»Gut. Soll ich eine Stoppuhr mitbringen?«

Trotz ihres Ärgers musste sie grinsen. »Das wäre vermutlich keine schlechte Idee.«

Zwei Stunden später hatte Gloria ihre Uniform abgelegt und parkte auf dem Platz neben der Stadtbücherei. Die Fähre von Bremerton hatte gerade angelegt, und der erste Schwung Werftarbeiter ging von Bord. Mit beiden Händen umklammerte sie das Lenkrad, denn sie hatte das ungute Gefühl, dass sie dieses Treffen noch bereuen würde.

Nachdem sie bis zum letzten Augenblick gewartet hatte, stieg sie aus und ging zum Jachthafen. Chad wartete bereits auf sie. Obwohl sie ihn bis auf ihr kurzes Zusammentreffen am Nachmittag seit Monaten nicht gesehen hatte, machte sein gutes Aussehen wieder einmal großen Eindruck auf sie. Genau das hatte sie an ihm fasziniert, als sie einander das erste Mal begegnet waren. Jene Nacht hatte in einem Desaster geendet, und sie hatte nicht die Absicht, diesen Fehler zu wiederholen.

Chad lehnte am Geländer, Selbstvertrauen und Gelassenheit ausstrahlend. Früher hätte sie das anziehend gefunden, aber jetzt ärgerte es sie.

Als sie zu ihm trat, reichte er ihr einen Kaffee. Wortlos nahm sie ihn entgegen und warf einen Blick auf die Uhr. »Deine zehn Minuten laufen.«

Zu ihrer Überraschung wandte er sich zum Geländer um, stützte sich mit den Unterarmen darauf, während er seinen Kaffeebecher hielt, und betrachtete die sanft auf und ab schaukelnden Boote im Jachthafen. »Ich hätte nie gedacht, dass mir das Leben in einer Kleinstadt gefallen würde«, meinte er. »Du doch auch nicht, oder?«

»Willst du deine zehn Minuten mit oberflächlichem Geplauder vergeuden?«

Er redete weiter, als hätte sie nichts gesagt. »Als ich den Job im Gesundheitszentrum annahm, hab ich mir sechs Monate gegeben.«

»Bevor du weiterziehst.«

»Richtig.«

»Du hättest dabei bleiben sollen.« Für sie wäre es eine große Erleichterung gewesen, wenn er nach sechs Monaten weitergezogen wäre. Dann wäre sie nicht mehr Gefahr gelaufen, ihn zu sehen – und sich zu erinnern.

»Ich bin deinetwegen geblieben.«

»Ich bitte dich!« Sie gab sich keine Mühe, ihren Sarkasmus zu verbergen, denn das war das Letzte, das absolut Allerletzte, was sie hören wollte.

»Das ist die Wahrheit, Gloria.« Er hielt einen Moment inne. »Wie lange ist es jetzt her?«

»Hab ich vergessen.« Hatte sie nicht, aber sie dachte gar

nicht daran, ihn wissen zu lassen, dass ihre gemeinsame Nacht ihr immer noch im Kopf herumspukte.

»Ich kann nicht aufhören, an dich zu denken«, beteuerte er leise.

»Gib dir mehr Mühe.«

»Glaubst du, das hätte ich nicht getan?«

»Es war nur eine Nacht. Ich hatte zu viel getrunken.«

»Nein, hattest du nicht. Du hast genau gewusst, was du tust, genau wie ich.«

Gloria atmete langsam aus. Er hatte recht, und so gern sie auch eine Ausrede für ihr kurzes Intermezzo gehabt hätte, es war sinnlos, sich oder ihm etwas vorzumachen. »Warum kannst du nicht einfach wie jeder andere Mann auch sein? Eine weitere Kerbe an deinem Bettpfosten und auf zur nächsten Eroberung?«

»So denkst du über mich? Ernsthaft?« Er klang tatsächlich verletzt.

»Entschuldige. Aber anscheinend hast du mehr in unseren ... Kontakt reininterpretiert, als du hättest tun sollen.« Sie wollte ihn nicht verletzen. Jemandem absichtlich wehzutun lag nicht in ihrer Natur. Und doch war es ihrer Meinung nach am besten, die Geschichte zu vergessen und nach vorn zu schauen.

Er blickte weiter hinaus auf das Wasser. »Zuerst dachte ich, deine Reaktion hätte etwas mit Linnette zu tun.«

Das hatte es auch. Gloria hatte Chad kennengelernt, und sie hatten diese eine Nacht miteinander verbracht. Dann hatte sie zufällig erfahren, dass ihre Schwester in ihn verknallt war.

Zu der Zeit hatte Linnette aber noch nicht gewusst, dass sie beide Schwestern waren. Niemand hatte davon gewusst.

Als Baby adoptiert, war Gloria in Kalifornien aufgewachsen, in einer liebevollen Familie mit wunderbaren Eltern. Dann hatte sie sie vor sechs Jahren bei einem Flugzeugabsturz verloren. Sie hatte Mühe gehabt, sich im Leben zurechtzufinden, bis es ihr gelungen war, die Namen ihrer leiblichen Eltern in Erfahrung zu bringen. Es war ein Schock für sie gewesen, dass sie, nachdem sie sie zur Adoption freigegeben hatten, tatsächlich geheiratet und zwei weitere Kinder bekommen hatten. Die beiden waren Glorias leibliche Geschwister, ein Bruder und eine Schwester. Da sie sich danach gesehnt hatte, eine Beziehung zu ihrer Familie aufzubauen, war sie nach Cedar Cove gezogen.

Wie der Zufall es wollte, war ihre Schwester in die Wohnung nebenan gezogen. Ihr leiblicher Vater Roy sagte manchmal, der Zufall – ob nun glücklich oder nicht – sei nur eine Sache des Timings. In diesem Fall waren das Timing und der Zufall beides. Glücklich und unglücklich. Als Assistenzärztin im Städtischen Gesundheitszentrum hatte Linnette sich bis über beide Ohren in Dr. Chad Timmons verknallt, und Gloria hatte sich hastig von Chad zurückgezogen. Sie wollte lieber beiseitetreten, als ihre Chancen, sich mit Linnette anzufreunden, zu ruinieren, nur weil sie sich beide für denselben Mann interessierten. Sie hatte so viele Fehler gemacht, und dass sie mit Chad geschlafen hatte, stand ganz weit oben auf der Liste.

Die Nacht mit Chad zu verbringen entsprach so gar nicht ihrer Natur. Jedes Mal, wenn sie daran dachte, schämte sie sich. Selbst nachdem Linnette begonnen hatte, mit Cal Washburn auszugehen, blieb sie bei ihrer Entscheidung, Chad nicht wiederzusehen. Sie redete sich ein, dass es so einfach leichter sein würde. Weniger heikel.

»Linnette ist längst aus dem Rennen«, fügte er freundlich hinzu.

»Ja, schon seit geraumer Zeit.«

Chad nahm einen Schluck von seinem Kaffee. Immer noch sah er sie nicht an. »Genau darauf will ich hinaus.«

»Warum nur fällt es dir so schwer, die Tatsache zu akzeptieren, dass ich kein Interesse an dir habe?«

»Weil ich weiß, dass das eine Lüge ist.«

»Du hast eine ziemlich hohe Meinung von dir.«

»Vielleicht«, gab er zu.

Seine Bemerkung amüsierte sie. »Tatsächlich?«

»Ja, tatsächlich.« Jetzt endlich wandte er sich ihr zu und lehnte sich rücklings an das Geländer. »Ich jage dir eine Todesangst ein, weil ich der erste Mann bin, der deine Abwehrmechanismen überwunden hat. Du hast dein Leben minutiös geplant, und dich zu verlieben passt nicht in deine Pläne. Merk dir eins, Gloria: Das Leben steckt voller Überraschungen. Es hält sich nicht immer an unsere Pläne.«

»Entschuldige mal, ich dachte, du wärst Allgemeinmediziner, nicht Psychologe.«

Er ignorierte ihren Einwand. »Ich will nicht selbstgefällig klingen, aber du liebst mich, und wie schon gesagt, das jagt dir eine Todesangst ein.«

Ihr Lachen klang gezwungen und schrill.

»Wenn du unbedingt lachen willst, nur zu«, sagte er gelangweilt, »aber wir beide kennen die Wahrheit.«

Daraufhin warf Gloria betont auffällig einen Blick auf ihre Armbanduhr. »Deine Zeit ist fast um.«

»Ich dachte, du könntest deine Gefühle eingestehen und zugeben, dass das, was wir zusammen erlebt haben, sehr, sehr gut war. Anscheinend habe ich mich geirrt.«

»Und all das weißt du über mich, über uns beide, nach nur einer einzigen Nacht? In der wir obendrein beide betrunken waren?«

»Ja, auch wenn ich eine ganze Weile gebraucht habe, um dahinterzukommen.«

Aus Gründen, die sie nicht erklären konnte, schnürte es ihr die Kehle zu.

»Wie du schon sagtest, meine Zeit ist fast um. Und damit meine ich nicht nur diesen Nachmittag hier mit dir. Ich wollte dir mitteilen, dass ich im Gesundheitszentrum gekündigt habe. Aber bevor ich Cedar Cove verlasse, musste ich dir einfach noch sagen, wie sehr ich mir wünschte, die Dinge zwischen uns lägen anders.«

Panik erfasste sie, und sie konnte nicht sprechen. Sie schluckte hart.

»Ich hoffe, du findest das Glück, nach dem du suchst«, fuhr er fort. »Ich bedaure nur, dass du es nicht mit mir gefunden hast.« Mit einem Blick direkt in ihre Augen lächelte er, warf seinen leeren Kaffeebecher in den nächsten Mülleimer und ging ohne ein weiteres Wort.

Gloria blieb wie angewurzelt stehen. Dann schloss sie die Augen und gestand sich ein, dass er recht hatte. Sie hatte die Vereinigung mit ihrer leiblichen Familie sorgsam geplant, aber nichts hatte sich so entwickelt, wie sie es erhofft hatte. Sie hatte ihrer Schwester und ihrem Bruder nahestehen wollen, doch dazu war es nicht gekommen. Nichts war so gekommen, wie sie es sich ausgemalt hatte. Gelegentlich traf sie sich mit Mack auf einen Drink und eine leicht gekünstelte Unterhaltung, dann und wann telefonierte sie mit Linnette. Es war nicht die Schuld ihrer Geschwister. Sie hatten sich bereits in ihrem Leben eingerichtet – und für sie, Gloria, gab es darin keinen festen Platz. Zwar begegnete Corrie ihr liebevoll und freundlich, aber Gloria spürte, dass ihre leibliche Mutter nie über ihre Schuldgefühle hinweggekommen war, weil sie sie zur Adoption freigegeben hatte. Von allen verstand sie sich am besten mit Roy, der selbst Polizist gewesen war.

Zitternd lehnte sie sich an das Geländer und sah Chad nach, wie er zum Gesundheitszentrum zurückging. All diese Monate hatte sie sich davor gefürchtet, was passieren würde, wenn sie ihn je wieder in ihr Leben ließ.

In jener Nacht, jener schicksalsträchtigen Nacht, hatte er anscheinend ihren Kummer erkannt. Als sie seine Fragen nicht beantwortet hatte, hatte er ihr zugeflüstert, sie könne es ihm erzählen, wenn sie dafür bereit wäre. Aber sie war auch jetzt kein bisschen mehr bereit als damals.

Nach jener einen Nacht mit Chad hatte sie sich verletzlich gefühlt. Er hatte ihren Selbsterhaltungstrieb erschüttert, und instinktiv hatte sie die Flucht angetreten, wild entschlossen, niemals wieder zuzulassen, was geschehen war. Sie mochte es nicht, wenn sie etwas nicht unter Kontrolle hatte. Sie konnte nicht riskieren, sich emotional auf ihn oder überhaupt auf irgendwen einzulassen. Linnettes Interesse an ihm hatte ihr eine bequeme Ausrede geliefert, aber mehr als das war es nicht gewesen. Vor allem als Linnette sich in Cal verliebt und ihre Schwärmerei für Chad überwunden hatte.

Obwohl Gloria ihn etliche Male zurückgewiesen hatte, hatte Chad nie aufgegeben und sich geweigert, zu akzeptieren, dass sie seine Gefühle nicht erwiderte. Erst jetzt gestand sie sich ein, was sie für ihn empfand, und das auch nur, weil er sie dazu gezwungen hatte.

Und nun zog Chad fort, und ihr schwante, dass sie es den Rest ihres Lebens bereuen würde, wenn sie ihn gehen ließe.

Gloria lief zurück zu ihrem Auto, setzte sich hinein und saß ein paar Minuten da, während sie darüber nachdachte, was sie jetzt tun sollte. Am sichersten war es vermutlich, gar nichts zu tun. Er konnte fortgehen, und ihr Leben würde bleiben, wie es war ...

Nein, würde es nicht.

Sie durfte sich nicht länger belügen. Er bedeutete ihr viel, und das schon seit sehr langer Zeit. Sie ließ den Kopf aufs Lenkrad sinken und überlegte sich ihren nächsten Schritt. Die Enge in ihrer Kehle war verschwunden, und sie seufzte schaudernd, gefangen in ihrer eigenen Unentschlossenheit.

Abrupt beendete sie ihre Grübelei, stieg aus dem Auto und knallte die Tür zu. Zorn durchflutete sie. Am liebsten hätte sie um sich getreten, gekreischt, geschrien, mit den Füßen aufgestampft.

Das Gesundheitszentrum lag nicht weit vom Jachthafen entfernt, und dorthin ging sie jetzt schnellen Schrittes. Als sie es erreichte, war sie ein wenig außer Atem.

Der Wartesaal war voll. Sie trat an den Empfang und stellte sich dort an. Als sie schließlich an der Reihe war, sagte sie: »Ich muss Dr. Timmons sprechen.« Die Frau am Empfang setzte zu einer Frage an, aber Gloria kam ihr zuvor. »In einer persönlichen Angelegenheit.«

Einen Augenblick dachte sie, die Dame am Empfang würde ihr widersprechen. Dann folgte sie dem Blick der Frau. Chad sprach im Hintergrund mit einer Pflegerin. Als er sie sah, hielt er inne, sagte noch ein paar Worte zu der Krankenpflegerin und kam dann zu ihr herüber.

Gloria begegnete seinem Blick.

»Dr. Timmons«, verkündete die Dame am Empfang laut, »diese Frau möchte Sie in einer persönlichen Angelegenheit sprechen.« Gloria wand sich innerlich vor Verlegenheit.

»Schon in Ordnung, Micki.« Seine nächste Bemerkung galt Gloria. »Ich bin im Dienst.«

Das Ganze war unglaublich peinlich. Nicht nur die Mitarbeiter des Zentrums, auch sämtliche Patienten im Wartesaal musterten sie beide, als wären sie Hollywoodstars, die sich in aller Öffentlichkeit streiten wollten.

»Du wolltest mich sprechen?«, fragte er kühl.

Wenigstens hätte er ihr die Befangenheit nehmen können, aber das tat er nicht. Sie schaffte es zu nicken, ihr Mund war zu trocken, als dass sie etwas hätte sagen können.

»Ich muss zurück zu meinem Patienten«, drängte er mit einem raschen Blick über seine Schulter.

Mit anderen Worten: Wenn sie etwas zu sagen hätte, sollte sie das besser rasch tun, weil er keine Zeit zu verschwenden hatte.

»Zu dem, was du vorhin gesagt hast ...«

»Ich habe eine Menge gesagt.«

Sie schloss die Augen. »Geh nicht fort«, stieß sie hervor.

»Willst du damit sagen, dass du möchtest, dass ich in Cedar Cove bleibe?«

»Ja.« Sie wagte es, die Augen wieder zu öffnen.

Er lächelte.

Gloria hörte, wie jemand seinen Namen rief.

Widerstrebend wandte Chad sich zum Gehen. »Wir reden später«, sagte er.

Gloria nickte, drehte sich um und eilte rasch davon. Entweder hatte sie jetzt einen gewaltigen Schritt vorwärts getan oder den allerdümmsten Fehler ihres Lebens begangen. Nein, den zweitdümmsten ...

35. Kapitel

Auf seinem Fünf-Meilen-Lauf umrundete Mack gerade eine Kurve des Highschool-Sportplatzes. Er lief maximales Tempo, forderte sein Herz bis zum Äußersten. Im gleichen Tempo wirbelten die Gedanken in seinem Kopf durcheinander, während er über seine Beziehung zu Mary Jo nachdachte. Obwohl sie verlobt waren, entsprach ihre Beziehung nicht seinen Erwartungen. Selbst jetzt noch war Mack sich nicht sicher, was Mary Jo für ihn empfand. Es sprach nicht viel dafür, dass sie ihn ehrlich liebte. Seine eigenen Gefühle hingegen hatten sich nicht verändert – er war verrückt nach ihr und Noelle.

Seit ihrem Gespräch – und ihrem Kuss – gab es Fortschritte, aber Mack spürte immer noch ihre Zurückhaltung, ihr Zögern. In gewisser Weise war ihre Beziehung jetzt wieder so wie vor Davids Drohbesuch. An drei oder vier Abenden pro Woche aßen sie gemeinsam und hatten ihre Kartenspiele und das gemeinsame Abhängen vor dem Fernseher wieder aufgenommen. So weit lief es gut. Die Spannung zwischen ihnen hatte sich weitestgehend gelegt, wofür er äußerst dankbar war. Und doch war ihm bewusst, wie sehr Mary Jo sich immer noch sträubte, sich weiter auf ihn einzulassen, und das verstand er nicht.

Nur ein einziges Mal hatten sie sich richtig geküsst, und es war wundervoll gewesen. Danach waren ihre Küsse wesentlich zurückhaltender gewesen. Flüchtig. Verspielt. Weniger leidenschaftlich. Doch er wollte mehr – viel mehr. Innerlich verzehrte er sich nach ihr und litt Höllenqualen.

Wenn ihm vor fünf Monaten jemand gesagt hätte, er würde sich verloben, wäre er skeptisch gewesen. Aber wenn jemand ihm vorhergesagt hätte, er würde bis über beide Ohren in seine Verlobte verliebt sein, die in der Doppelhaushälfte neben ihm wohnte, und sie würden sich kaum berühren, hätte er lauthals gelacht. Und doch war genau das eingetreten, und er fühlte sich hilflos, wusste nicht, wie er daran etwas ändern könnte.

Welcher Teufel hatte ihn nur geritten, als er sich mit ihrer Bedingung einer sechsmonatigen Verlobungszeit einverstanden erklärt hatte – sechs Monate, in denen sie nichts tun durften, außer flüchtige Küsse auszutauschen und Händchen zu halten? Unglaublich! Sie waren noch nicht einmal einen Monat verlobt, und der Gedanke, weitere fünf Monate die Finger von ihr lassen zu müssen, war unerträglich.

Je schneller er lief, desto klarer wurde ihm alles. Er hätte es viel früher erkennen müssen. Mary Jo genoss seine Gesellschaft und seinen Schutz, aber sie liebte ihn nicht. Wenn sie es täte, wäre sie nicht in der Lage, darauf zu beharren, sich körperlich voneinander fernzuhalten. Während er sich vor Verlangen verzehrte, hielt sie züchtigen Abstand.

Vermutlich war sie ihm nur dankbar, dass er ihr in ihrer schwierigen Situation geholfen hatte. Sie hatte unbedingt von ihren Brüdern loskommen und endlich unabhängig werden wollen.

In seinem Eifer, sie und Noelle nach Cedar Cove zu holen, hatte er die Situation verkannt. Mary Jo brauchte Raum und Zeit, um sich über ihre Gefühle klar zu werden und die Probleme mit David zu lösen – ohne dass er oder ihre Brüder sich einmischten und Entscheidungen für sie trafen.

Statt ihr Bedürfnis zu erkennen, ihr Leben selbst zu meistern, ihre Angelegenheiten selbst zu regeln und ihre Tochter so aufzuziehen, wie sie es für richtig hielt, hatte er versucht, in die Rolle des Helden zu schlüpfen. In der Hoffnung, ihr den Weg zu ebnen, hatte er Mary Jo der Gelegenheit beraubt, sich zu beweisen. Als er sie nebenan einziehen ließ, hatte er ihr keine echte Wahl gelassen und ihr übel mitgespielt, indem er ihr das Haus so billig vermietet hatte, ohne ihr die Wahrheit zu sagen. Er hatte es ihr unmöglich gemacht, sein Angebot zurückzuweisen. Im Grunde hatte er nur die Rolle ihres großen Bruders übernommen, den sie zugleich liebte und hasste.

Welch ein Idiot er doch gewesen war. Eigentlich hielt Mack sich für recht intelligent. Umso verwunderlicher war es, dass er so lange gebraucht hatte, um zu erkennen, was er getan hatte. Seine Gefühle hatten ihn blind für das gemacht, was offensichtlich war: Seine Liebe zu Mary Jo und Noelle erstickte sie.

Selbst als er mit Linnette telefoniert hatte, war er so auf sich selbst und seine Bedürfnisse fokussiert gewesen, dass er keinen einzigen Gedanken an Mary Jos Ängste verschwendet hatte. Kein Wunder, dass sie ihn sich vom Leibe hielt.

Er musste dringend handeln. So schwer es ihm auch fiel, er musste beiseitetreten, Mary Jo die Unabhängigkeit gewähren, die sie brauchte, und dabei so tun, als wäre es ihm egal.

Zutiefst deprimiert beendete Mack seinen Lauf und machte ein paar Dehnübungen. Dann joggte er langsam zu seinem Haus.

Mary Jo war draußen und fegte die Einfahrt. Sonntags nachmittags erledigte sie oft leichte Arbeiten im Garten. Als sie ihn sah, lächelte sie.

Er wandte den Blick ab. Eigentlich hatte er vorgehabt, alles gründlicher zu durchdenken, aber da sie jetzt greifbar und ein Gespräch möglich war, war es vielleicht am besten, das Unvermeidliche nicht weiter aufzuschieben. Langsam ging er auf sie zu.

»Wie war dein Lauf?«, wollte sie wissen.

In seine eigenen Gedanken versunken, gab Mack keine Antwort. »Hast du eine Minute Zeit?«, fragte er stattdessen.

»Ähm ... sicher. Stimmt was nicht?«

Die Hände in die Hüften gestemmt, warf er den Kopf in den Nacken und starrte hinauf in den wolkenlosen Himmel. Er sagte nichts weiter und deutete nur auffordernd auf ihre Doppelhaushälfte.

Mary Jo ging voraus, und er folgte ihr in die Küche. Da sie wusste, dass er Eistee mochte, hatte sie stets einen vollen Krug im Kühlschrank. Mack hatte das als Zeichen dafür betrachtet, dass ihr etwas an ihm lag. Jetzt erkannte er, dass sie das auch für ihren Bruder oder einen Freund oder irgendwen sonst getan hätte.

»Danke«, sagte er, als sie ein Glas aus ihrem Schrank holte.

»Was ist los?«, fragte Mary Jo und reichte ihm den Tee.

Mack nahm einen tiefen Schluck von dem kalten Getränk und genoss die kühle Flüssigkeit, die ihm die Kehle hinunterrann. Dabei versuchte er seine Gedanken zu ordnen. Nach einem weiteren Schluck stellte er das Glas auf den Küchentresen. Mary Jo stand auf einer Seite des Raums, er blieb auf der anderen Seite.

»Ich laufe nicht nur, um zu trainieren«, erklärte er und hatte Mühe, ihrem Blick standzuhalten. »Es hilft mir auch beim Nachdenken.«

Sie sagte nichts dazu.

»Als ich heute Nachmittag draußen war, ist mir klar geworden, dass uns etwas Besonderes verbindet.«

Sie reagierte mit einem liebevollen Lächeln. »Ich weiß.«

»Dieses Besondere ist Noelle.«

Sie sah zur Seite, als hätte sie Mühe, zu begreifen, was er ihr sagen wollte.

»Wir lieben Noelle alle beide.« Er machte eine kurze Pause und holte tief Luft. »Du bist ihre Mutter, und ich habe sie auf die Welt geholt. Dieses kleine Mädchen hat mein Herz in dem Moment erobert, als es seinen ersten Atemzug tat.«

Mary Jo schwieg, beobachtete ihn, wartete darauf, dass er weitersprach.

»Ich fürchte, dass meine Liebe zu Noelle ... mich durcheinandergebracht hat. Ich nahm an, ich hätte mich auch in dich verliebt. Als ich heute Nachmittag gelaufen bin, habe ich begriffen, dass meine Gefühle ziemlich wirr sind und dass ... na ja ... dass ... meine Liebe zu dir nicht das ist, wofür ich sie gehalten habe.« Fast wäre er an seinen Worten erstickt, aber irgendwie gelang es ihm trotzdem, sie anzusehen.

»Ich bin mir nicht sicher, was du mir damit sagen willst ...«, erwiderte sie nach kurzem Schweigen.

»Ich schätze, ich versuche dir zu erklären, dass ich in Panik geraten bin, als ich hörte, wie David damit drohte, dir Noelle wegzunehmen. Dich zu heiraten schien mir die passende Lösung, und jetzt ...«

»Jetzt nicht mehr«, brachte sie den Satz für ihn zu Ende.

»Ja«, bestätigte er, dankbar, dass sie es ausgesprochen hatte. Auch jetzt noch war er nicht überzeugt davon, dass er die Worte selbst über die Lippen gebracht hätte. Denn er liebte sie und wünschte sich mehr als alles auf der Welt, sie zur Frau zu haben.

»Wegen Noelle ...«

»Ja, Noelle. Die Verlobung diente ihrem Schutz. Wir waren beide der Meinung, wenn wir verlobt seien und heiraten würden, würde das David davon abhalten, dich weiter zu bedrängen.«

»Aber er ist nur aus einem Grund an Noelle interessiert – weil er glaubt, er kann seinen Vater mit ihrer Hilfe dazu bringen, ihm Geld zu geben.«

»Richtig.« Mack nickte. »Wenn du wieder Probleme mit ihm bekommst, lass es mich einfach wissen.«

»Was wirst du tun?«, fragte sie.

Darauf wusste Mack keine Antwort. »Das entscheide ich, wenn es so weit ist. Aber sei versichert, ich werde nicht zulassen, dass Noelle etwas passiert.« Genauso wenig wie dir, fügte er in Gedanken hinzu. »Ich werde helfen, wann immer du meine Hilfe brauchst. Darauf hast du mein Wort.«

Erneut wandte sie den Blick ab und seufzte. »Und du hast erkannt, dass du mir helfen kannst, ohne mich heiraten zu müssen.«

»Ja«, sagte er. »Du hast das instinktiv gewusst.«

»Wie meinst du das?«, fragte sie leicht gereizt.

»Du wolltest diese sechsmonatige Verlobungszeit«, erinnerte er sie. »Im Grunde eine Probezeit.«

»Oh ... ja.« Nervös hantierte sie herum, faltete den *Cedar Cove Chronicle* zusammen und warf ihn in den Papierkorb, strich ein Geschirrtuch glatt, das auf der Arbeitsfläche lag. »Also ... willst du damit sagen, dass du die Verlobung auflösen möchtest?«

Er zögerte und schluckte hart. »Das wäre wohl am besten.«

»Fein.« Sie hängte das Geschirrtuch über den Griff der Backofentür. »Du sagtest, ich hätte gewusst, dass es nicht das Richtige für uns ist zu heiraten. Aber du hast es offensichtlich auch gewusst.«

Er runzelte die Stirn.

»Du hast deinen Eltern nichts davon gesagt, weißt du noch? Das muss der Grund gewesen sein.«

Vielleicht, aber er bezweifelte das. Er nahm noch einen großen Schluck von seinem Eistee und stellte das leere Glas weg. »Dann verstehen wir einander?«, fragte er.

Hilflos zuckte sie die Schultern. »Tut mir leid, ich glaube, ich verstehe nicht. Wie *ist* denn unsere Beziehung zueinander, Mack?«

Gute Frage. Aber er hatte keine Antwort darauf.

»Wir sind Nachbarn ...«, begann sie.

»Ja, natürlich«, erwiderte er. Außerdem Vermieter und Mieterin, aber er kam schnell zu dem Schluss, dass jetzt nicht der richtige Moment war, ihr auch das zu offenbaren. Die niedrige Miete, die sie zahlte, tat ihm finanziell ja nicht weh. Darüber hinaus bedeutete der Umstand, dass ihm das Doppelhaus gehörte, dass sie immerhin eine gewisse Unabhängigkeit hatte erlangen können.

»Freunde.«

»Das hoffe ich doch sehr.«

Seine Antwort schien sie zu beruhigen.

»Aber du hättest gern die Freiheit ... mit anderen Frauen auszugehen, richtig?«, fragte sie eine Spur schärfer. »Darum geht es dir doch wirklich, nicht wahr?«

Er versteifte sich. »Falls du damit andeuten möchtest, dass ich eine andere kennengelernt habe, dann irrst du dich.« Auf keinen Fall wollte er, dass sie ihn für einen zweiten David hielt, einen Mann, der sie achtlos fallen ließ.

»Aber du möchtest frei sein, um andere Frauen zu daten«, beharrte sie.

»Das Gleiche gilt natürlich auch für dich.« Wieder blieben ihm die Worte fast im Hals stecken. »Auch du wärst frei, dich mit anderen Männern zu verabreden, wenn du möchtest.« Er hoffte sehr, dass sie das nicht wollte. Für ihn würde es die Hölle auf Erden sein, einen anderen Mann an ihrer Seite zu sehen und tatenlos danebenstehen zu müssen. Mack wusste nicht, ob er das wirklich könnte.

Sie schaute auf ihre Hand. »Dann ist es wohl gut, dass wir nie dazu gekommen sind, uns Ringe zu kaufen.«

»Genau«, stimmte er zu.

»Vielleicht ist auch das ein Zeichen dafür, dass wir beide wussten, dass es nicht richtig wäre zu heiraten.«

»Vielleicht.«

Offenbar wussten sie jetzt beide nichts mehr zu sagen, aber Mack konnte sich nicht überwinden zu gehen. Im Grunde seines Herzens war ihm klar: Wenn er jetzt aus der Tür ging, würde er nur noch selten in ihre Hälfte des Hauses eingeladen werden.

»Fühlst du dich jetzt besser?«, fragte Mary Jo nach langem Schweigen. »Mir geht es immer so, wenn ich jemandem endlich die Wahrheit gesagt habe.«

»Ja«, gab er zu und zwang sich trotz der Ironie ihrer Worte zu einem Lächeln. Er wandte sich zur Tür, drehte sich aber noch einmal um. »Wenn du etwas brauchst, zögere nicht, dich zu melden. In Ordnung?«

»In Ordnung.«

»Und lass dich nicht von deinem Stolz davon abhalten!«

»Das kann ich gar nicht. Nicht wenn es um Noelle geht«, erwiderte sie. »Außerdem weiß ich ja, wie viel sie dir bedeutet. Ich würde euch nicht voneinander trennen.«

»Dafür bin ich dir dankbar.«

Sie geleitete ihn zur Tür und hielt sie ihm auf. Den Kopf gesenkt, das Gesicht hinter ihren langen Haaren verborgen, sagte sie: »Ich bin dir auch dankbar – dass du mein ... Freund bist.«

Mack stellte fest, dass er nicht gehen konnte, ohne sie zu küssen. Daher legte er ihr einen Finger unter das Kinn, hob es an und senkte den Mund auf ihren. Der Kuss war vorsichtig und zärtlich. Als Mack den Kopf wieder hob, konnte er kaum sprechen. »Freunde und Nachbarn und ... vielleicht mehr.« Er wollte sichergehen, dass sie begriff, dass diese Möglichkeit immer noch bestand. Was er sich erhoffte und was er brauchte, war ein Zeichen von ihr, dass sie ihn in ihrem Leben haben wollte. Als ihren Mann, ihren Partner. Dann und nur dann würden sie vorankommen.

Mary Jo schloss die Tür hinter Mack und ließ sich auf das Sofa im Wohnzimmer sinken. Sie war so perplex, dass sie kaum einen klaren Gedanken fassen konnte. Vermutlich tat er recht daran, die Verlobung zu lösen. Sie mochte ihn sehr und hatte sich bereits ein wenig in ihn verliebt – vielleicht sogar mehr als das. Im letzten Jahr war so viel geschehen, das ihr Kopfzerbrechen bereitete. Wenn ihre Mutter noch am Leben gewesen wäre, hätte sie mit ihr darüber sprechen können. Sonst war da niemand. Nicht im Traum dachte sie daran, Grace oder Olivia mit ihren Problemen zu belasten.

Ihr Leben war so völlig anders, als es noch vor ein paar Monaten gewesen war. Mittlerweile hatte sie selbst mit ihren engsten Freundinnen nicht mehr viel gemein. Ja, sie plauderten am Telefon und hielten Kontakt, aber Mary Jo hatte ein Baby und konnte sich nicht mehr spontan mit ihnen treffen, um ins Kino, shoppen oder etwas trinken zu gehen. Seit Noelles Geburt setzte sie andere Prioritäten.

So schnell hintereinander war sie Mutter geworden, hatte ihr Elternhaus verlassen, war in eine neue Stadt gezogen und hatte einen neuen Job angenommen. Und jetzt konnte sie noch etwas Neues auf diese Liste setzen. Sie hatte sich verlobt, und die Verlobung war wieder gelöst worden, beides innerhalb eines Monats. Aber wie mit allem anderen würde sie auch damit fertigwerden.

Natürlich hatte Mack recht. Es war besser, ehrlich zueinander zu sein, obwohl sie sich immer noch unsicher war, wie es jetzt um ihre Beziehung stand. Eins war allerdings klar: Mack würde Himmel und Hölle in Bewegung setzen, um Noelle zu schützen.

Die Kleine erwachte aus ihrem Nachmittagsschlaf, und Mary Jo ging in ihr Zimmer. Nachdem sie die Windel gewechselt und sie gestillt hatte, legte sie sie in ihre Babytrage und begann mit einer Arbeit, die sie immer in Angriff nahm, wenn sie ein Problem mit sich herumschleppte. Sie räumte auf und putzte.

Während sie ihre Kleidung im Schlafzimmerschrank verstaute, blieb sie mit ihrer Socke an dem Nagel hängen, der von einem losen Bodenbrett hochstand. Das passierte ihr nicht zum ersten Mal. Unter anderen Umständen hätte sie Mack gebeten, den Nagel wieder richtig einzuschlagen, da er für seinen Freund alle Hausmeistertätigkeiten übernahm. Aber im Moment konnte sie nicht zu ihm gehen. Außerdem war sie selbst recht geschickt. Sie brauchte nur etwas, das sie als Hammer benutzen konnte. Ein Schuh mit festem Absatz würde dafür reichen.

»Deine Mutter weiß sich zu helfen«, erklärte sie Noelle, kramte einen geeigneten Schuh hervor und kniete sich auf den Boden. Jetzt, da sie auf allen vieren war, erkannte sie, dass nicht nur ein Schrankbodenbrett lose war. Also holte sie sich eine Taschenlampe aus der Schublade, leuchtete die Stelle aus und wollte gerade draufloshämmern, als ihr etwas Seltsames auffiel.

»Noelle«, sagte sie, »da ist etwas unter diesem Brett.«
Das Baby krähte fröhlich.
Geschickt löste Mary Jo den Nagel und zog ihn heraus, bevor sie dasselbe mit dem zweiten tat. Als das Brett gelöst war, hob sie es hoch und entdeckte darunter, immer noch teilweise versteckt, so etwas wie ein hölzernes Kästchen.

Sie arbeitete weiter an den Schrankbodenbrettern, bis sie das Kästchen aus seinem Versteck holen konnte. Atemlos saß sie auf dem Fußboden und hielt es auf ihrem Schoß. Das Holzkästchen war alt, so viel war offensichtlich. Es war größer als eine Zigarettenkiste und leicht. Die Schriftzeichen darauf waren so verblichen, dass sie nichts mehr lesen konnte.

»Was meinst du, soll ich reinschauen?«, fragte sie ihre Tochter.

Verwundert und aus großen Augen sah Noelle sie an.

»Ich bin auch neugierig«, sagte Mary Jo. Mit angehaltenem Atem hob sie den Deckel. In dem Kästchen lagen Briefe, alte Briefe. Sie griff nach dem ersten Umschlag. Der Poststempel verriet, wann der Brief abgeschickt worden war. »Das sind Briefe von 1943 ...«, stellte Mary Jo fest. Die Tinte auf dem blauen Luftpostumschlag war verblasst. »Von Major Jacob Dennison.« Adressiert waren sie an Miss Joan Mary, Evergreen Place Nummer 1022, Cedar Cove, Washington.

»Ich werde ihn lesen«, sagte sie zu ihrer Tochter. »Ich kann mir nicht vorstellen, warum Joan sie versteckt haben könnte.« Vorsichtig faltete sie das hauchdünne Papier auseinander.

Die krakelige Schrift war schwer zu entziffern, und manches war durch Schwärzung unleserlich gemacht. »Geschrieben wurde es von Jacob – Jake – während des Krieges«, erklärte Mary Jo. »Er ist im Einsatz in Europa ... als Pilot, der von England aus startet, so wie es aussieht.« Sie biss sich auf die Unterlippe. »Es ist ein Liebesbrief. Oh Noelle, er steht kurz vor einem Bombereinsatz über Deutschland, fürchtet, er könnte sterben, und will Joan wissen lassen, dass er einen Weg finden wird, zu ihr zu kommen, wenn er nicht überleben sollte ... dass er sie immer lieben wird.«

Eine Stunde oder länger verlor Mary Jo sich in den Briefen. Neben Noelle auf dem Schlafzimmerboden sitzend, las sie einen nach dem anderen, und mehrmals schossen ihr dabei Tränen in die Augen.

In die Gegenwart zurückgeholt wurde sie von der Türglocke, gefolgt von lautem Klopfen. Sofort war ihr klar, wer der Besucher war. Mack. So vertieft sie in die Briefe war, wischte sie sich rasch die Augen trocken, stand auf und rannte zur Tür, um ihm von ihrer Entdeckung zu erzählen.

Mit pochendem Herzen riss sie die Tür auf.

»Mary Jo, hör zu, ich fürchte, ich habe dir vielleicht einen falschen Eindruck vermittelt.«

»Nein, nein, alles gut«, sagte sie, packte ihn am Arm und zog ihn ins Haus. »Ich habe etwas gefunden, was ich dir zeigen muss.«

Mack runzelte die Stirn. »Was?«

»Da war dieses lose Bodenbrett im Kleiderschrank und ...«

»Das hättest du mir sagen sollen. Ich hätte mich darum gekümmert.«

»Das ist unwichtig, Mack. Wichtig sind die Briefe.« In ihrer Aufregung konnte sie nicht an sich halten. »Ich habe ein Kästchen entdeckt, das im Schrank versteckt war. Darin lagen die schönsten Liebesbriefe, die ich je gelesen habe, alle geschrieben während des Zweiten Weltkriegs.«

»Du hast sie gelesen?«

»Ja, natürlich. Das hätte doch jeder getan ... Du musst sie auch unbedingt lesen! Als ich angefangen habe, konnte ich nicht mehr aufhören. Sie sind so poetisch, so ergreifend ... Ich will wissen, was aus Jake und Joan geworden ist, und rausfinden, ob Jacob Dennison aus dem Krieg zurückgekehrt ist, ob sie geheiratet haben und Kinder hatten. Du musst unbedingt sofort mit deinem Freund reden.«

»Meinem Freund?« Mack klang verwirrt, und das war auch kein Wunder, so wie sie ihn ins Zimmer gezerrt und dabei unaufhörlich auf ihn eingeredet hatte.

»Dem Mann, dem das Doppelhaus gehört«, erläuterte sie. »Sie sind vielleicht mit ihm verwandt. Er wird diese Briefe haben wollen – sie sind ein Schatz.«

Mack schüttelte den Kopf. »Das ist nicht möglich. Mein ... Freund, der Eigentümer, kann kein Verwandter von ihnen sein. Er hat das Haus erst vor Kurzem gekauft.«

»Dann weiß vielleicht derjenige, von dem er es gekauft hat, etwas.«

»Das kann ich rausfinden, wenn du willst.«

Mary Jo nickte eifrig. »Ja, bitte!«

Er grinste. »Ich werde mich erkundigen, wem das Haus im Krieg gehört haben könnte.«

»Danke, Mack.«

Plötzlich fühlte sie sich wieder unsicher und befangen. »Entschuldige bitte«, sagte sie steif. »Ich habe dir noch gar nicht die Gelegenheit gegeben, mir zu sagen, warum du gekommen bist.«

Er zuckte die Achseln. »Ohne besonderen Grund. Ich wollte mich nur vergewissern, dass zwischen uns alles gut ist.«

»Das ist es«, beruhigte sie ihn.

Die Briefe zu lesen hatte geholfen, alles irgendwie nüchterner zu betrachten – obwohl sie nicht hätte sagen können, wie genau das geschehen war.

36. Kapitel

»Geht's dir gut, Dad?«, fragte Megan und warf Troy einen kritischen Blick zu. »Du bist so blass.«

Troy konnte sich nicht entsinnen, jemals in seinem ganzen Leben so nervös gewesen zu sein. »Kein Wunder. Schließlich bittet man nicht jeden Tag um die Hand einer Frau.«

»Warum solltest du deshalb nervös sein?«, wollte Megan wissen. Als Kind war sie davon überzeugt gewesen, dass es nichts gäbe, was ihr Daddy nicht tun konnte, und manchmal glaubte sie das auch heute noch. »Wir wissen doch beide, dass Faith Ja sagen wird.«

Troy wünschte, er wäre so zuversichtlich wie seine Tochter. Natürlich hoffte er, dass Faith seinen Heiratsantrag annehmen würde, hatte da aber so seine Zweifel. Einerseits war er optimistisch, war sich sicher, Zeichen gesehen zu haben, dass sie ihn in ihrem Leben haben wollte. Andererseits ... hatte es ein paar ernste Rückschläge gegeben, und er setzte nichts als gegeben voraus.

»Okay, Daddy, zieh los, und hol dir deine Frau«, sagte Megan und küsste ihn auf die Wange. Dann schob sie ihn sanft zur Tür. »Und du bist sicher, dass Faith zu Hause ist?«

Troy hatte gar nicht daran gedacht, dass Faith an einem Freitagabend irgendwo anders sein könnte. Seit der Festnahme vor etwas über einer Woche hatten sie ein paarmal miteinander gesprochen, aber hauptsächlich über diesen Fall.

»Ich denke schon.«

»Dad!« Aufgebracht stemmte Megan die Hände in die Hüften. »Soll das heißen, dass du nicht vorher bei ihr angerufen hast?«

»Ehrlich gesagt, nein, habe ich nicht.«

Wortlos ging Megan zum Telefon und wählte Faiths Nummer. Sie legte die Hand über die Sprechmuschel und schaute ihn an. »Es geschähe dir recht, wenn Faith heute Abend ausgegangen ist.«

Das verärgerte ihn. »Mit wem?« Wenn Faith sich mit einem anderen Mann traf, Will Jefferson zum Beispiel, dann würde er ...

»Sie geht nicht ans Telefon, Dad«, meinte Megan kopfschüttelnd. »Ich fasse es einfach nicht, dass du sie nicht angerufen und ihr gesagt hast, dass du mit ihr reden möchtest. Ihr seid noch nicht mal verheiratet, und du gehst wie selbstverständlich davon aus, dass Faith für dich da ist.« Megan klang eher belustigt als verärgert.

»Mit wem könnte sie zusammen sein?«, fragte Troy sich laut.

»Woher soll ich das wissen?«

So fühlte man sich also, wenn einem der Wind aus den Segeln genommen wurde. Troy verließ das Haus seiner Tochter und fluchte leise vor sich hin. Er war ein Dummkopf! Natürlich hätte er anrufen sollen, anstatt davon auszugehen, dass Faith an einem Freitagabend nichts Besseres zu tun hatte, als zu Hause zu sitzen und auf ihn zu warten.

Wieder daheim, fühlte er sich elend. Da rief Megan an.

»Frag mich nicht, wie ich an die Information gekommen bin, aber Faith ist mit Olivia und Grace ins Kino gegangen.«

»Jetzt?«

»Ja, jetzt!«

»In welchen Film?«

Sie verriet es ihm, und er konnte förmlich sehen, wie sie lächelte, als sie fragte: »Verspürst du plötzlich den brennenden Wunsch, Clive Owen zu sehen?«

»Selbstverständlich! Bye, mein Schatz, und danke!«

»Viel Glück!«

Blitzschnell war Troy aus dem Haus und rannte zu seinem Auto. Der Parkplatz des Kinos war voll besetzt, und er musste zwei Runden drehen, bevor er einen freien Platz fand. Dann kaufte er eine Eintrittskarte, und weil er wollte, dass ihr Zusammentreffen nach einem Zufall aussah, kaufte er auch Popcorn und eine Limonade.

Der Film hatte bereits angefangen, und im Kinosaal war es so dunkel, dass Troy kaum mehr sehen konnte als seine eigenen Füße. Er ließ sich auf dem ersten freien Platz nieder und musterte die Hinterköpfe der Zuschauer, in der Hoffnung, Faith zu entdecken.

Obwohl er sich anstrengte und sogar vorbeugte, wobei er beinahe sein Popcorn und sein Getränk verschüttete, konnte er sie nicht ausfindig machen. Tatsächlich entdeckte er sie erst, als der Abspann über die Leinwand lief und das Licht wieder eingeschaltet wurde.

Gemeinsam mit Grace und Olivia saß sie nur etwa vier Reihen vor ihm. Wenn er darauf wartete, dass sie ihn bemerkte, geschah das womöglich nicht. Also ging er hinüber zu den drei Frauen.

»Faith, was für ein Zufall, dich hier zu sehen«, sagte er und konnte nur hoffen, dass es weniger gekünstelt klang, als er vermutete.

»Ja, was für ein Zufall«, meinte Grace und tauschte einen bedeutungsvollen Blick mit Olivia. Oder feixte sie sich sogar eins?

»Megan hat Jack angerufen«, flüsterte Olivia ihm zu. Mit anderen Worten, sie wusste, dass er nach Faith gesucht hatte.

»Hi, Troy«, sagte Faith, ignorierte ihre Freundinnen und lächelte. »Ich freue mich, dir hier zu begegnen.«

»Ja, ich auch ...« Mochten Grace und Olivia auch ihren Spaß daran haben, ihn in Verlegenheit zu bringen, Faith gab sich die größte Mühe, ihm die Befangenheit zu nehmen.

Inzwischen war der Kinosaal leer. Einer der Teenager vom Verkaufsstand begann, mit Besen und Kehrblech den Mittelgang abzugehen und in den Reihen nach verschüttetem Popcorn und Müll zu suchen.

»Vielleicht sollten wir uns draußen unterhalten«, schlug Troy vor. Er konnte kaum den Blick von Faith wenden. Da ihm plötzlich bewusst wurde, dass Olivia und Grace warteten, offensichtlich neugierig, was er zu sagen hatte, setzte er hinzu: »Ich fahre dich nach Hause, Faith.«

»Wir wollten noch ins *Pancake Palace*«, warf Grace ein. »Hättest du Lust, dich uns anzuschließen?«

In diesem Moment schaute Faith ihm direkt in die Augen, und alles andere um ihn herum war vergessen. Die Frage kam erst bei ihm an, als Grace seinen Namen wiederholte. »Oh ... ja, gern«, murmelte er geistesabwesend.

»Prima. Dann sehen wir uns in fünfzehn Minuten dort.«

»Gern«, wiederholte er.

Die beiden Frauen gingen, und Troy und Faith folgten ihnen langsam aus dem Kino.

»Hast du mit Megan gesprochen?«, fragte er.

»Übers Handy.« Faith nickte. »Nur ganz kurz.«

»Hat sie irgendwas gesagt?« Er hoffte, dass seine Tochter einfühlsam genug gewesen war, um den Mund zu halten und seinen Heiratsantrag nicht zu erwähnen.

Faith lachte. »Sie meinte nur, ich solle nachsichtig mit dir umgehen, was immer das heißen soll.«

Troy runzelte die Stirn. Sie hatten den Parkplatz zur Hälfte überquert, und er spürte, wie sich Schweißtropfen auf seiner Oberlippe sammelten. Mindestens ein Dutzend Mal hatte er vor dem Spiegel geübt, was er sagen wollte. Megan hatte darauf bestanden, dass er eine kleine Ansprache ausarbeitete. Jetzt konnte er sich um nichts in der Welt auch nur an ein einziges Wort erinnern.

Als sie seinen Wagen erreichten, fuhr Troy sich mit der Zunge über die Lippen. »Ich glaube, du weißt, wie sehr ich dich liebe«, murmelte er, als er die Beifahrertür öffnete.

»Ja, schon …«, sagte sie.

Er trat einen Schritt zur Seite, half ihr beim Einsteigen und eilte um das Auto herum zur Fahrertür. Mit den Händen das Lenkrad umklammernd, sagte er: »Ich denke, nein, ich hoffe wirklich …«

»Du hoffst?«

»Ja, du weißt schon … dass du und ich vielleicht … zusammen …«

»Essen gehen?«

»Nein, nicht essen gehen …«, erwiderte er kurz angebunden. »… den Rest unseres Lebens verbringen …«

Auf seine Worte folgte angespanntes Schweigen. »Troy, bittest du mich gerade darum, dich zu heiraten?«, fragte sie dann.

»Was denkst du, worum es sonst gehen könnte?«

»Hey, es gibt keinen Grund, den Beleidigten zu spielen.«

Er umklammerte das Lenkrad noch fester und atmete heftig aus. »Okay, ich bitte um Entschuldigung.«

»Für deinen Heiratsantrag?«

»Nein, weil ich es vermasselt habe.« Troy bezweifelte, dass er seinen Antrag noch katastrophaler hätte vorbringen können.

»Möchtest du meine Antwort hören?«, fragte Faith.

»Nein.«

»Nein?«

»Ich meinte nicht: Nein, ich will deine Antwort nicht hören. Ich meinte: Nein, ich will es noch mal versuchen und diesmal richtig machen.«

»Okay, dann bleibe ich still und warte.« Faith lehnte sich auf ihrem Sitz zurück.

Troy hatte keine Ahnung, wie er noch mal von vorn anfangen sollte, geschweige denn, wie er ihr seinen Antrag ein bisschen eleganter vorbringen konnte. Dann grinste er. »Erinnerst du dich noch an den Abend, an dem wir unseren alten Lieblingsplatz zum Knutschen besucht haben und einer meiner Deputys uns dabei erwischt hat?«

»Oh Troy, das war mir so peinlich.« Sie schlug sich beide Hände vor das Gesicht.

»Dir?«, murmelte er. »Ich war derjenige, der ihm am nächsten Tag gegenübertreten und so tun musste, als wäre nichts geschehen.«

Die Erinnerung hob seine Stimmung, und das half, die Anspannung zwischen seinen Schulterblättern zu lösen.

»Ich liebe dich, Troy«, flüsterte Faith und umfasste seine Hand. »Ich habe dich schon geliebt, als wir Teenager waren, und liebe dich noch immer.«

»Ich liebe dich auch.« Wie aufgewühlt er war, konnte man seiner Stimme anhören. »Ich möchte den Rest meines Lebens mit dir verbringen. Ich möchte mit dir in den Ruhestand gehen, mit dir reisen, uns hier in Cedar Cove ein Zuhause einrichten.«

»Das möchte ich auch.«

»Wirst du mich heiraten, Faith Beckwith?«

Sie lächelte unter Tränen. »Nichts täte ich lieber, Troy Davis.«

Troy empfand den ungeheuren Drang, sein Fenster herunterzulassen und seine Freude herauszuschreien. Er tat es nicht, obwohl er am liebsten die ganze Welt hätte wissen lassen, dass Faith sich bereit erklärt hatte, ihn zu heiraten.

»Wirst du mich jetzt küssen?«, fragte sie.

»Nichts täte ich lieber«, wiederholte er ihre Antwort auf seinen Heiratsantrag.

Sie wandten sich einander zu, umarmten sich über der Mittelkonsole und küssten sich mit all der Leidenschaft, die sich durch die durchsehnten langen Monate der Trennung aufgestaut hatte. Diese Monate voller Kummer und Missverständnisse …

»Weißt du«, flüsterte Faith, den Kopf an seine Schulter gelehnt. »Jetzt bin ich beinahe dankbar für diesen Einbruch.«

»Ich auch«, gab Troy zu und drückte ihr einen Kuss auf den Scheitel.

Sie küssten sich erneut. Dann meinte Faith: »Wir sollten jetzt los.«

Troy ließ den Motor an. »Ich muss Megan anrufen«, sagte er.

»Und ich muss es Scott und Jay Lynn erzählen«, ergänzte sie. »Oh.« Sie presste sich die Hand auf die Brust. »Wann wollen wir denn überhaupt heiraten?«

Darüber hatte Troy sich noch gar keine Gedanken gemacht. Er war nur darauf konzentriert gewesen, die Hürde zu nehmen, Faith davon zu überzeugen, dass sie seinen Antrag annahm. Alles andere war erst einmal unwichtig gewesen. »Nächste Woche?«

»Troy, sei vernünftig! Ich dachte an Juni, vielleicht Juli.«

»In dem Fall bin ich für Juni. Je eher, desto besser.«

»Und wo werden wir wohnen?«

»Zusammen natürlich.«

»Ja, aber wo?«

»Pacific Boulevard 92.«

»Okay«, meinte Faith nachdenklich. »Vorerst.«

Troy nickte. Er war sich nicht sicher, was sie mit »vorerst« meinte – vermutlich, dass sie sich später ein neues

Haus ohne Altlasten suchen würden, in dem sie ihre eigene Geschichte schreiben konnten, nur sie zwei.

»Ach du liebe Güte, wir müssen es Olivia und Grace sagen. Sie warten im *Pancake Palace* auf uns.«

Troy warf einen Blick in den Rückspiegel und parkte rückwärts aus. Ihm schwindelte vor Glück und Erleichterung. Als sie das Restaurant betraten, sah Troy, dass Jack und Cliff sich zu den beiden Frauen gesellt hatten.

Die beiden Paare saßen in der kreisförmigen Nische und schauten Troy und Faith erwartungsvoll an.

»Und?«, fragte Jack, als niemand etwas sagte. »Werde ich eine Ankündigung in die Montagsausgabe setzen müssen?«

Lächelnd legte Troy den Arm um Faiths Taille. Sie lehnte sich gegen ihn. »Ich glaube schon.«

Grace und Olivia juchzten vor Freude und klatschten in die Hände.

»Das sind wunderbare Neuigkeiten!« Grace strahlte. »Einfach wunderbare Neuigkeiten.«

»Was ist das hier für ein Aufruhr?«, wollte Goldie wissen, die mit der Kaffeekanne in der Hand an ihren Tisch trat. »Wenn ihr so weitermacht, muss ich wohl die Obrigkeit informieren.«

Alle lachten. »Die Obrigkeit in Person unseres hochgeschätzten Sheriffs ist bereits hier«, erwiderte Jack.

»Troy und Faith haben sich verlobt«, verkündete Olivia.

Goldie schüttelte den Kopf. »Längst überfällig, wenn ihr mich fragt.«

»Das sehe ich genauso«, flüsterte Troy Faith ins Ohr.

Ihre Freunde rückten enger zusammen, und Faith und Troy schlüpften in die Nische. Plötzlich schienen alle auf einmal zu reden, von allen Seiten prasselten Fragen auf Faith ein, und sie gab sich die größte Mühe, jede einzelne zu beantworten.

Ein paar Minuten später kam Goldie mit einem Tablett zurück, beladen mit Kokosnusssahnetorte für alle. »Da es sich hier um eine Feier handelt, geht das aufs Haus.«

»Das ist so lieb«, sagte Faith.

»Ja, aber noch wissen wir nicht, was sie uns für den Kaffee abknöpfen wird«, meinte Cliff scherzend.

»Für dich ... das Doppelte«, sagte Goldie und deutete mit dem Finger auf ihn.

Sie plauderten aufgeregt, während sie sich an Torte und Kaffee gütlich taten.

»Sagt mal«, meinte Jack und leckte seine Kuchengabel ab. »Hat einer von euch schon von den alten Briefen gehört, die in dem Doppelhaus am Evergreen Place gefunden wurden?«

Alle zuckten die Achseln. »Woher weißt du davon?«, wollte Grace wissen.

»Mack McAfee war heute Morgen in der Redaktion und wollte sich alte Ausgaben des *Chronicle* ansehen – Ausgaben aus den 1940er-Jahren. Als ich ihn fragte, warum, sagte er mir, in einem der Wandschränke sei ein Kästchen mit Briefen versteckt gewesen.«

»Und? Habt ihr was Interessantes gefunden?«

»Nicht wirklich. Aber er hat mich ein paar der Briefe lesen lassen. Interessantes Zeug«, antwortete Jack.

»Evergreen Place?«, hakte Olivia nach. »Wenn sich jemand erinnert, dann meine Mutter.«

Troy stimmte dem begeistert zu.

»Dann werde ich Mack vorschlagen, mit Charlotte zu sprechen«, sagte Jack.

Troy griff nach Faiths Hand. Es fühlte sich wunderbar an, hier im Kreis seiner Freunde zu sitzen, von Menschen umgeben, die er schon sein Leben lang kannte, und – ganz besonders – diesen Moment mit der Frau zu teilen, die er liebte. Der Frau, die er schon bald heiraten würde.